NERI POZZA
I NARRATORI DELLE TAVOLE

Della stessa autrice

*La ragazza con l'orecchino di perla*
*Quando cadono gli angeli*
*La dama e l'unicorno*
*La Vergine azzurra*
*L'innocenza*
*Strane creature*
*L'ultima fuggitiva*
*I frutti del vento*
*L'ho sposato, lettore mio*
*La ricamatrice di Winchester*



Prima edizione, settembre 2024
Terza edizione, dicembre 2024

Titolo originale:
*The Glassmaker*


ISBN 978-88-545-2968-7

www.neripozza.it

**TRACY CHEVALIER**

# LA MAESTRA DEL VETRO

NOT FOR RE-SALE.

*traduzione dall'inglese di*
Massimo Ortelio

NERI POZZA EDITORE

*A Ronna*

# Il tempo a Venezia, una breve spiegazione

La Città d'Acqua è senza età. Venezia e le isole che ha intorno danno l'impressione di essere fuori dal tempo. E forse lo sono. Venata di canali, la città è costruita su pali di legno nella laguna, e la sua immagine e molta della sua squisita architettura sono rimaste immutate per centinaia di anni. Oggi le barche vanno a motore, ma il tempo sembra scorrere a una velocità diversa dal resto del mondo.

Uno degli splendidi tesori di Venezia è da secoli il vetro di Murano, l'isola dirimpetto. Il vetro è una sostanza assai peculiare, la sabbia con cui è prodotto si fa magicamente traslucida e addirittura trasparente quando viene fusa. Ci si domanda perfino se sia una sostanza solida o liquida. I professori di scienze insegnavano, erroneamente, che anche molto tempo dopo che si è raffreddato il vetro continua a scorrere a passo di lumaca, e citavano come esempio i vetri delle finestre antiche che a volte risultano più spessi in fondo che in cima. Il vetro non cola con impercettibile lentezza, addensandosi verso il fondo dei pannelli; lo spessore deriva, in realtà, dal modo in cui venivano fabbricati. Ma il mito persiste, forse perché ci piace credere che il vetro, come l'isola dove si produce, segua leggi naturali tutte sue, abbia un suo ritmo, come Venezia e Murano.

Anche chi crea ha spesso un rapporto ambiguo col tempo: pittori, scrittori, maglieristi, tessitori e, sì, vetrai entrano a volte in uno stato mentale che gli psicologi chiamano esperienza ottimale, durante il quale ne perdono la cognizione.

Capita anche ai lettori.

È sorprendentemente difficile valutare la velocità con cui scorre il tempo, se si muove più velocemente per gli altri che per te. Te ne accorgeresti, se in un luogo tutti gli orologi si muovessero a una velocità diversa da quella di un altro? O se gli artigiani della Città d'Acqua e dell'Isola di Vetro invecchiassero più lentamente che nel resto del mondo?

# Prima parte
# Calici, perle e delfini

# 1.

Se scagli abilmente un sasso piatto a pelo d'acqua, lo vedrai toccare molte volte la superficie, a intervalli più o meno lunghi.

Ora, immagina di farlo con il tempo, al posto dell'acqua.

Vai, con il sasso in pugno, sulla riva settentrionale di Venezia, davanti all'isola di Murano, a mezz'ora di gondola sulla laguna. Non scagliare il sasso, per ora. Siamo nel 1486, all'apice del Rinascimento, e Venezia gode della sua posizione al centro dei commerci dell'Europa e di gran parte del mondo conosciuto. Viene da pensare che la Città d'Acqua sarà ricca e potente per sempre.

Orsola Rosso ha nove anni. Vive a Murano, ma ancora non lavora il vetro...

Il canale non era profondo come pensava. Quando ci cadde dentro, l'acqua fredda la fece trasalire e iniziò a sbattere le braccia ma sentì quasi subito il fondo limaccioso sotto i piedi. Ciò che le era parso così vasto e possente perse di colpo ogni mistero. Orsola sentì il grido di sua madre e gli sghignazzi di suo fratello Marco mentre si rialzava sputacchiando, con l'acqua che le arrivava appena alle spalle.

«Perché mi hai spinto?» strillò. «Cretino!»

«Basta, Orsola!» la sgridò Laura Rosso. «Ti sentono tutti».

In effetti, la gente era uscita dalle botteghe del vetro

che fiancheggiavano la fondamenta e guardava ridendo la bambina nel canale.

«Non ti ho spinto» ribatté Marco. «Sei così goffa che ci sei caduta da sola, *bauca*! Che sorella stupida!»

Orsola, sua madre e i suoi fratelli erano andati a trovare la zia e la nonna, che abitavano dall'altra parte dell'isola. La nonna aveva insistito per vederli, perché era convinta che le rimanesse poco da vivere. Diceva di non sentirsi bene ma si era alzata per porgere a Orsola il sacchetto di pinoli che aveva comprato al mercato: non voleva che andassero sprecati se fosse morta. Zia Giovanna aveva alzato gli occhi al cielo, ma Orsola aveva preso docilmente il sacchetto dalle mani della nonna, promettendo che lo avrebbe dato a Maddalena, la loro serva. I Rosso stavano tornando a casa lungo il rio dei Vetrai, quando Marco le aveva dato uno spintone e Orsola aveva perso l'equilibrio finendo in acqua. Però aveva avuto la presenza di spirito di gettare il sacchetto a terra mentre cadeva. Era una cosa che in famiglia avrebbero sottolineato, in seguito, raccontando la storia: la giovane Orsola aveva avuto il buon senso di non sprecare i preziosi pinoli.

Giacomo, l'altro fratello, più gentile ma anche meno brillante di Marco, scese una vicina scaletta coperta di alghe, si inginocchiò e tese la mano a Orsola, trascinandola su per i gradini viscidi. La bambina si lasciò cadere sulla fondamenta, ansimando e sputando acqua. Era mortificata: nei canali finivano solo gli ubriachi o le persone che uscivano di notte e perdevano l'orientamento nel buio.

Laura Rosso aiutò la figlia ad alzarsi e cominciò ad asciugarla con lo scialle. «Hai preso freddo e sei tutta sporca» borbottò. Si guardò intorno, per accertarsi che la gente avesse smesso di osservarli, poi indicò la porta più vicina. «Perché non vai a scaldarti davanti alla fornace dei Barovier?»

«Non si può» disse Giacomo. «Non la faranno neanche entrare».

«Non lasceranno che una bambina si buschi un malanno, anche se è la figlia di un concorrente». Laura sbirciò con prudenza attraverso la griglia di ferro della porta. Poi la aprì e fece un cenno alla figlia. «Vai e fai piano. Guarda bene, dopo ci racconterai tutto».

Orsola esitò, ma sapeva di non poter disobbedire alla madre. Inoltre era bagnata e infreddolita, e la vicina fornace la tentava con il suo ruggito che giungeva fin lì. Sgattaiolò dentro, mentre sua madre richiudeva la porta, separandola dalla sua famiglia. Voltandosi a guardare attraverso la finestrella, notò il sorriso di Marco, il volto preoccupato di Giacomo, il gesto di incitamento della madre.

Percorse un corridoio che sbucava in un cortile deserto, ingombro di casse e carriole di vetri rotti e legna accatastata e lunghe canne di vetro colorato appoggiate ai muri. Le schegge di vetro luccicavano sul pavimento come brina variopinta. Un disordine cui non era abituata.

Il cortile era attorniato da piccoli edifici: un fondaco che conteneva altro vetro e la cenere e la sabbia e la calce con cui veniva prodotto; al di là di una porta socchiusa si scorgevano scaffali pieni di piatti, ciotole e vassoi, vasi di diverse forme, dimensioni e colori, file e file di bicchieri, lampadari come polpi aggrovigliati fra loro, il tutto in attesa di essere imballato e spedito ad Amsterdam, Lisbona, Londra, Amburgo o Costantinopoli, città lontane che a volte Orsola sentiva nominare da suo padre. Accanto al cortile c'era una botteguccia dove si potevano acquistare i prodotti finiti.

La vetreria Barovier era simile a quella della famiglia di Orsola, anche se la loro era più piccola e Lorenzo Rosso esigeva che fosse sempre tutto pulito e in ordine. I suoi apprendisti si lamentavano perché passavano mesi a sistemare attrezzi e fare avanti e indietro con le carriole, prima di poter finalmente maneggiare il vetro incandescente. Ogni bottega aveva uno stile diverso, dettato dal carattere del maestro. Evidentemente il maestro Giovanni Barovier era un tipo disordinato.

E tuttavia i Barovier erano le stelle più fulgide nel cielo dei vetrai. Da quel caos, Angelo Barovier, padre di Giovanni, aveva ricavato innumerevoli invenzioni, fra cui il cristallo veneziano – che aveva trasformato il lavoro di tutti a Murano, quando agli altri maestri era stato concesso di copiarlo – e il calcedonio, un vetro che somigliava alla pietra dura che porta lo stesso nome. Inoltre erano stati i Barovier a ideare la tecnica che consentiva di tirare il vetro in lunghi steli, adoperati ormai da tutti i maestri per le decorazioni di calici, lampadari e vassoi. Angelo era morto da parecchi anni, ma Giovanni portava avanti la tradizione dei Barovier, custodendone gelosamente i segreti. Tutte le famiglie di vetrai avevano le loro ricette e le tenevano per sé: agli estranei non era consentito di guardarli mentre lavoravano.

Orsola indugiò sulla soglia del laboratorio. Sentiva il rumore della fornace e gli uomini che si chiamavano l'un l'altro. Che ci faceva lei lì? Di sicuro l'avrebbero scoperta, buttandola fuori come una scodella rotta. Ma sua madre era stata perentoria, così scivolò dentro con il cuore in gola.

Il laboratorio era pieno di uomini che infilavano ed estraevano dalla fornace le canne da soffio alle cui estremità erano attaccati globi di vetro fuso, che facevano roteare e rotolare sul marver – un ripiano di ferro – imprimendo loro forme diverse per poi posare gli oggetti finiti sul temperatore, dove si raffreddavano lentamente. C'erano anche dei ragazzi che alimentavano il fuoco e spazzavano per terra e facevano avanti e indietro con i secchi d'acqua. Tutti si muovevano intorno al maestro che sedeva al suo tavolo di lavoro. Orsola era abituata a quell'attività spasmodica, sebbene la bottega dei Barovier fosse più grande e rumorosa di quella di Lorenzo Rosso, più risonante di fischi e grida. Sapeva di non dover stare fra i piedi, e si accostò al fuoco di soppiatto. Ma muovendosi attirò l'attenzione di uno dei garzonetti che davano una mano nella fornace aspirando a farsi garzoni, ovvero apprendisti nell'arte del vetro. Il ragazzo stava spazzando per terra e vedendola s'immobilizzò. Orsola si portò l'indice alle labbra, implorandolo con gli occhi. *Non gridare, sennò mi scoprono!*

Poi notò, in mezzo a tutti quei maschi, una figura che le fece dimenticare il garzonetto: una donna che se ne stava impettita, le mani sui fianchi. Tutto appariva squadrato in lei: le spalle, la fronte, perfino la crocchia di capelli grigi fermati da una spilla. Era l'unica figura immobile, in mezzo a quel trambusto.

Maria Barovier era la figlia di Angelo e la sorella del maestro Giovanni. Orsola la conosceva, ma l'aveva sempre vista da lontano, mentre marciava fiera sulla riva o in campo Santo Stefano, o seduta in chiesa, gli occhi chiusi come se dormisse, la mascella spigolosa come una vanga. Maria Barovier, una delle rare maestre del vetro, non aveva peli sulla lingua. Tutti la chiamavano Marietta, ma Orsola sapeva che il vezzeggiativo mal si addiceva alla virago.

In quel momento stava osservando con cipiglio la stessa canna sorretta da uno dei garzoni, un giovane dal volto affilato di un paio d'anni più grande di Marco, il fratello di Orsola. «No! Il rosso deve risaltare di più, altrimenti non c'è equilibrio e la perla sembrerà solo bianca e celeste. Quante volte te lo devo dire?» lo sgridò stizzita Maria, con il suo vocione. «Dov'è lo stampo? Ora te lo faccio vedere di nuovo, ma sono stufa».

Il ragazzo aveva l'aria intimorita dei garzoni che temevano di perdere il posto. Mentre volgeva lo sguardo lontano dalla padrona, gli occhi, assai scuri e quasi neri, gli caddero su Orsola, che rimase impietrita.

Maria Barovier seguì lo sguardo dell'apprendista e non perse il cipiglio quando vide Orsola tutta sporca di fango. «Fuori di qui, Rosso!» ringhiò. «Spia».

Orsola corse alla porta e la aprì con affanno, impaziente com'era di allontanarsi. Assorbiti dal lavoro, gli uomini non si voltarono nemmeno: quelle erano baruffe da donne o da apprendisti. Attraversò il cortile con le schegge che le scricchiolavano sotto i piedi e varcò la porta esterna uscendo nella fondamenta dei Vetrai. Sebbene fosse rimasta dentro solo pochi minuti, le sembrava che fossero passate ore, quasi fosse di ritorno da un viaggio in un mondo sconosciuto. I suoi famigliari erano spariti. La stavano aspettando a casa e di certo sua madre avrebbe preteso da lei un resoconto dettagliato, quantunque avesse visto ben poco. Le famiglie dei vetrai non erano propriamente nemiche fra loro, ma non condividevano gli spazi di lavoro, men che meno i segreti dell'arte. Ogni tanto i maestri bevevano insieme e giocavano a carte, lamentandosi dei dazi o dei mercanti di Rialto che erano delle sanguisughe o dei capricci del Consiglio dei Dieci, che promulgava decreti mettendo il naso nei loro affari. Ma non parlavano mai dei loro vetri. La gente di Murano era solidale se si trattava di difendere l'isola e la sua industria, ma tutti si calunniavano dietro le spalle: tecnica approssimativa, creazioni poco originali o monotone. Ognuno era convinto di essere il migliore.

Orsola non era stata abbastanza a lungo accanto alla fornace dei Barovier e aveva ancora freddo con addosso i vestiti bagnati. Corse verso casa lungo la fondamenta e il ponte di Mezzo. Bruno, un barcaiolo tracagnotto che conoscevano tutti a Murano, stava remando nel canale e la vide poco prima di chinarsi sotto il ponte. Indicò col remo il vestito inzaccherato ed esclamò: «Sembri un pulcino bagnato! Tuo fratello dice che ti sei buttata nel canale. Cos'è, vuoi diventare una sirenetta? O un delfino?»

«Non mi ci sono buttata! È lui che mi ha spinto!»

Bruno ridacchiò. «Con voi Rosso non sai mai a chi credere».

Orsola gli fece gli occhiacci e corse via, ignorando i commenti dei vicini di casa che le davano dell'impacciata e della sudiciona. Giunta alla dimora dei Rosso, aprì il portone di ferro ed entrò nel cortile della vetreria, con da una parte i fondachi e dall'altra la piccola corte che portava all'alloggio della famiglia. In fondo al cortile c'era il laboratorio con la fornace che ardeva giorno e notte. I vetrai non lasciavano mai che il fuoco si spegnesse, a eccezione del mese di agosto, quando faceva troppo caldo per lavorare e si concedevano un periodo di riposo. Un vicolo correva lungo la bottega collegandola al pontile sulla laguna da dove gli oggetti di vetro partivano per Venezia e dove veniva scaricata la sabbia necessaria per produrli e la legna che alimentava la fornace. Le chiatte cariche di legna arrivavano in continuazione dalla terraferma, dove c'erano molti più alberi che sulle isole.

Orsola avrebbe voluto andare ad asciugarsi i vestiti al calore intenso della fornace, ma sapeva che sua madre la stava aspettando. Così, attraversò il cortiletto ed entrò in cucina dove regnava un diverso tipo di calore, più tenue, perché per far bollire l'acqua non era necessario il fuoco possente che liquefaceva la sabbia. A volte Maddalena cuoceva le pietanze infilando i tegami in un angolo della fornace, anche se Lorenzo Rosso non gradiva che s'intrufolasse nel laboratorio.

Seduto al lungo tavolo dove mangiavano quando in cortile faceva troppo freddo, Marco stava sgusciando i pinoli della nonna, mentre Laura Rosso affettava le cipolle e Maddalena friggeva le sardine. Le sarde in saor erano un piatto agrodolce che mangiavano sempre volentieri.

«Cos'hai combinato?» esclamò Maddalena. «Togliti subito quel vestito!»

Laura sollevò lo sguardo dalle cipolle. «Allora? Cos'hai visto?»

L'impazienza della madre, unita all'indifferenza ostentata da Marco, che gettava i pinoli in aria facendoseli ricadere in bocca, instillò in Orsola il sospetto che fosse tutto premeditato. Suo fratello l'aveva spinta apposta nel canale davanti alla bottega dei Barovier dandole così una scusa per entrare.

«Erano indaffarati, c'erano tanti uomini» iniziò.

«Cosa stavano facendo?»

«Non lo so». Si era persa a osservare Maria Barovier invece che suo fratello, il maestro. «Calici, mi pare». La maggior parte dei vetrai ne producevano, per cui era una risposta credibile.

«Non hai nemmeno capito cosa stavano facendo!» disse Marco con sarcasmo. «*Bauca!* Ve l'avevo detto che era meglio se ci mandavate me, madre».

Allora era vero: si erano messi d'accordo! In parte Orsola si sentiva orgogliosa per essere stata scelta al posto del fratello.

Maddalena gli tolse il sacchetto di pinoli. «Smettila di mangiarli, Marco, mi servono per il saor!»

«C'era Maria Barovier» continuò Orsola.

«Marietta?» Laura Rosso posò il coltello e si concentrò sulle parole della figlia. «E che stava facendo?»

«Parlava con un garzone. Anzi, lo stava sgridando per via di una canna».

«Una canna, eh? E l'hai vista?»

Orsola annuì.

«Quanto era spessa?»

«Come il pollice di papà».

«E di che colore era?»

«Rosso, bianco e blu».

«Strano accostamento di colori».

«Ha detto che il rosso era importante, per l'equilibrio». Orsola fece una pausa. «Rosso» ripeté, e le tornò in mente che Maria Barovier l'aveva riconosciuta. Ma non lo disse alla madre. Né le disse che l'aveva chiamata «spia». «Da quello che ho capito serviva per fare le perle. Ha parlato di uno stampo...»

«Perle! Rosse, bianche e blu. E non tirano solo la canna di vetro in canne più piccole, usano anche gli stampi». La madre di Orsola si fece meditabonda. «Per favore, butta quel vestito e la sottana nella roba da lavare e mettiti qualcosa di asciutto. Non una parola di queste perle, con anima viva. Devo dirlo a tuo padre».

Orsola si tolse i vestiti bagnati e li gettò nella pila di roba da lavare che cresceva a vista d'occhio in cucina. Gli uomini e i ragazzi sudavano così tanto a causa del calore della fornace che dovevano cambiarsi tutti i giorni, e lei e sua madre erano sempre lì a scaldare l'acqua e rimestare i panni nella tinozza, con la liscivia che faceva lacrimare gli occhi, o ad appendere camicie, brache e mutandoni ad asciugare al fuoco, o a stendere lenzuola nei campi di sbianca dietro il convento di Santa Maria degli Angeli. Laura Rosso odiava fare il bucato e Orsola sapeva che, non appena fosse stata abbastanza grande, sua madre le avrebbe sbolognato per intero l'ingrato compito.

Quella sera Orsola, rintanata in un angolo della cucina, giocava insieme al fratello Giacomo con la biglia che Paolo, l'aiutante del padre, aveva fatto per loro. Marco badava al focolare. Lorenzo sorseggiava il vino, mentre Laura gli rammendava la manica di una camicia bruciata da un pezzo di vetro fuso.

«Marietta Barovier sta facendo qualcosa di nuovo» disse al marito. «L'avevo sentito dire. Ma ora lo so per certo. Fanno le perle».

«Perle, eh?» ripeté Lorenzo Rosso. «E allora?»

«A quanto pare sono perle speciali. Perle fini, che potrebbero vendere bene».

«Noi però non facciamo perle, per cui non siamo concorrenti, in questo».

«Forse dovremmo farlo».

«Cosa?»

«Le perle». Il tono di Laura era irritato, come se volesse dire al marito: *Svegliati!*

Lui scrollò la testa. «Ce la passiamo abbastanza bene con bicchieri, brocche e scodelle. Dovremmo tirare le canne, e i miei uomini non ne sono capaci». Per fare le canne, da cui si potevano ricavare perle o elementi decorativi, gli uomini dovevano tirare in coppia il vetro rovente, rendendolo sempre più sottile e facendogli assumere la forma di un esile cilindro. Era una lavorazione che richiedeva molto tempo e che altri avevano già perfezionato. I Rosso compravano le canne bell'e pronte, invece che farsele da sé. Inoltre Lorenzo preferiva limitarsi a produrre solo bicchieri, brocche e scodelle, perché pensava che fosse meglio fare poche cose ma farle bene, oggetti di cui la gente avrebbe sempre avuto bisogno, piuttosto che lampadari e candelabri dalle forme complicate. Era una bottega di stampo tradizionale, cui non sarebbero mai mancate le ordinazioni, ma con cui non ci si poteva arricchire.

«Perché non fai due conti?» insistette la moglie. «Quanto ci costa comprare una canna e quanto si potrebbe guadagnare ricavandone delle perle?»

Lorenzo Rosso le gettò un'occhiata, come a dire che il discorso era chiuso.

Un mese dopo, i Barovier presentarono al mondo la rosetta: grande come la prima nocca del pollice di un uomo, era fatta di strati di canne rosse, bianche e blu sagomate in stampi a forma di stella. Le canne venivano poi tagliate e le perle che se ne ricavavano venivano smussate di modo che dall'azzurro affiorassero stelle bianche a dodici punte. Una perla, smerlata come una conchiglia, unica e geniale. La prima volta che ne prese in mano una, Laura Rosso asserì che era una bruttura: quale donna l'avrebbe voluta addosso? Invece a Orsola piacquero subito quelle perle sbalorditive, a Murano nessuno aveva mai fatto niente del genere. All'inizio non se ne vendettero molte, perché le loro forme inusitate impiegarono qualche tempo ad affermarsi, ma in seguito furono apprezzate ovunque e persino i capi tribù dell'Africa si vantavano di possederle. Il doge consentì a Maria Barovier di aprire una piccola fornace dove creare le perle speciali di sua invenzione. Una donna titolare di una vetreria rappresentava una novità sensazionale. Cose simili non sarebbero capitate di frequente, nei secoli successivi, il mondo doveva cambiare parecchio perché diventasse normale.

Orsola incontrava Maria nella fondamenta dei Vetrai o al mercato di campo Santo Stefano, dove la sentiva tirare sul prezzo delle sardine – e per un soldo, non per un ducato – sebbene i Barovier non avessero certo problemi di denaro. O in campo San Bernardo, durante la passeggiata serale, il rito sociale della gente di Murano. Maria Barovier non si curava minimamente di lei, ma a volte le gettava un'occhiata di sguincio, come a dire: «So chi sei, Orsola Rosso».

Orsola passava la vita a lavare, curare l'orto e sbrigare le faccende domestiche, ma trovava sempre il modo di infilarsi in bottega, per riferire messaggi o portare agli uomini i biscotti di Maddalena. Se poteva, si fermava a guardarli mentre facevano vasi o bicchieri, e una volta li aveva visti soffiare calici eleganti per un ricco veneziano che possedeva un palazzo sul Canal Grande di Murano. Non ci voleva più di mezz'ora per arrivare in barca a Murano, e i signori di Venezia amavano recarsi sull'isola per sfuggire all'agitazione e alla sofisticatezza della vita di città. Non si mescolavano ad artigiani e pescatori, non andavano a bere nelle taverne, davano feste nei loro palazzi e portavano con sé domestici e gondolieri. Ma amavano visitare le botteghe dei vetrai. Il grosso della produzione era destinato alle città di tutto il mondo, ma nelle botteghe c'era sempre qualche pezzo da vendere ai veneziani o agli altri visitatori dell'isola.

Quando entravano nel negozietto dei Rosso, Orsola vedeva sua madre che si toglieva in fretta il grembiule e si lisciava le sopracciglia aggraziate, pronta a mostrare le ultime creazioni del maestro Lorenzo Rosso. Spesso i ricchi veneziani si limitavano a guardare, ma a volte compravano qualche pezzo del maestro, ed era sempre una sorpresa quando sceglievano una brocca o un calice fatti da Paolo. Calvo, nerboruto e taciturno, Paolo era il servente di Lorenzo, il suo primo aiutante, e lavorava il vetro con estrema abilità. Ogni volta che vendeva uno dei suoi pezzi, Laura Rosso andava subito a dirglielo e lui arrossiva e si rimetteva a lavorare con un sorrisetto, mentre i compagni lo schernivano bonariamente. Era capace di insegnare in modo gentile, invece di limitarsi a urlare o sgridare i ragazzi: mostrava il modo corretto di tenere in mano gli oggetti, suggeriva l'attrezzo giusto da usare o indicava la fornace se c'era bisogno che il vetro fosse scaldato di nuovo.

La bottega dei Rosso aveva garzonetti che alimentavano il fuoco e spazzavano il pavimento, tenevano in ordine gli attrezzi e andavano a prendere l'acqua per spegnere la sete incessante dei lavoranti. Dopo cinque anni diventavano garzoni, e servivano per altri sei anni come apprendisti, imparando il mestiere da Lorenzo e Paolo. A Orsola piaceva guardare i garzoni che volteggiavano intorno a suo padre come in una danza: si inginocchiavano a soffiare dentro la canna da soffio gonfiando il vetro fuso, mentre lui lo girava; prendevano il ferro dalle sue mani e lo riscaldavano nella bocca della fornace; gli porgevano gli attrezzi: la paletta, la tenaglia, la borsella, le forbici; tiravano la lamina d'oro; scaldavano gli elementi decorativi per poi applicarli all'oggetto cui lui stava lavorando e, alla fine, lo staccavano dal pontello e, tendendolo fra le palette, lo portavano a raffreddare sul temperatore. Il maestro era al centro di quella danza e tutti dovevano muoversi in modo armonioso, perché l'oggetto riuscisse perfettamente. Apriva bocca quasi solo per impartire comandi secchi. In certe botteghe, si cantava o si raccontavano storielle sulle donne o le barche, ma Lorenzo Rosso preferiva lavorare in silenzio. I suoi lavoranti lo assecondavano: se i suoi modi non andavano loro a genio, che cambiassero bottega!

Marco e Giacomo avevano iniziato come garzonetti, perché il padre si era rifiutato di indulgere in favoritismi verso di loro. Avevano dovuto passare anni a correre qua e là, facendo un po' di tutto prima di diventare garzoni, perché bisognava apprendere il mestiere partendo dal basso. Giacomo aveva la costanza del padre, obbediva prontamente e studiava a fondo ogni fase della lavorazione. Seguiva Paolo come un'ombra ed era sempre lui a raccogliere i vetri rotti, o a trovare la paletta mancante o a prendere delicatamente con le pinze la lamina d'oro che suo fratello aveva fatto cadere inavvertitamente dal bancone. Anche dopo aver finito il suo lavoro, Giacomo si fermava in bottega a fare *goti*, i bicchieri di uso quotidiano che gli apprendisti soffiavano per affinare la loro tecnica.

Marco era diverso, più pigro e sicuro di sé, aveva talento da vendere e forse avrebbe perfino superato suo padre, se avesse avuto l'umiltà di esercitarsi. Ma lui non si abbassava a fare i *goti*. Se si appassionava a una nuova tecnica, un nuovo colore, una nuova forma, ci lavorava senza posa, mettendo da parte ogni altra incombenza. Se, però, non gli riusciva di padroneggiare quella tecnica o la forma si rivelava troppo difficile da eseguire, cedeva alla frustrazione, spaccava tutto e usciva imbestialito dalla bottega. «La donna che diventerà sua moglie avrà il suo bel daffare» osservò Laura Rosso dopo una delle sue sfuriate, ma né lei, né suo marito lo rimproveravano. Neppure Paolo gli diceva nulla, perché sapeva che un giorno Marco sarebbe diventato il suo padrone. Giacomo si sforzava di tenergli testa, ma ne portava i segni, perché non era tosto come il fratello.

In effetti, Marco diede prova del suo valore, creando una coppa di vetro a filigrana chiara con i manici a forma di leone alato, in omaggio allo stemma di Venezia, molto elegante ma così poco concava che sembrava una scodella. Aveva passato settimane a disegnarla, sperimentando soluzioni diverse prima di eseguire la versione definitiva. Immensamente orgoglioso della sua creazione, decise di non venderla a un veneziano, come era stato nelle sue intenzioni. Non volle che la tenessero in negozio e la conservava in laboratorio, su una mensola che aveva costruito appositamente. Un giorno che non c'era in giro nessuno, Orsola provò a usarla: la riempì d'acqua, ma la coppa era così piatta che stentava a trattenerla e appena Orsola si mosse traboccò, bagnandole il vestito.

A diciassette anni, Orsola era identica alla madre, con gli stessi capelli, neri come gli occhi, le sopracciglia inarcate e l'aria inquieta di chi è impaziente che accada qualcosa.

E qualcosa accadde.

Un giorno stava portando lo stufato di anguilla sul temperatore in modo che rimanesse caldo e si fermò sulla soglia della bottega a guardare gli uomini al lavoro. Suo padre, il maestro, era seduto dietro il bancone, mentre il suo servente e i garzoni gli si muovevano intorno con pinze e pontelli. Stavano lavorando a un esile tubicino di vetro a filigrana, forse il manico di una brocca. Paolo estrasse dalla fornace la canna da soffio con in cima il tubicino e lo portò a Lorenzo Rosso che lo curvò delicatamente con la pinza e poi lo misurò con il compasso. «Perfetto» disse. Fu la sua ultima parola. Un garzone si avvicinò per prendere il tubicino ricurvo con una forcella. Al maestro bastò dare un colpetto al pontello perché il pezzo di vetro si staccasse, e il garzone lo accolse sulla forcella per portarlo al temperatore. Ma non lo agganciò saldamente o forse lo fece oscillare troppo, tant'è che il vetro ricurvo ricadde sul bancone e andò in mille pezzi, che volarono ovunque. Una scheggia atterrò ai piedi di Orsola. Un'altra schizzò come un dardo rovente verso Lorenzo Rosso e gli si conficcò nel collo.

L'apprendista rimase impietrito brandendo la forcella quasi fosse un'arma. Lorenzo si portò la mano al collo, sentì il pezzo di vetro e lo tirò fuori. Fu come se avesse stappato una bottiglia, perché subito un fiotto vermiglio zampillò dalla ferita spargendosi per terra. Lorenzo guardava, inebetito, la scheggia di vetro che aveva ancora in mano. Mentre il sangue gli colava sul collo, si fece terreo e scivolò giù dallo scagno.

A Orsola cadde di mano la pentola con le anguille e nello stesso momento il garzone mollò la forcella e il frastuono parve riscuotere Marco e Giacomo, che accorsero e si chinarono sul padre. L'apprendista scappò via. «Va' a chiamare il medico!» gli urlò dietro Marco. «Chiama nostra madre!» gridò poi a Orsola. «Portate dei panni!»

Orsola non se lo fece dire due volte: corse in cucina e afferrò la madre per il braccio, ma non riusciva a parlare. «Padre... Un incidente... Panni...» farfugliò.

Laura Rosso studiò il volto della figlia, cercando di dare un senso a quelle parole. «Maddalena, prendi le lenzuola nell'armadio» comandò un attimo dopo, e corse verso la bottega, seguita da Orsola.

Maddalena arrivò con le lenzuola e cacciò un urlo vedendo le anguille galleggiare nella pozza vermiglia sul pavimento. In ginocchio accanto al marito, Laura stava cercando di fermare l'emorragia con la gonna e Orsola vide che aveva le caviglie sporche di sangue.

«Basta, Maddalena!» gridò Laura. «Dammi subito i lenzuoli!»

Maddalena rimase impietrita sulla soglia e Orsola dovette strapparglieli di mano e porgerne uno alla madre che lo premette sul collo di Lorenzo Rosso. Si tinse subito di rosso e quel colore cupo formava un contrasto quasi osceno con il candore del tessuto. «Ancora!» ordinò Laura e, mentre le passava un altro lenzuolo, Orsola non poté fare a meno di pensare alla fatica che le era costata lavarli e candeggiarli al sole. Poi si sentì in colpa per averlo pensato.

Giacomo era accucciato dall'altra parte e stringeva la mano del padre. In piedi accanto a lui, Paolo cingeva le spalle dei due garzonetti, uno dei quali guardava la scena con gli occhi sgranati, mentre l'altro aveva nascosto il viso nel fianco del servente. Intanto, Marco vagava furioso per la stanza. «Dov'è quella *canagia*? Dov'è il garzone? Gli caverò le budella e le mostrerò a sua madre! Scommetto che non è neanche andato a chiamare il medico!»

In effetti, l'apprendista non era andato in cerca del medico, ma aveva rubato una barca ed era fuggito sulla terraferma. Nessuno lo vide mai più. Se qualcuno lo nominava, i Rosso sputavano per terra e lo maledicevano.

«Madre, dobbiamo chiamare il prete?» mormorò Giacomo.

Senza una parola, Paolo si scostò dai garzonetti e uscì dalla bottega. Se anche fosse andato di corsa alla chiesa più vicina, San Pietro Martire, all'incrocio fra il rio dei Vetrai e il Canal Grande, e il prete fosse arrivato di corsa, non sarebbe servito a niente. Orsola guardò la pozza di sangue che continuava ad allargarsi e il volto di suo padre, gli occhi chiusi, la pelle bianca come certi funghi. Era tardi per l'estrema unzione.

Anche Laura lo aveva capito. Gli sentì il polso e si sedette sconsolata sui talloni, lasciando andare il lenzuolo zuppo di sangue che teneva invano sul collo del marito. «*Che Dio abia pietà della so anema, e de la nostra*» mormorò e si fece il segno della croce.

Maria Barovier andò al funerale, insieme a tutti i vetrai di Murano e a Gottfried Klingenberg, il mercante veneziano cui il povero Lorenzo affidava i suoi lavori. Il padre di Orsola era benvoluto, non perché avesse una personalità spiccata – era un uomo schivo e dedito alla bottega e alla famiglia – ma per la sua schiettezza e onestà, e per la bontà delle sue creazioni, semplici e durature. Non aveva mai perfezionato l'arte di fabbricare lampadari e altri oggetti decorati, lasciando campo libero agli altri vetrai. Il suo laboratorio era pulito e ordinato e gli uomini che ci lavoravano si comportavano bene, a parte Marco, ma un figlio non te lo puoi scegliere. La sua morte aveva preso alla sprovvista i colleghi che gremirono la basilica dei Santi Maria e Donato, dove venne celebrato il funerale. Poi accompagnarono la salma al sandolo dei Rosso, che lo avrebbe portato lungo il canale fino al cimitero, sulla riva nordorientale dell'isola, con Marco e Giacomo ai remi, e il resto della famiglia a piedi sulla fondamenta. Fra la folla c'era anche Maria Barovier, che questa volta non ignorò Orsola, e le rivolse un lungo sguardo impassibile ma non ostile.

Parecchie settimane dopo, Orsola, uscendo dalla basilica dov'era andata a pregare per l'anima di suo padre, vide Maria seduta su una panca in campo San Donato. «Aiutami, Orsola Rosso» le comandò. «Faccio fatica ad alzarmi, con la gotta».

Orsola si avvicinò e la prese per il gomito. Era la prima volta che coglieva un segno di debolezza nell'anziana donna, e sarebbe stata l'ultima.

«Sei andata a dire una preghiera per tuo padre?» le domandò Maria, voltandosi verso la basilica dei Santi Maria e Donato con il rosso dei mattoni e le due file di archi con le colonnine di marmo. Durante la messa, Orsola s'incantava a guardare gli antichi mosaici del pavimento. Non era la chiesa più vicina alla casa dei Rosso, ma Murano non ne aveva di più belle.

Annuì, trattenendo le lacrime, per non farsi vedere piangere da quella signora.

Maria non si fece il segno della croce, come di sicuro avrebbe fatto qualunque altra donna, ma disse: «Nessuno merita di morire così». Poi la guardò dalla testa ai piedi e aggiunse: «Sei cresciuta, Orsola, sei quasi una donna. Ti ci vuole un vestito nuovo».

Aveva ragione. Le forme di Orsola si erano fatte più piene e i vestiti le andavano stretti sul petto e nelle braccia. Però non diceva niente a sua madre. Laura Rosso si era trovata di colpo a dover gestire la bottega e passava il tempo a consultare i libri mastri, o a controllare le cataste di legna e a contare i calici, accertandosi insieme a Marco che fossero ben fatti. Orsola sapeva che non aveva tempo per pensare a lei e al suo vestito.

«Secondo me, ci vorrebbe qualcosa di marrone con una punta di rosso» continuò Maria Barovier. «Il rosso si abbinerebbe bene al tuo incarnato e ai capelli. Ci vuole qualcosa che sia all'altezza».

Orsola arrossì al pensiero che la signora si era presa il disturbo di osservare la sua pelle olivastra, le labbra scure e il colore dei suoi capelli. Annuì, accennando un inchino, e scappò via.

La settimana dopo, un valletto si presentò a casa dei Rosso con un pacco di stoffa, buon lino marrone con una punta di rosso. Non c'erano biglietti. «Roba di qualità» disse Laura Rosso passando la mano sul tessuto. «Forse qualcuno pensa di pagarci così. Ma a noi servono i soldi. Scoprirò chi è stato e gli farò scucire i quattrini».

Orsola si schiarì la voce. «La stoffa è per me».

«Ah, sì? E chi te la manda?» le domandò la madre, insospettita, come lo sarebbe qualunque madre vedendo giungere doni inaspettati a una figlia in età da marito.

Orsola esitò. Le sarebbe convenuto dire che la stoffa proveniva da uno spasimante. Nessuno se ne sarebbe stupito. Sua madre ci avrebbe riso su e avrebbe fatto confezionare il vestito, tenendo nondimeno alla larga l'ipotetico pretendente. Invece...

«È un regalo. Di Maria Barovier».

Laura sbuffò. «E perché? Cosa vuole Marietta da te? O tu da lei?»

«Niente. Mi ha detto che avevo bisogno di un vestito nuovo. Tutto qui».

Orsola si aspettava che sua madre prendesse la stoffa e la tirasse in faccia a Maria. Invece, accarezzò di nuovo il lino e la squadrò da capo a piedi, dicendo: «Domani te lo cucio. Lo indosserai quando andrai a trovarla e le chiederai di aiutarci».

Orsola fece una smorfia, come se avesse addentato una fetta di limone. «Aiutarci? Cosa intendete dire?»

Laura la scrutò in silenzio per un istante. «Andiamo» disse e la precedette in cortile, fermandosi davanti alla porta del laboratorio. La aprì. «Guarda».

Orsola evitava di entrare nel laboratorio da quando suo padre era morto. Non perché temesse di vedere la macchia di sangue sul pavimento. L'avevano tolta subito, strofinando forte la pietra, con Maddalena che singhiozzava e Laura e Orsola che si sforzavano di non farlo. Poi i garzonetti avevano spostato in quel punto una catasta di legna che avrebbe nascosto per sempre l'alone del sangue versato dal loro maestro. Ma Lorenzo Rosso aveva sempre condotto la danza che si svolgeva ogni giorno nella vetreria, e Orsola non sopportava di vedere il vuoto che aveva lasciato, o i gesti incerti degli uomini che tentavano invano di colmarlo. Marco aveva preso il suo posto, ma aveva appena superato la prova, diventando servente, ed era privo dell'esperienza necessaria a gestire una bottega. Eppure doveva farlo. Quando moriva un maestro era il figlio primogenito a succedergli. A volte, Orsola scorgeva da lontano Marco alle prese con mille problemi e quasi soffocato dalle responsabilità. Le destava compassione e avrebbe voluto dirgli una parola di conforto, ma sapeva che suo fratello detestava essere commiserato: l'avrebbe solo fatto adirare.

Guardò il laboratorio. In quel momento Marco e Paolo non erano presenti. Due garzoni e un garzonetto stavano giocando a spigoli, gettando le carte con foga, e l'altro garzonetto dormiva: non si sarebbero mai permessi di comportarsi così davanti al maestro Lorenzo. Solo Giacomo si dava da fare, suddividendo i pezzi di vetro, una mansione svolta solitamente dai garzonetti. Vedendo la madre e la sorella, rivolse loro uno sguardo dispiaciuto, quasi volesse scusarsi. Avrebbe dovuto essere alla fornace a fare il vetro mescolando sabbia, cenere e calce, con la formula dei Rosso che il padre gli aveva insegnato, per creare i colori di cui aveva bisogno. Ma era inutile fare il vetro, perché il laboratorio non produceva nulla.

«Visto?» disse Laura Rosso. «Siamo nei guai e bisogna che Marietta Barovier ci aiuti a uscirne». Raccolse un pezzo di vetro chiaro che non avrebbe dovuto rimanere per terra e lo gettò nella carriola degli avanzi.

Orsola si appoggiò allo stipite e osservò la madre con attenzione. Com'era cambiata dopo la morte del marito! Pareva quasi una vecchia, con i capelli sempre più grigi e l'aria smunta, perché mangiava poco e niente. Ma la trasformazione non si limitava all'aspetto fisico. Laura Rosso era sempre stata una moglie modello. Non approfittava della passeggiata serale dei muranesi per sfoggiare una nuova pelliccia, come solevano fare le mogli degli altri maestri. Non lasciava che fosse la serva a sbrigare le faccende domestiche. Mandava avanti la casa personalmente e si interessava anche della bottega, discutendone col marito, anche se spettava a lui l'ultima parola. Sapeva leggere e fare di conto abbastanza da poterlo aiutare a tenere i registri. Non era burbera, né pignola, ma aveva polso con Orsola e Maddalena, con gli aiutanti del marito, con il macellaio e il pescivendolo e il fruttivendolo da cui si serviva. Teneva la casa in ordine. Non beveva troppo vino. Aveva un debole solo per i biscotti e la frutta secca.

All'inizio era rimasta come impietrita. Non aveva pianto durante il funerale di Lorenzo, né seguendo la barca che lo conduceva al cimitero, né sulla sua tomba. Orsola sapeva che sua madre non era una donna priva di emozioni, ma ora pareva svagata e spesso s'incantava a guardare le montagne lontane che si vedevano sulla terraferma quando il cielo era terso.

Si doleva con Orsola e Giacomo perché Marco non aveva i nervi saldi necessari a condurre una vetreria in un posto come Murano, dove erano in molti a contendersi la stessa clientela di inglesi, francesi, tedeschi, olandesi e turchi, tramite i sensali di Venezia.

Marco sapeva soffiare e decorare un calice, ma non era capace di guidare i lavoranti a farne di identici, o così somiglianti ai suoi che solo un occhio esperto avrebbe potuto cogliere la differenza. Non era avvezzo a trattare all'ombra del ponte di Rialto, con gli scaltri mercanti che ti abbindolavano senza che tu te ne accorgessi, incantato com'eri dalle loro belle vesti di velluto nero, dalle loro barbe tagliate con cura, mentre ti facevano sentire in gamba e spiritoso e ti sorridevano riempiendoti il bicchiere. Lorenzo Rosso era sempre riuscito a strappare prezzi decenti grazie alla propria caparbietà, perché non era il tipo che si lasciava imbambolare dal vino o dai sorrisi. Marco, però, amava bere ed era sensibile alle lusinghe. Avrebbe rovinato la bottega, a meno che qualcuno non l'avesse accompagnato, impedendogli di alzare il gomito e farsi turlupinare. Ci doveva essere qualcuno che rimaneva lucido durante le trattative, e Orsola sapeva che sua madre sarebbe stata la persona giusta.

Qualche settimana prima, Laura e Marco Rosso avevano preso un traghetto – si chiamavano così le gondole che trasportavano cose e persone fra Venezia e Murano – ed erano andati da Gottfried Klingenberg, nel Fondaco dei Tedeschi, dove vivevano e lavoravano i mercanti teutonici. Al loro ritorno, Laura non aveva detto un granché, solo che si erano impegnati a evadere l'ultima ordinazione di calici e scodelle. E l'avevano fatto, con Paolo che, quando gli era possibile, correggeva di nascosto i numerosi errori di Marco. Ma poi Klingenberg non ne aveva ordinati altri, e la bottega si era fermata.

«Devi chiedere consiglio a Marietta Barovier» ripeté Laura alla figlia.

Orsola annuì.

«E c'è un'altra cosa con cui dobbiamo fare i conti» aggiunse sua madre. «Presto sarà evidente». Si tirò su la veste mostrandole il ventre, e Orsola trasalì: quella parte del corpo della madre pareva l'unica a essere cresciuta. Un'altra donna si sarebbe data una pacca sulla pancia, nel dare una simile notizia, ma Laura Rosso non era così prevedibile.

«Allora dovete mangiare di più, madre, se non volete perdere anche questo» disse Orsola, cercando di nascondere il proprio turbamento. Sua madre era un po' troppo vecchia per partorire e non aveva più un marito a sostenerla.

«Di' a Marietta del bambino» disse Laura. «Forse servirà a intenerirla».

Prima di mandarla a parlare con Maria Barovier, fece un vestito a Orsola con la stoffa donatale dalla maestra del vetro. Orsola l'avrebbe portato per anni, a dispetto del cambiare delle mode, e tutti ne avrebbero lodato il taglio e il tessuto fine, e quel colore difficile da definire: la semplicità del marrone impreziosita dal rosso.

La seconda volta che Orsola entrò nella bottega dei Barovier non era più una bambina con le vesti inzaccherate ma una giovane donna piuttosto elegante. Il cortile però era caotico come lo ricordava, anzi, le schegge di vetro sparse per terra parevano aumentate. Forse anche il cortile dei Rosso sarebbe diventato così. Questa volta, invece di sgattaiolare dentro, Orsola bussò alla porta. Ad aprirle fu lo stesso giovane che si era buscato la ramanzina di Maria Barovier a causa della canna per le rosette.

Ma non era più un garzone imberbe: pur avendo conservato una corporatura snella, aveva le braccia muscolose di un servente e Orsola riconobbe i suoi occhi, così neri che non si riusciva a vedere le pupille.

«Sì?»

«Dite alla vostra padrona che Orsola Rosso cerca di lei».

«La signora non riceve». Il servente dei Barovier fece per chiudere la porta, ma Orsola glielo impedì posando la mano sullo stipite. Lui le guardò la mano.

«Ditele che Orsola Rosso vuole vederla» ripeté. «Se non glielo dite e lei viene a saperlo, vi toccherà fare *goti* per il resto dei vostri giorni».

Il giovane servente la guardò male, ma andò a cercare la padrona. Orsola non lo seguì e rimase nel cortile. Aveva una gran voglia di guardare le canne di vetro colorato nel fondaco o sbirciare nella vetrina del negozio o almeno frugare tra i frammenti sparsi per terra. Ma non era lì per spiare, questa volta, e non si mosse, le braccia strette intorno al corpo.

Maria Barovier non la fece aspettare, come fanno certe persone per riaffermare la propria superiorità: consapevole del proprio potere, non aveva bisogno di ricorrere a certi trucchi. Uscì dalla bottega, seguita dal servente che fu subito congedato con un cenno frettoloso. «Torna pure dentro, Stefano, e mi raccomando quell'azzurro».

Il giovane annuì e si infilò nel laboratorio, non prima di aver rivolto un'ultima occhiata a Orsola.

«Vieni». Maria la condusse in un cortiletto che somigliava a quello dei Rosso e aveva al centro un pozzo di pietra con anfore scolpite sui quattro lati. Le galline ci razzolavano intorno e chiocciarono indignate quando la padrona le scacciò, appoggiandosi all'imboccatura del pozzo. C'erano vasi con piantine di basilico che riempiva l'aria con il suo profumo. I Barovier non ostentavano la loro ricchezza.

«Cosa ti serve?» domandò Maria incrociando le braccia sul petto.

Orsola glielo spiegò più chiaramente che poté, sapendo che la donna badava al sodo. Maria la ascoltò con attenzione e aggrottò la fronte solo quando apprese che Laura Rosso era di nuovo incinta.

«Gottfried Klingenberg è il vostro mercante di Rialto, vero?» disse alla fine. «L'ho visto al funerale di tuo padre. La sua presenza vi ha fatto onore. Ha detto per quale motivo non intende fare altre ordinazioni?»

«Ci ha ringraziato per aver consegnato la merce entro il termine stabilito, ma ha detto che voleva vedere se quei pezzi incontravano i gusti della sua clientela».

«"Quei" pezzi, ha detto proprio così?»

«Sì».

«Questo significa che sono diversi da quelli di prima. Li avrà confrontati con i vetri di tuo padre, ed evidentemente li giudica meno buoni. Klingenberg è uno che se ne intende. Tutto il vetro del mondo passa da Venezia, e il tedesco ha l'occhio fino. Gli parlerò e cercherò di scoprire che pecche ha trovato nelle vostre creazioni. Lo conosco da una vita. Non lo dirà mai a tua madre o a tuo fratello, ma si compiacerà di dirlo a me. Così potrete sapere cos'è che non lo ha soddisfatto e correggere i difetti. Torna da me fra tre giorni». Maria Barovier si tirò su dal pozzo a indicare che l'incontro si era concluso. La accompagnò alla porta che dava sulla calle e aprendola scrutò Orsola dalla testa ai piedi, poi fece un lieve cenno del capo, come a dire che aveva notato il vestito nuovo e lo approvava.

Tre giorni dopo, Stefano la fece entrare senz'altro ma la seguì con gli occhi mentre andava verso il laboratorio, e Orsola avvertì il suo sguardo, come uno stecco piantato fra le scapole.

«I calici non sono all'altezza di quelli di prima» spiegò Maria Barovier, dopo averla portata nel cortile con il pozzo. Un gatto dormiva acciambellato al sole fra i vasi di basilico. «Le basi sono tozze e la coppa non è perfettamente in linea. E ci sono le bolle. Tuo fratello e i suoi lavoranti hanno perso il controllo del vetro. Klingenberg ha comprato i calici ugualmente, in segno di rispetto per la memoria di tuo padre, ma ci ha rimesso, vendendoli. La prossima volta non potrà più dar retta al cuore».

Orsola rimase sgomenta. Aveva immaginato che fosse così, ma sentirselo dire era un'altra cosa. «Che possiamo fare?» disse alla fine.

«Giocate sulla varietà» suggerì Maria. «Tuo padre si concentrava su poche cose, mi pare, calici, brocche e scodelle, giusto?»

Orsola annuì.

«Perché non provate a fare altri tipi di bicchieri? Non solo calici, ma anche bicchieri per tutti i giorni. Dei bei *goti* che qualunque garzone può fare senza problemi. E vassoi, piatti da portata. Oggetti semplici, senza troppe decorazioni. Forse Marco se la caverà meglio con cose di questo tipo. E Giacomo avrà la possibilità di mostrare la sua abilità. I tuoi fratelli devono capire in cosa riescono meglio, invece di seguire le orme di vostro padre. Ogni vetraio è diverso dagli altri, così come è diversa la voce di ogni cantante e la pasta di ogni massaia. Paolo, il servente, è bravissimo. Lui può aiutare i tuoi fratelli, anche se non potrà mai prendere in mano la bottega, perché non è un Rosso. Però digli di sbrigarsi, se non vogliono perdere il favore di Klingenberg. Presto il mercante inizierà a cercare altri fornitori».

Era un consiglio avveduto, ma piuttosto scontato. Forse anche sua madre, e perfino Marco, ci sarebbero arrivati col tempo.

«E un'altra cosa: le perle».

«Le perle?» I Rosso non le avevano mai fatte, perché erano poco appariscenti e non rendevano. I vetrai le producevano quasi a tempo perso, fra una commissione importante e l'altra. Solo la rosetta dei Barovier era diventata un oggetto di valore.

«Sì, le perle. E potresti farle anche tu».

«Io?» Orsola non aveva mai toccato il vetro. Aiutava Maddalena nelle faccende domestiche, si occupava dell'orto e badava ai cuginetti. A volte dava una mano a imballare la merce. Non aiutava nemmeno in negozio, lasciando che fosse la madre a mandarlo avanti. La Barovier era l'unica vetraia che conoscesse e Orsola si era sempre chiesta come lo fosse diventata. Maria non aveva mai preso marito: era zitella perché lavorava il vetro, o lavorava il vetro perché era rimasta zitella?

«Le perle sono un ottimo ripiego nei tempi morti» spiegò Maria Barovier. «Occupano poco spazio e siccome non sono importanti, nessun uomo si sente minacciato se è una donna a farle. Ma sono sempre più richieste, soprattutto come merce di scambio. Pensa che il re di Spagna ne ha ordinate parecchie, per le sue navi che sono salpate verso occidente».

«Verso occidente?» Orsola era abituata a sentir parlare di navi che andavano a Oriente, a Costantinopoli e Alessandria d'Egitto e Acri. Lo sapevano tutti che non c'erano altre terre a occidente della Spagna!

«Pare che stiano cercando una nuova rotta che arrivi alle Indie passando da quella parte. Le mie rosette sono in viaggio insieme a quegli uomini» disse Maria con fierezza.

«Mi insegnerete a fare le rosette?»

«No, cara. Ti insegnerei se tu fossi mia figlia. Ma il lavoro dei Barovier rimane fra i Barovier. Però puoi imparare perle diverse. Più semplici. Ti assicuro che si vendono bene. Forse non basteranno a risolvere i problemi della tua famiglia. Ma vi aiuteranno».

«Mio fratello non acconsentirà mai. Una femmina in bottega, non si fa». Orsola arrossì perché i Barovier lo avevano fatto, eccome.

Maria sorrise. «Puoi lavorare in cucina. Non c'è bisogno che Marco lo sappia, finché non avrai imparato bene. Quando sarai diventata abbastanza brava a farle, anche lui ne capirà il valore. Sai cosa sono le perle a lume?»

Orsola scrollò la testa.

«Ci sono due modi per fare le perle: tagliare le canne di vetro e modellare i pezzi o lavorarle una per volta sulla fiamma. Metti il vetro in cima a un'asticella di metallo e lo fai fondere, per poi dargli la forma che vuoi. Io non sono molto brava in questo, ma ho una cugina che ti può insegnare. Si chiama Elena Barovier e abita dietro San Pietro Martire. Domani sera vai da lei e chiedile di mostrarti come si fa. Mi pare di ricordare che abbia un lume in più. Le dirò di prestartelo».

Orsola dubitava che una manciata di perle potesse ripianare i debiti che presto avrebbero gravato sulla sua famiglia, ma non lo disse. «Grazie, signora. Seguirò il vostro consiglio».

Maria Barovier sospirò. «Avrei tanto voluto avere una figlia, che desse la paga agli uomini».

Elena Barovier, una dei numerosi Barovier di Murano, abitava in una grande casa insieme ai suoi fratelli vetrai e alle loro famiglie. Più anziana di Orsola di almeno vent'anni, ricordava Maria nella fronte spaziosa, la mascella affilata e i modi bruschi. Neppure lei aveva preso marito ma, invece di entrare in convento, era rimasta a vivere con la famiglia insieme alle mogli e alle suocere dei fratelli. Elena non si mostrò eccessivamente cordiale quando Orsola bussò alla loro porta, ma era chiaro che Maria l'aveva avvisata e non se la sentiva di disobbedire a una cugina così potente. La portò in cucina e le mostrò la lampada che teneva in un angolo del tavolo dove la famiglia aveva da poco finito di cenare. Passandole accanto, donne e bambini gettavano occhiate curiose a Orsola ma non chiedevano cosa ci facesse una dei Rosso alla tavola dei Barovier. Probabilmente Maria aveva parlato anche con loro.

«Non hai mai lavorato il vetro, vero?» le domandò Elena con un pizzico di accondiscendenza.

Orsola scrollò la testa.

«Quindi niente stravaganze, per il momento. Imparerai a fare una perla semplice, di un colore soltanto e senza decorazioni. Prima, però, dobbiamo preparare la lampada». Elena prese un contenitore in metallo a forma di pera, grosso suppergiù come il suo avambraccio, e aprì il coperchio incernierato. «Ci buttiamo dentro un po' di sego, te lo puoi far dare dal macellaio, e lo facciamo sciogliere». Elena mise la lampada sul fuoco e il grumo di sego si squagliò mutandosi in una pozza maleodorante. Orsola storse il naso, nauseata. «Ci farai l'abitudine» disse Elena. «La lavorazione a lume è puzzolente».

Elena prese un cilindro di metallo con dentro uno stoppaccio e lo infilò nella lampada con l'estremità inferiore immersa nel sego e quella superiore che sbucava dalla bocca della lampada. Si sedette al tavolino e accese lo stoppaccio. Reggeva nella mano sinistra un'asticella di ferro simile a uno spiedo, e nella destra una canna di vetro verde. «Se la metto subito sulla fiamma non succede niente, perché non c'è abbastanza calore» disse. «Allora si fa così». Si chinò, mostrando a Orsola il mantice posto sotto il tavolo, con un beccuccio che risaliva e puntava verso la fiamma. Elena iniziò a pigiare col piede sul mantice e una folata d'aria alimentò la fiamma che si fece subito più viva. «Ci vuole un bel fuoco per sciogliere la canna. Ora se ci infilo dentro il vetro... Guarda». La punta della canna verde diventò arancione e iniziò ad ammorbidirsi, piegandosi come un fiore appassito.

Elena la tolse dal fuoco e ne avvolse un pezzetto intorno all'asticella di metallo, sfregandola fra pollice e indice per farla girare. «Un giro e mezzo da una parte e un giro e mezzo dall'altra, poi fai lo stesso in senso opposto» spiegò «per distribuire il vetro in modo uniforme. La simmetria è fondamentale per le perle, e per quasi tutti gli oggetti in vetro. Ma voi Rosso le sapete queste cose».

Orsola annuì, lo sguardo fisso sulla perla che prendeva forma intorno all'asticella di metallo. Dopo averlo scaldato di nuovo, Elena ricominciò a far girare il grumo di vetro molle e usando una piccola spatola di metallo gli impresse una forma a botte, poi ovale e quindi di nuovo tondeggiante. «Cannella, ulivetta, paternostro» salmodiava, a ogni mutazione.

*Vuol farmi vedere quant'è brava*, pensava Orsola, e tuttavia era affascinata dall'abilità della sua maestra.

Elena studiò con attenzione la perla rotonda, detta paternostro, perché serviva a fare i rosari. Quando fu soddisfatta del risultato, ficcò l'asticella, dalla parte della perla, in una cassetta di metallo piena di cenere. «La lasceremo raffreddare tutta la notte» spiegò. «E ora» aggiunse, alzandosi in piedi, «tocca a te».

Per quanto fosse ansiosa di imparare, Orsola si sedette con riluttanza davanti alla lampada. Stava per cimentarsi con qualcosa che non aveva mai fatto e sotto lo sguardo severo di Elena Barovier.

«Scegli un colore» disse Elena indicando le piccole canne colorate sparse sul tavolo.

Orsola ne prese una rosso sangue. Rosso per una Rosso.

Ma Elena scosse il capo. «Troppo difficile per una principiante. Il vetro rosso odia il calore, e si scalda troppo alla svelta».

Orsola la posò e ne prese una verde.

«No, non va bene nemmeno quello, perché è opaco. Si raffredda velocemente per cui ti toccherebbe lavorare in fretta. Tieni, usa questo» disse Elena e le porse la meno graziosa delle piccole canne, in vetro trasparente. «Questo è più alla tua portata».

Orsola si accapigliò per un'ora buona con l'asticella e la canna, bruciando il vetro e scottandosi le dita, ma le perle le venivano eccessivamente gonfie o piene di bitorzoli. Era troppo difficile girare l'asticella in modo graduale, compiendo un movimento diverso con l'altra mano, e pestando nel contempo con il piede sul pedale del mantice. Le pareva una cosa da giocolieri!

«Mariavergine» brontolò Elena, dopo molti tentativi falliti. «Ma come diavolo fa Maria a pensare che tu possa farcela?»

Orsola diventò rossa come la canna che aveva scelto per prima. Il guaio era che Elena non aveva alcuna attitudine all'insegnamento. Tralasciava di spiegare passaggi importanti, dandoli per scontati, e perdeva subito la pazienza. Spesso chi è bravo in una cosa fatica a mettersi nei panni di chi non la sa fare. A Orsola rammentava l'espressione spazientita di Maddalena quando le toglieva di mano il coltello, perché da bambina era troppo lenta a pulire i fagiolini, o le volte che le stringeva le manine per farle rimestare i panni nella tinozza con più vigore.

Mentre sedevano insieme davanti alla lampada, con Orsola che si arrabattava ed Elena che la rimproverava e si faceva dare l'asticella per rimediare a qualche pasticcio, gli altri Barovier andavano e venivano, per prendere l'acqua o il pane, o rincorrendo una palla o giocando ad acchiapparella. Alcuni non le guardavano nemmeno, altri sbirciavano Orsola da dietro le spalle. A un certo punto, Orsola imprecò a denti stretti perché aveva sciupato una perla che stava venendo bene e, sentendola, uno dei bambini corse in cortile ridendo. «La figlia dei Rosso dice le parolacce, ha detto *maledizione*!»

Alla fine, riuscì a fare un'ulivetta passabile, perché le perle di forma ovale erano più accessibili e una lieve asimmetria si notava di meno che nelle sferiche paternostro. Elena annuì. «Può andare». Mentre la ficcava nella cenere accanto a quella che aveva creato lei a mo' di esempio, Orsola provò una punta di orgoglio, insieme alla stanchezza. Si appoggiò allo schienale e sospirò, stirandosi la schiena.

Dopo aver spento la fiamma, Elena riempì due bicchieri di vino e ne posò uno davanti all'allieva. Era il primo gesto di gentilezza che aveva nei suoi confronti, anche se insegnare l'arte delle perle a lume alla figlia di un concorrente era già di per sé un segno di generosità.

«Dovrai esercitarti parecchio» disse la maestra e scolò il bicchiere. Orsola aveva visto solo Marco bere il vino in quel modo, le donne di solito lo sorseggiavano.

«È difficile fare tre cose diverse allo stesso tempo» si lamentò Orsola. «Girare il vetro, lavorarlo e pigiare sul mantice».

«E questo è niente! Vedrai quando ti toccherà lavorare con due o tre colori!»

La soddisfazione di essere riuscita a creare quella semplice perla svanì al pensiero di tutto ciò che doveva ancora imparare.

«Tieni presente che ogni colore, che sia trasparente o opaco, reagisce in modo diverso al calore» continuò Elena. «E quando ne aggiungerai un terzo e un quarto dovrai stare attenta a non sciupare quello che hai fatto fino a quel momento, perché ogni volta che la scaldi la perla cambia aspetto. E il vetro diventa arancione quando si arroventa, per cui è già difficile ricordare di che colore era prima. Ma queste sono cose complicate che farai a suo tempo. Prima devi imparare a lavorare il vetro fuso sull'asticella. Avete del miele a casa? Trasparente, se possibile?»

Orsola annuì.

«Il miele ha una consistenza simile a quella del vetro fuso. Mettine un grumo su uno stecco e fallo girare, provando a trasferirlo su un altro stecco. È un buon modo per fare pratica».

Orsola si domandò cosa avrebbero detto sua madre e i suoi fratelli vedendola giocare col miele e gli stecchi. Forse Giacomo avrebbe approvato, ma di sicuro Marco l'avrebbe canzonata e Laura Rosso avrebbe scrollato la testa spedendola a fare il bucato.

«Non disperare» disse Elena a un tratto. «Imparerai, perché devi, almeno così mi ha detto Maria».

«Lo faccio per aiutare la mia famiglia».

«E io per non finire in convento».

Orsola annuì. Nemmeno lei voleva finire in convento, come capitava sovente alle zitelle. E Orsola non voleva rimanere zitella.

«Che stai facendo?»

Marco fissava la sorella che armeggiava con il miele e due bastoncini. Orsola aveva già impiastricciato il tavolo della cucina ed era dovuta uscire in cortile, dove il miele risplendeva alla luce del sole. Pensava che non l'avrebbe vista nessuno, perché erano tutti al lavoro. Arrivò anche la loro madre.

«Sto... giocando» rispose.

Marco sbuffò. «Perché mi è toccata una sorella così infingarda?»

Orsola arrossì. Suo fratello aveva già una pessima opinione di lei, eppure era proprio lui che doveva convincere. Doveva. Ma in quel momento le parve un'impresa disperata.

Marco non era curioso e si accontentò di quella risposta banale. Inoltre doveva avere qualcosa in mente, perché aveva fra le mani la sua amata coppa con i manici leonini.

«Vuoi che venga con te?» gli chiese la madre.

«Non mi serve una madre che mi tallona e vuol condurre le trattative al mio posto» rispose Marco, e aprì la porta uscendo nella calle.

«Dove sta andando?» chiese Orsola.

«Vuol mostrare la coppa a Klingenberg. Pare che il tedesco abbia chiesto di vederla. Marco pensa che ne rimarrà affascinato e questo gioverà ai nostri affari».

Laura corse dietro al figlio e Orsola gli gridò: «*Che san Nicolò te tegna 'na man sul cao!*» anche se aveva in mente parole assai diverse.

Tornò al suo grumo di miele, cercando di far girare il bastoncino fra le dita con un moto uniforme, perché doveva essere lei a controllare il miele e non viceversa. C'erano momenti in cui sentiva di avercela fatta, il miele pareva obbedirle, ma poi di colpo tornava dispettoso e accelerava, e colava nel piatto che Orsola ci aveva messo sotto per recuperarlo. Si esercitava già da un'ora ma non aveva fatto alcun progresso.

«Che stai facendo?» si sentì domandare nuovamente, questa volta in tono gentile, da Giacomo.

Orsola posò gli stecchi nel piatto. «Sto imparando a lavorare il vetro».

«Vetro?» Giacomo tuffò il dito nel miele e se lo portò alle labbra. «Strano, sa di miele».

«Il miele mi serve per esercitarmi».

Il fratello le sorrise.

«Non ridere, io... voglio imparare le perle. Hai mai visto fare le perle a lume?»

«Sì, ma è poco pratico. Si fa molto prima tagliando la canna».

«Ma così vengono più belle». Spiegò al fratello ciò che le aveva suggerito Maria Barovier e che Elena Barovier aveva appena iniziato a insegnarle. Giacomo non la interruppe, non si mostrò scettico, né la derise. Rifletté un momento prima di rispondere.

«Orsola, non possono bastare le perle a rimetterci in sesto. Abbiamo troppi debiti». Fece una pausa e poi aggiunse: «Marco è andato da Klingenberg con quella sua coppa. È convinto che possa salvarci».

«Ho visto che l'ha portata con sé. Sai, ho provato a berci di nascosto e l'acqua colava dappertutto».

«Sì, è successo anche a me!»

Risero entrambi.

«Klingenberg non è stupido, vedrà subito quel difetto. Rifiuterà l'offerta e Marco tornerà infuriato».

«Una ragione in più perché io mi metta a fare le perle. Non vi intralcerò in bottega e ci daranno qualche soldo. Almeno per comprare al mercato. E per il bambino...»

Tacquero un momento, pensando al fratellino o alla sorellina che stava per arrivare. Poi Giacomo indicò il miele. «Come sta andando?»

«Malissimo! Non ci riesco proprio».

«Quanto ci metterai a imparare, secondo la Barovier?»

«Almeno tre settimane».

«E da quanto tempo ti stai esercitando?»

Orsola sorrise. «Oggi è il primo giorno».

«Dai retta a Elena e non demordere. Lo sai che ho passato sei mesi a fare *goti*? Devi avere pazienza. Paolo me lo ripeteva sempre».

«E bisogna che tu mi procuri un mantice».

Marco non tornò da Venezia quella notte. In circostanze normali, i suoi famigliari non si sarebbero preoccupati perché a volte Marco si fermava a dormire dai suoi amici nella Serenissima. Ma c'era di mezzo quell'incontro, importantissimo, con Gottfried Klingenberg. Orsola sapeva che se fosse andato bene Marco sarebbe tornato immediatamente a riferirlo, festeggiando in famiglia e non con gli amici veneziani. Se invece fosse rimasto deluso sarebbe sicuramente andato a bere per dimenticare in una delle molte taverne della città. Era l'imbrunire, e Orsola sedeva in cortile con la madre e il fratello, in attesa che Marco tornasse. Orsola rammendava una camicia al lume di candela ma continuava a sbagliare i punti e doveva disfarli. Giacomo faceva schizzi col carboncino. Laura Rosso aspettava e basta.

«Sarei dovuta andare con lui» ripeteva Laura, lisciandosi la gonna sul ventre. «Klingenberg mi rispetta, sarebbe stato ad ascoltarmi. Ma Marco non ha voluto. È lui il maestro e spetta a lui proporre la merce e trattare con i mercanti. Peccato che non ne sia capace».

Giacomo si fermò con il carboncino sospeso sul foglio. «Lo sapete, madre, che è impossibile bere da quella coppa?»

«Certo che lo so, ci ho provato invano».

Orsola scambiò un'occhiata con il fratello e sorrise: erano andati tutti e tre a sperimentare la coppa di nascosto.

«Ma non potrebbe aggiustarla, cambiarla un po'?» disse.

«Figuriamoci» disse Giacomo. «È troppo orgoglioso per ammettere di aver sbagliato. Non lo farebbe nemmeno se glielo chiedesse Klingenberg in persona».

Com'è possibile che siamo finiti sotto il tallone di questo giovane tiranno? si domandò Orsola. Ma in realtà lo sapeva benissimo: i suoi genitori non avevano mai posto un freno all'irruenza di Marco, gliele avevano sempre date tutte vinte e lui pensava di avere sempre ragione. Forse credevano che col tempo sarebbe maturato, avrebbe messo la testa a posto, scoprendo il valore dell'umiltà. Ma Lorenzo Rosso era morto precocemente e Marco aveva dovuto prendere il suo posto senza esserne all'altezza. Probabilmente Klingenberg lo aveva umiliato, e al suo ritorno lui si sarebbe sfogato con tutti loro.

Il pomeriggio seguente, Giacomo affidò la bottega a Paolo e chiese a Bruno, il barcaiolo, di portarlo a Venezia a cercare suo fratello. I Rosso usavano la barca di famiglia solo per muoversi intorno a Murano e raggiungere gli isolotti vicini, e Giacomo non se la sentiva di inoltrarsi fra i canali di Venezia, specie il Canal Grande, sempre gremito d'imbarcazioni.

«Portami con te» lo supplicò Orsola. «La città è grande, ti servirà una mano per trovarlo».

Giacomo esitò un momento ma poi accettò, e Orsola esultò in cuor suo, cercando di non darlo a vedere. Sebbene Venezia fosse così vicina, l'aveva visitata solo poche volte, perché suo padre diceva che era una spesa inutile e un inutile ingombro portare una bambina al di là della laguna.

Pregustando i soldi che avrebbe guadagnato grazie ai due passeggeri, Bruno iniziò a fare commenti lascivi su Orsola, smettendo solo quando Giacomo minacciò di non pagarlo se non la piantava. «E io vi lascio nella Serenissima così vi toccherà tornare a nuoto» ribatté il barcaiolo ridacchiando. Ma dovette smettere di dire sciocchezze e concentrarsi sul remo quando la gondola entrò nel mare più agitato al centro della laguna. Ogni volta che passavano davanti a una chiesa, Bruno si faceva il segno della croce e la nominava con una voce cupa che ricordava quella di un corno da caccia. «San Michele... San Cristoforo... Santa Maria Assunta...»

Santa Maria Assunta era la prima che s'incontrava sulla riva settentrionale di Venezia, con l'alto campanile caratteristico delle chiese cittadine. Orsola fu presa dall'emozione alla vista dei popolosi edifici lungo le rive. Ce n'erano anche a Murano, ovviamente, ma nella sua piccola isola conosceva, una per una, le persone che ci abitavano. A Venezia le case avevano uno o due piani in più e comignoli svettanti dalla cima conica. Nel canale che conduceva al Canal Grande, la luce intensa della laguna lasciò il posto alle ombre e Orsola ebbe l'impressione che gli edifici si stringessero intorno a lei. I panni appesi a ogni finestra parevano bandiere e le donne si sporgevano a scuotere lenzuola, battere tappeti o gettare l'acqua sporca nel canale. Erano tutte cose che Orsola faceva ogni giorno, eppure quei gesti le apparivano esotici e fascinosi.

Quando si ritrovò fra le mille imbarcazioni del canale, Bruno diventò un altro: c'era molto più movimento lì rispetto a Murano e dovette dar prova di tutta la sua abilità, mutando rotta a ogni colpo di remo per evitare le collisioni. Inoltre si fece ancora più sboccato, mugolando canzoncine sconce e bestemmiando assai più di quanto facesse a Murano, dove c'era il rischio che qualcuno andasse a riferire gli improperi a sua madre.

«*Oe, becco fotuo!*» gridò a un gondoliere che aveva tagliato loro la strada.

Quello lo guardò male. «Puttana di Dio!» rispose. «*Ta morti cani!*»

«*In mona a to mare!*»

«*Eh, cazetto! Ocio, mona!*» strillò un altro gondoliere, perché Bruno, distratto dal battibecco, stava per speronarlo.

«*Ti xe imatonìo?*»

Sembrava che i barcaioli facessero a gara a chi imprecava più forte e in modo più colorito.

«*Buzaròn!*»

«*Mona!*»

«*Magnamerda!*»

«*Visdecasso!*»

«Tappati le orecchie, Orsola!» disse Giacomo, ma Orsola era divertita dalla volgarità di quegli uomini e dall'improvvisa trasformazione di Bruno in uno scurrile gondoliere.

Oltrepassarono campo San Canciano, dove sbarcavano di solito coloro che provenivano da Murano, e proseguirono lungo il canale che finalmente confluì nel Canal Grande. Ora c'erano barche ovunque, dirette in ogni direzione in modo apparentemente caotico. Le loro scie increspavano l'acqua e i due fratelli dovettero aggrapparsi al bordo per evitare di cadere in acqua. C'erano sandoli uguali a quello dei Rosso, col fondo piatto e un solo rematore che potevano imbarcare due persone o un carico corrispondente, le peate, più capienti e con due rematori, adibite principalmente al trasporto merci, le graziose caorline, con la prua e la poppa identiche e ricurve. E un'infinità di gondole, snelle, col fondo piatto e il felze, la piccola cabina che riparava i passeggeri dal sole e dalla pioggia. A spingerle erano uno o due gondolieri che indossavano tuniche blu, nere o rosse con camicie bianche che spuntavano dagli spacchi delle maniche, calzamaglie rosse o a strisce rosse o bianche o nere e berretti rossi bordati di piume bianche. Quei giovani erano spesso attraenti, e lo sapevano. Orsola non avrebbe voluto fissare le loro gambe e le natiche ben tornite, ma era più forte di lei.

D'altro canto, neppure i passeggeri passavano inosservati. Cavalieri con la cappa e il berretto nero, eleganti dame con collane di perle vere, gonne di velluto blu e bluse con le maniche bianche. Ce n'era perfino una con un cagnolino sulle ginocchia. Quei signori non davano l'idea di essere diretti da qualche parte, pareva piuttosto che si lasciassero trasportare sul canale per guardare e farsi guardare. A volte due gondole si accostavano e gli occupanti iniziavano a chiacchierare fra loro, mentre i gondolieri remavano all'unisono, chiacchierando e spettegolando.

Orsola guardava con invidia i signori di Venezia. Il suo abito bruno e rossastro, che pareva così elegante a Murano, faceva una magra figura in confronto alle loro vesti. Lei non avrebbe mai portato le perle. Anche se alcune mogli dei maestri le sfoggiavano, Laura Rosso non ne aveva mai possedute. E la modesta gondola di Bruno non aveva il felze che impedisse al sole di abbrunirle la pelle.

Le fondamente ai lati del canale erano altrettanto affollate di gente che andava a passeggio o faceva crocchio, conversando, discutendo, comprando dai venditori ambulanti. Erano per lo più uomini, ma si vedeva anche qualche donna accompagnata dai servitori, o domestici che si muovevano fra la folla con aria indaffarata. Il Canal Grande era a non più di mezz'ora di gondola da Murano ma a Orsola pareva un paese forestiero.

E in effetti era pieno di forestieri. Il luogo dove Giacomo e Orsola erano diretti, il Fondaco dei Tedeschi, presso il ponte di Rialto, era un edificio su quattro piani, imponente e squadrato, dove alloggiavano i mercanti che venivano dalle terre di Germania. Orsola ne aveva sentito parlare dal padre, ma non c'era mai stata. Era di foggia più semplice dei palazzi che aveva intorno, avendo come unica decorazione i cinque archi del portico d'ingresso.

Arrivando dal Canal Grande, Bruno si unì alla lunga schiera di barche che scivolavano verso il portico. Sebbene l'avesse già fatto molte volte, Bruno rimase in silenzio sudando vistosamente mentre si accostava alla banchina, attento a non urtare la gondola che li precedeva, stracolma di tappeti. Altre trasportavano seta, legname, botti di vino o spezie, ce n'era perfino una carica di limoni. Aspettando che venisse il loro turno per sbarcare, Orsola vide passare una peata diretta in direzione opposta, verso il Canal Grande, e si accorse che era piena di casse uguali a quelle dove anche i Rosso riponevano le loro merci. C'era una parola scritta su ogni cassa, ma Orsola non sapeva leggere.

«Vetreria Moretti» disse Giacomo, che aveva seguito il suo sguardo. «Le casse che vedi» spiegò «sono state esaminate dal loro mercante e ora sono dirette al di là di San Marco dove verranno imbarcate sulle navi e salperanno verso oriente o occidente. Come le nostre cose».

Orsola non aveva mai pensato al viaggio che i loro vetri dovevano affrontare dopo essere usciti dalla bottega, ma le piaceva immaginarli su una tavola imbandita, magari in una città lontana, come Londra. Nella sua mente, quella tavola assomigliava a quelle di Murano nei giorni di festa, perché non aveva idea di come fosse Londra: per lei era solo un nome. E non avrebbe saputo dire com'erano fatti gli inglesi, perché non ne aveva mai conosciuto uno. Dovevano essere suppergiù come lei, però più pallidi.

Finalmente approdarono al porticato dove venivano scaricate le merci, e Giacomo scese subito dalla gondola per aiutare la sorella a salire i gradini viscidi della banchina. Disse a Bruno di tornare a prenderli più tardi al ponte di Rialto, ed entrò con Orsola nel cortile ancora bagnato, perché quel pomeriggio c'era stata l'acqua alta. La maggior parte degli edifici veneziani e muranesi avevano un androne destinato ad accogliere la marea e inondato spesso dalle acque dei canali o della laguna. Al centro del cortile del Fondaco dei Tedeschi c'era un grande pozzo di pietra con incisioni a forma di rosetta. Le quattro pareti del cortile erano forate da archi a botte, più ampi al piano terra e più piccoli ai tre piani superiori.

Orsola fu così colpita da quelle schiere di archi sovrapposti che s'incantò a guardarli appoggiando la mano sulla bocca del pozzo. Se ci fosse stato Marco, le avrebbe detto di muoversi, deridendola per la sua espressione sbalordita. Giacomo invece comprese il suo stupore e la lasciò guardare. Intorno a loro, nell'ammezzato, era tutto un viavai di uomini che salivano agli uffici dei mercanti o portavano casse o rotoli di stoffa. Il Fondaco dei Tedeschi non era meno affollato del Canal Grande.

«Andiamo» disse Giacomo alla fine. «Vediamo di scoprire cosa ne è stato di nostro fratello».

Salirono l'ampia scalinata che portava al primo piano dov'erano gli uffici di Gottfried Klingenberg. Lorenzo Rosso e suo padre e il padre di suo padre erano da sempre in affari con i Klingenberg, che smerciavano le loro cose all'estero. Generazione dopo generazione, il mercante e il maestro erano sempre rimasti fianco a fianco, nella buona o cattiva sorte. Quel congegno ben collaudato ora si era inceppato, a causa della scomparsa prematura di Lorenzo.

Gottfried Klingenberg sollevò lo sguardo dal registro e quando vide Giacomo e Orsola ebbe un moto di disappunto che si affrettò a cancellare dal proprio viso. Imponente, con la veste nera, i capelli folti e la barba brizzolata, aveva suppergiù gli anni di Lorenzo ed era vedovo e padre di una figlia. Orsola l'aveva visto un paio di volte, perché il mercante soleva recarsi di tanto in tanto alla bottega per vedere i Rosso al lavoro. Suo padre aveva sempre apprezzato l'interesse che mostrava per la loro arte, laddove per molti mercanti gli oggetti in vetro non erano che merci da comprare e spedire, come le altre.

«Buongiorno, Giacomo» disse, alzandosi in piedi. «Come siete cresciuta, Orsola. Assomigliate a vostra madre come una goccia d'acqua».

Orsola arrossì e si sforzò di non sorridere. Klingenberg parlava perfettamente la loro lingua, ma con un accento tedesco che ne smorzava la musicalità. Infatti era cresciuto in Germania e aveva appreso solo in seguito la parlata veneziana. Ascoltarlo era come camminare fra le rovine di un palazzo, piene di buche e sassi in cui potevi inciampare.

Il mercante li invitò a sedersi su due poltroncine di mogano, i pomelli dei braccioli a forma di leoni dalla folta criniera, le sedute foderate di cuscini di kilim turco. «Il mio scrivano è sulla banchina, altrimenti lo manderei a prendere due cicchetti» disse. «Ma posso offrirvi del vino».

Orsola era troppo a disagio per mangiare o assaggiare il vino versatole dal mercante, e si perse a osservare le spirali blu e oro del tappeto persiano che copriva per intero il pavimento.

«Come posso esservi utile?» disse Klingenberg, seduto alla scrivania, anch'essa in mogano e ingombra di carte.

«Siamo venuti a cercare nostro fratello Marco» spiegò Giacomo a voce bassa e con una punta di imbarazzo. «Ieri è venuto qui da voi, e non è tornato a casa».

Klingenberg passò il dito sul bicchiere, che non era dei Rosso, come Orsola non mancò di notare. «Mi dispiace» disse. «Marco era... turbato, quando ci siamo salutati. Abbiamo avuto un diverbio».

Non fornì ulteriori dettagli, né Giacomo gliene chiese, e Orsola non riuscì a sopportare a lungo il silenzio che seguì. «È stato per via della coppa?» chiese. «Perché lo sappiamo che non tiene bene, ma è così bella e ha i manici a forma di leone come il leone di Venezia. Avete visto com'è bravo, Marco? Io dico che possiamo convincerlo a cambiarla, in modo che rimanga bella e unica ma possa anche tenere il vino. Paolo lo potrebbe aiutare...» disse tutto d'un fiato, mentre Giacomo e Klingenberg la fissavano sconcertati: a una giovane donna non era concesso di esprimersi così liberamente.

Klingenberg scoppiò in una risata fragorosa. «Siete proprio uguale a vostra madre, e non solo nell'aspetto. Anche Laura Rosso ama dire la sua. Ma, purtroppo, le vostre parole sono superate, mia cara fanciulla. Ho suggerito io stesso a Marco di modificare la coppa, perché a che serve una coppa se non ci puoi bere? Non l'ha presa bene. Anzi, ha usato parole che non avevo mai sentito. Si è messo a sacramentare come un gondoliere, e anche peggio. Verrò a Murano a prendere lezioni o mi farò insegnare qualche bestemmia dal mio gondoliere. Comunque, ora so cosa dice un muranese quando vuole licenziare il suo mercante di fiducia».

Orsola rimase di stucco e Giacomo aprì la bocca ma non riuscì a parlare perché Klingenberg aggiunse con un risolino: «Non preoccupatevi, non l'ho preso sul serio... almeno per il momento, Marco è una testa calda, ma si calmerà. Sono sicuro che riuscirete a farlo ragionare. Immagino che siate qui per questo...»

«Sapete dove si trova?» disse Giacomo cercando di mascherare lo sgomento.

«Non mi ha detto dove andava, ma qualcuno giù nel fondaco lo sa di sicuro. Venite con me, lo chiederò ai miei uomini, tanto devo scendere a guardare certe merci». Il mercante si alzò e Orsola notò che aveva la tunica foderata di pelliccia anche se quel giorno faceva piuttosto caldo. Si infilò il registro sotto il braccio e si avviò senz'altro verso la porta. Giacomo scolò in fretta il bicchiere e lo seguì insieme a Orsola, giù per le scale e in cortile. I mercanti e magazzinieri che incontravano rivolgevano a Klingenberg un cenno di saluto o si profondevano in un inchino, a seconda del rango. Orsola non si era mai resa conto che il tedesco fosse così importante: per lei era solo un nome, una figura che ogni tanto vedeva a casa loro. Un male necessario, avrebbe forse detto Lorenzo Rosso, un uomo che non produceva nulla ma fungeva da tramite fra venditori e compratori. L'olio che fa girare gli ingranaggi del mercato. Eppure, Orsola non riusciva a non ammirarlo, e non solo a causa del mogano, del tappeto persiano, della pelliccia e del vino pregiato: Klingenberg era abile e concreto negli affari ma dava l'impressione di amare davvero le cose in vetro. I calici in cui aveva servito loro il vino, per esempio, erano di qualità eccellente, migliori, anche lei era costretta ad ammetterlo, di quelli dei Rosso.

«Perdonate, signore» gli domandò, mentre attraversavano il cortile. «Chi ha fatto i bicchieri che tenete in ufficio?»

Klingenberg le gettò un'occhiata. «Il maestro Seguso. Non lavoro con lui, evito sempre di adoperare le cose dei miei clienti, non devono pensare che faccio favoritismi».

Anche questo piacque a Orsola.

Li condusse in un angolo del cortile dove due uomini avevano appena aperto alcuni bauli. Orsola sbirciò dentro e vide dei sacchi legati con lo spago. Klingenberg estrasse un coltellino dalla tasca interna della tunica e ne squarciò uno: era pieno di stecchi di un colore simile al vestito di Orsola. Il mercante ci infilò la mano dentro e annuì. «Asciutti. È la cosa più importante quando le spezie viaggiano per mare. Tenete» disse, porgendone uno a Orsola. «È cannella, viene da Alessandria d'Egitto, ma si produce in un posto ancora più a sud, in Africa. Provate a grattarlo».

Orsola grattò lo stecco con l'unghia e poi se lo accostò al naso. Una specie di corteccia scura, secca e arricciata dall'odore intenso e dolciastro. Non avrebbe saputo che farne, ma intuiva che doveva essere preziosa e molto costosa, per cui ringraziò Klingenberg e se la infilò in tasca. L'avrebbe annusata in seguito, con calma, prima che il suo aroma svanisse.

Il mercante incaricò i due magazzinieri di cercare notizie di Marco, e in attesa che tornassero interrogò Giacomo sulla salute di Laura Rosso e sull'attività della bottega. Sorvolò sui calici malriusciti, né spiegò perché non avesse fatto altre ordinazioni alla bottega. Aveva un atteggiamento affabile verso di loro, ma si manteneva piuttosto freddo.

Orsola grattò di nuovo il bastoncino che aveva in tasca in modo che esalasse quel profumo speziato e, appena vi fu una pausa nella conversazione fra i due uomini, si schiarì la voce e disse: «Signore, voi smerciate le perle?»

Klingenberg la guardò, ma con minore sorpresa questa volta. «A volte sì, specie nei paesi dove non si produce il vetro. Perché lì valgono di più».

«Maria Barovier mi ha consigliato di lavorare le perle a lume per aiutare la mia famiglia. Sua cugina mi sta insegnando a farlo».

La faccia dell'uomo si addolcì di colpo. «Maria Barovier» ripeté, come se fosse il verso di una poesia. «Ma certo. L'altro giorno mi ha chiesto notizie di voi Rosso». Ora sembrava vedere Orsola sotto una luce diversa. «È un bene che sia dalla vostra parte. Allora, mia cara, quando avrete imparato a fare perle che soddisfino Maria Barovier, portatemele e ne parleremo. Ci vorrà del tempo, immagino, ma so essere paziente».

Orsola annuì, gettando un'occhiata di sguincio al fratello. Marco si sarebbe infuriato, ma Giacomo si limitò a scuotere la testa con aria perplessa.

I magazzinieri tornarono a riferire ciò che avevano appreso e Klingenberg si rivolse ai Rosso. «Siete fortunati. Venezia è grande e c'erano molti posti dove poteva essere andato vostro fratello. Se, per ventura, fosse andato all'Arsenale, temo che non l'avreste mai trovato. Ma ieri notte è stato visto a San Polo, vicino ai Frari. Ovviamente, non è detto che sia ancora lì, ma potreste iniziare dalle taverne di quel sestiere».

Lo sgomento si dipinse sul volto di Giacomo.

«Siete a piedi?» Klingenberg mantenne un tono gentile ma venato d'impazienza, perché era oberato di impegni.

Giacomo e Orsola annuirono.

«Attraversate il ponte di Rialto e proseguite dalla parte del mercato. Poi girate a sinistra, tenendo il Canal Grande sulla destra e andate dritti, per quanto è possibile in questa città. Abbiate come punto di riferimento il campanile più alto. Quella è la chiesa dei Frari».

«Grazie, signore» disse Giacomo.

«Quando vostro fratello avrà smaltito la sbronza, ditegli di lasciar perdere quella coppa bizzarra. È meglio se si concentra sulle cose che i Rosso sanno fare bene. Brocche, scodelle e calici, come ha sempre fatto vostro padre. Paolo è bravo quasi quanto lo era il povero Lorenzo. Bisogna che Marco si lasci guidare da lui, e gli affidi il timone perché raddrizzi la barca. Poi, semmai, potrà pensare a cose nuove. Gliel'ho detto, ma deve sentirselo dire da voi. E da vostra madre».

Giacomo annuì e ringraziò di nuovo il mercante. Klingenberg gli rivolse un cenno di saluto e tornò a occuparsi dei bauli e dei suoi affari. Poco dopo però si voltò verso Orsola. «Portate i miei saluti alla signora Barovier» disse. «Ho un grande rispetto per quella donna».

In quell'epoca, il ponte di Rialto era l'unico sul Canal Grande, per cui era sempre molto affollato. Era costituito da due rampe di legno che salivano dalle fondamente e da una sezione centrale che poteva essere rimossa per consentire il transito delle barche più alte. A gremirlo, oltre alle persone che dovevano andare da San Marco a San Polo, erano i clienti delle bancarelle che lo orlavano su ambo i lati. Il ponte gemeva e cigolava come un veliero con a bordo troppi passeggeri, e Orsola lo attraversò col cuore in gola, perché sapeva che una volta era crollato a causa del peso della folla. Se avesse potuto, avrebbe preso Giacomo a braccetto, ma dovevano camminare in fila indiana in mezzo alla calca. Orsola si sentiva addosso gli sguardi degli uomini e a un certo punto dovette dare una gomitata dietro di sé per fermare carezze indesiderate.

«Se ci perdiamo di vista, ci vediamo più tardi al Fondaco dei Tedeschi» disse Giacomo a voce alta per sovrastare il vocio della folla.

Ma Orsola non voleva che si perdessero, l'idea bastava a terrorizzarla.

Una volta scesi dal ponte, dovettero attraversare il mercato di Rialto che, se possibile, era ancora più affollato. Orsola era abituata a quello, molto più piccolo e tranquillo, di Murano. Lì c'erano garzoni che si facevano largo fra la ressa con rotoli di seta, ceste di tintura, candelabri, pile di sedie, tappeti arrotolati, pappagalli che strillavano nelle gabbiette. Era quasi tentata di fermarsi in un angolo a guardare lo spettacolo, ma Giacomo continuava a inoltrarsi fra la marea di gente e doveva stargli dietro.

Alla fine del mercato, svoltarono in una calle immersa nell'ombra perché sovrastata da alti edifici. A Murano le vie erano più ampie e le case non superavano i due piani. Lì invece i palazzi potevano contarne quattro o cinque e s'innalzavano, oscurando il sole. Le persone camminavano in fretta e Orsola sapeva che lei e suo fratello non potevano fermarsi, se non volevano apparire per quello che erano: due muranesi dall'aria sperduta.

Finalmente, sbucarono in un campo dove arrivava la luce. C'erano panni stesi alle finestre e donne che parlavano fra loro o chiamavano i figli con un accento che Orsola trovava stridente eppure incantevole.

Giacomo si fermò. Quattro vicoli si dipartivano dal campo, ma nessuno nella direzione che Klingenberg aveva indicato. Le vie non rimanevano mai diritte a lungo a Venezia, e ci si muoveva assai meglio in barca che a piedi, in quell'intricato groviglio di calli e campi. Il fratello di

Orsola ne scelse una a caso, ma si rivelò un vicolo cieco che puzzava di piscio e dovettero tornare sui loro passi. Ne imboccarono un'altra e poco dopo si ritrovarono sul Canal Grande. Alla fine chiesero a un prete che passava per il campo e quello indicò loro un passaggio che non avevano notato.

Giunti nel campo seguente, cercarono con gli occhi il campanile di cui aveva parlato Klingenberg, ma gli alti casamenti impedivano loro la vista. Non restava che andare avanti e ritennero che la cosa migliore fosse prendere la calle più battuta. I muri dei palazzi sembravano incombere su di loro mentre percorrevano l'angusta stradina, spintonati da passanti frettolosi. Orsola aveva perso il senso dell'orientamento, e non avrebbe saputo tornare al ponte di Rialto o al Fondaco dei Tedeschi, dove Klingenberg avrebbe potuto aiutarli, se ne avessero avuto bisogno. Aveva l'impressione di addentrarsi sempre più in un cupo labirinto da cui le sarebbe stato impossibile fuggire.

A un tratto sbucarono in un campo più grande di quanti ve ne fossero a Murano, e Orsola pensò che la chiesa che ospitava fosse quella dei Frari. Ma poi scorsero un campanile, in lontananza, e quando Giacomo trovò il coraggio di interpellare un passante, scoprirono di essere solamente in campo San Polo. S'immersero di nuovo nel labirinto, ma almeno questa volta avevano la cima dell'alto campanile a guidarli da sopra i tetti, e finalmente trovarono un ponticello a schiena d'asino che immetteva nel campo dei Frari con l'omonima chiesa, che sembrava un vascello di mattoni arenato fra le case. A parte i finestroni e il campanile con la sommità esagonale, aveva un aspetto piuttosto dimesso e Orsola pensò che preferiva di gran lunga la basilica dei Santi Maria e Donato di Murano. Forse questa era più interessante all'interno, ma non c'era tempo per verificare.

«E adesso?» domandò al fratello.

Giacomo non riuscì a nascondere la propria angoscia: erano arrivati fin lì grazie alle indicazioni di Klingenberg e ora non sapeva più che fare. Guardandolo, Orsola capì che era giusto che Marco diventasse maestro della bottega, e non solo per ragioni di età. Capì anche perché desiderasse la sua approvazione, più che quella di Giacomo. Quest'ultimo era già un abile vetraio, ma gli mancava la forza di carattere necessaria per guidare gli altri. Orsola gli voleva bene perché era gentile e poco esigente. Ma questo implicava anche che non potevi essere troppo esigente con lui.

«Guarda, c'è un rio di fianco alla chiesa» disse Orsola. «Ci saranno di sicuro delle taverne. Iniziamo da lì».

Giacomo la seguì verso la prima, una taverna di pescatori che si misero a fischiare vedendoli arrivare. Orsola si fermò. «Entra tu».

Giacomo la guardò con aria intimorita. «E cosa dico?»

«Di' che stai cercando tuo fratello, che ti assomiglia ma è un po' più basso. Di' che è un vetraio di Murano. Non ce ne saranno tanti da queste parti, per cui se lo ricorderanno se l'hanno incontrato».

In pratica lo spinse dentro. E mentre aspettava fece il possibile per ignorare i motteggi salaci dei pescatori radunati fuori con i boccali.

Nessuno aveva visto Marco, in quella taverna, né nella successiva e in nessuna di quelle lungo il canale, ognuna delle quali era frequentata da uomini che facevano lo stesso mestiere: la taverna dei macellai, quella dei verdurai, quella dei marinai e così via. Del resto, nemmeno a Murano vetrai e pescatori bevevano nello stesso posto.

Passarono a un secondo rio, seguendo i camminamenti che lo costeggiavano solo a tratti. Sarebbe stato più comodo muoversi in barca, ma Orsola dubitava che Bruno avesse dimestichezza con quella parte della città. Ogni tanto sollevavano lo sguardo per non perdere di vista il campanile dei Frari che svettava sopra i tetti. A un certo punto Orsola iniziò a domandarsi se aveva senso quello che stavano facendo: Marco poteva essere ovunque. E, ammesso che fossero riusciti a trovarlo in quel dedalo, si sarebbe lasciato convincere a tornare a casa con loro?

Alla fine, giunsero a una taverna più tranquilla, con pochi clienti seduti a bere fuori e l'oste che s'intratteneva con loro. Dopo che Giacomo ebbe ripetuto la tiritera, l'oste borbottò. «Sì, era qui ieri sera. Ha detto un sacco di cose strane sul vetro e sul "flusso", o che so io» fece l'oste con alterigia, come se non gli importasse molto scoprirlo.

Giacomo e Orsola si scambiarono un'occhiata. Solo da ubriaco Marco parlava del vetro con fervore, di come mutasse a causa del calore e del flusso che andava governato.

«Sapete dov'è andato, signore?» domandò Orsola all'oste.

L'uomo si strinse nelle spalle. «Se dovessi seguire ogni mio cliente, farei pochi affari, non vi pare? Però non mi dispiacerebbe seguire voi in una calle» disse, fissandole il seno.

Orsola aprì la bocca per dirgli il fatto suo, ma Giacomo la precedette. «Avete almeno visto in che direzione si è allontanato? Forse ha parlato con qualcuno dei vostri clienti?»

«Io gli ho parlato, o meglio, l'ho ascoltato». A dirlo fu un giovane che sedeva sui gradini bianchi che scendevano nel canale. Aveva una massa di riccioli biondo scuro che incorniciavano guance paffute, sopracciglia folte, occhi di un verdeazzurro scuro e un'espressione concentrata, quasi che la sua stessa anima fosse condensata in quello sguardo. «Voi dovete essere Giacomo» aggiunse. «E voi, Orsola».

Orsola si sforzò di ignorare il turbamento che aveva provato sentendogli pronunciare il proprio nome.

«Se ha parlato di noi, vuol dire che era proprio ubriaco» ribatté.

«Ubriaco fradicio» disse il giovane uomo, ridacchiando.

«Sapete dov'è andato, ieri sera?» gli domandò Giacomo.

«Sì, al campo Santa Margherita». Il giovane uomo gettò un'occhiata a Orsola prima di aggiungere: «Al postribolo che c'è lì».

«È lontano?»

«No». Il giovane iniziò a spiegare loro la strada, ma poi si rese conto che i due muranesi erano come pesci fuor d'acqua. «Andiamo, vi accompagno».

Balzò su e attraversò un ponticello, subito seguito da Giacomo. Orsola indugiò un momento a osservarlo. Il giovane era robusto, le membra muscolose e forte di torace. Portava un paio di brache marroni, attillate come quelle dei gondolieri, e Orsola non riusciva a distogliere lo sguardo dal movimento di quei glutei prosperosi.

Era molto più facile girare per Venezia con qualcuno che sapeva dove andare. Voltarono a destra e poi a sinistra, passarono accanto a una grande chiesa, attraverso un campo e sopra un ponte, e infine giunsero in un campo che aveva la forma bislunga della prora di una nave. C'era una chiesa a entrambe le estremità, e al centro un affollato mercato dove si vendevano i prodotti della Giudecca, l'isola a sud di Venezia. Era molto più grande del mercato di Murano, e Orsola scrutò i cesti colmi di splendide carote. «Non credo che siano più gustose delle nostre» disse, rivolta al fratello, per non dare troppa soddisfazione a Venezia.

Il giovane uomo le gettò un'occhiata divertita. «Infatti, Murano è famosa per le sue carote, vero?»

«Assaggiale e vedrai, *bufon*!»

«Orsola!» la sgridò Giacomo e poi si rivolse al giovane veneziano. «Scusatela, di solito non è così sgarbata, ma è sconvolta a causa di nostro fratello».

Il giovane fece un sorriso. «Vedrò di assaggiare le vostre carote, ma mi piacerebbe assaggiare anche altre cose della vostra isola, pesche, meloni...»

Orsola si sentì avvampare.

«Come facciamo a... Dove può essere...» Giacomo sembrava a corto di parole.

«Vi riferite a vostro fratello?» fece il giovane. «So per esperienza, non mia, ovviamente, ma di altri cui è capitato» specificò, facendo l'occhiolino a Orsola, «che dopo una notte al postribolo c'è chi si ristora, dormendo qui nei vicoli del rio de Santa Margherita... Vediamo un po'...» Li precedette in una stradina che finiva nel canale e iniziarono a esplorarle una dopo l'altra.

Fu in uno di quei vicoletti che scovarono Marco, rannicchiato dietro un mucchio di verdure marce provenienti dal mercato. Puzzava di vino e non solo di quello e Giacomo dovette scrollarlo a lungo perché si svegliasse. Quando finalmente aprì gli occhi, però, non parve affatto sorpreso di vedere suo fratello e sua sorella chini su di lui. Si tirò su ma rimase seduto per terra, e fece un cenno al giovane che era con loro. «Ah, vedo che avete conosciuto Antonio» disse. «Gli ho parlato del vetro e vuole venire a lavorare a Murano. È stanco di vivere a Venezia» aggiunse Marco, togliendosi una foglia di lattuga fradicia dalla manica.

«Davvero?» Giacomo si rivolse all'amico di suo fratello. «Non mi avevate detto che lavorate il vetro. Ma è proibito qui a Venezia». Due secoli prima, il doge aveva ordinato che la lavorazione del vetro avvenisse solo a Murano, per separare le fonderie da una città già popolosa e avere un maggiore controllo dei maestri vetrai e dei loro segreti.

«Io non lavoro il vetro» rispose Antonio. «Vado a pesca con mio padre e mio zio. Ma non hanno bisogno di me, perché ho quattro fratelli».

«E perché volete mettervi a lavorare il vetro?» gli chiese Orsola. «Non potreste farvi assumere in un cantiere o in una corderia?»

«Voglio lavorare con la bellezza. Ho visto cosa riescono a fare certi maestri».

«Il vetro è la cosa più bella che c'è» dichiarò Marco alzandosi in piedi, anche se barcollava ancora e per poco non ricadde fra gli ortaggi. «Tutti quei colori, tutte quelle forme... Così fragile eppure duraturo. Ci puoi fare tutto quello che vuoi. Come con le donne».

Orsola alzò gli occhi al cielo. «*Mamaluco*».

Antonio scoppiò a ridere. «Vostro fratello dice che ho il fisico adatto per fare il vetraio. Mio padre dice che sono troppo grosso per stare in barca, secondo lui i pescatori devono essere smilzi».

A un tratto Marco perse il sorriso e iniziò a guardarsi intorno. «Dov'è? Dov'è?» ripeteva frugando fra i mucchi di verdura.

Orsola non aveva dubbi su cosa stesse cercando. «E noi come facciamo a saperlo? Finalmente ci siamo liberati di quell'oggetto inutile» aggiunse sottovoce.

«La coppa?» fece Antonio. «Quella con i manici a forma di leone?»

«Sì, sì! Dov'è?»

«Ce l'avevi ancora quando sei uscito dalla taverna. Hai detto che volevi venderla al bordello».

Marco si raddrizzò di colpo. «*Mimorti!*» imprecò e corse verso il campo Santa Margherita, seguito dagli altri. La mano sulla fronte per ripararsi dal sole, Marco si guardava intorno con aria confusa e sembrava aver perso di colpo tutta la sua arroganza. Si rivolse ad Antonio.

«Dov'è che sono andato ieri sera?» farfugliò.

Il pescatore lo scrutò con i suoi occhi che avevano il colore della laguna. «Te la trovo io, però in cambio tu devi prendermi come apprendista».

«Non può!» strillò Orsola. «Non prendiamo veneziani. E prima di diventare garzone uno deve fare il garzonetto, e spazzare per terra e buttare legna nella fornace prima di toccare il vetro».

Antonio si strinse nelle spalle con un sorrisetto sulle labbra. «È il prezzo che si paga, qui a Venezia, per una coppa smarrita».

«Va bene» disse Marco. «Vai a cercarla».

«Mi servirà qualche moneta».

Marco si frugò nelle tasche. «Non ho un soldo. Le puttane mi hanno ripulito».

Antonio scrollò la testa e si avviò di buon passo verso le case.

«Sei impazzito, Marco?» esclamò Orsola. «Non puoi assumerlo! Non ci serve un altro garzone. Klingenberg ti ha detto cosa devi fare per salvare la bottega, e non è certo prendere un apprendista o fare coppe come quella. E poi cosa dirà nostra madre?» E tuttavia, a dispetto di quelle proteste, Orsola trovava eccitante il pensiero di avere il veneziano in bottega, in cortile e alla sua tavola, con quei capelli, quegli occhi, quelle cosce muscolose.

«Ho bisogno della mia coppa» disse Marco.

Orsola si rivolse a Giacomo, che si strinse nelle spalle ma non fiatò.

Le campane suonavano per il vespro e i venditori ambulanti iniziavano a sbaraccare, quando Antonio tornò. Porse un sacchetto a Marco. «Uno dei leoni è sbreccato, ma credo che tu possa ripararlo».

Marco estrasse la coppa dal sacchetto e la esaminò. «Sì, si può fare» disse, fissandola con lo sguardo rapito di un amante.

Anche Antonio la fissava, ma aveva piuttosto l'espressione di un analfabeta che si sforzava di decifrare una scrittura. Orsola invece aveva una gran voglia di buttarla nel canale, con tutti i guai che aveva provocato.

«Quanto hai speso per riaverla?» domandò Marco.

Un sorrisetto si dipinse sul volto di Antonio. «Tu l'hai venduta per una scopata. E me l'hanno rivenduta per due».

«Ne valeva cento, di scopate!»

«Il guaio è che non ci puoi nemmeno bere» ribatté Antonio. «Se ne sono accorti subito. Comunque, mi devi dieci soldi».

«Non mi è rimasto più niente».

Antonio gettò un'occhiata a Giacomo che sospirò e gli diede una moneta, che non avrebbe potuto permettersi di spendere. Il pescatore la intascò e li accompagnò al ponte di Rialto, anche se non glielo avevano chiesto, perché era evidente che da soli non sarebbero riusciti a trovare la strada.

Orsola lasciò che si avviasse insieme ai suoi fratelli per poterlo guardare liberamente. La sicurezza esibita da Antonio la infastidiva, ma allo stesso tempo ne era affascinata: la disinvoltura con cui si faceva largo fra la folla, i saluti e i sorrisi che scambiava con questo e con quello, il suo portamento aggraziato. Le sarebbe piaciuto camminare per Venezia con altrettanta sicurezza. A Murano anche lei salutava tutti, come stava facendo ora Antonio. *Vieni a Murano e vediamo come te la cavi!* pensò. Ma, in realtà, sapeva che se la sarebbe cavata benissimo: il bel veneziano avrebbe incantato tutti.

Bruno era all'approdo, vicino al Fondaco dei Tedeschi, dove si radunavano i gondolieri in attesa dei loro padroni o di clienti che dovevano raggiungere Dorsoduro, San Marco o il più lontano Arsenale. Per ingannare il tempo cantavano o scherzavano fra loro, prendendo in giro anche il barcaiolo di Murano, che non mancava mai di rispondere per le rime. Mentre si avvicinavano, lo sentirono cantare una canzonaccia su una suora e i suoi mille amanti.

Alla fine, uno dei gondolieri veneziani gli diede una pacca sulla spalla. «Conosci il detto: *muranesi maganzesi*? Tu però sei un vero compagnone, *puteletto de Muran*!»

Bruno sorrise, ignorando il tono borioso del collega.

Orsola seguiva gli uomini a distanza e, vedendola, i gondolieri iniziarono ad agitarsi. «*Oe, che bea cocheta!*» gridavano, mandandole baci. Di certo sarebbero diventati più espliciti, se Orsola non avesse raggiunto Marco, Giacomo e Antonio, tappando la bocca ai gondolieri.

Solo uno di loro era rimasto in silenzio tutto il tempo, il giovane gondoliere africano che sedeva sulla banchina insieme agli altri. Magro, con i capelli cortissimi e grandi occhi neri, indossava una tunica rossa e un cappello con una piuma bianca e brache con un motivo a rombi che ricordava il mosaico della basilica dei Santi Maria e Donato. Orsola si sforzò di non fissarlo per non fare la figura della paesana. Le poche volte che era stata a Venezia aveva visto turchi col turbante e giudei con lo zucchetto, mai un moro dalla pelle scura.

Rimase stupita vedendo Antonio che lo salutava. «Buongiorno, Domenego». Il moro rispose con un cenno della mano.

«Come fate a conoscerlo?» gli domandò, cercando di mascherare la curiosità.

«A volte andiamo insieme a caccia di anatre nella laguna, quando mio padre può fare a meno di me e la sua famiglia non ha bisogno di lui».

«È qui con la famiglia?» fece Orsola.

«La famiglia per cui lavora» precisò Antonio. «Immagino che i suoi famigliari siano in Africa».

La giovane donna annuì e prese a sbirciare Domenego con la coda dell'occhio, fingendo di guardare altrove. Immobile e silenzioso, lo straniero non rideva e scherzava come gli altri gondolieri. Appena si accorse che lo stava spiando si voltò verso Orsola, che distolse lo sguardo, piena di imbarazzo.

«Basta, Bruno!» berciò Marco, con la sua solita arroganza. Bruno si scostò di malavoglia dai compagni veneziani e andò verso la sua gondola con i clienti. Ormai era diventato il *Puteletto de Muran* e tutti glielo gridavano dietro a gran voce.

«Quando mi chiamerai a Murano, onorando la tua promessa?» disse Antonio rivolto a Marco.

Orsola vide la smorfia sulla faccia del fratello. Ora che i fumi dell'alcol iniziavano a dissiparsi, si rendeva conto che aveva poco senso assumere un apprendista che non aveva mai lavorato il vetro. «In ottobre, dopo la pausa estiva» rispose. «È inutile che tu venga ora, perché la fornace è spenta in agosto».

Giacomo e Orsola si scambiarono un'occhiata perplessa. La bottega stava per avere un nuovo dipendente.

«Va bene, arrivederci» li salutò Antonio.

Mentre Bruno spingeva via la gondola dalla fondamenta, Orsola non poté fare a meno di voltarsi e vide che sia Antonio che Domenego le stavano sorridendo.

Fu solo il giorno seguente che Marco diede sfogo alla propria ira. A Venezia era ancora troppo brillo per rendersi conto che i suoi fratelli erano andati a recuperarlo. Durante il viaggio di ritorno, aveva divertito Bruno descrivendogli nei dettagli ciò che aveva fatto con le puttane di Santa Margherita, tanto che a un certo punto Orsola aveva dovuto tapparsi le orecchie voltandosi a guardare i campanili che trafiggevano il cielo sopra Venezia. Da qualche parte, fra quelle schiere di palazzi e fetidi canali, c'era un pescatore veneziano con in tasca una moneta dei Rosso.

Dopo essersi lavato e rifocillato, Marco era andato a letto, e il giorno dopo si svegliò sobrio e furibondo. Afferrò la coppa dal manico ancora sano e si presentò al cospetto della madre e dei fratelli che stavano pranzando in cucina. Posò delicatamente la coppa sul tavolo e guardò Giacomo e Orsola con aria truce. «Come vi siete permessi di venirmi a cercare?» esordì a voce bassa, ma infervorandosi man mano che proseguiva. «Sono forse un bambino che ha bisogno della balia? Avete gettato il disonore sulla nostra famiglia e guastato i rapporti con il nostro mercante. Se la bottega dei Rosso dovesse fallire sarà colpa vostra!»

«Non fare l'idiota!» ribatté Orsola prontamente. «Sei tu che hai cercato di mollare Klingenberg. Per fortuna ha avuto il buon senso di ignorare le tue parole».

«Da quando in qua Orsola parla a nome dei Rosso? Chiudi il becco ragazza, il tuo posto è in cucina!»

«Marco!» Laura si alzò e lo fulminò con lo sguardo. «Non ti permettere mai più di parlare in questo modo a tua sorella o a qualsiasi altro di noi. La famiglia viene prima di tutto, sempre!»

Marco provò a dire qualcosa, ma la madre non glielo consentì. «Dovresti essere grato a tuo fratello e a tua sorella per essere venuti a cercarti, altrimenti Dio solo sa come saresti potuto finire. Morto in un canale, probabilmente». Laura si fece il segno della croce e aggiunse: «Dovresti ringraziarli. Anzi, ringraziali!» Poi rimase a fissarlo, le braccia conserte.

«Cosa? No!» Anche Marco incrociò le braccia e sostenne lo sguardo furente della madre che pareva quasi cresciuta di statura. Orsola la guardò con ammirazione: finalmente la loro madre aveva deciso di affrontare quel primogenito tracotante. Ed era chiaro chi avrebbe avuto la meglio.

Infatti, poco dopo Marco abbassò gli occhi e le braccia.

«Ringraziali» gli ordinò di nuovo Laura Rosso.

«Grazie» borbottò Marco.

«Dillo più forte: "Grazie, Orsola e Giacomo"».

«Grazie, Orsola e Giacomo».

«Un fratello maggiore deve sempre proteggere sua sorella. Non deve mancarle di rispetto, né parlare male di lei. Chiedile scusa».

Marco si rivolse a Orsola e chinò il capo. «Mi dispiace, sorella».

Laura Rosso annuì ma non si sentiva troppo tranquilla. Umiliare Marco poteva rivelarsi più pericoloso che farlo adirare: la rabbia sarebbe sbollita, ma l'umiliazione gli avrebbe bruciato a lungo, ostacolando i rapporti fra loro.

«Allora, madre» disse Giacomo rivolgendosi ostentatamente a lei, invece che al fratello. «Cosa dobbiamo fare? Klingenberg dice che se miglioriamo la qualità ci farà altre ordinazioni. Ma dobbiamo sbrigarci, perché i clienti non aspetteranno a lungo». Tralasciò di dire che Marco si era scioccamente impegnato ad assumere un altro garzone.

Laura Rosso si risedette e si massaggiò la schiena. Il bambino non sarebbe nato prima di alcuni mesi ma il pancione era cresciuto parecchio. *Mio Dio,* pensò Orsola, *speriamo che non siano due gemelli, se andiamo avanti di questo passo non avremo di che sfamarli.*

«Ci sarebbe un'altra soluzione» disse Laura Rosso, guardandosi le dita.

I figli rimasero a osservarla mentre si nettava un'unghia.

«Roberto Testa mi ha chiesto di sposarlo. Si farebbe carico dei nostri debiti e riconoscerebbe anche questo» proseguì Laura posando la mano sul pancione «come suo figlio».

«Testa?» strillò Marco. «Il vecchio cane è già venuto ad annusare qui intorno?»

Orsola capì più in fretta dei suoi fratelli: il maestro Roberto Testa era vedovo, senza prole, e con una piccola bottega. Doveva per forza trovarsi un socio se voleva dare un futuro alla propria attività. Tutti sapevano che i Rosso non navigavano in buone acque e questo spiegava la sua offerta.

Ma Marco, forse a causa dei postumi della sbronza, stentava ad arrivarci. «E volete lasciarci per andare da lui?»

«Io non voglio lasciare nessuno. Semmai le due famiglie si unirebbero».

Marco strinse gli occhi. «Ma... due maestri?»

«Per prima cosa, tu non sei ancora maestro. Lo diventerai a tutti gli effetti solo quando avrai superato la prova. Seconda cosa, non hai capito: Testa sarebbe il maestro. Tu rimarresti servente. È disposto a sposarmi solo se la nostra bottega prenderà il suo nome».

«Ma sono io l'erede della vetreria Rosso! Non potete disporne a vostro piacimento!»

«È vero. Ma io ho a cuore solo il bene della famiglia, e comunque questa è l'offerta di Testa».

«Giammai. A mio padre verrebbero i brividi se sapesse che l'avete anche solo pensato!»

«A tuo padre verrebbero i brividi se sapesse che fai le scodelle storte!»

Marco sbuffò.

«Comunque, non ho ancora accettato la proposta. Voglio solo che sappiate che c'è questa possibilità. Un modo per cancellare i nostri debiti e avere di che vivere».

«Ma che ne sarebbe di me? Di noi?» fece Marco, indicando Giacomo.

«Continuereste a lavorare come avete sempre fatto, ma senza gestire la bottega».

«Volete dire che lavoreremmo per Testa, come suoi aiutanti?» disse Giacomo. «E Paolo?»

«Paolo si adeguerà alle nostre decisioni. Ma, come ho già detto, non ho ancora dato una risposta al maestro Testa».

«Volete sposarlo?» le domandò Orsola.

Laura Rosso si passò la mano sul pancione. «Per questo qui sarebbe un bene avere un padre, un po' di sicurezza».

Orsola annuì: una madre desidera sempre sentirsi al sicuro. Però, risposarsi così presto, a pochi mesi dalla morte del marito... *Pragmatica come sempre*, pensò.

«Anche noi possiamo dare sicurezza al bambino» ribatté Marco. «La sicurezza dei Rosso!»

Laura puntò i suoi occhi scuri sul primogenito. «Se vuoi dare un futuro a questo bambino, devi far funzionare la bottega. Fa' come ha detto Klingenberg, raddrizza quelle scodelle e quei calici grossolani».

«Fatti guidare da Paolo, almeno per un po'» suggerì Giacomo. «Nostro padre l'ha addestrato a dovere e può contare su una grande esperienza».

Marco iniziò a fare su e giù nella stanza.

«E per l'amor di Dio» aggiunse Laura, «lascia perdere quella coppa!»

Marco bestemmiò e uscì come una furia. Rimasero a guardarlo mentre misurava il cortile a grandi passi. Poco dopo rientrò e diede una manata al suo capolavoro che cadde a terra andando in pezzi. Poi uscì di nuovo, chiamando il fratello da sopra la spalla: «Andiamo, Giacomo, il vetro ci aspetta!»

Giacomo si morse le labbra, ma lo seguì.

Orsola prese la scopa e iniziò a radunare le schegge di vetro. Sua madre non amava rimanere con le mani in mano, ma quel giorno si limitò a guardarla.

«Vi sentite bene, madre?» le domandò Orsola.

«Il bimbo scalcia forte. Secondo me sta festeggiando la vittoria» disse Laura, ma senza allegria. «Abbiamo ottenuto ciò che volevamo, no? Comunque sono contenta che quella cosa non esista più» aggiunse indicando i frantumi scintillanti che la figlia aveva ammucchiato in un angolo.

Anche se a volte Marco era davvero fastidioso, a Orsola dispiaceva vedere la coppa in pezzi: era la fine di un sogno, la fantasia messa da parte in nome degli affari. Stava per dire qualcosa quando sua madre si portò la mano alla guancia come per una fitta improvvisa. Sembrava quasi che piangesse, ma poi fece una specie di grugnito e Orsola capì che si sforzava di trattenere le risa.

«Madre?» disse, in tono perplesso.

Laura Rosso scoppiò a ridere così forte che dovette chinarsi sul tavolino. Quella risata fragorosa destò un sorriso in Orsola. Ma che c'era da ridere?

Pian piano gli sghignazzi diminuirono. Laura sollevò la testa e si asciugò gli occhi col dorso delle mani. «Se penso che avete creduto tutti e tre che Roberto Testa volesse sposarmi! Siete proprio dei creduloni!»

Orsola appoggiò la scopa alla parete. «Ci avete mentito!»

«Per una buona causa. È servito a far tornare Marco in bottega con un po' più di sale in zucca!»

Marco si gettò con tanta dedizione nell'impresa di salvare la bottega, che trovava a malapena il tempo per mangiare un boccone e a volte faceva anche il turno di notte. Di solito gli apprendisti approfittavano delle ore notturne per esercitarsi, ma ora Marco andava insieme a loro per affinare la propria tecnica. Costrinse Paolo ad accompagnarlo e a suon di tentativi imparò a produrre scodelle perfettamente stabili e non sbilenche come quelle che aveva fatto fino ad allora. Poi passarono ai calici, e finalmente alle brocche, cui aggiunsero un pratico beccuccio e una maniglia delle giuste dimensioni. Marco non aveva mai prestato troppa attenzione agli insegnamenti del padre, ma ora aveva assunto il ruolo di salvatore e lo ricopriva con fervore, neanche avesse di fronte un pubblico numeroso. Orsola quasi preferiva che non si sedesse a tavola all'ora dei pasti, perché le rare volte che lo faceva parlava solo del vetro che era capriccioso e ci voleva un maestro per domarlo. Parlava del buon prezzo che era riuscito a strappare ai legnaioli, mercanteggiando con loro. Parlava della concorrenza che presto avrebbe sbaragliato. A Orsola interessava tutto ciò che riguardava il vetro, ma quello di Marco era un monologo, non un dialogo, e se qualcuno dei suoi famigliari provava a intervenire, lui gli dava sulla voce e lo derideva per la sua ignoranza. Insomma era davvero noioso starlo a sentire.

Orsola era stupita dalla pazienza con cui la loro madre ascoltava i sermoni del figlio, invece di schernirlo o zittirlo con un «Basta!» In realtà era il suo modo di aiutarlo, e Orsola lo capì. Laura Rosso desiderava che il suo primogenito superasse in fretta il periodo di addestramento, che avrebbe fatto di lui un vero maestro, capace di sfornare pezzi impeccabili.

Poi di certo lo avrebbe spronato a mettere su famiglia, pensava Orsola durante quei pasti noiosi. Ma esisteva una donna capace di sopportare Marco? C'era chi lo giudicava bello, ma lei non aveva mai capito perché, e trovava che la sua mascella spigolosa gli conferisse un'aria sprezzante, se non feroce. Di sicuro però una giovane in età da marito disposta a sopportare la sua boria, pur di sfoggiare un bel manto di pelliccia, si sarebbe trovata. Infatti, non più tardi di quell'agosto Marco impalmò Nicoletta, una fanciulla delicata e con gli occhi grandi, figlia di vetrai amici dei Rosso, che sembrava destinata a stare zitta, vivendo all'ombra del marito. Nicoletta era una cuoca scadente e non aveva abbastanza forza per fare il bucato, ma seppe inserirsi docilmente nella famiglia e la sua dedizione assoluta rese Marco meno spigoloso, addolcendo alcuni tratti del suo carattere.

Nei mesi che seguirono, Orsola si concentrò sulla lavorazione a lume, china sul tavolino in un angolo della cucina. A settembre, quando Laura diede alla luce Stella, poco dopo le nozze di Marco e Nicoletta, aveva già imparato a fare perle accettabili, per quanto semplici e di un colore solo. Di solito usava il vetro rosso, per richiamare il nome della sua famiglia, ma il suo colore preferito era quello della laguna, verde scuro con i riflessi azzurrini del cielo.

Dopo l'arrivo di Stella, però, non le rimase più tempo da dedicare alle perle. Laura Rosso era troppo vecchia per fare da madre e il parto l'aveva ulteriormente indebolita, impedendole di allattare la neonata. Oltre a cercare una balia, Orsola dovette accudire la sorellina, in attesa che sua madre si ristabilisse. Rimase sorpresa scoprendo quanto fosse impegnativo badare a un neonato nutrendolo, cambiandolo, cullandolo. Le toccava uscire di casa a tutte le ore per andare dalla balia, una puerpera, moglie di un pescatore che abitava sull'altra riva del Canal Grande di Murano. Con Laura inferma e Nicoletta che non era ancora riuscita a trovare il proprio posto nella nuova famiglia, a Orsola capitava spesso di dover fare il bucato da sola, con l'aggravio di Stella che si sporcava senza posa. Orsola le voleva bene, ma da quando c'era lei era stata costretta a dire addio alle perle. Temeva perfino che la mancanza di esercizio le facesse dimenticare ciò che aveva imparato negli ultimi mesi, costringendola a ricominciare da capo, con il miele e i bastoncini.

Un pomeriggio di ottobre, tornando con Stella dalla casa della nutrice, Orsola decise di fare il giro largo e si avviò lungo il Canal Grande di Murano. Era assai tranquillo rispetto a quello di Venezia ma non mancavano i palazzi degni di ammirazione e qualche ricco veneziano da sbirciare al di là delle finestre. La bambina si era assopita dopo la poppata, e Orsola non aveva certo fretta di tornare al bucato maleodorante, fra la confusione della casa che Nicoletta non riusciva a tenere in ordine. Si fermò sul bordo del canale, con la superficie increspata dove si rifletteva il sole dell'autunno, e tirò fuori dalla tasca una perla che aveva fatto prima della nascita di Stella. Era di un verde satinato, come l'acqua del canale, che non consentiva di vedere il fondo. Orsola adoperava tre tipi di vetro: trasparente, opaco e satinato. Quest'ultimo si lasciava attraversare solo in parte dallo sguardo ed era una qualità che Orsola stava imparando ad apprezzare grandemente.

Tese il braccio per confrontare il colore della perla con quello dell'acqua.

«Sei soddisfatta del tuo lavoro, Orsola Rosso?» La voce apparteneva a Maria Barovier, che era comparsa al suo fianco.

Orsola abbassò il braccio, piena di imbarazzo. «Io... veramente non sono riuscita a fare un granché».

Maria Barovier indicò la bambina che dormiva in braccio alla sorella. «Portano via tanto tempo, vero? Fammi vedere» disse, tendendo la mano. Orsola le lasciò cadere con riluttanza la perla nel palmo e trattenne il respiro mentre la esaminava.

«Ancora non ci siamo» disse Maria restituendole la perla. «La forma e il colore sono azzeccati, ma manca la simmetria».

Orsola sospirò. «Il vetro è difficile da addomesticare».

«Per questo mi piace» replicò Maria Barovier. «È un amante imprevedibile. Segue solo le sue leggi. Devi migliorare parecchio, prima di mostrare le tue cose a Klingenberg. Non diamogli una scusa per scartarle. Non ci sono donne nell'arte del vetro perché i nostri lavori devono essere perfetti per essere accettati dagli uomini. Ma nel vetro la perfezione non esiste».

«Voi però siete maestra in quest'arte».

Maria Barovier si strinse nelle spalle. «Io sono un'anomalia. L'eccezione che conferma la regola. Ma temo che ci vorrà molto tempo prima che le donne siano accolte nel nostro mondo. Secoli, forse». Abbassò lo sguardo sulla sua pupilla. «Sei sicura di voler passare la vita a bussare alla porta di una fornace?»

«Può darsi».

«Allora prova a pensare al tuo futuro. Tu che ti guadagni da vivere creando monili per gentiluomini e contesse, magari perfino un'imperatrice. Immagina che ti voltino le spalle. Per un capriccio, o perché sono cambiate le mode, o è scoppiata una guerra, una pestilenza. Cose cui non puoi porre rimedio. Ti va ancora di lavorare le perle a lume, pensando a tutto ciò?»

Orsola guardò l'acqua mutevole e splendente del canale, e pensò al futuro, altrettanto mutevole e imprevedibile, che aveva davanti. «Sì» rispose alla fine. «Mi va». Perché si era già affezionata al suo lume, come se fosse un bambino.

Maria annuì. «Allora ti farò un dono, e che sia per te un buon viatico». Si infilò la mano in tasca e ne trasse una rosetta nuova fiammante, la mise nella mano di Orsola e se ne andò, senza neppure salutarla.

Orsola guardò la splendida perla, smussata in modo da far emergere gli strati sovrapposti di rosso, bianco e blu in un motivo crenato. Sorrise e gridò: «Grazie, signora Maria!» Maria Barovier agitò la mano in aria senza voltarsi.

Orsola infilò in tasca la rosetta insieme alla sua perla verde. Si stava passando Stella sull'altra spalla, quando un fischio acuto la fece trasalire. Una gondola scivolava verso di lei, spinta da due rematori: un moro alto e magro e un robusto veneziano dai riccioli d'oro. Mentre accostavano, Antonio prese a fissare la bimba che aveva fra le braccia e Orsola si compiacque vedendo lo sgomento sul suo viso. «Buongiorno, damigella» le disse con un garbo la sorprese.

«Che ci fate qui?» disse Orsola decisa, per il momento, a lasciarlo nel dubbio.

«Sono venuto per vedere vostro fratello e parlargli dell'impegno che ha preso con me».

«Di certo l'avrà scordato» disse Orsola con voce ferma, anche se trepidava già in cuor suo.

«Oh, ho provveduto a rammentarglielo». Antonio fece una pausa, poi aggiunse, fissando Stella: «Vedo che vi siete data da fare. Quando siete venuta a Venezia non mi ero accorto che foste... Eppure la veste non vi era larga. Tutto il contrario, se non ricordo male».

Orsola sollevò la bimba infagottata. «È mia sorella».

Antonio si rilassò visibilmente. «Ah, *me ralegro*! Allora, volete accompagnarci da vostro fratello?»

«Era ubriaco quando vi ha fatto quella promessa, e la promessa di un ubriaco non ha valore, per cui potete pure tornare ai vostri pesci». Orsola si incamminò lungo la fondamenta, ben consapevole che il giovane stava esaminando ogni parte del suo corpo.

«Pazienza, chiederemo a tutti quelli che incontriamo dove possiamo trovare il fratello di quella sfacciata della giovane Rosso».

Orsola non si fermò, ma disse da sopra la spalla: «La nostra casa è all'imbocco del Canal Grande, sulla destra, non lontano dal margine della laguna. Vi aspetterò sulla banchina». Prima che Antonio avesse il tempo di rispondere, Orsola corse verso il ponte Longo e attraversò il canale. Rallentò solo quando fu sicura che dalla gondola non potessero più vederla, e si diresse verso casa, cercando di ricomporsi.

Orsola aveva sempre immaginato, e sperato vivamente, di rivedere Antonio. Dal giorno in cui si erano conosciuti, qualche mese prima, si era cullata nel ricordo, rievocando ogni dettaglio del loro incontro: le cose che si erano detti, il modo in cui lui l'aveva guardata. Per qualche tempo, rivivendo quei momenti nella memoria si era sentita attraversare dal fremito di eccitazione che aveva provato allora. Ma, giorno dopo giorno, gli scarni ricordi che aveva di Antonio avevano finito per perdere la loro freschezza, e non era più riuscita a trarne alcun piacere. Poi era arrivata Nicoletta ed era nata Stella, e Orsola, indaffarata com'era a occuparsi di loro e della madre, non aveva più avuto il tempo di pensare al bel veneziano. Fino a quel momento. Appena l'aveva visto, l'eccitazione si era riaccesa dentro di lei.

Ma non aveva molto tempo per organizzarsi. Sballottata dalla corsa, Stella si era svegliata e stava piangendo. Non le andava l'idea di rivedere Antonio con una bimba in lacrime, per cui si fermò in un vicolo e calmò i vagiti della sorellina, cullandola fra le braccia. Quando arrivò a casa, sgattaiolò in cortile e da lì sulla banchina dietro la bottega, giusto in tempo per veder comparire Domenego e Antonio che si avvicinavano remando con vigore.

Non appena ebbero accostato, Antonio gettò un fagotto di vestiti sulla banchina e porse una moneta all'amico gondoliere. «Grazie, Domenego» disse, scendendo a terra. «Vieni a trovarmi se Klingenberg ti dà il permesso, e andremo a caccia di anatre in questa parte della laguna».

«Lavorate per Klingenberg?» domandò Orsola al moro, un po' stupita.

Domenego annuì in silenzio e riprese il largo.

Orsola non si era accorta che fosse nero il gondoliere che aveva portato Klingenberg al funerale di suo padre. Ma in fondo era normale: quel giorno aveva ben altro per la testa. Comunque era così stupita che impiegò qualche istante a rendersi conto che Domenego se n'era andato senza Antonio. «Siete davvero intenzionato a fermarvi?»

Antonio le sorrise. «*De certo,* bella. Ho mandato un biglietto a vostro fratello. Mi sta aspettando».

«Ma non sapete nulla del vetro».

«Imparerò».

«Non è come prendere il pesce».

«Mi sento portato».

«E i garzoni non hanno giorni liberi per andare a caccia di anatre».

«Non è il benvenuto che mi aspettavo. Si direbbe quasi che non mi vogliate qui. Vi do così fastidio?»

«No, è che...» Orsola non sapeva perché si stava mostrando così villana con Antonio, ma era più forte di lei. «Non è facile lavorare con Marco» disse.

«Non era facile nemmeno lavorare con mio padre» ribatté Antonio. Poi aggiunse: «Che stavate guardando, prima, sul Canal Grande?»

«Niente, non stavo guardando niente».

«Sì, invece. Avevate in mano qualcosa, fatemi vedere».

Orsola tirò fuori la perla verde e mentre gliela porgeva le loro mani si sfiorarono.

Antonio la sollevò per guardarla meglio. «Meravigliosa! Chi l'ha fatta?»

«Io».

«Voi?»

Orsola annuì. «Quando sarò più brava a farle le porterò a Klingenberg perché le venda».

Un vicino passò loro accanto su un sandolo e scrutò Antonio dalla testa ai piedi, poi fissò Orsola con aria accigliata. *Ce ne saranno altri di questi sguardi scandalizzati*, pensò la figlia dei Rosso. Si sistemò Stella sulla spalla. «Sarà meglio che entriate» disse e si avviò verso il cortile.

Antonio raccolse il fagotto di vestiti. «Siete sicura che la bambina non sia vostra?» le domandò, seguendola. «Vi assomiglia. È sempre ingrugnita».

«Sorride solo alle persone che le piacciono» disse Orsola, sorridendo.

«Così va meglio».

«Mmh, ma se non potete nemmeno vedermi in faccia!»

«Vedo le guance che si muovono».

«E allora smettetela di guardarmi!»

«Volete bisticciare con me per tutta la vita?»

«Non mi va di sprecare il fiato» disse Orsola.

Ma in cuor suo rispose: *sì*.

## 2.

Ora facciamo un salto in avanti, come abbiamo visto il tempo compie miracoli a Venezia.

Eccoci di nuovo con il nostro sasso liscio sulla riva di Venezia, di fronte a Murano. Stringilo fra indice e pollice e tiralo forte sulla laguna, verso l'Isola di Vetro, facendolo schizzare a pelo d'acqua. Murano è troppo lontana perché il sasso possa arrivarci, ma qui si gioca con regole diverse. Con un solo salto, balza in avanti di ottant'anni.

Seduta al suo tavolinetto in un angolo della cucina, Orsola Rosso gira e rigira sulla fiamma una perla verde di vetro satinato. A un tratto solleva lo sguardo e non siamo più nel 1494, ma nel 1574. Orsola però non è cambiata. In questo posto magico dove il tempo trascorre a modo suo, Orsola ha ancora diciotto anni, e neppure quelli che sono importanti per lei sono invecchiati.

Un'improvvisa accelerazione del tempo: ma cosa importa un secolo o l'altro, se Orsola è ancora circondata da coloro che ama, da coloro di cui ha bisogno e perfino da coloro che odia? Se volano nel tempo insieme a lei, Orsola può saltare come un sasso piatto ai momenti cruciali, senza curarsi delle persone e delle cose che si lascia alle spalle.

(Tuttavia, la gente invecchia e muore, esce di scena alla fine, anche nel tempo strano di Venezia. Un momento di silenzio, per favore, in memoria di Maria Barovier, morta di vecchiaia.)

Veneziani e muranesi sorvolano magicamente su ciò

che è accaduto nel resto del mondo. Durante quegli ottant'anni sono nate nuove nazioni, gli uomini hanno combattuto nuove guerre e subìto vecchie pestilenze. Per colpa di Vasco da Gama e di altri esploratori, Venezia è tagliata fuori dalle nuove rotte commerciali. Le terre scoperte di recente iniziano a essere meta di viaggio e vittime di sfruttamento. Una nuova forma di cristianesimo fa inorridire i cattolici. Una regina è sul trono inglese da sedici anni e ci rimarrà per altri ventinove. Pullulano gli artisti: Leonardo, Michelangelo, Carpaccio, Raffaello, Giorgione, Tiziano.

E anche l'arte del vetro è in piena fioritura...

Naturalmente, Orsola si era illusa che potesse nascere subito qualcosa tra lei e il bel giovane venuto da Venezia per amore del vetro. Incontri clandestini e abbracci appassionati nelle calli. Bottiglie di vino rubate, da condividere in angoli solitari dell'isola. Uscite in barca sulla laguna al sorgere del sole, con i pescatori come unici compagni. Rimasero pure fantasie, sogni ai quali si abbandonava facendo il bucato, cullando la sorellina o lavorando nell'orto. Invece, il loro rapporto assunse fin dall'inizio un carattere formale, mentre si ritraevano entrambi dal fuoco che era parso sul punto di divampare. Forse fu la X con cui Antonio firmò il contratto di apprendistato, una firma che lo privava del diritto di amoreggiare con la sorella del suo maestro e padrone, Marco.

Ad Antonio venne assegnata una stanza attigua alla bottega, che condivideva con un altro garzone, e prendeva i pasti insieme alla famiglia, per cui Orsola lo vedeva tutti i giorni. All'inizio era quasi un tormento sfiorargli le spalle mentre si chinava per servirlo, e ogni volta che i loro sguardi s'incrociavano arrossiva, quasi che i presenti potessero indovinare il suo turbamento.

Ma, con sua grande sorpresa, nessuno faceva allusioni sul bel giovane che poteva tentarla con la sua stessa presenza, e neppure la mettevano in guardia da lui. Non sua madre che era diventata più taciturna dopo la nascita di Stella, né la timida cognata Nicoletta. Tanto meno Maddalena, fanciulla graziosa ancorché robusta, che, sensibile a sua volta al fascino di Antonio, spingeva via Orsola senza tanti complimenti per riempirgli il piatto di fegato o sarde in saor o bigoli al nero di seppia, che gli tingevano le labbra rendendolo ancora più seducente.

Antonio civettava con Maddalena, anche se si capiva chiaramente che non faceva sul serio. E neppure Maddalena, visto che se la intendeva col servo di una nobile famiglia veneziana che aveva casa a Murano. Lo sapevano tutti, e Antonio si divertiva a stuzzicarla nelle loro schermaglie amorose.

«Posso insegnarti ciò che piace agli uomini di Venezia» proponeva.

«E io quello che si aspettano da un uomo le donne di Murano» ribatteva Maddalena. «Di certo non le tue smancerie da veneziano!»

Antonio si manteneva a rispettosa distanza da Orsola, che si ritrovò nell'umiliante posizione di doverlo cercare se voleva vederlo. Dopo un periodo di imbarazzo, fu sollevata quando Antonio iniziò a filare prima con la figlia di un pescatore, poi con la figlia di un cordaio e infine, e più lungamente, con la figlia del loro macellaio. Orsola ci pativa, ovviamente. Ogni tanto Antonio le rivolgeva uno sguardo pieno di rammarico che le faceva venire voglia di schiaffeggiarlo. E odiava con tutte le forze le sue amanti, specie la figlia del macellaio. Le sorrideva se si incontravano, ma appena quella si voltava le faceva gli occhiacci, maledicendola a denti stretti.

Alla fine ciò che provava per Antonio si mutò in una sorta di bernoccolo che poteva tranquillamente ignorare, ma che premeva di tanto in tanto ricavandone un dolore delizioso.

E comunque aveva mille altre cose di cui occuparsi: tenere buona Stella che non smetteva mai di frignare, accudire sua madre debilitata dal parto, insegnare a Nicoletta a fare i lavori di casa, e successivamente aiutare quello scricciolo di donna a portare avanti la sua prima gravidanza. Sembrava che dovesse fare tutto lei in quella casa... Mettere Stella a dormire e i panni sporchi a mollo nel secchio. Lavare le pentole e spazzare per terra. Chiudere le galline nel pollaio. Accertarsi che gli uomini fossero alla taverna o nel laboratorio, che Nicoletta e sua madre fossero sedute comode e non avessero bisogno di nulla. Solo a quel punto, se ne aveva ancora la forza, Orsola si sedeva a fare le perle, al tavolinetto dotato del mantice che Giacomo aveva costruito per lei. La aiutava a non pensare ad Antonio, ma era una passione anche quella, più gratificante dell'amore per un uomo, perché alla fine ti rimaneva in mano qualcosa, qualcosa di bello, che potevi osservare e sfiorare con un dito, una forma armoniosa, colori che si mescolavano o cozzavano fra loro. Potevi unire le perle e farne un rosario, per contare le preghiere. O una collana da sfoggiare nei giorni di festa. O potevi tenerne una in tasca, che ti proteggesse come un amuleto. A volte Orsola donava quelle che avevano qualche imperfezione ai bambini della calle vicina, che ci giocavano o se le scambiavano fra loro. Era per lei motivo di fierezza che i bambini, i quali non esitano a dire apertamente se una cosa appare loro brutta, scialba o insignificante, apprezzassero le sue perle. Era un buon inizio.

Elena Barovier le dava lezione ogni tanto, ovvero quando ne avevano il tempo. Lavoravano una di fianco all'altra, chine sulla fiamma, e perdevano il conto delle ore. Elena le insegnò a dare nuove forme alle perle e Orsola andò avanti a lungo a farle di un solo colore, concentrandosi sulla foggia e la simmetria di ognuna. Solo quando si dimostrò capace di creare perle perfettamente identiche fra loro, Elena passò a insegnarle la decorazione, facendole aggiungere gocce, punti, linee e volute in vetri di altri colori. Le insegnò a valutare la giusta temperatura di fusione, perché ogni colore rispondeva al calore in modo diverso. Le mostrò come tenere la mano ferma durante la decorazione, suggerendole i più efficaci abbinamenti cromatici.

Orsola prese a decorare con foga ogni superficie della perla, con puntini e fiori rudimentali e linee che s'incrociavano tra loro coprendo quasi del tutto il colore sottostante. Elena fece una smorfia quando le mostrò una di quelle creazioni bislacche: una perla nera con fiori rossi a cinque petali circondati da cerchi arancioni e bianchi e intervallati da puntini blu. «Voi giovani esagerate sempre» disse. «Devi imparare il valore della semplicità. Due colori in superficie, non cinque. Punti o fiori, non entrambi. E lascia trasparire il colore di base della perla. È un bel colore, perché vuoi coprirlo con tutta questa roba? Sembra quasi che tu cerchi di nasconderlo, come se te ne vergognassi».

«La rosetta di Maria Barovier non è affatto semplice» ribatté Orsola.

Tacquero entrambe al ricordo di Maria, e Orsola posò la mano sulla tasca dove teneva sempre la splendida perla donatale dalla sua mentore.

«In realtà è piuttosto semplice» spiegò Elena. «Ha soltanto tre colori, una forma gradevole e un disegno uniforme. Certo, è complicata da fare, ma appare semplice a chi la guarda. Esercitati con le forme, perfeziona la tua tecnica, l'estro artistico verrà a suo tempo. Allora, ricominciamo da capo».

Il lavoro a lume di Orsola suscitava reazioni diverse in ciascuno dei suoi famigliari. Sua madre non diceva nulla: dopo tutto, era stata lei a mandarla a chiedere aiuto a Maria Barovier, e quello era il risultato. Giacomo non la criticava, anche se non riusciva a capire perché sua sorella volesse lavorare con il vetro. Nicoletta a volte si metteva accanto alla cognata e la fissava a bocca aperta, con evidente soggezione. Però quando Orsola si offrì di mostrarle come realizzare le perle, si ritrasse di scatto, guardandola con i suoi occhioni. «Non potrei mai fare una cosa del genere! È pericoloso! Mi brucerei! E poi... non spetta agli uomini lavorare il vetro?»

Pur facendo ben poco in casa, Nicoletta era molto attenta all'attività che le ferveva intorno e a volte elencava le incombenze di Orsola e di Maddalena, contandole sulle sue dita sottili da bambina, quasi volesse imprimersi nella memoria chi doveva fare cosa. Né le stava meno a cuore il prestigio di suo marito. Sebbene Marco non potesse fregiarsi dell'appellativo di «maestro», non avendo ancora superato la prova, Nicoletta lo chiamava già così e indossava la pelliccia durante la passeggiata anche se era solo ottobre. Fra l'altro era talmente bassa di statura che il manto strusciava per terra.

Ma a preoccupare Orsola era soprattutto il modo in cui avrebbe reagito Marco scoprendo che faceva le perle. Temeva che si sarebbe arrabbiato, giudicandola un'intrusione nel suo territorio, anche se lui non si sarebbe mai preso la briga di farle. Poteva perfino prenderla come una critica: sua sorella si era dovuta mettere a lavorare il vetro, perché quello che producevano lui e i suoi aiutanti non bastava a tenere a galla la bottega. Dopo la crisi seguita alla morte del padre, era riuscito a malapena a onorare i debiti della famiglia, ma i Rosso non prosperavano di certo, anche se quello veniva considerato un periodo d'oro per i vetrai di Murano.

Visto che lo conosceva bene, Orsola avrebbe dovuto immaginare la reazione di Marco: avrebbe a malapena degnato di uno sguardo le sue perle. La sorella era il punto cieco nel suo campo visivo, si curava ben poco delle sue mansioni abituali e quella nuova attività rientrava fra le cose insignificanti che non esigevano la sua attenzione. Marco non si fermava mai a guardarla lavorare, né le chiedeva come avesse imparato o cosa intendesse fare delle perle. L'unica cosa che ammirava era l'ingegnoso soffietto a pedale inventato da Giacomo, e se passava di lì non mancava di lamentarsi per il tanfo del sego bruciato. Orsola ricordava le parole di Maria Barovier: gli uomini non prendevano sul serio le donne che lavoravano il vetro. E, per quanto la cosa la irritasse, era il consenso di Marco quello a cui teneva di più. Aveva bisogno della sua approvazione. Forse, però, gli stava chiedendo troppo: nel suo modo di trattare le donne, suo fratello non era diverso dalla maggior parte degli uomini di Murano.

Capitava a volte che Antonio, entrando in casa per prendere una camicia pulita o una candela, si fermasse a guardare Orsola china sul lume. Lei cercava di ignorarlo, tenendo le mani ben salde per dare una forma regolare alla pallina di vetro o decorarla senza commettere errori. Una volta, mentre lui la osservava in silenzio, creò due perle rosse perfettamente rotonde e identiche fra loro. Soddisfatta, gli rivolse un'occhiata di sguincio e lui annuì: era la prima volta che comunicavano, da settimane.

Non molto tempo dopo lo trovò in cortile, accanto al pozzo. Antonio era a torso nudo e si versava l'acqua sulla testa, lavando via il sudore e rinfrescandosi dopo il calore intenso della fornace. Erano rari i momenti in cui potevano rimanere da soli. Orsola si fermò, posando il secchio del bucato che presto le avrebbe rubato ancora più tempo, perché Nicoletta stava per partorire e il lavoro sarebbe raddoppiato. «Andrete a caccia con Domenego nei prossimi giorni?» disse, cercando di non fissare il suo petto nudo, mentre Antonio sollevava la testa gocciolante. Orsola moriva dalla voglia di toccare quei muscoli possenti.

«Sì, domenica prossima, dopo la messa. Perché?»

«Vorrei dargli qualcosa da portare a Klingenberg».

«Perle?»

Orsola annuì e Antonio sorrise. Non il sorriso maliardo che aveva per le donne al mercato, né quello accondiscendente che il maestro rivolge all'allieva, un sorriso sincero e compiaciuto: un segno di rispetto fra colleghi.

«Però Marco non deve saperlo» aggiunse lei.

«*Naturàl*» fece Antonio e raccolse la camicia asciugandosi la faccia prima di indossarla.

«Antonio...»

«Sì?» Lui la guardò negli occhi e Orsola era sul punto di parlargli, parlargli di loro...

Ma in quella Maddalena uscì dalla cucina e l'attimo svanì. Orsola scrollò la testa e scoppiò a ridere. «Vedi di non cadere dentro il pozzo a furia di specchiarti!»

esclamò e se ne andò senza dargli il tempo di rispondere.

Arrivò la domenica e le perle erano pronte. Qualche giorno prima, Orsola era andata a mostrarle a Elena Barovier che finalmente aveva approvato il suo lavoro. Le aveva anche consigliato di non portarle al mercante in un semplice sacchetto di tela, ma di incordarle in base alle dimensioni, ai colori e ai motivi delle decorazioni, attaccandole poi a un cartoncino marmorizzato. Orsola non poteva permettersi il cartoncino pregiato che veniva prodotto a Venezia, ma Elena gliene aveva donato un foglio. Le aveva regalato anche un nastrino di seta per chiudere il sacchetto di stoffa fine che Orsola avrebbe confezionato per il cartoncino. La giovane vetraia non credeva troppo all'importanza di quei dettagli.

«Pensavo che gli interessasse solo la qualità delle perle» aveva detto.

«Certamente, ma è importante che la sua prima impressione sia positiva. Anche un mercante smaliziato come Klingenberg è sensibile a certe cose. Forse che una pietanza non ci sembra più gustosa se è ben presentata? Infila le perle con cura, usa una stoffa color panna per il sacchetto e facci un bel fiocco col nastrino di seta».

Orsola aveva seguito i suoi suggerimenti. Quella domenica, quando Antonio durante la messa le fece il segno convenuto, posò la mano sul sacchetto che aveva in tasca. Poi, mentre veniva celebrato il rito all'eucarestia, ripassò mentalmente ciò che avrebbe detto a Domenego: «Fai in modo che non si bagni, dallo subito a Klingenberg. Glielo porgerai con entrambe le mani e un inchino, dicendo: "Da parte di Orsola Rosso, con i suoi complimenti". E se dovesse caderti nella laguna mentre siete a caccia vi ammazzerò con le mie mani. Tutti e due!»

Orsola disse queste parole al gondoliere, quando Antonio la portò da lui su un pontile distante dalla basilica e dalle orecchie dei fedeli appena usciti dalla messa. Domenego le ascoltò senza battere ciglio, mentre Antonio sorrideva al suo fianco. Alla fine prese il sacchetto con entrambe le mani e s'inchinò dicendo: «*De certo*, damigella». Orsola strinse gli occhi, perché aveva la sensazione che volesse prenderla in giro, ma dovette soprassedere perché aveva bisogno di lui.

Alla fine della giornata, quando Antonio tornò con tre anatre nel carniere, lo riempì di domande: Domenego aveva messo le sue perle in un posto sicuro? Le aveva tenute d'occhio mentre cacciavano? Sarebbe andato subito a consegnarle a Klingenberg?

Antonio fece un risolino. «Forse non ci crederai, bella, ma non avevamo in mente le tue perle mentre cacciavamo. Ci premeva di più prendere qualche pennuto per riempire la tua pentola».

«Bastardo» brontolò Orsola sottovoce.

La settimana seguente attese con trepidazione la notizia che Klingenberg desiderava vederla ed era pronto ad acquistare centinaia, che dico, migliaia di perle! Sognava già di aprire una bottega tutta sua, insegnando ai cugini, a Giacomo, perfino a Nicoletta e a sua madre a lavorare a lume. È facile sognare quando sei all'oscuro della verità.

Ma i giorni passavano senza che giungessero nuove dal mercante, e Orsola iniziò a scervellarsi sulla ragione del suo silenzio. Diede subito la colpa al cartoncino e al nastrino di seta, e avrebbe voluto non aver mai chiesto consiglio a Elena Barovier: anche se si era mostrata disponibile, Elena apparteneva pur sempre a una famiglia rivale e di certo aveva inteso sabotarla! Forse Klingenberg stava ridendo con i suoi colleghi di quel frivolo sacchetto, e le loro risate echeggiavano nel cortile del Fondaco dei Tedeschi. Oppure era malato. Oppure Domenego non gli aveva consegnato le perle, ma le aveva vendute.

Era così preoccupata che se la prendeva con tutti. Stella piangeva tra le sue braccia, Nicoletta la evitava, Laura Rosso la sgridava, Maddalena la prendeva in giro dicendo che aveva il mar rosso. Giacomo la guardava, perplesso. Un giorno Antonio, alzandosi da tavola, le sussurrò: «Un po' di pazienza, Orsola».

Quelle parole furono come una carezza per lei e le strapparono un sorriso di gratitudine.

Dopo dieci giorni si convinse che Klingenberg aveva giudicato scadente il suo lavoro: la simmetria non era perfetta, forme e colori non si conciliavano... Oppure lo trovava semplicemente banale. Perché rischiare con un nuovo fornitore, quando altri potevano dargli perle fatte meglio? Quella sera si ritrovò, inaspettatamente, a poter disporre di qualche ora libera, ma invece di sedersi al lume, uscì con la famiglia per la rituale passeggiata. Trovò il garzone di un'altra famiglia di vetrai e si appartarono brevemente in un vicolo deserto esplorando a vicenda i loro corpi con mani lussuriose. Se non altro servì a distrarla, almeno per un po'.

Qualche giorno dopo, stava stendendo il bucato nel campo di sbianca dietro il convento di Santa Maria degli Angeli, quando il figlio dei vicini arrivò trafelato. «C'è il mercante, con il gondoliere moro!» gridò e corse via senza neanche riprendere fiato.

Orsola guardò il cesto pieno di lenzuola bagnate. Se non le stendeva subito c'era il rischio che non asciugassero in tempo e le sarebbe toccato lavarle di nuovo, un lavoro noioso che detestava quasi quanto lavare i pannicelli sudici di Stella. Ma se non approfittava di quell'occasione...

Corse a casa.

Entrando nel laboratorio, vide sua madre in un angolo, mentre Paolo, Giacomo, Antonio e i garzonetti erano schierati uno di fianco all'altro, come per salutare il doge. Klingenberg indossava la sua tunica nera ed era con Marco davanti alla fornace. Si capiva benissimo che ognuno dei suoi famigliari aveva mollato quello che stava facendo all'arrivo del mercante. Marco era pronto a fargli visitare il negozio e i fondachi, ma gli avrebbe mostrato anche le cataste di legna e i vasi da notte se Klingenberg glielo avesse chiesto.

Il tedesco la degnò a malapena di un'occhiata quando Orsola scivolò accanto alla madre. «I candelabri azzurri che mi avete mandato il mese scorso, quelli coi delfini, sono stati accolti assai bene a Praga. Ne avete ancora?»

Marco fece un cenno ad Antonio che andò subito a prendere il candelabro e lo porse al mercante con un inchino. «Ah, sì». Klingenberg lo prese dalle mani dell'apprendista e lo sollevò, girandolo da ogni lato per saggiarne l'uniformità. Poi passò il dito sui due delfini intrecciati alla base. Spesso i delfini, che fossero di vetro, pietra o metallo, venivano rappresentati in modo piuttosto grossolano, come creature pingui e bulbose. Quelli invece erano lunghi e snelli, e più simili a veri delfini.

«Ottimo lavoro» sentenziò Klingenberg. «E mi piace l'accostamento tra fuoco e acqua. A chi è venuta l'idea?»

Il silenzio calò nella stanza, con Antonio che se ne stava sornione a capo chino, mentre Marco si sforzava di mascherare il disappunto.

«L'idea è del garzone». Laura Rosso si fece avanti prendendo in mano la situazione. «Antonio Scaramal». Lo indicò e Antonio fece un nuovo inchino a Klingenberg. Non sembrava affatto intimidito, né in imbarazzo, e a Orsola la cosa piacque molto.

«Da quanto tempo siete apprendista dei Rosso, Antonio?» gli chiese il mercante.

«Nove mesi, signore».

Klingenberg inarcò le folte sopracciglia. «Sono colpito. Avete occhio, mio caro giovane».

Invero, Antonio possedeva un talento per il vetro che non ti saresti aspettato dal figlio di un pescatore. La maggior parte dei garzoni impiegavano anni per iniziare a soffiare il vetro o inventare qualcosa che andasse al di là di un semplice *goto*. Orsola aveva sentito Marco e Paolo discutere della sorprendente abilità di Antonio: stentavano a credere che un ragazzo cresciuto lontano da Murano e dalle sue vetrerie potesse fare così bene, così in fretta. Stava perfino imparando a leggere e fare di conto. «Sarà anche bravo, ma non c'è sangue muranese in lui» aveva affermato Marco. «E allora chi ci garantisce che rimarrà fedele ai Rosso?» Si trattava di una preoccupazione costante dei maestri, anche perché erano avvezzi a rubarsi fra loro gli apprendisti più brillanti. A rendere strano Antonio era che fosse veneziano. Orsola andava fiera di lui per la sua rapidità nell'imparare, il suo buon occhio e la sua mano ferma. Ma naturalmente non glielo avrebbe mai detto.

«Vi ha sicuramente giovato avere un buon maestro» disse Klingenberg e indicò Marco, cercando di sanare la ferita che gli aveva inferto cantando le lodi del suo apprendista. Dal canto suo, Marco si guardò bene dal dire che erano stati soprattutto Paolo e Giacomo a addestrare il veneziano.

«Dovete farmi altre cinquanta paia di candelabri come questo» continuò il mercante. «Li venderò a Vienna, Parigi e Lisbona. Fateli di colori diversi... l'azzurro va bene, ma ne vorrei anche di vetro rosso e bianco filigranato, magari qualcuno in foglia d'oro. L'importante è che i delfini siano azzurri o verdi. Ovviamente, non mi permetterei mai di dirvi come dovete farli, ma avete compreso ciò che intendo, sì?»

Nicoletta comparve sulla soglia della bottega reggendo fra le mani tremanti un vassoio con i calici e una caraffa di vino. Aveva preteso per sé quell'onore, sostituendo Maddalena, anche se era palesemente impacciata dal pancione e dalla pelliccia che le arrivava fino ai piedi. Orsola fece una smorfia che solo Antonio notò, sorridendole. Poi però la giovane Rosso dovette correre in soccorso di Nicoletta, che era inciampata nella pelliccia, prendendo il vassoio e posandolo sul marver.

Per evitare che la cognata combinasse qualche pasticcio, Orsola servì il vino personalmente ed ebbe cura di riservare a Klingenberg una delle migliori creazioni dei Rosso: un calice in vetro chiaro dal disegno perfettamente bilanciato, lo stelo filigranato e la base decorata con minuscole sfere. Il mercante annuì e le sorrise: «Grazie, mia cara». Indugiò con lo sguardo su di lei, ma solo per un istante, perché nessun altro se ne accorgesse. *Finalmente mi ha notato,* pensò Orsola. Ora doveva escogitare un modo per parlargli a quattr'occhi.

Porse i calici a tutti i presenti, tranne ad Antonio: un semplice garzone non poteva partecipare al brindisi. Peraltro, dopo aver lodato il suo candelabro, Klingenberg ignorò del tutto Antonio e si mise a parlare d'affari con Marco e del passato con Laura Rosso. La madre di Orsola pareva felice di ricordare il tempo in cui era suo marito a gestire la bottega e lei era la moglie del maestro. Klingenberg non mancò di rendere omaggio a Nicoletta, tutta sudata dentro l'assurda pelliccia da cui spuntava il pancione. Mentre gli altri erano intenti a conversare, Orsola sgattaiolò nel canale dietro la bottega e andò da Domenego, chiedendogli di aiutarla ad avvicinare il suo padrone.

Quando tornò dentro, Paolo, Giacomo e Antonio si erano rimessi al lavoro, mentre Marco stava riempiendo il bicchiere di Klingenberg, a dispetto delle sue rimostranze. Il tedesco non aveva nascosto la propria ammirazione per i bei calici da vino ma si capiva che non era un gran bevitore. Inoltre voleva rimanere lucido mentre conduceva i propri affari e si aspettava che il maestro facesse lo stesso. A un tratto si alzò, ignorando il bicchiere. «Ora voglio vedervi all'opera» disse e si avvicinò al banco di lavoro. Paolo stava fissando il manico a una brocca, e Giacomo e Antonio lo aiutavano passandogli gli attrezzi. A un certo punto infilarono di nuovo il manico nella fornace per scaldarlo. Solo quando fu pienamente soddisfatto della brocca, Paolo disse a Giacomo di posarla sul temperatore.

Marco promise a Klingenberg che gliel'avrebbe mandata nel giro di qualche giorno. «Un regalo» aggiunse con un sorriso che scoprì i suoi denti rossi di vino.

«Non c'è bisogno» rispose il mercante. Si avvolse il mantello intorno al corpo e si congedò con un cenno di saluto alle donne, avviandosi verso la banchina dove Domenego lo aspettava sulla gondola. «Piuttosto, sbrigatevi a fare i candelabri».

Orsola attraversò di corsa il ponte di Mezzo e proseguì lungo la fondamenta dei Vetrai, fino all'estrema punta meridionale di Murano, dove i barcaioli muranesi e veneziani stazionavano in attesa dei clienti. I gondolieri veneziani apparivano meno impertinenti, perché lì non erano a casa loro, ed era Bruno semmai a fare la parte del leone con le storielle e i canti da osteria. Orsola provò a passare inosservata, ma era inevitabile che Bruno la vedesse. «*Oe*, dicono che hai iniziato a darla via. Quand'è che ne dai un po' anche a me?»

«Il giorno in cui porterai il doge sul Canal Grande, cretino» ribatté Orsola.

In quel momento, comparve sulla riva Stefano, il servente dei Barovier dagli occhi neri. Orsola gli rivolse un cenno di saluto e Stefano arrossì, come sempre quando si incontravano. Poi il servente si avvicinò a Bruno.

«Andiamo, Bruno. La nostra barca ha una falla e devi portare una cassa per noi a Rialto».

«D'accordo». Bruno si affrettò a togliere l'ormeggio, e puntò subito la prora verso il rio dei Vetrai. Non potevi far aspettare i Barovier.

Orsola oltrepassò il raduno dei traghetti e raggiunse un punto più a occidente della riva, al riparo da sguardi indiscreti: Marco non doveva sapere che lei aveva parlato di nascosto con Klingenberg.

Poco dopo, Domenego comparve in lontananza. Ritto a poppa, i piedi divaricati, remava alla maniera tipica dei gondolieri: allontanava da sé l'impugnatura del remo con sveltezza, poi gli dava mezzo giro e lo richiamava lentamente verso il petto, cosicché la pala pareva immergersi a malapena nell'acqua, riaffiorando quasi subito. Assomigliava al gesto di mescolare una zuppa, ma in modo non uniforme. Sembrava impossibile che bastasse così poco per spingere una barca, eppure Domenego si avvicinava speditamente alla riva.

Klingenberg sedeva dentro il felze, al riparo dal sole dell'estate. Sudava e appariva più pallido che a casa dei Rosso. La sua espressione, impassibile quasi quanto quella del gondoliere, tradiva però un senso di disagio che Orsola riconobbe subito: aveva il mal di mare. Ma chi poteva permettersi di soffrire di mal di mare vivendo in una città costruita sull'acqua? Ci voleva la barca per andare ovunque, faceva parte della vita a Venezia.

Orsola alzò la mano in segno di saluto. «Grazie per essere venuto a trovarci, signore».

Le onde provocate da un'altra imbarcazione scossero la gondola e il mercante non riuscì a trattenere una smorfia. «Volevo conoscere il nuovo garzone, quell'Antonio Scaramal. Marco ha fatto bene a prenderlo».

Orsola evitò di rivelare che suo fratello aveva dovuto assoldare Antonio per ripagare un debito. «Avete ricevuto le mie perle?» disse invece.

«Sì, le ho ricevute». Klingenberg fece una pausa e Orsola trattenne il respiro. *Non gli sono piaciute,* pensò. *Gli piacciono solo i candelabri di Antonio.*

Ma Klingenberg la sorprese. «Molto belle, Orsola. Vostro padre sarebbe orgoglioso di voi».

«Oh, grazie!» Abbassò la testa, rossa in viso. Quanto avrebbe voluto che suo padre, o Marco, fossero lì ad ascoltare quegli elogi!

«Le forme sono buone, le dimensioni azzeccate, la simmetria è eccellente. Sono semplici, ma la semplicità non ha nulla di riprovevole. Col tempo aggiungerete decorazioni più complicate. E venderanno bene anche così. Ve ne ordino fin d'ora cento al mese, per i prossimi tre mesi, a mezzo soldo l'una. In rosso, verde, blu e bianco».

Orsola non batté ciglio. Aveva sperato di strappare un prezzo più alto.

Domenego le strizzò l'occhio e batté il piede facendo beccheggiare la gondola. In preda alla nausea, Klingenberg si asciugò il labbro e la fronte col fazzoletto e Orsola s'incantò a guardarlo, perché non aveva mai visto un fazzoletto così bianco.

Quando le parve che il mercante avesse sofferto abbastanza, rilanciò: «Due soldi a perla».

Klingenberg chiuse gli occhi. Orsola avrebbe voluto dirgli di non farlo, perché così la nausea sarebbe solo aumentata. Erano cose che ogni veneziano avrebbe dovuto sapere, ma in fondo Klingenberg era un tedesco e veniva dalla terraferma. E, per non ferire il suo orgoglio, Orsola finse di non aver notato che stava male.

«Un soldo l'una» ribatté il mercante.

«Va bene». Orsola accettò con piacere perché era il prezzo che aveva in mente. Domenego spostò il peso del corpo da un piede all'altro, stabilizzando la gondola.

«Grazie per l'opportunità che mi offrite, signore» disse Orsola e rimase a guardarlo in silenzio.

Rinfrancato, ora che la gondola aveva smesso di dondolare, Klingenberg la studiò un momento e poi le domandò: «Che c'è, mia cara?»

«È proprio necessario che mio fratello Marco sappia del nostro accordo?»

«Preferite che i vostri affari rimangano separati? È cosa saggia. Maria Barovier l'avrebbe approvato. Tuttavia, è difficile mantenere un segreto a Murano, e anche a Venezia. Io non dirò nulla a Marco, ma è probabile che lo scopra ugualmente, e quando questo avverrà dovrete vedervela fra di voi».

Orsola annuì. Klingenberg era disposto ad aiutarla comprando le sue perle, ma non si sarebbe spinto oltre. In caso di contenzioso, si sarebbe schierato con chi gli faceva guadagnare di più, ovvero con Marco e le sue creazioni.

Klingenberg la guardò negli occhi. «Siate comprensiva con vostro fratello, Orsola. Non è facile dirigere una bottega per un uomo così giovane. Forse lo giudicate troppo severamente». Non le diede il tempo di replicare e aggiunse: «Volete che custodisca io i vostri denari? Altrimenti dove li terreste? Sotto il materasso? Presso di me saranno al sicuro».

«Grazie, signore».

«Sono impaziente di ricevere altre perle. Portami a casa, Domenego».

A quel punto Orsola non riuscì più a trattenersi e gridò alla gondola che si allontanava: «Tenete lo sguardo fisso sull'orizzonte, signor Klingenberg! E la prossima volta portatevi qualche foglia di menta da masticare». Ormai l'affare era concluso e non le importava più di far capire al mercante che aveva scoperto il suo problema.

Klingenberg sospirò. «Lo so, lo so, mia cara giovane. Menta, zenzero, fissare l'orizzonte, un braccialetto di rame. Sono anni che la gente di qui mi suggerisce rimedi. Vi piace dare consigli a questo tedesco di terraferma. Ma non ce n'è uno che funzioni!»

Era diverso per Orsola fare le perle, ora che aveva trovato un acquirente. Prima era come se stesse semplicemente giocando con il vetro, come una bambina che prepara torte con il fango che nessuno mangerà mai. Ma adesso pretendeva molto di più da sé stessa: dopo aver creato una perla rossa che a prima vista le appariva perfetta, provava a immaginarla al collo di una signora in un palazzo parigino, che nella sua mente somigliava al palazzo da Mula lungo il Canal Grande di Murano. E al pensiero che la sua perla sarebbe andata per il mondo, che qualcuno l'avrebbe comprata e indossata, iniziava a notare un piccolo rigonfiamento qui, una lieve schiacciatura là, o una minuscola bolla al suo interno, e spesso la scioglieva di nuovo e la rifaceva da capo. Non era più spontanea come prima nel lavoro, si sentiva goffa e insicura. Passavano giorni senza che riuscisse a ottenere qualcosa capace di soddisfarla.

Poi Nicoletta diede alla luce un esserino, perfetto a prima vista, che venne battezzato Marco e tutti chiamavano Marcolin, e di punto in bianco Orsola si ritrovò ad accudire giorno e notte la cognata e il neonato. Si malediceva per aver sprecato giorni preziosi facendo perle scadenti, quando ora le mancava persino il tempo di lavorarci. Iniziò persino a chiedersi se sarebbe riuscita a onorare l'ordinazione di Klingenberg. Tuttavia, la scarsità di tempo la spronò ad approfittare di ogni momento libero per lavorare, soprattutto nelle ore notturne, quando i bambini e Nicoletta dormivano. E finalmente Orsola iniziò a creare cose che non si sarebbe vergognata di vendere.

Dopo aver completato l'ordine, Orsola non mandò le perle a Klingenberg tramite uno dei barcaioli che facevano la spola fra le isole, ma andò lei stessa a Venezia, da sola, sgattaiolando via di nascosto dalla casa dei Rosso. Non cercò Bruno, che di sicuro avrebbe fatto la spia, e probabilmente l'avrebbe molestata per tutto il viaggio. Riuscì a farsi dare un passaggio da una famiglia di Burano che andava con un sandolo a vendere merletti a Venezia. Per arrivare in piazza San Marco non imboccarono il Canal Grande ma si inoltrarono in un reticolo di rii minori, fiancheggiati da chiese e palazzi, con le barche che attraccavano sotto i porticati per scaricare botti di vino, legname, rotoli di stoffa e sacchi di farina. Lontano dal centro della città, tutto riacquistava il sapore della vita reale, non pareva di essere finiti in mezzo a una sfilata o a un corteo.

Ma quando arrivarono a San Marco lo sfarzo e il clamore erano tali che Orsola si sentì intimorita e sperduta tra la folla. Si congedò con riluttanza dalla famiglia di Burano, non prima di essersi accordata con loro per rivedersi nello stesso posto qualche ora dopo.

Si appoggiò a una delle colonne davanti al palazzo Ducale e chiuse gli occhi, abbagliata dallo splendore dei mattoni bianchi e rosa disposti in motivi geometrici, dalle file di archi sovrapposti. Sotto il colonnato si scorgevano uomini impettiti dalle tuniche rosse o nere che avevano forse messaggi importanti da consegnare al doge. Da quando lavorava alle perle, Orsola si era abituata a cercare l'ispirazione ovunque, e si chiese se quei colori e quei motivi potessero suggerirle nuove creazioni, ma il palazzo, per quanto spettacolare, non si prestava a essere riprodotto in vetro.

Lo stesso valeva per la piazza, un enorme rettangolo incastonato fra portici e colonnati, con il campanile a un'estremità e il vasto mercato che aveva inghiottito la famiglia dei merlettai. Era tutto troppo grande e frenetico per Orsola, che si diresse verso la chiesa di San Marco, accanto al palazzo Ducale. Quella forse poteva ispirarla, per la sua forma arrotondata, la cupola principale affiancata da due più piccole, la facciata ricolma di archi a tutto sesto e semiarchi con elaborati intagli, e qua e là mosaici in marmo e foglia d'oro. Le guglie e le statue, poi, parevano bucare il cielo! L'imponente edificio sembrava galleggiare sulle nuvole, e fece venire in mente a Orsola una scodella di palline di vetro gialle e bianche. Rimase a guardarla a lungo, chiedendosi se sarebbe mai riuscita a creare una perla altrettanto splendida...

A un tratto si sentì tirare, un tocco leggero come il morso di un topolino, e ghermì con la mano una mano più piccola già mezzo infilata nella bisaccia di cuoio che portava a tracolla. Le perle erano lì dentro, avvolte in un panno di lino.

«*Ehi! Ti! Ladronetto!*» gridò, torcendo la mano del ragazzino che le arrivava a malapena al mento. Il ladruncolo si divincolò fino a liberarsi, ma poi si allontanò senza fretta tra la folla del mercato. Orsola continuò a gridargli dietro, indispettita: non si era nemmeno preso la briga di scappare.

Si strinse la bisaccia al petto, prima di inoltrarsi in quella città piena di persone e cose in movimento, e acqua. Un posto dove bastava fermarsi un attimo per rischiare di essere derubati. Con il cuore che batteva ancora forte, imboccò un vicolo che andava suppergiù nella direzione di Rialto, rimproverandosi perché a causa della propria svagatezza aveva quasi perso il lavoro di un mese. Ora aveva paura perfino di chiedere la strada, ma il flusso di persone che si dirigevano tutte nella stessa direzione le diede la conferma che stava andando dalla parte giusta. Orsola si lasciò trasportare dalla folla, come un rametto trascinato a valle dalla corrente, dai palazzi della politica a quelli dei commerci.

Orsola camminava e si guardava intorno con gli occhi sgranati. La scimmietta appollaiata sulle spalle di un mercante. La donna con una tiara di perle sospese come stelle sopra un'elaborata acconciatura. Un uomo col turbante arancione e una tunica bianca immacolata nonostante la strada polverosa. Un pescatore che reggeva fra le mani una cesta di scampi. Un facchino che trasportava sulla schiena una sedia di mogano foderata di seta. E gli odori. L'intenso profumo di rosa che emanava dal mantello di una donna. L'aroma delicato dei panini allo zafferano che un garzone portava su un vassoio. Il tanfo dei canali dove i veneziani svuotavano i pitali e gettavano la verdura marcia. E i suoni. Tanto veneziano, ma anche una babele di lingue che Orsola non conosceva. Turco? Greco? Arabo? Tedesco? Inglese? Francese? Com'era eccitante Venezia! Orsola voleva essere lì, nel cuore della città; ma una parte di lei avrebbe preferito essere a casa, al riparo da quelle stranezze.

Il fiume di gente la risputò davanti al Fondaco dei Tedeschi, e fu un sollievo per lei ritrovarsi in un posto familiare. Attraversò il cortile esterno con più sicurezza e salì le ampie scale fino alle stanze di Klingenberg, godendosi la frescura della pietra dopo il caldo dell'estate che regnava fuori. Ma il mercante non c'era. Alla sua scrivania sedeva un giovane con la barba a punta, che la guardò da sopra il registro con freddi occhi nocciola informandola in un rigido accento tedesco che Herr Klingenberg era assente, e che aveva fatto male a venire se non aveva appuntamento con lui. Il tono era educato ma allo stesso tempo sprezzante. Orsola dovette vincere la tentazione di rispondergli sgarbatamente: l'importante era far avere le perle a Klingenberg. Gli disse il suo nome e menzionò l'ordine di cento perle. Poi tirò fuori il sacchetto di stoffa e fece per sciogliere il nastrino, ma il giovane tedesco la fermò.

«Siete in ritardo».

«Solo di una settimana».

«Dieci giorni».

«Non riuscivo a trovare le canne, e ho dovuto accudire il figlio di mia cognata e...» Orsola si rese conto che i suoi argomenti non facevano presa sul giovane scrivano, che probabilmente non aveva mai tenuto in braccio un neonato in vita sua.

«Lasciatele qui» disse lui, indicando un angolo dello scrittoio. «Herr Klingenberg le vedrà al suo ritorno».

«E quando tornerà?» Orsola pensava che il mercante fosse uscito per sbrigare qualche commissione ed era disposta ad aspettare, pur di non perdersi lo spettacolo di Klingenberg che sgranava gli occhi scoprendo le sue nuove creazioni.

«Fra qualche settimana» disse lo scrivano e abbassò enfaticamente lo sguardo sul registro.

«Fra qualche settimana?» ripeté Orsola sgomenta. «E i miei soldi?»

«Se Herr Klingenberg sarà soddisfatto del vostro lavoro, custodirà il denaro per voi, come d'accordo. Ora scusatemi, ma ho molto da fare. Addio».

«Ma... in attesa che il vostro padrone torni devo andare avanti con le perle, o è meglio che aspetti?»

Il giovane scrivano posò la penna d'oca, prese il sacchetto e iniziò a sciogliere il nastrino. «Se volete accomodarvi un momento nell'anticamera...»

Orsola guardò la panca al di là della porta, ma non si mosse.

Lo scrivano smise di sciogliere i nodi.

«Non uscirò di qui» disse Orsola. «Potreste avere qualche domanda da farmi sulle perle. O magari rubarne qualcuna».

Il giovane tedesco storse la bocca. «Sono perle di vetro, damigella, non perle vere. Non pepite. Non granelli di pregiato pepe nero».

Orsola capì che non l'avrebbe spuntata e andò a sedersi fuori, trepidante e in collera con sé stessa per averla data vinta a quello *sprotìn.*

Pochi minuti dopo lo scrivano la chiamò e, entrando nell'ufficio, Orsola vide che aveva riposto le perle nel sacchetto. «Lo stesso quantitativo per il mese prossimo» disse, senza sollevare lo sguardo dal registro.

Evidentemente aveva ricevuto istruzioni da Klingenberg.

«Se non mi pagate non potrò comprare il vetro» disse Orsola.

Sia pur sospirando, il giovane tedesco le consegnò venti soldi di acconto e Orsola strinse le monete con fierezza: erano i primi denari che guadagnava!

Uscita dal Fondaco, si incamminò verso il ponte di Rialto, con un po' di tempo a disposizione e quei soldi in tasca. Attraversò il ponte spintonata dalla folla, cercando di ignorare il gemito sinistro del legno, e si diresse verso il mercato del pesce. All'improvviso le era venuta una fame da morire e comprò una manciata di sarde fritte in un cartoccio, scottandosi la lingua mentre le mangiava, seduta contro il muro della fondamenta, mentre la vita ferveva nel canale davanti a lei. C'erano barche ovunque, con a bordo passeggeri o merci, oppure con i soli rematori, a poppa e nel cassone, che si facevano largo fra il traffico. Il quadro appariva caotico, ma Orsola intuiva che c'era un ordine celato in tutto ciò, perché le imprecazioni dei gondolieri erano intervallate da indicazioni, avvertimenti, saluti.

«*Oe!*»

«*A premando!*»

«*A stagando!*»

«*De lungo!*»

A un certo punto notò la figura di Domenego che spiccava, inevitabilmente, fra gli altri barcaioli. Con la calzamaglia bianca e nera e la tunica rossa, spingeva la gondola in direzione di Cannaregio con due passeggere a bordo, una giovane signora accompagnata dalla sua serva. La padrona aveva un viso largo, con zigomi affilati e grandi occhi un po' troppo distanziati. Indossava un abito blu raccolto goffamente sul davanti per dare più risalto al seno acerbo. I capelli erano acconciati più felicemente: una torre splendente di riccioli biondi sormontati da un pettine d'avorio. Nonostante la confusione che regnava nel canale e il flusso continuo di persone, Domenego notò quasi subito Orsola seduta sulla fondamenta. Ma invece di chiamarla ad alta voce, le fece un cenno con la mano, invitandola a restare dov'era. A dispetto di tanta discrezione, le giovani donne si voltarono verso Orsola e rimasero a fissarla mentre le passavano davanti.

Orsola si appoggiò al muro sorridendo, con il sole in faccia. Conosceva qualcuno in quella città. Non era come a Murano dove conosceva tutti, ma era sempre piacevole scorgere un volto familiare: la aiutava a sentirsi meno estranea.

Il moro tornò dopo una mezz'oretta e Orsola si alzò vedendo la gondola che si accostava alla banchina. «Che ci fate a Venezia?» le domandò, rimanendo perfettamente in equilibrio a poppa, nonostante l'acqua mossa dalle altre imbarcazioni.

«Ho portato le perle a Klingenberg» rispose Orsola in tono fiero.

«È dovuto andare ad Augusta, sua madre è inferma».

«*Che Dio la tegna*» disse Orsola e si fece il segno della croce. La vecchia signora doveva essere molto malata per indurlo a trattenersi sulla terraferma. «Chi era la ragazza che avevate a bordo?»

«Sua figlia, Klara».

«Bei capelli» disse Orsola, pensando ai suoi, neri e poco puliti, che aveva spazzolato in fretta prima di partire per Venezia.

Domenego ignorò le sue parole: non era avvezzo a fare commenti sui famigliari del padrone. Invece le parlò di affari. «Avete lasciato le perle al fondaco?»

«Sì, allo scrivano. Me ne ha ordinate delle altre. E mi ha dato un acconto».

«Jonas vi ha consegnato una ricevuta?»

Orsola aprì la bocca e la richiuse.

Domenego cambiò espressione e la giovane Rosso colse una punta di stizza sotto la sua abituale impassibilità.

«Tornate da lui e fatevi dare la ricevuta» disse il gondoliere.

«Ma io...»

«Se fa storie, ditegli che informerete Klingenberg che lo scrivano ha dimenticato la ricevuta. Salite, vi porto io dall'altra parte del canale».

Orsola Rosso non era mai stata su una barca così elegante. Il felze della gondola, nero come le fiancate, aveva i pannelli alzati, il che le consentiva di vedere ed essere vista. L'interno era foderato di seta blu e gialla, e i cuscini erano dello stesso kilim turco che aveva visto nell'ufficio di Klingenberg. Domenego era un vogatore più abile di Bruno, doveva esserlo, per limitare il mal di mare di Klingenberg. Ed era assai più lesto, infatti arrivarono davanti al Fondaco dei Tedeschi molto prima di quanto Orsola avrebbe desiderato.

«Grazie, Domenego» disse mentre lui la aiutava a scendere.

«Non dite a Jonas che vi ho mandato io a prendere la ricevuta» disse il moro. «Potrebbe crearmi dei fastidi».

Orsola annuì, guardando la bella gondola nera con aria trasognata.

«Come tornerete a Murano?» le domandò il gondoliere.

«Mi porteranno certe persone che vedrò più tardi a San Marco».

«Vi accompagno io alla piazza».

«Oh! Grazie». Orsola gli fece un bel sorriso e per una volta Domenego lo ricambiò: sembrava un altro.

La giovane Rosso corse via e tornò poco dopo stringendo la ricevuta che lo scrivano di Klingenberg aveva stilato controvoglia, e che Orsola non era in grado di leggere. Domenego la aspettava nella postazione dei traghettatori, dove Bruno aveva recuperato Orsola e i suoi fratelli qualche mese prima. Gli altri barcaioli rimasero a guardarli in silenzio, mentre il moro la faceva salire sulla gondola, puntando poi verso il centro del canale.

Orsola era già stata sul Canal Grande, ma solo brevemente e mentre passavano sotto il ponte di Rialto c'era così tanto da vedere che non sapeva da che parte guardare: era questa la sensazione che le suscitava sempre Venezia. L'ampia via d'acqua brulicante di barche. I palazzi dalle facciate sgargianti con file e file di finestre ad arco e balconi, da cui i nobili veneziani vestiti con eleganza osservavano l'andirivieni delle imbarcazioni, sorseggiando vino e spettegolando sul prossimo matrimonio o sulla politica del doge e del Consiglio dei Dieci.

Ma ad attirare l'attenzione di Orsola erano soprattutto le barche intorno a lei, con a bordo altri nobili, per lo più uomini, anche se non mancavano le donne, che viaggiavano in coppia, chiacchierando, o da soli, quasi sempre con il felze aperto, ma talvolta chiuso, a suggerire idee pruriginose. Gli altri passeggeri non si guardavano intorno spudoratamente come faceva lei, una forestiera fra i nativi. O forse erano solo più discreti; alcuni sembravano addirittura in posa, sapendo di essere osservati. Passandole accanto, le gettavano occhiate frettolose che la facevano sentire sciatta, con i capelli disadorni, il modesto vestito donatole da Maria Barovier e neppure un gioiello. La sua sciatteria era però compensata, almeno in parte, dalla grazia di Domenego e dalla lussuosa gondola di Klingenberg, il nero fresco di pittura, la forcola luccicante che sorreggeva il remo, lo scintillio della seta dentro il felze. Mancava solo una passeggera all'altezza. Orsola raddrizzò la schiena, sollevò il mento e giunse le mani, come se stesse anche lei posando per un ritratto.

I passeggeri erano in genere silenziosi e il vocio proveniva soprattutto dai gondolieri che si chiamavano l'un l'altro, sterzando agilmente e facendosi largo nel traffico, fra risa e motteggi. Con Domenego, però, erano meno impudenti, e si limitavano a rivolgergli cenni di saluto con deliberata indifferenza. Non ci importa se hai la pelle diversa dalla nostra, questo parevano dire. Erano uomini di mondo, e se ne compiacevano. Sui canali di Murano, Domenego avrebbe suscitato sguardi ben più diffidenti, se non apertamente ostili.

«Vi piace fare il gondoliere?» gli domandò Orsola.

Domenego si strinse nelle spalle e Orsola si pentì per quella domanda sciocca: come può piacerti una cosa che devi fare per forza?

Ma poi gli fece una domanda ancora più indelicata: «Come siete arrivato a Venezia?»

Il gondoliere si irrigidì visibilmente, lo sguardo fisso sul canale, tanto che Orsola pensava che non avrebbe risposto. Ma alla fine disse: «Mi hanno portato su un veliero. Molti giorni di viaggio. Ho perso il conto».

«Vi ricordate il vostro paese?»

Lui la guardò con aria cupa. «Certo che me lo ricordo».

Orsola arrossì e chinò il capo. Meglio tacere.

Ma poi fu il moro a parlare. «Non me lo aveva mai chiesto nessuno».

Orsola provò a rivolgergli una domanda sensata. «Siete bravo a portare la gondola, ne avete anche in Africa?»

Il viso di Domenego perse di colpo ogni durezza e il moro scoppiò a ridere così forte che smise di remare, e la gondola proseguì d'abbrivio sballottata dalle scie delle altre imbarcazioni. I barcaioli gridarono: «*Oe!*» e imprecarono, sul serio questa volta, non per scherzo, cercando di non urtarli.

«Domenego, *ocio!*» strillò Orsola.

Domenego riprese il remo e fu lesto a rimettere la gondola in linea. «*Scusème, scusème*» disse ai colleghi. Poi rivolto a lei: «Certo che siete buffi, voi veneziani. Pensate che il mondo sia tutto come qui».

«Io non sono veneziana, sono di Murano».

«Sì, be'... Il villaggio da cui vengo io era sul mare, ma le nostre barche sono diverse, vanno a vela, mosse dal vento, non dai remi. Ho imparato qui a vogare». Indicò il canale e aggiunse: «Il nostro mare non è così».

«Potendo, tornereste al vostro paese?»

«Impiegherò molto tempo a pagare il mio riscatto, e le cose potrebbero essere cambiate allora. Cerco di non pensarci».

Ma si capiva che in quel momento ci stava pensando.

Intanto avevano superato un'ampia curva e si dirigevano verso il punto in cui il Canal Grande incontrava il Canale della Giudecca. Adesso c'erano imbarcazioni molto più grandi con cui condividere le acque: navi provenienti dall'Oriente e dall'Occidente, che scaricavano e caricavano merci in uno dei porti più famosi del mondo. Rispetto a quegli enormi vascelli, che avevano vele più grandi di tutti i teli dei Rosso cuciti insieme, e miriadi di funi e robusti marinai in piena azione, le gondole veneziane sembravano giocattoli. Domenego si concentrò sulla voga, cercando di tenere la barca dritta.

Quando accostò alla banchina vicino a piazza San Marco il mare era mosso dalle onde dei velieri e il moro tese la mano verso Orsola per aiutarla a scendere.

«Grazie, Domenego».

Domenego annuì. «E ora dove andrete?»

«Al mercato a cercare i buranesi» rispose Orsola che era meno inquieta all'idea di girare fra la folla.

«Non andate da quella parte» disse Domenego, indicando un punto verso oriente.

«Perché?»

«Dicono che ci sia la malattia nel convento sulla riva degli Schiavoni, vicino all'Arsenale. Non andate oltre San Zaccaria».

«Quale malattia?»

Domenego esitò un momento prima di dirlo. «La peste».

La peste non giunse come un'onda che s'infrange sulla riva. All'inizio fu come una di quelle tempeste che scoppiano in mare d'estate: le senti in lontananza e le vedi all'orizzonte ma non arrivano mai. Si vociferava di morti in certi sestieri di Venezia. Poi si smise di parlarne. Finché non ci furono altri morti.

Il brontolio della peste si udì per tutto l'autunno. I Rosso ne avevano sentito parlare, ma la cosa non parve pregiudicare i loro affari, anche se i traffici fra le due isole erano diminuiti. Meno traghetti facevano la spola fra Murano e Venezia, ma i vetrai inviavano comunque le loro merci ai mercanti. Con l'arrivo dell'inverno, le notizie dei morti si diradarono, perché, come diceva la nonna di Orsola – che aveva già conosciuto quella piaga –, la peste muore nel freddo. Sembrava che il peggio fosse stato risparmiato a Murano e a Venezia.

Ogni mese Orsola avvolgeva le sue perle nella stoffa e spediva il fagotto al Fondaco dei Tedeschi con un messaggero fidato, uno dei giovani che facevano avanti e indietro, trasportando merci e messaggi tra Murano e la Serenissima. Klingenberg, che nel frattempo era tornato da Augusta, le faceva avere la ricevuta e soldi per acquistare il vetro, aggiungendo via via ordini per nuovi tipi di perle: «Venti filigrana bianca» scriveva, o «Cinquanta foglie d'oro». Orsola doveva farsi leggere le ricevute e le ordinazioni da Elena Barovier che, inoltre, le insegnava le tecniche richieste dalle nuove perle. Era così assorbita dal lavoro che smise di pensare ad Antonio e alla sua macellaia, o di preoccuparsi che Marco scoprisse il suo commercio.

Ora che poteva permetterselo, decise di assoldare una donna che la aiutasse a fare il bucato, in modo da avere più tempo da dedicare alle perle. Un giorno ne parlò con sua madre, mentre erano in cucina ad accatastare la legna appena giunta dalla terraferma. Maddalena si scandalizzò sentendola, e fece una smorfia alla padella dove stava friggendo le *fritole* per il Carnevale. Laura Rosso si fermò, un pezzo di legno in ciascuna mano, e ci pensò su un momento. «Mi sembra sensato» disse poi, e gettò la legna in cima alla catasta.

«Far fare il tuo lavoro a un'estranea» farfugliò Maddalena.

Pur disapprovando l'idea, Maddalena non lo disse a Marco. Neanche Laura ne fece parola e neppure Nicoletta, il che era più sorprendente, perché poteva scapparle detto che sua cognata si era messa a vendere le perle. In realtà, tutte le donne della famiglia avevano una certa soggezione nei confronti di Orsola e della sua arte, e così non si lamentavano se lasciava a metà le faccende domestiche o portava a casa una ragazza perché lavasse i panni al posto suo. Orsola era felice di immergersi nel lavoro e sembrava che anche Klingenberg lo apprezzasse, poiché iniziò a fare ordini sempre più importanti: evidentemente le sue perle gli piacevano.

Dopo la pausa invernale, non appena la temperatura tornò a salire, il brontolio della peste riprese a echeggiare a Venezia. Orsola lo venne a sapere nel posto dove apprendeva di solito le notizie: il mercato. Quella mattina era al banchetto di verdura della madre di Bruno e stava esaminando dei carciofi – li voleva sodi, ma non troppo grossi – quando una donna si sporse verso la verduraia e le bisbigliò, ma a voce alta in modo che tutti potessero sentire: «Ci sono stati due morti a Dorsoduro».

«Morti di cosa?» fece la madre di Bruno.

«Lo sai! Di peste!»

Le donne presenti si fecero il segno della croce.

La settimana dopo ci furono cinque morti, più altri cinque a Castello, un sestiere che non era neppure attiguo a Dorsoduro. E poi la peste si impadronì della città. I provveditori della salute pubblica si misero all'opera e scelsero in ogni sestiere uno o più cittadini incaricati di tenere il conto di contagiati e deceduti, sbarrare le case dove vivevano gli appestati e scoprire le persone con cui erano stati in contatto, confinandole nelle loro abitazioni. Si chiusero strade e interi sestieri, con il divieto di spostarsi e praticare i commerci. Entrò in vigore il coprifuoco e i mercati alimentari furono ridotti al minimo.

Anche i luoghi di culto vennero chiusi, ma i preti, temendo che Dio stesse punendo i veneziani per la loro scarsa devozione, organizzavano processioni, quando era loro consentito, per sopperire alle messe che non potevano celebrare.

Né le autorità né la popolazione seppero reagire con la dovuta tempestività, anche a causa di un diffuso senso di incredulità: nessuno immaginava che le cose sarebbero andate male fino a quel punto. In fondo c'era stata solo una manciata di morti in un sestiere lontano, che c'entrava il resto della città? Perché doveva cambiare la vita di tutti? E poi era normale che la gente morisse, intere famiglie venivano sterminate da malattie, fame e incendi. Era così diverso quello che stava succedendo?

Sì, lo era. Le vittime soffrivano di febbre alta, diarrea, delirio, i loro corpi si riempivano di bubboni purulenti e si poteva fare ben poco per aiutarli. Sette infettati su dieci morivano. E il morbo era molto contagioso.

L'acqua che separava Murano da Venezia appariva un dono del cielo agli occhi di Orsola, perché proteggeva lei e la sua gente, consentendo loro di tirare avanti come sempre. Le fornaci erano in funzione e si fabbricavano calici e specchi e lampadari e vasi. Gli orti venivano puliti dalle erbacce, i panni sbiancati, i pesci catturati, le barche incatramate. I ragazzini giocavano per strada e le donne preparavano la zuppa. Le serve pulivano. Gli uomini bevevano. I bambini venivano concepiti e messi al mondo. Orsola era al corrente di quanto accadeva a Venezia ma non pensava che sarebbe toccato anche a loro: la quarantena, le case sprangate, le strade chiuse, i vestiti bruciati, la conta dei morti. Murano sembrava al riparo da tutto ciò.

A oriente c'era l'isola di Sant'Erasmo, dove si coltivavano frutta e verdura, e subito a settentrione il Lazzaretto Nuovo, con i magazzini pieni di merci provenienti da Damasco e Costantinopoli, dal Cairo e da Marsiglia, in attesa della fine della quarantena. Ogni giorno le navi gettavano l'ancora nella laguna attorno a Sant'Erasmo, e le imbarcazioni più piccole lungo le sue rive. La nonna di Orsola spiegò che se qualcuno si ammalava veniva ricoverato al Lazzaretto Vecchio, su un'altra isola al largo del Lido. I famigliari dell'appestato, invece, andavano in quarantena al Lazzaretto Nuovo, ovvero rimanevano quaranta giorni confinati laggiù per vedere se si ammalavano. Spesso ci andavano in barca e la barca diventava la loro casa.

«Volete dire che i malati rimangono da soli, al lazzaretto?» chiese Orsola alla nonna, con orrore.

«Se un ammalato ama i suoi famigliari non li vuole intorno perché rischiano di ammalarsi» rispose la nonna. «E comunque, a quel punto, i poveretti stanno così male che neppure si accorgono di quel che gli succede». L'anziana donna stava sgranando i piselli e non si fermò un istante mentre porgeva quella triste spiegazione. In seguito Orsola avrebbe ricordato i pollici rugosi che aprivano i baccelli, le dita che estraevano i piselli mentre la nonna parlava della morte come se fosse la cosa più normale del mondo.

C'era un posto dove Orsola soleva andare a passeggio di tanto in tanto, per allontanarsi dalla famiglia, dal bucato e dalle perle: la punta nordorientale di Murano, che si raggiungeva attraversando il ponte dei Santi Maria e Donato e costeggiando il rio di San Matteo che sfociava nella laguna. Per arrivarci bisognava passare accanto all'Omo Salvadego, una chiassosa taverna dove Marco a volte andava a bere, ma più avanti c'era una riva deserta, dove Orsola si sedeva a guardare le montagne della terraferma, fantasticando su quelle cime lontane che talora erano bianche di neve anche d'estate. Non desiderava vivere sulla terraferma, ma si domandava come ci si sentisse a stare laggiù, in quelle terre che immaginava sconfinate.

Un giorno, mentre sedeva sulla riva, sentì un rumore di passi e, voltandosi, vide arrivare Antonio. Il bel veneziano si fermò di colpo, chiaramente stupito di trovarla lì. Orsola sbuffò.

«Che fai, mi segui?»

Antonio sorrise, ma era meno brillante del consueto. «A volte vengo qui a guardare la laguna e i monti» disse, ma i suoi occhi erano puntati sull'isola del Lazzaretto Nuovo.

Orsola annuì, guardando l'isoletta. «Le barche aumentano ogni giorno. Poveracci».

Antonio non trattenne una smorfia e solo allora Orsola capì. Avrebbe voluto rimangiarsi le parole, ma non si scusò con lui, perché sarebbe servito solo a peggiorare le cose. «Hai notizie della tua famiglia?» gli domandò sommessamente.

Antonio continuava a fissare le barchette all'ancora intorno al Lazzaretto Nuovo. Stava forse cercando quella di suo padre? «Fino a qualche settimana fa stavano bene. Menego li ha visti e mi ha portato i loro saluti. Ma ora il moro non può più venire».

«Dove vivono i tuoi?»

«San Polo, vicino ai Frari. Dove ci siamo conosciuti».

Orsola arrossì. E così si ricordava della prima volta che si erano visti! Non ne aveva mai fatto menzione prima di allora.

Avrebbe voluto dirgli parole di conforto per la sua famiglia, ma non ne trovò e si fece il segno della croce. Poi si voltò verso le montagne. «Ci sei mai stato?» gli domandò. «Sulla terraferma?»

Antonio le si sedette accanto, le gambe penzoloni sull'acqua, come lei. «Una volta sola. Sono andato a caccia di cinghiali. Non l'avevo mai fatto in vita mia».

«Sulle montagne?»

«No, in un bosco vicino al mare».

«E com'è andata?»

Antonio sorrise, rincuorato in qualche modo dal ricordo. «Fa uno strano effetto non vedere il mare. Continuavo a guardarmi intorno, cercandolo con gli occhi».

«E com'è la gente che c'è lì?»

«Non molto diversa da noi».

«Da te, vuoi dire?»

Antonio scoppiò a ridere. «Quanto a lungo devo vivere a Murano per diventare un muranese?»

«Tu non sarai mai un muranese».

«E meno male!»

Orsola gli diede una pacca scherzosa sul braccio.

«In effetti la vita sulla terraferma è più... veloce» disse Antonio. «È come se noi, veneziani e muranesi, fossimo tagliati fuori dal resto del mondo. Le cose si muovono più lentamente qui».

«Sì. A me piace. Non voglio cambiare».

«Non ti viene mai da pensare alla sorte dei nostri vetri? Dove andranno a finire? Amsterdam? Parigi? Siviglia?

Londra? Come saranno quelle città? Mi pare di vedere i nostri calici che abbelliscono una tavola a Parigi, magari sotto un lampadario di Murano. Chissà se le persone fanno caso ai bicchieri in cui bevono? Chissà se si domandano chi li ha fatti?»

Orsola fu stupita di scoprire che condividevano le stesse fantasie. «Secondo me, si ubriacano e basta» disse, poi aggiunse: «Capita anche a me di immaginare quelle tavole imbandite, e le signore hanno al collo le mie perle».

Antonio tenne lo sguardo fisso sulle montagne, ma un sorriso gli increspò le labbra. «Quali? Quelle con dentro la foglia d'oro?»

«Come fai a conoscerle?»

«L'altro giorno ti ho guardato mentre le facevi. Eri così concentrata che non ti sei nemmeno accorta di me».

«Di che colore erano le perle?»

«Un verdeazzurro scuro, come la laguna, foglia d'oro e poi vetro chiaro».

Quella era stata una buona giornata per Orsola. Si augurò che non la vedesse mai in quelle storte, quando era troppo stanca per domare il vetro incandescente.

«Stai diventando brava, Orsola. Menego lo ha sentito dire da Klingenberg. E io lo vedo coi miei occhi».

Orsola si sentì le guance accaldate come se fosse di fronte alla bocca della fornace. Gli elogi di Antonio la mettevano in crisi e avrebbe quasi preferito che lui la criticasse. Cercò qualcosa di pungente da dire.

«Come sta la tua piccola macellaia?»

«Me la faccio bastare. Per ora».

Orsola balzò in piedi. «Non posso stare seduta qui tutto il giorno». Fece per andarsene, sperando che lui la seguisse, ma Antonio rimase dov'era, lo sguardo fisso sulla terraferma.

«Non puoi andare laggiù, lo sai» disse Orsola. «A parte il fatto che il tempo scorre più in fretta, è proibito dalla legge. I vetrai di Murano devono restare qui, per custodire i segreti delle nostre botteghe. Manderebbero i gendarmi a cercarti e ti ammazzerebbero».

«L'ho sentito dire» fece Antonio, continuando a scrutare le montagne.

*Non ti azzardare a farlo,* pensò lei, *sennò ti ammazzo io!*

Come era già accaduto l'estate precedente, sembrava che la peste sarebbe rimasta a Venezia e li avrebbe lasciati in pace. Simile a una mosca intrappolata in una tenda, si faceva sentire debolmente ma non usciva mai fuori. Marco dirigeva il laboratorio come al solito, anche se Klingenberg aveva chiuso l'ufficio a causa dell'epidemia. Ma i Rosso avevano ancora cibo in abbondanza, grazie all'orto e al mercato di Sant'Erasmo. C'era meno vino, e anche meno olio, e solo pesce di laguna invece che di mare. Ma se la passavano abbastanza bene. Orsola fece altre perle per Klingenberg e le conservò in attesa di giorni migliori. Il tempo trascorreva alla sua maniera, imprevedibile come sempre.

Finché la mosca intrappolata nella tenda non riuscì a liberarsi.

Il primo a infettarsi fu uno dei messaggeri, un ragazzo che credeva di essere immortale e voleva intascare il lauto compenso promessogli da un muranese se avesse portato un biglietto alla sua amante nella Città d'Acqua, sfidando i divieti. Quando si ammalò, sua madre era già stata al mercato e aveva contagiato la madre di Bruno. La madre del barcaiolo se ne andò così in fretta che non ci fu nemmeno il tempo di portarla all'ospedale degli appestati del Lazzaretto Vecchio. I due magistrati sanitari di Murano mandarono Bruno e il resto della famiglia al Lazzaretto Nuovo e quando lo venne a sapere Orsola andò alla riva di San Matteo cercando con lo sguardo la gondola di Bruno. I suoi apprezzamenti erano fastidiosi, ma facevano parte della sua vita, e non sopportava l'idea che il barcaiolo fosse imprigionato lì. Ma viste da lontano le barche sembravano tutte uguali, come pagliuzze sull'acqua.

Le taverne furono chiuse quasi da un giorno all'altro e nei mercati si potevano vendere solo generi di prima necessità. A campo Santo Stefano regnava lo sgomento dopo la morte della madre di Bruno, che aveva contagiato alcuni clienti. Non ci si fermava più a chiacchierare fra i banchetti, ma si facevano le compere in silenzio e si tornava a casa in fretta.

La fornace dei Rosso era ancora attiva, anche se Marco aveva dovuto congedare i garzonetti. Gli uomini continuavano a lavorare, ma la famiglia aveva smesso quasi del tutto di vedere parenti e amici. Orsola e la madre non portavano più i bambini a giocare in campo San Bernardo, ma li tenevano in cortile. La piccola Stella non sopportava di stare rinchiusa e appena poteva sgattaiolava nella calle, riuscendo quasi a seminare Orsola.

«Quella ci farà dannare quando cresce» brontolò Laura Rosso vedendo per l'ennesima volta la figlia riportare a casa la sorellina che strillava e si dimenava.

Ordinarono a Maddalena di uscire solo per andare a comprare al mercato, ma non poterono impedirle di recarsi in visita dalla madre, di tanto in tanto. Paolo la sera non tornava più a casa dai genitori: dormiva in una stanza adiacente al laboratorio. Anche ad Antonio e all'altro garzone venne chiesto di non allontanarsi, ma era arduo tenere a freno i giovani uomini fintantoché c'erano barche e donne a disposizione.

Di nuovo incinta di un bambino che sarebbe dovuto nascere a fine estate, Nicoletta restava per lo più in casa, a massaggiarsi le caviglie gonfie e le pieghe fra le cosce e l'inguine, indolenziti a causa del pancione. Orsola si sforzava di essere paziente, ma la pazienza ha un limite. Un giorno che Laura Rosso aveva portato Stella con sé a lavorare nell'orto, chiese a Nicoletta di prendersi cura del suo Marcolin, sperando così di poter lavorare un po' alle perle. Sdraiata su una panchina nel cortile, la cognata si faceva aria con un fazzoletto e la guardò con i suoi occhioni. «Oh, non ce la faccio» rispose, agitandosi il fazzoletto davanti al viso arrossato. «Mi sento troppo stanca e accaldata per correre dietro a Marcolin».

«Perché hai voluto avere un altro figlio, se non riesci neppure a badare a quello che hai già?»

Nicoletta si mostrò così intimorita da quelle parole che Orsola si pentì di averle pronunciate.

«Io... Ci proverò» disse la cognata e tese le braccia verso il figlioletto. «Marcolin, vieni dalla mamma».

Purtroppo Marcolin, invece di andare dalla mamma, corse in un angolo del cortile dove un gatto stava giocando con una falena.

«No, Marcolin!» gridò Orsola. Troppo tardi. Sentendosi prendere per la coda, il gatto si girò di colpo e graffiò il viso del bimbo che corse strillando dalla zia e le nascose le gote ferite nella sottana, mentre Nicoletta assisteva impotente alla scena.

«Gli laverò io il visino» gemette Nicoletta senza muoversi, mentre Orsola prendeva su Marcolin e lo portava al pozzo.

Anche per quel giorno niente perle.

Poi la mosca che girava da tempo nella stanza si posò sul tavolo dei Rosso.

Antonio si era fatto prestare il sandolo ed era andato a pesca nella laguna, tornando con due secchi di sardine. Il pesce scarseggiava alla loro tavola da quando i pescatori di Venezia non potevano più servire l'isola, e i Rosso adoravano le sardine, specie fritte e ben croccanti come le faceva Maddalena. Appena la serva portò in tavola il vassoio ricolmo, tutti allungarono avidamente le mani sui pesciolini, scottandosi le dita, e per la prima volta da mesi si concessero un pasto lungo e godurioso, ignorando, almeno per un pomeriggio, la mosca penetrata nella stanza. Dopo aver svuotato il vassoio, rimasero seduti intorno al tavolo, con le pance piene.

«Grazie, Antonio» disse Laura Rosso, leccandosi le dita. «Erano davvero deliziose, si scioglievano in bocca».

Laura non aveva mai dato troppa confidenza al bel veneziano. Orsola pensava che lo considerasse un opportunista, che aveva approfittato di un momento di crisi per intrufolarsi nella bottega dei Rosso. Forse era vero, ma Marco e Giacomo non glielo avevano mai rinfacciato, anche perché si era rivelato molto abile nel lavoro. Seduto in mezzo a loro, mentre gustavano tutti insieme le sue sardine fra gli elogi della matriarca, Antonio sembrava finalmente uno di famiglia, invece che un ospite rintanato in un angolo. Orsola indugiò con lo sguardo su di lui e quando Antonio se ne accorse le sorrise.

*La figlia del macellaio gli è venuta a noia*, pensò Orsola.

Distratta da questo pensiero, fu più lenta di sua madre ad accorgersi che Nicoletta si stava accasciando sul marito.

«Marco, tienila!» gridò Laura in tono allarmato fra il chiacchiericcio dei commensali. Infatti Nicoletta pendeva all'indietro e sarebbe caduta dalla panca se Marco non l'avesse sorretta prontamente. Laura corse da lei. «È il bambino, cara?» le domandò. «Hai le doglie?»

Nicoletta si tirò su e scosse la testa, con aria spaventata e piena di vergogna. Aveva il viso accaldato. *Come ieri*, pensò Orsola rammentando il fazzoletto con cui la cognata si faceva aria. E le si ghiacciò il sangue nelle vene.

Laura posò la mano sulla fronte della nuora. «Brucia».

Fu come se la stanza fosse finita di colpo sott'acqua: le persone intorno al tavolo parevano sagome indefinite, i loro movimenti incerti, mentre il tempo rallentava fino a fermarsi. Marco teneva sua moglie con estrema cautela: avrebbe voluto staccare le mani da lei, ma non osava farlo. Di colpo, non era più un marito amorevole ma un uomo in preda a un invincibile senso di repulsione. Giacomo e Paolo sedevano immobili, appoggiati l'uno all'altro, Paolo con la testa pelata china in avanti, come se stesse pregando, Giacomo con le braccia incrociate sul petto. Antonio fissava Nicoletta con compassione. Maddalena si era bloccata con il grosso vassoio fra le mani e lo sforzo le gonfiava i muscoli degli avambracci. Orsola intrecciò le mani dietro la nuca, i gomiti che quasi si toccavano. Per fortuna i bambini dormivano, sfiniti dal pasto e dal caldo.

Laura Rosso fece un bel respiro e raddrizzò le spalle, assumendosi, anche fisicamente, l'onere di reagire. «Io e

Orsola metteremo Nicoletta a letto e ci occuperemo di lei. Nessuno deve avvicinarsi alla stanza. Tu, Marco, dormirai con Giacomo. Domani lavorerete come al solito. Dovete bruciare subito nella fornace i vestiti che abbiamo addosso. E bruceremo erbe e bitume, sia qui in casa che nella bottega, per scacciare il morbo. Lo fanno sempre anche i nostri vicini, per cui nessuno lo noterà. Perché nessuno deve sapere». Li guardò in faccia, uno per uno, quasi con aria di sfida. «Non dovete dire una parola ad anima viva. Se lo farete, porteranno via Nicoletta e forse anche noialtri». Nicoletta fece un lieve gemito. «Ci dobbiamo comportare nel modo più normale possibile, uscendo solo se è indispensabile. Niente passeggiata serale. Avete capito bene?»

Avevano capito benissimo.

Laura Rosso si rivolse a Maddalena. «Tu puoi tornare da tua madre, se vuoi».

Speranza e disperazione si alternavano sul volto della serva. Posò il vassoio e mormorò: «Signora, non posso...» Lasciò la frase a metà, incapace di prendere una decisione.

Laura studiò l'espressione della serva e decise al posto suo. «Va' da tua madre, ma non dire a nessuno perché sei tornata. Inventati qualcosa».

Maddalena annuì e scoppiò in lacrime.

Poi la madre di Orsola parlò ad Antonio. «Ho un compito da affidarti, ed è rischioso. Te la senti di andare a Venezia a cercare la teriaca? Sarà difficile trovarne, perché, come puoi immaginare, è molto richiesta in questo momento. Forse ti toccherà girare tutta la città». La teriaca era una pozione che fungeva da contravveleno e aveva fra i suoi ingredienti la carne di vipera essiccata. Ogni anno, i farmacisti ne producevano una certa quantità e doveva maturare per sei anni prima di poter essere adoperata. Probabilmente quella rimasta, ammesso che ce ne fosse ancora, avrebbe avuto un'efficacia ridotta. Ma dovevano almeno provarci.

Le emozioni iniziarono a rincorrersi anche sul viso di

Antonio: orgoglio, sconcerto, timore, speranza. Orsola invece aveva solo una gran paura per lui, e la sua paura si acuì quando lo sentì rispondere: «Parto subito, se posso prendere il sandolo».

Il cuore di Orsola batteva all'impazzata. *Non lasciarmi,* pensava.

Sua madre guardò Marco. Finalmente una decisione che poteva prendere in qualità di capofamiglia. Marco alzò la mano libera, con l'altra stava ancora sorreggendo Nicoletta, e disse: «Prendilo».

Orsola cercò di attirare lo sguardo di Antonio, ma i pensieri del giovane veneziano erano già rivolti a cose più importanti, la laguna, la Serenissima, la ricerca dell'impossibile...

La settimana seguente Orsola fu tanto indaffarata da non riuscire nemmeno a pensare. Ora che Maddalena se n'era andata e con Nicoletta inferma, toccava a lei e a sua madre occuparsi di tutto, e oltre ad assistere la malata dovevano cucinare, pulire la casa e accudire i bambini. Orsola preferiva i lavori domestici alla cura della povera Nicoletta, perché non si trattava solo di bagnarle la fronte in continuazione, bisognava anche aiutarla a bere e mangiare, lavarla quando perdeva il controllo delle viscere, e calmarla quando veniva presa dall'agitazione, il che accadeva sempre più spesso man mano che il male progrediva. Pur essendo gracile di costituzione, in quei momenti Nicoletta diventava violenta e si dimenava e colpiva chiunque le capitasse a tiro, quasi pensasse di avere la peste davanti a sé. E questo poteva accadere giorno e notte.

C'era così tanto da fare che a volte Orsola si addormentava, esausta, sul piatto. E a un certo punto iniziò a prendersela con i bambini, specie con Stella che non voleva saperne di rimanere chiusa in cortile e faceva i capricci. Un giorno strappò le foglie di basilico e le impastò creando una palla profumata e Orsola perse la pazienza e le diede uno schiaffo. Giacomo, che era presente, rivolse uno sguardo severo a Orsola, poi prese la sorellina urlante e il nipote Marcolin, scombussolato e anche lui sul punto di piangere, e li portò, seduta stante, a casa della nonna e zia Giovanna. Orsola si sentì tremendamente in colpa, specie quando dovette informare sua madre e Nicoletta che i bambini erano stati portati via. Le due donne la guardarono in silenzio, poi si scambiarono un'occhiata e chinarono lo sguardo. Non avevano potuto nemmeno salutare i loro figli e forse non li avrebbero più visti. «Meglio così» disse alla fine Laura, con un sospiro. «È più sicuro. Così avranno meno possibilità di ammalarsi».

In fondo anche Orsola era sollevata, perché ora sarebbe stato più agevole occuparsi della casa e di Nicoletta. I bambini erano un salasso di energia, specie se non avevi nessuno che ti desse il cambio, quando eri stanca o indaffarata. Per la prima volta, capì perché Maria Barovier non ne avesse voluti. Come le aveva detto un giorno Elena, le perle erano le loro figlie, sparse in tutto il mondo.

Usciva ancora per andare al mercato, nell'orto o a messa; a Murano le chiese erano aperte, e le dava sollievo sfuggire per qualche ora alla reclusione domestica. Naturalmente, evitava di intrattenersi a lungo con le persone, cercando tuttavia di comportarsi come se nulla fosse, per non destare sospetti nei magistrati della salute.

Man mano che passavano i giorni, Orsola era sempre più scoraggiata perché Antonio non tornava, mentre Nicoletta peggiorava e aveva già le braccia e il collo cosparsi di bubboni nerastri. Senza il garzone veneziano, i bambini e Maddalena, la casa era diventata fin troppo silenziosa. Marco, Giacomo e Paolo si sforzavano di mandare avanti la bottega, sia pur con le facce scure e parlando poco e niente.

Marco saliva ogni giorno a vedere la moglie, però si fermava sulla soglia della stanza. L'alito di Nicoletta era diventato fetido e l'odore del bitume e della lana bruciati non bastavano a coprire il tanfo delle feci e delle piaghe purulente. Orsola e Laura Rosso ci avevano fatto l'abitudine, ma Marco ogni volta impallidiva e doveva tapparsi il naso.

Nicoletta era sempre febbricitante e agitata, ma appena vedeva Marco si sforzava di sorridergli. «Mi dispiace tanto, amore mio» mormorava, tendendo le mani verso di lui. Ma, impacciato e intimorito, il marito non andava a stringerle.

Allora Nicoletta le abbassava, chiedendo: «Come sta Marcolin?» quasi sperasse che l'amore condiviso per il loro figlioletto gli desse il coraggio di avvicinarsi a lei.

«Bene, bene, sta bene. Ora devo tornare al lavoro» diceva Marco e se ne andava senz'altro, in collera con la moglie perché si era ammalata, con Dio che l'aveva consentito e con sé stesso per la debolezza e la paura di cui stava dando prova.

Una notte ci fu bisogno sia di Laura che di Orsola per immobilizzare la malata che si dibatteva furiosamente, lottando contro la febbre. Alla fine Nicoletta scivolò spossata nel dormiveglia e di tanto in tanto mandava un flebile gemito. Faceva piuttosto caldo nella stanza, ma dovevano tenere una candela accesa per vederla. Orsola osservava in silenzio la cognata ansimante, il ventre gonfio che si sollevava appena dal corpo devastato.

«Non ce la farà, vero?» disse alla madre con un filo di voce, anche se era improbabile che Nicoletta potesse sentirla.

Laura Rosso aggrottò la fronte. «Non dire così. C'è gente che guarisce. Ho sentito che a Venezia più di uno si è ripreso dalla peste, e noi siamo molto più forti dei veneziani. Dobbiamo accudirla meglio che possiamo. Ricordati che porta in grembo tuo nipote».

«Potrebbe essere femmina».

«Sarà un maschio. Allora, dov'è finito Antonio? Sono quattro giorni che è partito. Qui ci vuole la teriaca».

«Lo sai che non è facile da trovare» rispose Orsola, sempre pronta a difendere Antonio. «Forse sarà passato a salutare la sua famiglia». In realtà, Orsola temeva che si fosse ammalato anche lui, ma non osava dirlo.

«Deve dedicarsi a noi! Siamo noi che gli diamo da vivere, non la sua famiglia!» sbottò Laura Rosso con un'acredine che non le apparteneva ed era frutto della stanchezza.

«Cercate di dormire un po', madre» disse Orsola. «Resto io a vegliare Nicoletta».

Laura annuì. Andò a sdraiarsi sul paglericcio che tenevano in un angolo per riposare a turno e si addormentò immediatamente.

Orsola sedeva nella penombra, ascoltando il respiro delle due donne, quello calmo e profondo della madre e quello spezzato e ansante dell'inferma. C'erano molte cose che avrebbe potuto fare: strofinare le pentole, lavare le lenzuola sporche, raccogliere i fagioli e metterli a bagno. Non lavorare a lume, però. Quello era impensabile. Invece chiuse gli occhi e pregò con tutte le forze che Antonio tornasse a casa.

Non la sorpresero i colpi sulla porta, perché stavano aspettando una partita di legname dalla terraferma. Smise di rimescolare le lenzuola nella tinozza e corse in bottega. «È arrivata la legna!» gridò e andò ad aprire la porta sulla calle.

Poi però ebbe un attimo di esitazione, perché di solito la peata carica di ceppi veniva ormeggiata sulla banchina e i legnaioli li chiamavano da lì. Ma niente era più come prima da quando infuriava la peste. E tuttavia il silenzio dall'altra parte dell'uscio aveva qualcosa di strano, o era pura suggestione? Non le restò che aprire.

In fondo non avrebbe dovuto meravigliarsi così tanto, ma l'immagine era davvero inquietante. Fece un passo indietro, stringendosi le braccia intorno al corpo, perché davanti a lei nella calle si stagliava la figura di un medico della peste.

Ne aveva sentito parlare, ma era la prima volta che ne vedeva uno. Il medico indossava una lunga tunica di cuoio, i guanti e un copricapo, sempre di cuoio, e una maschera dal lungo becco pieno di erbe per proteggersi dal morbo. Sembrava un uomo uccello, ma in realtà quella figura, che pareva uscita da un incubo, aveva poco di umano. *Per fortuna Stella e Marcolin non sono qui*, pensò Orsola, *altrimenti se lo sognerebbero per mesi*. Le venne anche da chiedersi quale maestro avesse creato le calotte di vetro che coprivano gli occhi dell'uomo uccello.

Al suo fianco c'era il macellaio, padre della ragazza con cui Antonio aveva amoreggiato, e che, in qualità di magistrato della salute, aveva il compito di tenere traccia del diffondersi della peste sull'isola. Uno dei suoi uomini stava già tracciando una croce rossa sulla porta e un altro si accingeva a sbarrare le finestre con assi di legno inchiodate agli infissi.

«*Mariavergine*» mormorò Orsola e si fece il segno della croce, più volte, quasi che la ripetizione del gesto aumentasse la sua efficacia.

«Possiamo entrare, ragazza?» disse il macellaio in tono gentile, ma era chiaro che non si trattava di una domanda.

Orsola però non riusciva a staccare gli occhi dal medico della peste. Sentì un tramestio alle sue spalle e, voltandosi, vide Marco, Giacomo e Paolo che fissavano la figura mascherata dalla soglia del laboratorio. In quella apparve Antonio che, evidentemente, era appena approdato al molo della bottega. A Orsola parve che avesse l'aria soddisfatta, però quando vide il macellaio e il medico, anche il giovane veneziano si fermò di colpo, come se avesse visto un fantasma, e il compiacimento sul suo volto si mutò in orrore. Orsola gli fece cenno con la testa di nascondersi prima che il magistrato entrasse con i suoi uomini.

«Fatevi da parte, Orsola» ordinò il macellaio.

Orsola obbedì ma Marco, per quanto spaventato, attraversò il cortile e si piazzò sulla soglia al posto suo. Orsola non si fermò ad ascoltare cosa avrebbe detto il macellaio: lo sapeva già. Invece corse verso il fondaco dove Antonio si era rintanato, fra gli scaffali pieni di calici e scodelle. «Non uscire!» gli disse sottovoce. «Se ti vedono finirai al Lazzaretto Nuovo insieme a noi».

«Tieni» fece Antonio, porgendole un pacchetto. «Sono dovuto andare di nascosto sulla terraferma per trovare la pozione» spiegò. «Per questo ci ho messo così tanto».

«Grazie. Ma ora scappa, mettiti in salvo!» disse Orsola trattenendo le lacrime. «Salta sulla barca e vai a casa di mia nonna. Di' a lei e alla zia quello che è successo, e di tenere i bambini».

Antonio ebbe un attimo di esitazione, ma poi annuì. «Mi dispiace, Orsola. Farò tutto quello che posso per voi». Iniziò a indietreggiare, come se non volesse staccare gli occhi da lei, ma alla fine si voltò e corso verso il molo e il sandolo. Orsola rimase a guardarlo con un groppo in gola mentre prendeva il largo.

Intanto, in cortile, Marco stava discutendo animatamente col macellaio. «È la gravidanza, tutto qui! Presto starà bene. Non è il caso che la spaventiate» disse, indicando la maschera del medico della peste.

«Portatela fuori».

«No, è troppo debole».

«Portatela fuori!» ripeté il macellaio. «Non entreremo nel fetore della sua stanza».

Continuarono così, mentre Giacomo e Paolo e il medico assistevano in silenzio al battibecco. Anche se si mostrava spavaldo, Marco sapeva di non avere speranza, stava solo cercando di prendere tempo.

«Chi vi ha detto che Nicoletta è malata?» domandò in tono irritato. «È una menzogna!»

«La vostra serva, Maddalena, è morta stamane» disse il macellaio.

Orsola ebbe un sussulto.

«Anche sua madre ha la peste» aggiunse il macellaio, «e ci ha detto come si è contagiata sua figlia. Devo interrogare vostra moglie per capire dove è stata e se ci sono altre persone da isolare».

«Nicoletta non è andata da nessuna parte» intervenne Orsola. «Ha le caviglie gonfie, per cui non esce da settimane. Forse è stata proprio Maddalena a infettarla e non viceversa».

«Portatela giù in modo che il medico possa visitarla». Il macellaio aveva un'aria esausta e Orsola si disse che probabilmente sarebbe morto presto, vittima di un incarico assai poco desiderabile.

Guardò Marco, che aveva una smorfia sul viso, come se gli fosse venuta una fitta improvvisa. Alla fine annuì mestamente e Orsola salì da Nicoletta.

Grazie al cielo, l'inferma si era assopita. Laura Rosso stava infilando un paio di lenzuola in una sacca. «Prendimi qualche candela, le erbe e un po' di pece» ordinò alla figlia. «E dovrò portare anche qualcosa da mangiare, per me. Lei non è che abbia molto appetito».

Orsola rimase impietrita. «Madre! No!»

Lo sguardo di Laura la trafisse. «Come posso lasciargliela portare via in queste condizioni? Chi la accudirà al lazzaretto? Chi si prenderà cura di mio nipote quando verrà alla luce?»

«Ma... non torna mai nessuno da lì» disse Orsola sottovoce, temendo che Nicoletta si fosse svegliata e la sentisse.

«Noi torneremo» ribatté Laura, anche lei mormorando.

«Ma noi abbiamo bisogno di voi. E Stella? Come farà senza sua madre?»

«Ve la caverete. E Stella avrà te su cui contare» disse Laura, poi si sedette sul letto e svegliò Nicoletta, delicatamente. «Mia cara, è venuto il momento. Dobbiamo andare tu e io, come ti avevo detto».

Nicoletta socchiuse gli occhi e la guardò. «Dobbiamo proprio?»

«Sì, ma non ti preoccupare, starò sempre con te».

Laura la aiutò a mettersi seduta. Le aveva cambiato da poco la camicia da notte per renderla più presentabile, quasi avesse previsto che presto sarebbe dovuta comparire in pubblico. Quando le fece mettere i piedi giù dal letto, Orsola si avvicinò. «Aspetta» disse e prendendo la spazzola la passò fra i capelli unti e scarmigliati dell'inferma. Non servì a molto, ma Orsola sentiva di dover fare qualcosa.

«Grazie, Orsola» fece Nicoletta con un filo di voce. «Sei sempre stata così buona con me».

*Non è vero,* pensò Orsola. Era stata sprezzante nei confronti della cognata, perché non sopportava la sua estrema fragilità. Ora, però, Nicoletta appariva insolitamente dignitosa e si alzò in piedi sorretta da madre e figlia, avviandosi a passo lento ma sicuro verso la porta. A Orsola sfuggì un singhiozzo, ma lo soffocò immediatamente vedendo lo sguardo della madre.

Ebbero qualche difficoltà a farle scendere le scale e giunta in cortile, al cospetto del medico della peste, Nicoletta fu sopraffatta dalla paura e strillò, cercando di allontanarsi disperatamente. Orsola e sua madre la fecero sedere su una panchina, e Laura Rosso riuscì in qualche modo a calmarla. Neppure allora Marco si avvicinò alla moglie, ma rimase in disparte.

Quando Nicoletta smise di piangere, il medico le si accostò e le sentì il polso con la mano guantata. Le sollevò la camicia da notte con una verga, scoprendo le ulcere annerite che aveva sul collo e le braccia. Poi annuì rivolto al macellaio e fece un passo indietro.

«Signora Rosso, ho bisogno di chiedervi alcune cose» disse il macellaio e si sedette al tavolo del cortile, tirando fuori la penna e una pergamena. «Dove siete andata a fare compere? Con chi avete parlato nel campo durante la passeggiata? Quali bimbi avete baciato? Chi era seduto accanto a voi a messa?»

Nicoletta lo fissava con sconcerto e a ogni domanda la confusione pareva aumentare sul suo viso. Orsola si domandò perfino se riuscisse a capire ciò che le veniva chiesto. Ma dopo qualche istante, l'inferma iniziò a rispondere, sia pur lentamente e facendo lunghe pause per riprendere fiato. «Sono rimasta in casa... per settimane... le caviglie... Niente passeggiata, niente messa... Sono stata solo con... loro». Indicò il cortile con un gesto vago, ma poi si guardò intorno come per contare i presenti. «Tutti loro e...»

«Chi altro?»

*No,* pensò Orsola, *non fare il suo nome!*

«Maddalena» disse Nicoletta.

Orsola tirò un sospiro di sollievo.

«Può dirvelo lei stessa» aggiunse Nicoletta. «Cara Maddalena... Fa certe sardine fritte... Dov'è? Com'è che non la vedo?»

La domanda cadde nel vuoto. «Nessun altro?» la incalzò il macellaio.

Le guance smunte di Nicoletta avvamparono e le si appannò lo sguardo. «Dov'è Maddalena? E dove sono i bambini?» gemette, scossa dai brividi.

«Già, i bambini» assentì il macellaio. «Dove sono?»

«Al sicuro con mia madre» rispose Laura Rosso.

«Forse bisognerà mettere anche loro in quarantena. Quanto a voi dovete lasciare subito...»

«Parliamone» disse Marco, interrompendolo.

Nicoletta batteva i denti dal freddo. «Sto gelando» sussurrò, «voglio la mia pelliccia...»

Laura esitò perché il manto di pelliccia era appartenuto a lei ed era un bene di famiglia. «Vallo a prendere» disse alla figlia. «Tanto ce lo faranno bruciare comunque».

Orsola entrò a prendere la pelliccia nella cassapanca di cedro e tornò di corsa perché temeva che, in sua assenza, Nicoletta facesse il nome di Antonio.

Infatti, uscendo nel cortile, vide la cognata che perlustrava il tavolino con lo sguardo, come se stesse cercando di rammentare chi c'era quando avevano mangiato le sardine tutti insieme. Giunta nel punto dove era seduto Antonio si fermò e aggrottò la fronte, poi di colpo le si illuminò il viso, il ricordo le era affiorato alla mente...

«Ecco la tua pelliccia, Nicoletta!» esclamò Orsola avvolgendogliela intorno alle spalle.

«Oh!» fece Nicoletta e iniziò ad accarezzare il manto per poi accostarselo al viso.

Il macellaio continuò a guardarla con aria speranzosa, ma ormai Nicoletta era assorbita per intero dalla morbida bellezza della pelliccia che riusciva a toglierle il freddo.

Marco fece segno al macellaio di avvicinarsi e i due uomini presero a confabulare fra loro. Intanto Laura disse a Orsola cos'altro metterle nella sacca: pane, qualche manciata di lenticchie, pancetta, farina, un vasetto, un coltello, un pezzo di liscivia per lavare. «Avrai bisogno anche tu di queste cose, se vi manderanno al Lazzaretto Nuovo» aggiunse. «Ma tuo fratello sta cercando di convincere il magistrato a consentirvi di rimanere a casa. Meglio essere rinchiusi qui, che finire sull'isola. Ma se dovesse capitarvi, rimani accanto ai tuoi fratelli, ho sentito dire che i marinai sono in cerca di diversivi per vincere la noia della quarantena».

Marco sembrava essere riuscito a convincere il magistrato. Alla fine fece un cenno a sua madre. Lei gli prese il viso tra le mani e gli baciò le guance. «Occupati della bottega» disse. «Tieni alto il nome dei Rosso». Poi baciò Giacomo e gli disse: «Abbi cura delle tue sorelle». Orsola le gettò le braccia al collo e la strinse forte, come per impedirle di andar via. «E tu abbi cura dei bambini» disse Laura, sciogliendosi dall'abbraccio della figlia.

Orsola inspirò a fondo, rabbrividendo. Poi si ricordò della teriaca e la porse alla madre. «Antonio è riuscito a trovarla» le sussurrò.

Laura annuì e infilò la pozione nella sacca. Poi si avvicinò a Nicoletta che sedeva sulla panca, stordita dalla febbre. «Coraggio, mia cara, ora dobbiamo andare».

L'aiutò ad alzarsi. Nicoletta si avvolse nella pelliccia e, sorretta da Laura, riuscì ad attraversare il cortile con una compostezza che Orsola non aveva mai visto in lei. Sembrava che si fosse completamente dimenticata di Marco, ma quando raggiunse la porta che dava sulla strada, si voltò e gli fece un inchino. «Addio, Marco» disse. E uscì per sempre dalla sua vita.

Orsola restò a guardare la madre e la cognata che si allontanavano, seguendo il macellaio e il medico della peste verso il rio dei Vetrai, dove le aspettava la barca che le avrebbe condotte al Lazzaretto Vecchio. Nicoletta si reggeva a Laura Rosso, mentre il piccolo corteo sfilava davanti ai vicini che erano usciti a guardare. Ma i loro sguardi non erano amichevoli, bensì sospettosi, l'atteggiamento era freddo e per nulla disponibile, e non tendevano le braccia verso la poveretta ma le tenevano incrociate sul petto.

Uno degli uomini del magistrato chiuse la porta in faccia a Orsola e subito si udirono colpi di martello dall'altra parte. I colpi di martello provenivano anche dal vicolo sul retro: stavano sbarrando pure l'accesso al pontile. Poi calò il silenzio. Ora erano chiusi dentro. Orsola e i suoi fratelli e Paolo si guardarono senza fiatare. Fino a una settimana prima la loro casa era piena di gente, ora erano rimasti solo in quattro.

«Ma come ci procureremo da mangiare?» disse Orsola. «Le provviste che abbiamo non ci basteranno per quaranta giorni!»

«Hanno inchiodato tutte le finestre tranne una al piano di sopra» spiegò Marco. «Il macellaio ha detto che possiamo calare un cesto con una fune. Penserà la nonna a mandarci le cose».

«E la fornace?» domandò Giacomo. «Possiamo lavorare?»

Marco scrollò la testa. «Dobbiamo lasciare che si spenga, ma l'avremmo fatto comunque, per la pausa estiva». Marco aggiunse sottovoce: «Ho pagato il macellaio perché chiuda un occhio e ci lasci usare il cortile, ma non dovremo farci sentire dai vicini». Poi si rivolse a Giacomo e Paolo. «Su, andiamo a preparare lo spegnimento». Mentre tornavano in laboratorio, gridò alla sorella: «Orsola, vai a prendere le cose da bruciare, finché c'è fiamma».

Rimasta sola, Orsola indugiò un momento nel cortile, guardando il cielo azzurro pallido e ascoltando i suoni che venivano da fuori. La calle era più silenziosa a causa della peste, ma si sentivano ancora i vagiti dei bambini, le donne che si chiamavano, i fischi dei barcaioli e in lontananza, sul ponte di Mezzo, il banditore che gridava qualcosa: probabilmente stava già annunciando la quarantena dei Rosso.

Orsola preparò un pasto che non riuscì neppure ad assaggiare, ma gli uomini lo trangugiarono come se il loro appetito non fosse in alcun modo influenzato dagli eventi. Mentre li guardava mangiare, si chiese dove fossero in quel momento sua madre e Nicoletta. Il Lazzaretto Vecchio era molto lontano da Murano, all'estremità orientale di Venezia e vicino al Lido. La traversata richiedeva non meno di due ore e Orsola si chiedeva se Nicoletta fosse sopravvissuta al viaggio.

Gli uomini parlavano solo di lavoro: delle cose che non erano riusciti a finire, di quelle che potevano fare con la fornace spenta. Orsola si rinchiuse in sé stessa, sforzandosi di non piangere.

Ogni tanto si udivano dei tonfi, erano i sassi che la gente tirava contro la loro porta, gridando: «Demoni!» e «*Buzaroni!*» Ormai tutti sapevano che i Rosso erano in quarantena. Gli uomini riuscivano a ignorare gli insulti, ma un giorno Orsola perse la pazienza e corse alla porta picchiandoci i pugni sopra. «Bastardi!» Sentì gli strilli dei ragazzini che scappavano ridendo, senza rendersi conto che la stessa sorte poteva toccare anche a loro.

«Ssh» fece Giacomo, portandola via. «Non serve a niente».

«Come si permettono di dire certe cose? Fino a ieri queste persone ci erano amiche! Ci trattano come se avessimo portato di proposito la peste sull'isola! E non siamo stati noi, è stata Maddalena!»

Orsola scoppiò in un pianto disperato, fra lunghi singhiozzi, le lacrime e il muco che le colavano sul mento.

Giacomo le cinse la vita e Paolo le posò la mano sulla spalla, confortandola, in attesa che si calmasse.

«Povera Maddalena» mormorò non appena ebbe ripreso fiato.

«La *povera* Maddalena se la intendeva con il servo di una famiglia veneziana» ribatté Marco. Scolò il bicchiere e lo posò accanto alla caraffa perché la sorella glielo riempisse. «La *bauca* ci ha portato il morbo in casa e ha infettato mia moglie».

«Parli come quelli là fuori» disse Orsola, girando la testa verso la calle. «E lascia stare il vino, non ne abbiamo quasi più».

Marco afferrò la caraffa e si riempì il bicchiere da solo. «Il vino si trova, il problema è come pagarlo. Tu hai dei soldi?»

Lei lo fissò. Forse Marco aveva scoperto che vendeva le perle a Klingenberg? «Come sarebbe a dire? No, che non ne ho!»

«Ci è costato poter restare qui. Quel balordo del macellaio mi ha spremuto come un limone! Tra questo e gli affari che perderemo a causa della quarantena rischiamo di chiudere bottega».

Orsola pensò ai soldi che Klingenberg le stava mettendo da parte a Venezia, a come procurarseli. Non poteva inviare un messaggio al mercante, perché non era più permesso uscire in barca dall'isola. Nel giro di pochi giorni sarebbero rimasti senza cibo e avevano bisogno anche di legna, candele e biancheria da letto, perché avevano avuto ordine di bruciare i paglericci e le lenzuola, ricettacolo del morbo della peste.

Gli uomini rimasero alzati fino a tardi nel cortile, bevendo e giocando a carte. Orsola invece giaceva nella stanza dove fino a poche ore prima erano state la madre e Nicoletta. Avvolta in un lenzuolo, si era sdraiata sul nudo pavimento e fissava il soffitto. Pensava alla morte di suo padre che aveva cambiato le loro vite da un giorno all'altro. Anche la pestilenza li aveva colti di sorpresa e non se ne vedeva la fine. Si era già portata via Maddalena, Nicoletta e la loro madre. E chiunque di loro poteva essere colpito dall'infezione, compresi i bambini che erano dalla nonna, e anche la nonna e zia Giovanna. Dopo che Nicoletta si era ammalata, Orsola aveva iniziato a prestare più attenzione al proprio corpo, pronta ad avvertire i segni della peste: si sentiva la febbre? Non riusciva a controllare l'intestino? Aveva le membra indolenzite? Le bastava pensarci per sentirsi male. Ora, per esempio, sdraiata nel buio della stanza, si chiedeva se fosse il male a scaldarle la pelle o semplicemente il caldo di una notte d'estate.

Ormai ogni mal di testa, ogni fitta allo stomaco, ogni doloretto era sufficiente a metterla in allarme, quasi che il suo corpo fosse diventato un vaso di vetro che rischiava di andare in frantumi al primo colpo. E a tormentarla era anche l'ozio forzato: non poteva andare al mercato, né badare ai bambini, né candeggiare il bucato nei campi, né prendersi cura di Nicoletta. Doveva cucinare solo per quattro persone e gli ingredienti scarseggiavano. Il primo giorno preparò una pentola di spezzatino con le verdure fresche che aveva preso nell'orto e sperò che durasse. Poi pulì accuratamente ogni stanza con l'aceto e lavò bene i vestiti e le coperte che non avevano bruciato. A quel punto le rimase ben poco da fare. E la cosa valeva anche per gli uomini: dopo aver lasciato spegnere il fuoco nella fornace e aver rimesso in ordine il laboratorio, rimasero senza lavoro, a parte qualche lucidatura e incisione, che terminarono presto. Giacomo si diede ad abbozzare idee per le creazioni future, avvalendosi dei preziosi suggerimenti di Paolo. Altrimenti giocavano a carte o a dadi nel cortile, usando pezzi di vetro al posto dei soldi.

Il cestino e la corda che pendevano dalla finestra del piano di sopra fungevano da cima di salvataggio per i Rosso. Da quella finestra Orsola sbirciava la vita nella calle, senza farsi vedere perché temeva ancora di essere insultata. Di tanto in tanto, quelli che passavano di lì gettavano un'occhiata alla casa con la croce rossa sulla porta, ma nel giro di pochi giorni iniziarono a ignorarla: non era più una novità.

Ora che non le era permesso uscire, Orsola trovava la calle varia e affascinante come non mai: gli uomini che andavano avanti e indietro carichi di legna, sabbia e cenere, i pescatori con le reti e i cordami, le donne che tornavano dalla bottega del fornaio, dall'orto o dal mulino, i bambini che si rincorrevano o giocavano a palla o con le biglie. La presenza della peste rendeva l'isola meno vivace del solito, ma le persone continuavano a vivere e a incontrarsi. Orsola le invidiava così tanto. Per fortuna poteva godere della compagnia di Paolo e dei suoi fratelli, ma aveva bisogno di vedere altra gente, così come un lago ha bisogno di acqua corrente per non ristagnare.

Il terzo giorno, zia Giovanna arrivò sotto casa loro tenendo Stella e Marcolin per mano. Quella volta, Orsola si affacciò alla finestra senza curarsi dei passanti e chiamò i bambini: Stella tese con un grido le braccia verso di lei, come per farsi prendere. Marcolin appariva più tranquillo e si accucciò a studiare una grossa lisca di pesce nella calle. Zia Giovanna si guardava intorno con aria inquieta, quasi temesse che i vicini potessero sgridarla. Non si trattenne a lungo, ma aveva portato loro del pane fresco e promise che sarebbe tornata con candele, vino e aceto. Poi trascinò via i bambini, Stella che chiamava disperata la sorella e Marcolin che chiamava disperato la lisca che zia Giovanna gli aveva tolto di mano. Dopo che se ne furono andati, Orsola pianse di nuovo, amaramente.

Quella sera, dopo cena, mentre gli uomini giocavano a carte, Orsola rimase a lungo alla finestra, guardando il cielo del tramonto e chiedendosi cosa stessero facendo in quel momento sua madre e Nicoletta. Erano ancora vive? Sapeva che Nicoletta non ce l'avrebbe fatta, ma sua madre era una donna forte. Non aveva preso la peste mentre accudiva la nuora, forse non l'avrebbe presa neppure al lazzaretto...

«Buonasera, bella» disse una voce nel buio. Orsola scrutò la calle e vide Antonio sbucare dall'oscurità. Era così felice di rivederlo che non riuscì a rispondere in modo spiritoso, né a darsi un contegno: lo chiamò per nome e si sporse dal davanzale, tendendo la mano verso di lui, come Stella aveva fatto con lei. Sapeva bene di non poterlo raggiungere, ma voleva sentirsi il più vicino possibile ad Antonio.

Lui le sorrise. «Ho saputo che non vi hanno portato via. Queste cose ve le manda tua zia» disse sollevando la bisaccia. «Oltre a quello che avete chiesto, c'è un po' di pesce, olio, miele e qualche fragola».

Orsola lo ringraziò e calò subito il cestino.

«Avete bisogno di altro?» disse Antonio mentre infilava la bisaccia nel cestino.

«Lenzuola. Abbiamo dovuto bruciare quelle vecchie».

Antonio annuì. «Domani ve le porto».

A Orsola si aprì il cuore al pensiero di poterlo vedere tutti i giorni, la quarantena sarebbe volata...

«Ci sono malati da voi?» domandò.

Antonio scosse la testa. «Qualcuno, ma la peste qui non ha dilagato come a Venezia. Non ancora, per lo meno».

Quelle parole la fecero riflettere. «Quando sei andato a cercare la teriaca, hai visto... come stanno i tuoi...»

Lui la interruppe. «Si è salvato solo uno dei miei fratelli, lui e una nipote».

«Mi dispiace tanto, Antonio» disse Orsola e si fece il segno della croce.

Antonio annuì. Poi rimasero a guardarsi in silenzio. Quanti lutti, quanta gente che non c'era più. Orsola non riusciva nemmeno a immaginare di poter perdere tutta la famiglia.

«E voi come state?» domandò poi Antonio. «I tuoi fratelli? Paolo?»

«Stanno bene. Passano il tempo a giocare a carte. Di questo passo si scorderanno come si lavora il vetro».

«Avete denaro? Tua zia mi ha detto che non ne ha abbastanza per pagarvi le provviste».

Orsola scrollò la testa. «Marco non ha un soldo. Lo sai anche tu che le ordinazioni si sono ridotte da quando è scoppiata l'epidemia, e Klingenberg non è più puntuale come un tempo nei pagamenti».

«Ma tu hai qualcosa?»

«Sì, lo sai, da Klingenberg. Ma non posso andare a prenderli».

Antonio iniziò a rimuginare, mordendosi le labbra. «Avete qualche oggetto che si possa barattare? Che ne so, bicchieri, brocche...»

«Lo chiederò a Marco, ma non credo. Ultimamente facevano vasi da fiori, non penso che qualcuno li vorrà in cambio di farina o prosciutto».

«Ora sarà meglio che vada». Antonio si era accorto che i vicini iniziavano ad affacciarsi alle finestre o lo scrutavano dalla porta di casa.

Ma non si mosse.

«Dove ti sei sistemato?» gli domandò lei, sottovoce.

«In un capanno, dietro la casa di tua nonna. Cerco di non farmi vedere. Ma ogni tanto esco di nascosto».

«È bruttissimo rimanere chiusi in casa. Darei tutte le perle che ho per poter fare un salto alla riva di San Matteo e guardare le montagne».

Antonio la fissò con aria interessata. «Hai delle perle?»

«Una cinquantina, per un'ordinazione che stavo completando. Perché?»

«Penso che quelle le potresti scambiare».

Orsola si appoggiò al davanzale e ci pensò su. Aveva sempre visto nelle perle qualcosa da trasformare in monete sonanti, perché era con quelle che si compravano le cose: due soldi per una pagnotta di pane, cinque per un secchio di calamari, venti per un rotolo di stoffa.

Altri vicini fecero capolino dalle finestre. «Un soldo per una perla» disse Orsola.

Antonio annuì. «Addio, Orsola. A domani».

Orsola rimase a osservarlo mentre si allontanava e anche le donne del vicinato sbirciavano le agili falcate del bel giovane. Antonio si era avvicinato per poi scivolare via, come la marea.

La sera dopo le portò la biancheria da letto e lei mise nel cestino dieci perle bianche a forma di barile con un filo di azzurro intorno. Le pareva che potessero bastare per quello che lui le aveva portato. Antonio le raccolse nel palmo della mano. «Sono bellissime» disse, sollevando lo sguardo. «Ma ce ne vogliono altre dieci. I bottegai sanno che compriamo per i Rosso, e pretendono di più».

«Cosa? Come possono approfittarsi della nostra disgrazia?» disse Orsola a voce alta, in modo che i vicini sentissero chiaramente che era arrabbiata con il macellaio, il mugnaio, la tessitrice e la vinaia.

«Sono terrorizzati, Orsola» rispose Antonio.

«E perché? Non possono prendere la peste vendendoci le cose!»

«Hanno tutti paura di essere infettati, di veder morire i genitori, i figli, i fratelli e le sorelle». Antonio deglutì vistosamente e Orsola s'intenerì. «O di perdere il lavoro» continuò lui. «La gente cerca di risparmiare temendo tempi ancora peggiori».

«Ma tu non hai paura?»

«Come posso avere paura di te? E sono grato a tuo fratello perché mi ha assunto e mi ha insegnato il mestiere. Sono in debito verso di lui».

Orsola mise altre dieci perle nel cesto. «Non ci faremo un granché con queste» disse calandolo dalla finestra.

«Puoi farne altre? Hai il vetro e il sego che ti serve?»

Orsola esitò. Avrebbe significato lavorare davanti a Marco, mentre aveva deciso di tenergli nascosta quell'attività finché non fosse diventata abbastanza brava da ottenere la sua approvazione. Era sempre riuscita a far apparire il lavoro a lume come una sorta di passatempo. Ma ora non le rimaneva scelta. Se non altro sarebbe servito a tenerla occupata. Annuì, rivolta ad Antonio.

Rimasero a parlare ancora un po', e Antonio le riferì le ultime. Anche la madre di Maddalena era morta. La nonna, zia Giovanna e i bambini stavano bene, ma Stella cercava sempre di scappare e chiedeva continuamente di sua madre e sua sorella.

«Con chi stai parlando?» disse qualcuno alle spalle di Orsola. Marco si avvicinò alla finestra e guardò fuori, non l'aveva mai fatto da quando li avevano rinchiusi in casa.

«Antonio! *Dime!*» esclamò, spingendo da parte la sorella. Orsola non rimase nella stanza ad ascoltare Marco che riempiva Antonio di domande sugli altri vetrai, le barche alla fonda al Lazzaretto Nuovo, i casi di peste a Venezia e nelle altre isole. Invece, andò a controllare quanto vetro le era rimasto.

La mattina dopo tirò fuori la canna di vetro, la lampada e il sego e si mise al lavoro. Gli uomini dormivano ancora, poiché non avevano nulla da fare, ma quando il grasso, scaldandosi, iniziò a emanare il suo odore acre, Giacomo comparve sulla soglia, stropicciandosi il viso con una smorfia. «Come fai a sopportarlo?»

Orsola fece spallucce.

Il fratello si tagliò una fetta di pane e rimase a guardarla, mentre pestava sul mantice per ravvivare la fiamma e ci infilava il vetro bianco per scioglierlo. A un certo punto, Orsola si voltò verso di lui e capì che Giacomo era invidioso: dopo cinque giorni di ozio, moriva dalla voglia di tornare a maneggiare il vetro. Era persino tentata di insegnargli a fare le perle, ma avevano solo una lampada e un mantice, e vetro bastante solo per lei. E Orsola aveva un bisogno disperato di tenersi occupata. E se Giacomo, abile vetraio qual era, si fosse rivelato più bravo a farle? Era lei la creatrice di perle della famiglia, e non voleva concorrenti.

Sotto lo sguardo attento di Giacomo, Orsola fece roteare la pallina di vetro sagomandola con la spatola e poi sciolse una canna sottile di vetro azzurro per avvolgerlo intorno a quello chiaro, replicando così le perle che aveva dato ad Antonio.

Mise la perla finita a raffreddare nella cenere e si accingeva a cominciarne un'altra quando Marco salì le scale con passo pesante. «Santo Dio, che puzza! Vuoi asfissiarci con le tue...» Gettò uno sguardo alla perla che si stava formando e sibilò: «Palline?» A differenza di suo fratello, Marco non guardava con invidia il lavoro a lume. Lui era fatto così: o un calice complicato, un vaso importante, una brocca elaborata, o niente. Meglio dormire o giocare a carte che star lì a fabbricare perle.

«Almeno ho qualcosa da fare» rispose Orsola gentilmente, dando un giro e mezzo alla bacchetta, prima da una parte e poi dall'altra, come le aveva insegnato Elena Barovier.

«Vetro sprecato» brontolò Marco e strappò un pezzo di pane dalla pagnotta, addentandolo.

«Antonio ha bisogno di soldi per comprare le cose che ci porta».

«Avida *canagia*» ribatté Marco masticando. «Sa bene che non ne abbiamo».

Orsola smise di colpo di girare la bacchetta e la perla si staccò dalla cima, cadendo sul tavolo. «Cosa vuoi che faccia? È una fortuna che sia disposto ad aiutarci!»

Marco la guardò a lungo, continuando a mangiare. «Gli hai messo gli occhi addosso, eh, sorella?»

Orsola aprì la bocca, ma Giacomo scosse la testa alle spalle di Marco e rispose al suo posto. «Visto che non abbiamo soldi, potremmo barattare le perle, come fanno in Africa» suggerì.

Marco storse il naso. «Perché qualcuno dovrebbe volere delle perle su un'isola dove ce ne sono in abbondanza?»

«Perché sono belle e ben fatte». Giacomo prese la perla che Orsola aveva appena finito, scosse via la cenere e la mostrò al fratello. Marco alzò gli occhi al cielo, ma l'interesse professionale ebbe la meglio sullo scetticismo ed esaminò l'oggetto con attenzione. Era ancora impossibile capire di che colore sarebbe diventata, perché stava passando dall'arancione al grigio. Ma la simmetria appariva evidente, così come il motivo della decorazione. Orsola aspettava trepidante: Antonio e Giacomo si erano complimentati con lei e anche Klingenberg, sia pur per interposta persona. Marco avrebbe seguito il loro esempio?

«Quanto potrebbero valere se decidessimo di barattarle?» chiese alla fine. Ammettere che le perle potessero avere un qualche valore non era un complimento, ma gli assomigliava parecchio.

«Mezzo soldo l'una» disse Orsola. «Normalmente sarebbe un soldo, ma sapendo che siamo in difficoltà i bottegai giocano al ribasso».

Marco la guardò con sospetto. «Normalmente? E tu che ne sai del prezzo delle perle?»

Orsola si mosse nervosa sulla sedia. «Ne ho venduta qualcuna a questo e a quello. È da un pezzo che le faccio, lo sai anche tu. O pensavi che fosse solo un passatempo?»

Era chiaro che Marco non aveva dedicato mai alcun pensiero alle perle della sorella. E anche quella volta si limitò a dire: «Fanne abbastanza da darci da vivere». Non ebbe per lei parole di ringraziamento, tanto meno di lode, ma Orsola si accontentò di quella tacita approvazione.

Orsola creò tutte le perle che poté e le affidò ad Antonio perché le barattasse al mercato. Poi però rimase senza canne. I grossi pezzi di vetro rimasti in laboratorio erano buoni per la fornace, ma la flebile fiamma della lampada non riusciva a scioglierli. Una sera calò nel cestino l'ultima serie di perle.

«Queste sono le ultime» disse. «Ho finito il vetro e non ho i soldi per comprarlo. E i fornitori non mi faranno credito».

Accovacciato accanto al cestino, Antonio si mise a contare le perle. «Non c'è nessun altro a cui potresti chiederlo?»

Orsola fece una pausa. «Elena Barovier. Forse lei sarebbe disposta ad aiutarmi».

Antonio annuì.

Il giorno dopo Orsola sentì un fischio che veniva dalla calle e corse alla finestra, impaziente di rivedere Antonio. Invece era Stefano, il servente dei Barovier, con un fascio di canne di vari colori. Mentre Orsola abbassava il cestino, Stefano si guardò intorno, per vedere se qualcuno li stava osservando, ma nessuno sembrava curarsi di loro. I vicini si erano stancati di spiare la famiglia in quarantena e col tempo avevano smesso di tirare sassi, insolentire i Rosso e pisciare contro la loro porta.

Dopo aver legato le canne con uno spago, Stefano le mise nel cestino e Orsola lo tirò su. I colori rispecchiavano i gusti di Elena Barovier: oltre al bianco, diverse sfumature di blu e verde. E una piccola canna rosso sangue, in onore dei Rosso. Non mancava il giallo, adorato da Elena, sebbene Orsola lo usasse raramente.

«Ringrazia Elena da parte mia» gridò. «Dille che la ripagherò appena posso».

Stefano annuì. Anche se aveva svolto il suo compito, non sembrava aver fretta di andarsene. La fissava con i suoi occhi neri, venati come sempre di preoccupazione, ma non diceva nulla.

«Come vanno le cose dalle vostre parti?» gli domandò lei. «I Barovier sono al sicuro?»

«Sì».

«Ci sono altri ammalati? O in quarantena?»

Orsola si sentiva come una barca in balìa delle onde e le sue parole erano una gomena che gli aveva lanciato perché la riportasse a terra.

Ma Stefano non la afferrò. Le rivolse un cenno di saluto e se ne andò.

Fu Antonio a raccontarle, quella sera, che c'erano altre cinque famiglie in quarantena, quasi tutte di vetrai, sulla riva opposta del loro rio, e una di esse non era lontana dalla casa dei Rosso.

«E mia nonna e mia zia? E i bambini?» chiese Orsola.

«Stanno bene».

«Hai più visto Domenego? Se solo riuscisse in qualche modo a dire a Klingenberg di mandarmi i soldi!»

Antonio scosse la testa. «Non l'ho più visto. Ma mi è venuta un'idea. Le tue perle piacciono molto alla gente, per le loro forme aggraziate, i loro colori. Ho notato che i bottegai che le prendono in cambio delle provviste spesso se le tengono invece di rivenderle. La vecchia vinaia, per esempio, appena gliele ho date ne ha presa una e ha cominciato a rigirarsela fra le dita. Ce l'aveva in mano anche quando sono tornato da lei e continuava a sfregarla».

«Come i grani del rosario».

«Sì, così. Poi ho visto un'altra donna che lo faceva. La moglie del fornaio. Quando le ho chiesto perché, mi ha risposto che aiutava contro la peste. Hanno visto che tu non ti sei ammalata e sono convinti che tenendo in mano le tue perle la scamperanno».

Orsola aveva temuto l'esatto contrario, che nessuno volesse le sue perle perché venivano da una casa in quarantena, e invece scopriva che la gente attribuiva loro virtù prodigiose. Era diventata una specie di maga!

«Potresti farle davvero» continuò Antonio. «Perle che proteggono dalla peste. Un modello particolare… io dico che riusciresti a venderle».

«Ma... non so se la peste si può curare in questo modo. Una cosa è la teriaca: quella contiene ingredienti che potrebbero funzionare. Vipera essiccata, cannella, miele. Ma il vetro è vetro. È bellissimo, ma non è un farmaco».

«Forse che la speranza non è una specie di medicina?»

Orsola esitava. «Significherebbe trarre profitto dalla paura».

«Ma hai bisogno di soldi per mandare avanti la tua famiglia. A tua zia e a tua nonna non è rimasto più nulla. Anzi, mi hanno chiesto di dirti che contano sul tuo aiuto per sfamare i bambini».

Orsola aveva una visione realistica delle sue perle. Un conto era sfoggiarle a una festa, o cucirle su una maschera di Carnevale. Lì la magia non c'entrava niente, era pura vanità. Ma usarle a mo' di amuleto sapeva di stregoneria. Le sarebbe piaciuto che le sue perle salvassero la gente, ma sapeva che non possedevano tale virtù. D'altro canto, chi non ha bisogno di conforto nei momenti di paura? Pensò a sua madre, che si prendeva cura di Nicoletta sull'isola funesta che i barcaioli evitavano a causa dei gemiti e del fetore che ne giungevano. A Laura Rosso sarebbe stato di giovamento avere una perla da rigirarsi fra le dita?

«Va bene» disse. «Ripassa tra due giorni e ti darò qualcosa».

Ci pensò su per buona parte della notte, perché faceva troppo caldo per dormire. Sapeva già quale sarebbe stata la forma: un'ulivetta, rotonda al centro e affusolata alle estremità. Una forma che veniva spontaneo rigirarsi fra le dita: simmetrica ma allo stesso tempo varia. La superficie doveva essere completamente liscia, in modo da risultare piacevole al tatto.

La scelta del colore non fu altrettanto semplice. Orsola amava il rosso, il colore della vita. Ma era anche il colore del sangue, e avrebbe ricordato troppo certi sintomi della malattia. Blu e verde erano i colori dell'acqua, che a Murano faceva da sfondo alla vita di tutti i giorni. A Orsola non pareva il caso di associarla al morbo. Avrebbe potuto usare il bianco, il colore della purificazione. Ma era fortemente attratta dal vetro giallo che Elena Barovier aveva incluso fra le canne: il colore delle fiamme, dei fuochi che ormai ardevano ovunque per scacciare i miasmi.

La mattina dopo cominciò a lavorare di buonora, e per esercitarsi realizzò semplici perle di un giallo opaco; ma sentiva che era necessario anche un altro colore. Un tocco di nero, a rappresentare il male che doveva essere scacciato. Elena Barovier non aveva mandato canne di vetro nero, ma ne trovò una, sottile, in un angolo del laboratorio. Provò ad aggiungere puntini neri sul corpo giallo delle perle, ma assomigliavano troppo ai bubboni. Provò con le strisce, ma in quel modo le perle sembravano dei bombi. Il nero doveva essere presente, ma non in modo così marcato.

Creò una perla nera e le avvolse intorno uno strato di giallo satinato, ma il nero rimaneva troppo visibile. Per contro, uno strato di giallo opaco lo avrebbe nascosto quasi del tutto.

In preda alla frustrazione, Orsola si appoggiò allo schienale e si stirò le braccia intorpidite. Aveva bisogno dell'occhio di un altro.

Paolo fu il primo degli uomini ad alzarsi. Metodico e silenzioso, era da sempre l'anima della bottega, quello che faceva la spola con la pasta fusa tra la fornace e il banco di lavoro, soffiava nella canna mentre Marco o Giacomo modellavano il vetro, trasportava i pezzi al temperatore. Non aveva una grande fantasia, ma padroneggiava il mestiere meglio di tutti. In altre circostanze Orsola non gli avrebbe mai chiesto consiglio, ma quando si avvicinò al tavolo per guardarla lavorare le venne spontaneo confessargli il suo cruccio.

Paolo ci mise così tanto a rispondere che Orsola aveva già iniziato a mettere via le sue cose.

«Bisogna che sia bella, la tua perla. Deve infondere un senso di speranza» disse alla fine.

«Senza riferimenti all'epidemia?»

Paolo la guardò in silenzio, costringendola a riflettere. Una cosa che portavi con te come amuleto non doveva farti pensare alla peste. Ci voleva qualcosa di semplice che parlasse di vita... Aggiungendo il nero l'aveva complicata inutilmente.

Ricominciò da capo, creando un'ulivetta più grande e bombata, perché doveva essere piacevole da tenere in pugno. E adoperò il giallo satinato, perché le persone non potevano vedere lontano, a causa dell'epidemia, ma avevano bisogno di scorgere una luce, per quanto flebile. Ed era proprio questo a rendere affascinante il vetro satinato, la sua trasparenza ammantata di mistero. Inserì nel cuore della perla una voluta di giallo opaco come il fumo che veniva usato per scacciare la peste. Orsola era così soddisfatta del risultato che il giorno dopo, appena la prima perla si fu raffreddata, la donò a Paolo in segno di gratitudine. Paolo le sorrise e andò subito a farla vedere a Giacomo che la apprezzò molto.

Antonio invece non fu troppo colpito da quelle perle gialle: forse si era aspettato qualcosa di più sofisticato. Ma iniziò a venderle per cinque soldi l'una, il costo di un pollo. Per qualche giorno andarono a ruba e sia Orsola che i suoi famigliari poterono finalmente mangiare a sazietà.

Ma poi l'epidemia dilagò sull'isola, la maggior parte delle famiglie finì in quarantena, se non al lazzaretto, e la fiducia che le persone avevano riposto nelle virtù taumaturgiche della perla gialla svanì nel nulla.

Quasi a confermare l'inutilità dell'amuleto, appena cinque giorni dopo che Orsola gli aveva consegnato la prima perla, Paolo fu trovato morto nel suo letto, da Giacomo. Evidentemente il morbo si era insinuato di nascosto nel suo corpo, fulminandolo nel giro di una notte. Orsola non avrebbe mai dimenticato il pianto disperato del fratello, solitamente così composto e silenzioso. Urlava come se lo stessero scorticando. Orsola corse insieme a Marco nella stanza di Paolo e trovò Giacomo che singhiozzava disperatamente aggrappato al corpo del maestro. «No, Giacomo, no» gli sussurrò Orsola, cercando di staccarlo da lui. «Ti ammalerai, se fai così».

«È quello che voglio!» strillò Giacomo. «Voglio morire anch'io!»

«No, non dirlo nemmeno».

«Sì, invece!»

Poi Marco lo fece alzare a forza. «Basta! Dobbiamo rimanere uniti, altrimenti sarà la fine per la nostra famiglia». Giacomo continuò a piagnucolare a occhi chiusi, ma Orsola annuì rivolta al fratello maggiore: per la prima volta la risolutezza di Marco le appariva un pregio, invece che un difetto.

Poi la loro vita si fece ancora più dura. Dopo la morte di Paolo, le autorità andarono a prelevare la salma e il macellaio tornò da loro, in veste di magistrato della salute. Questa volta non pretese soldi per lasciarli a casa loro, perché il Lazzaretto Nuovo era ormai troppo affollato e non avrebbe potuto accoglierli comunque. Ma ai Rosso venne vietato di usare il cortile interno, e su questo il macellaio non volle sentire ragioni, sebbene Marco avesse provato a corromperlo... con soldi che non aveva!

Fece inchiodare la porta del cortile, non prima di aver ordinato ai Rosso di bruciare i vestiti che indossavano e le lenzuola che Antonio aveva procurato loro. Ora a Orsola non rimaneva che un solo vestito: quello fatto con la stoffa bruna e rossastra donatale da Maria Barovier. Non aveva niente con cui cambiarsi mentre lo lavava, e da quando erano imprigionati in quella casa afosa puzzava di sudore e sego e cucina. Né potevano usare la latrina, ma dovevano svuotare i vasi da notte dall'unica finestra aperta nella strada sottostante. Un lezzo di fogna e paura ammorbava tutte le stanze.

Ora non erano più le singole famiglie a essere recluse, ma venivano sbarrate intere calli. Al mercato si vendevano solo generi di prima necessità e le barche non potevano lasciare i pontili. Le messe furono sospese, ma erano consentite le processioni. Orsola e i suoi fratelli le vedevano sfilare dalla finestra, un prete in testa con la croce e un altro che lo seguiva dondolando il turibolo, con l'incenso che veniva considerato anche un riparo dal morbo. I muranesi che non erano ancora rinchiusi in casa seguivano salmodiando. Alcuni alzavano lo sguardo verso i Rosso e si facevano il segno della croce.

Gli uomini del magistrato della salute si vedevano spesso nella calle, insieme al medico, finché non venivano colpiti a loro volta dal male e dovevano essere sostituiti. Orsola si era abituata a vedere il medico della peste e, più che sinistro, lo trovava assurdo, con il becco adunco e gli occhi di vetro.

I Rosso trascorrevano la maggior parte del tempo nella stanza con la finestra aperta da dove entrava un po' di luce, insieme all'aria afosa dell'estate. La loro quarantena era ricominciata da capo dopo la morte di Paolo, e Marco contava i giorni, tracciando segni sul muro: due, cinque, dieci, venti... Il tempo giocava loro brutti scherzi, muovendosi come l'acqua in un canale insabbiato. C'erano giornate che a Orsola parevano durare anni! Alla fine smise di badarci: a che serviva tenere il conto?

I fratelli di Orsola vivevano nell'ozio, aspettando semplicemente che le ore passassero. Avevano smesso di giocare a carte. Non parlavano più del futuro e neppure del presente. Giacomo si era fatto ancora più taciturno e la morte di Paolo gli aveva scavato rughe profonde intorno agli occhi e alla bocca.

Orsola era più indaffarata, si occupava delle provviste e cucinava, ma solo una volta al giorno. Nel resto del tempo si dedicava alle perle, lavorando nella cucina, rischiarata dalle candele che era costretta ad accendere anche di giorno. Ora che non produceva più le perle della peste, poteva fare quello che le pareva e lo sforzo di ideare nuovi modelli la aiutava a scacciare pensieri angosciosi: chi sarebbe stato il prossimo a morire? E la fine sarebbe stata rapida e misericordiosa o prolungata e atroce? Rimaneva seduta a lungo, guardando le canne, nella penombra che le impediva di vedere i colori distintamente, e trasalendo ogni volta che avvertiva una fitta allo stomaco o un qualsivoglia dolore alle membra. Faticava a ragionare. Orsola era abituata al calore della lampada con cui lavorava e alla fornace che d'inverno ti bruciava il viso anche se avevi la schiena gelata. Ma il caldo di una casa sbarrata – perfino i buchi delle serrature erano tappati con la stoppa – era insopportabile. Non riusciva a distinguere il calore della stanza da quello emanato dal suo corpo. Si sentiva la febbre anche se non l'aveva.

Ma Orsola sapeva che non avrebbe trovato comunque l'ispirazione, perché l'ispirazione aveva bisogno di stimoli: una faccia nuova, un posto nuovo, una storia nuova, un sapore nuovo. E un vetro, nuovo.

Alla fine tornò ai disegni abituali che poteva realizzare a occhi chiusi, confortata da colori e forme che le erano familiari, mentre la meccanica del lavoro a lume le teneva la mente occupata, impedendole di pensare a cose brutte. Orsola iniziò a produrre una perla dopo l'altra: sfere, barilotti ed ellissoidi semplici o decorati. Non sapeva cosa ne avrebbe fatto, se Antonio sarebbe riuscito a barattarle, ora che mezza isola era in quarantena, o se Klingenberg, ammesso che fosse vivo, avrebbe continuato a venderle. Ma era sempre meglio che rimanere con le mani in mano.

I suoi fratelli erano nella stanza con lei quando Antonio tornò con le provviste, pochi giorni dopo l'inizio della nuova quarantena, e questo impedì a Orsola di parlare a quattr'occhi con il bel veneziano. Quando lo vide arrivare, si affacciò alla finestra e lui le sorrise. «È per me che ti sei messa quel vestito?» disse in tono scherzoso, prima che Marco apparisse alla finestra riempiendolo come al solito di domande. Le notizie si rivelarono assai tristi: malati e morti ovunque, altra gente in quarantena! Ed era sempre più difficile procurarsi il cibo, poiché le bancarelle erano sguarnite e le botteghe chiuse.

Marco issò il cestino con dentro la biancheria da letto e le provviste che Antonio aveva portato, e dopo averlo svuotato Orsola rimase accanto a suo fratello. «Tutto bene, Orsola?» le chiese Antonio.

Le veniva da piangere. Avrebbe voluto saltare giù dalla finestra, dirgli che era solo grazie alle sue visite che riusciva a tirare avanti, sebbene non fosse del tutto vero. Anche le perle le erano di aiuto. «Sì, tutto bene» disse. «Grazie» aggiunse indicando la biancheria, il pane, il formaggio e le lenticchie che aveva appena tolto dal cestino. Poi sollevò un minuscolo sacchetto. «Ho fatto delle perle. Dici che la gente le vorrà?»

Antonio esitò prima di rispondere. «Mandale giù. Ci proverò. Di cosa hai bisogno?»

Orsola avrebbe voluto chiedere qualcosa di fresco e dolce, qualcosa che le ricordasse i giardini e la campagna a nord dell'isola. Avrebbe voluto dire: «Portami dei fiori». Invece volle essere concreta. «Pancetta e farina. E dell'altro olio».

«Pesche» aggiunse Giacomo, facendo capolino alle spalle di Marco. Era la prima parola che diceva da giorni. Paolo aveva sempre amato le pesche.

Antonio accolse la richiesta con un sorriso, e Orsola si rammaricò perché non era venuto in mente a lei. Sembrava quasi impossibile che le pesche continuassero a crescere e maturare, mentre loro erano intrappolati lì dentro con la paura della morte.

«Come stanno Marcolin e Stella?» domandò.

«Non ne possono più. Stella è scappata di nuovo e

sono dovuto andare a cercarla. Aveva già attraversato il ponte Longo e scorrazzava lungo la fondamenta».

Orsola sorrise della monelleria, ma Marco brontolò: «Che le ha preso a zia Giovanna? Non è capace di badare ai bambini?»

Antonio si accigliò. «Fa del suo meglio. È dura anche qui fuori di questi tempi».

Orsola trattenne il fiato: un garzone che rispondeva al suo maestro. Sentì Marco che si irrigidiva accanto a lei.

Antonio si affrettò a cambiare discorso. «Porterò quello che posso, nel giro di un paio di giorni». Fece un cenno con la testa a Orsola e girò sui tacchi, incamminandosi lungo la calle. I Rosso rimasero a guardarlo con un pizzico di invidia per la sua relativa libertà.

«*Muso da mona*» mormorò Marco.

«Evita» gli disse Giacomo. «Abbiamo bisogno di lui».

Due giorni dopo Antonio tornò con le pesche e del pesce fresco. Aveva trovato il modo di uscire in barca con i pescatori muranesi e avevano tirato su abbastanza pesce da sfamare i Rosso e il resto della famiglia. Inoltre ne aveva tenuto un po' per sé, da usare come merce di scambio. «Mi dispiace, ma nessuno vuole le tue perle, adesso» aggiunse mestamente. «Le terrò io, può darsi che col tempo le cose cambino. Ma non darmene altre, per il momento».

Orsola arrossì e mise via il sacchetto di perle che aveva preparato per lui. L'inebriante illusione di poter sfamare la sua famiglia aveva avuto vita breve.

Continuò a farle, però, per abitudine e per passare il tempo. Anche Giacomo aveva cominciato a fare qualcosa, intagliava pezzetti di legno ricavandone giocattoli che mandava ai bambini tramite Antonio. Solo Marco non riusciva a tenersi occupato e li assillava. A un certo punto chiese a Orsola di insegnargli il lavoro a lume, ma si stancò presto. «Mi fanno ridere queste palline di vetro, sembrano escrementi di coniglio!» bofonchiò, gettando via la bacchetta di ferro con in cima una perla deforme. «Io ho bisogno di sentire il peso del vetro, il calore della fornace sul viso, mentre creo un calice pregiato, non questa robetta!»

Orsola lo capiva. Marco aveva nostalgia della sua bottega, con il fuoco vivo e gli uomini che lavoravano intorno a lui, al ritmo da lui stabilito. La danza del vetro, non un lavoro solitario. Sarebbe piaciuto anche a lei, se ne avesse avuto la possibilità, maneggiare il pontello, soffiare e modellare il vetro imprimendogli le forme di un vaso o un calice filigranato. Ma doveva accontentarsi di ciò che aveva. E le perle erano per Orsola mondi in miniatura, che le regalavano non poche soddisfazioni. Il loro valore però sarebbe sempre stato limitato e non le avrebbero mai procurato l'ammirazione di Marco. Non sarebbe mai diventata come Maria Barovier, una rinomata maestra del vetro. Quella porta sarebbe rimasta sbarrata, per lei.

Orsola cucinava, puliva la casa e faceva le perle. Se arrivava Antonio, scambiava qualche parola o uno sguardo con lui. Poi andava a dormire e aspettava il giorno dopo.

Solo una visita insolita ruppe la monotonia: un giorno Stefano arrivò con una canna di vetro dono di Elena Barovier. Orsola lo ringraziò e tirò su il cesto. Mentre andava a riporlo, Marco si sporse e chiese al garzone le ultime novità. A differenza di Antonio, Stefano era ben informato sull'attività delle diverse botteghe e, sebbene fosse taciturno di carattere, Marco riuscì a carpirgli una quantità di notizie: chi fra i loro colleghi era morto e chi era in quarantena, chi faceva buoni affari e cosa stava producendo, chi stava copiando chi, rubandogli idee e progetti. Orsola era stufa di quei discorsi. Avrebbe preferito sapere se si trovavano ancora le pesche al mercato, o se le barche avevano ripreso a viaggiare tra Murano e Venezia, o com'era la situazione dei ricoverati al Lazzaretto Vecchio: qualcuno aveva notizie di Nicoletta e Laura Rosso?

Quella sera, Marco fu il primo a coricarsi e Giacomo e Orsola si sedettero vicino alla finestra, godendosi l'aria fresca con il fratello maggiore che russava in sottofondo. Capitava di rado che potessero parlare senza che lui li sentisse.

«Perché Marco non ha chiesto notizie di Nicoletta?» disse Orsola. «O di nostra madre? Perché non chiede mai ad Antonio come sta Marcolin? Non gli importa di suo figlio?»

«Gli importa» rispose Giacomo. «Marco affronta così le cose brutte, cerca di non pensarci. E gli è sempre pesato essere il primogenito. Si è sentito schiantato dalle responsabilità, specie dopo che nostro padre è morto. Marco non era ancora pronto a prendere il suo posto. Non giudicarlo troppo severamente, in questo sei un po' come lui».

«Non è vero!»

Giacomo non rispose e Orsola si sforzò di reprimere l'indignazione.

Rimasero in silenzio, con il russare del fratello nelle orecchie.

«Riuscirete ad andare avanti senza Paolo?» disse Orsola dopo un po'.

Giacomo scrollò la testa. Tacque per un momento, poi deglutì come per ricacciare indietro l'angoscia. «Quasi tutto ciò che so l'ho imparato da lui. Specie nei turni di notte, quando Marco non c'era. Era più facile, c'era meno tensione. Paolo era bravissimo ma parlava poco. E quando eravamo da soli, io e lui... Parlava un po' di più». Giacomo fece un'altra pausa e Orsola ebbe la sensazione che volesse aggiungere qualcosa, invece distolse lo sguardo, le guance rigate di lacrime.

Un giorno il magistrato della salute passò nella calle, come faceva di solito, ma era il cordaio di Murano, non il macellaio. Quella sera Antonio spiegò loro che il macellaio si era preso la peste ed era stato portato al Lazzaretto Vecchio. Orsola evitò di chiedergli cosa ne fosse della figlia.

«Hai ancora qualcosa da dirci» fece Orsola, vedendo che Antonio li guardava in un modo strano.

Lui annuì a capo chino. Poi alzò gli occhi.

«Vostra nonna» mormorò.

Qualche settimana prima, Orsola si sarebbe accasciata su una sedia, avrebbe pianto, forse sarebbe svenuta. Ma la peste era penetrata in profondità nei loro cuori, facendoli avvizzire fino a renderli quasi insensibili. Marco e Giacomo rimasero in silenzio. Orsola deglutì e si limitò ad annuire. «E i bambini? Nostra zia?»

«Non sono malati. Ma li hanno messi in quarantena, per cui non posso più stare da loro».

«Dove andrai?»

«Dormo in barca, sulla riva di San Matteo».

«Dove andavi a guardare le montagne».

«Dove andavo a guardare le montagne».

Ora Antonio passava da loro quasi tutte le sere e, se non lo faceva, Orsola temeva che si fosse ammalato e l'avessero relegato al Lazzaretto Vecchio o al Lazzaretto Nuovo o, peggio, che fosse morto nel sandolo dei Rosso e l'avessero sepolto in una fossa comune. Il timore la abbandonava solo quando lo vedeva di nuovo sotto la finestra. Ma evitava di confidargli la sua apprensione. Sapeva che era difficile girare per l'isola, perché molte calli e ponti erano chiusi e gli spostamenti dovevano essere autorizzati dal magistrato. Antonio rischiava un'ammenda o addirittura l'esilio se l'avessero scoperto. Però non si era mai lamentato, anzi sembrava contento di avere qualcosa da fare e i Rosso non erano gli unici a giovarsi del suo aiuto. Del resto Orsola conosceva bene quella sensazione, anche lei preferiva darsi da fare, piuttosto che rimanere in attesa degli eventi.

Ogni volta che Antonio se ne andava, i tre Rosso lo guardavano allontanarsi lungo la calle, invidiando la sua libertà, aspettando il giorno in cui anche loro avrebbero potuto passeggiare di nuovo lungo la fondamenta dei Vetrai, fermarsi a mangiare ostriche in campo Santo Stefano, tornare a bere all'osteria dell'Omo Salvadego, entrare a dire una preghiera nella basilica dei Santi Maria e Donato, o raccogliere ciliegie e annusare i mughetti nei prati. Non vedevano l'ora di tornare in campo San Bernardo per sentire gli ultimi pettegolezzi: le coppie in crisi e i nuovi matrimoni, le donne che aspettavano un bambino e quelle che non riuscivano a tenere a bada i loro, quale bottega se la passava bene e quale rischiava di chiudere, l'oste cui si era inacidito il vino e il negoziante che non sapeva a chi vendere il formaggio, e l'apprendista dei Rosso che usciva con una nuova ragazza ma non era quella che aveva nel cuore. Insomma le piccole, importanti cose della vita.

I segni di Marco si affastellavano sul muro, unica vera misura del trascorrere del tempo in un mondo fluttuante. Ma nessuno di loro tre si ammalò e improvvisamente arrivò anche l'ultimo giorno di quarantena. Orsola era a corto di vetro e poté fare solo una manciata di perle, poi preparò uno stufato di pesce con le lenticchie che Antonio aveva portato la sera prima. Dopo mangiato, si sedette alla finestra con i suoi fratelli, osservando la debole attività nella calle sottostante. Non riuscivano quasi a credere che presto sarebbero tornati liberi. Marco avrebbe riacceso la fornace e si sarebbero rimessi al lavoro, i bambini sarebbero tornati e la vita sarebbe ricominciata, il tempo avrebbe ripreso la sua marcia, lenta o spedita che fosse.

Verso la fine del pomeriggio, il magistrato della salute andò con due uomini a togliere le assi da porte e finestre. Poi spiegò ai Rosso le restrizioni da rispettare: le parti di Murano ancora interdette, il divieto di usare la barca o, comunque, di andare a Venezia, sulle altre isole e la terraferma. Quando rimasero da soli, con le finestre e la porta spalancata, i Rosso non uscirono subito ma si fermarono sulla soglia, guardando fuori, proprio come avevano fatto fino a poco prima dalla finestra. Lungo la calle c'erano altre porte marcate dalle croci rosse, altre finestre sbarrate. Orsola si sentiva come se, scesa dal letto dopo una lunga febbre, dovesse imparare di nuovo a camminare, a parlare con la gente, a vivere.

Si riscosse soltanto quando Antonio apparve in fondo

alla calle. E corse verso di lui, anche se aveva le gambe molli, corse più forte che poté schivando gatti e liquami e funi stese ad asciugare, tutte le manifestazioni della vita che le erano mancate così tanto, e si gettò tra le sue braccia, singhiozzando, sotto gli sguardi attoniti di Marco e Giacomo e dei passanti. L'unica cosa che le importava in quel momento era la sicurezza che sentiva fra le sue braccia forti.

Dietro la spalla di Antonio scorse una donna che veniva strascicando i piedi lungo la calle. Vestita di stracci, i capelli arruffati, aveva le guance scavate che lasciavano quasi intravedere le ossa e Orsola impiegò qualche istante a riconoscere sua madre. Laura Rosso stringeva al petto un fagotto. E il fagotto mandò un vagito a pieni polmoni, per informare Orsola che era diventata di nuovo zia.

## 3.

Bel tiro! Il sasso piatto schizza sulla superficie della laguna ed eccoci nel 1631. Il tempo ha compiuto di nuovo il suo prodigio a Venezia.

La peste ha fatto il suo corso, come ogni pestilenza, uccidendo quasi un terzo della popolazione. Accadrà di nuovo e poi ancora.

Per fortuna nel mondo stanno accadendo anche altre cose. Shakespeare, per esempio. Il Bardo ambienta ben due delle sue opere a Venezia: sarà mai andato a comprare un ninnolo di vetro? Galileo spiega alle persone che non sono al centro dell'universo. (E la cosa non viene presa bene.) Caravaggio reinventa il chiaroscuro e uccide un tizio. In Europa inizia la complicata Guerra dei Trent'anni. Al di là dell'Atlantico le terre cominciano a essere colonizzate. Nasce la leggenda secondo cui gli olandesi avrebbero acquistato l'isola di Manhattan dalla tribù Lenape grazie ad alcuni ninnoli e una manciata... ebbene sì, di perle. Sarebbe bello pensare che siano le perle di Orsola Rosso. Ma non è così. E i Lenape hanno un modo diverso di concepire la proprietà: per loro la terra non appartiene a nessuno e non si può comprare o vendere.

Quanto a Venezia, il suo ruolo di regina dei commerci volge al termine. La Città d'Acqua sta lentamente tornando con i piedi per terra ed è come risvegliarsi da un sogno, anche se niente potrà mai privarla del tutto del suo splendore rinascimentale. E gli artigiani dell'Isola di

Vetro sono ancora riconosciuti come i migliori vetrai del mondo.

Al tavolo della cucina, Orsola fa roteare, assorta, una perla gialla di vetro satinato e la ammanta con un vortice di giallo opaco. Alza lo sguardo. Nel mondo esterno sono trascorsi cinquantasei anni e un'altra epidemia ha appena iniziato a placarsi, ma lei e coloro che contano per lei non sono invecchiati...

Nicoletta, Maddalena, la nonna e Paolo. Quattro vuoti da colmare a casa Rosso.

Il più grave, ovviamente, era quello lasciato da Nicoletta, perché bisognava allattare il neonato. Orsola prese Raffaele, come lo aveva chiamato sua nonna, dalle braccia scheletriche di Laura e si diresse a passo svelto in campo San Bernardo, dove viveva la balia di Stella. Orsola non sapeva se la donna fosse ancora viva o se avesse il latte. Ma non le era venuta in mente altra soluzione.

Monica Vianello era viva e aveva il latte, avendo da poco dato alla luce una bambina, Rosella, e si accostò Raffaele al seno senza esitazione. Monica era figlia di un pescatore, e aveva la faccia segnata dalle intemperie di chi lavora all'aperto e le mani graffiate a furia di sventrare il pesce. Aveva gli occhi leggermente a mandorla e di un azzurro cristallino, in tinta col vecchio vestito blu che indossava. Si è soliti pensare che una balia abbia i seni grandi, ma i suoi erano piccoli e sodi, e tuttavia producevano una quantità prodigiosa di latte. Ben presto andò a vivere dai Rosso, perché la peste le aveva ucciso il marito e il figlio maggiore, e per i Rosso era molto più agevole averla in casa piuttosto che fare avanti e indietro con Raffaele.

Così Monica fece da balia al figlio di Nicoletta, ma quello che Orsola non aveva previsto era che sostituisse Nicoletta anche nel letto di Marco. Si era trasferita da loro da appena una settimana, quando una mattina la vide sgusciare fuori dalla camera di suo fratello e per lo stupore quasi le cadde la pila di lenzuola che aveva fra le braccia. La balia le gettò un'occhiata, poi andò nella sua stanza e si attaccò al seno entrambi i bambini urlanti, sedendosi alla finestra, lo sguardo fisso sul cortile mentre i neonati succhiavano avidamente. C'era una tale determinazione in quella donna, che Orsola non osò neppure chiedersi cosa avesse fatto con Marco. Si sposarono non appena trovarono un prete ancora in vita.

Antonio rise quando Orsola gli raccontò di Monica e Marco. «Non mi impiccio negli affari del mio maestro» disse. «E spero che lui non vorrà impicciarsi nei miei».

Giacomo si strinse nelle spalle. «Mi pare un'ottima soluzione. Marco ha bisogno di una moglie e di una madre per suo figlio».

Orsola non ne fece parola con la loro madre, sapendo che sarebbe inorridita per la rapidità con cui la povera Nicoletta era stata rimpiazzata. Laura Rosso era tornata così smunta dal lazzaretto da risultare quasi irriconoscibile. Orsola e Monica si sforzavano di farla mangiare, ma Laura mostrava poco interesse per il cibo. I suoi occhi erano tormentati da ciò a cui aveva assistito, e nulla poteva scacciare quei ricordi. Non parlava mai del suo calvario e diceva soltanto che la morte di Nicoletta era stata una benedizione perché aveva posto fine alle sue sofferenze. L'unica cosa che riusciva a darle un sollievo, sia pur momentaneo, dall'orrore, era il piccolo Raffaele, che sarebbe sempre rimasto il suo nipote preferito.

Il vuoto lasciato dalla povera Maddalena si rivelò più difficile da colmare, poiché molte donne avevano paura di andare a servizio in una casa colpita dalla peste. Per qualche tempo le Rosso dovettero arrangiarsi da sole: Laura gracile e indebolita, Monica sempre con i bambini in braccio, Orsola che correva di qua e di là. Ancora una volta le venne a mancare il tempo per il lavoro a lume. Ma in ogni caso ci sarebbero voluti mesi prima che i traffici commerciali tornassero alla normalità e Klingenberg le chiedesse nuove perle.

Alla fine Monica riuscì a convincere una cugina alla lontana a lavorare per i Rosso. Anche lei figlia di un pescatore, Isabella Vianello era quieta e laboriosa, ma a volte lanciava certe occhiate che mettevano i brividi. Le due cugine non assomigliavano per niente a Maddalena, che era buona come il pane, aveva la lacrima facile e prendeva parte alle vicissitudini della famiglia. Monica e Isabella erano due ragazze lucide e pungenti come ami da pesca, molto utili se erano dalla tua parte, ma letali in caso contrario.

Nel giro di poche settimane, anche Isabella si accaparrò uno dei fratelli Rosso. Una mattina Orsola la vide uscire dalla stanza di Giacomo che la seguiva con l'aria stordita e lo sguardo confuso di chi è rimasto abbagliato dai riflessi del sole sull'acqua. Questa volta Orsola non ne parlò con nessuno, perché ormai si aspettava qualunque cosa da quelle due pescivendole. E in ogni caso avevano bisogno di loro. Inoltre si erano dimostrate molto più efficienti di Maddalena nelle faccende domestiche, anche se la cucina di Isabella era meno raffinata: pur provenendo da una famiglia di pescatori non faceva sardine gustose come quelle di Maddalena.

La nonna restò una figura insostituibile, ma una parte di lei pareva essersi reincarnata nella figlia minore. Zia Giovanna sembrava invecchiata precocemente durante l'epidemia, le rughe sul viso erano più fonde, i capelli più grigi di quelli di Laura, che pure aveva qualche anno più di lei. Quando i Rosso erano usciti dalla quarantena, aveva riportato a casa Stella e Marcolin ed era subito corsa via senza fermarsi a pranzo e senza dire una parola, nemmeno alla sorella. Il giorno dopo Laura era andata a trovarla, portandole del cibo, ma era ritornata quasi subito, dicendo che Giovanna non voleva vedere nessuno, si sentiva tanto stanca e desiderava solo dormire. Per alcuni, infatti, uscire dalla quarantena era stato più difficile che vivere in clausura. Quando eri chiuso in casa avevi pochi pensieri: non potevi fare altro che aspettare e cercare di salvare la pelle. Poi all'improvviso tornava la libertà e con essa le cure della vita.

Entrambi i bambini erano cambiati. Avevano assistito

alla morte della nonna di Orsola, e la quarantena a casa della zia li aveva segnati, anche se in modi diversi. Marcolin si era talmente abituato a stare in casa che ormai gli spazi aperti gli facevano paura, e preferiva giocare in cucina, nel fondaco o nella bottega. Si metteva a strillare ogni volta che Orsola lo portava al mercato, o in riva al mare, o in un campo con gli altri bambini. Gli suscitavano angoscia i luoghi affollati, non si lasciava avvicinare dagli estranei e aveva lo stesso sguardo timoroso della madre, Nicoletta.

Stella era l'esatto contrario: il confinamento l'aveva resa ancora più determinata a stare fuori, e a far perdere le proprie tracce, costringendo i famigliari a tenere la porta chiusa a chiave per evitare che scappasse. Ma talvolta riusciva ugualmente a filarsela, approfittando del momento in cui qualcuno entrava o usciva. Un giorno Giacomo la trovò sul sandolo, intenta ad armeggiare con le piccole dita per sciogliere i nodi della gomena. Alla fine i Rosso si arresero e lasciarono che Stella vagasse liberamente per l'isola, anche se era solo una bambina. Quel giorno Orsola capì che sua sorella sarebbe sempre stata l'avanguardia della loro famiglia, la messaggera, l'esploratrice. E che, prima o poi, sarebbe fuggita, a Venezia o, peggio, sulla terraferma.

Ogni giorno Orsola doveva fare le compere e il bucato, prendersi cura di Marcolin e Stella, coltivare l'orto, per quel poco che dava in autunno, e accudire la madre convalescente. Dopo aver messo in ordine la casa, mentre Laura e i bambini dormivano e le cugine Vianello se la spassavano a letto con i suoi fratelli, poteva finalmente uscire alla chetichella con Antonio. A volte andavano alla riva di San Matteo, che era un posto tranquillo e abbastanza lontano da casa da consentire loro di allentare i vincoli del decoro. Oppure Antonio la portava sulla laguna, intorno a Sant'Erasmo, Burano e Torcello, ma rimanendo sempre alla larga dal Lazzaretto Nuovo. In mare c'erano solo i pescatori, che intuivano cosa stessero facendo i due giovani sul sandolo, e non li disturbavano.

Dopo due mesi di quarantena e tutto il tempo che avevano trascorso rimanendo a debita distanza l'uno dall'altra, era inevitabile che, una volta insieme, fossero travolti dalla passione. Orsola non aveva mai immaginato che potesse essere così eccitante toccare e farsi toccare: non riuscivano letteralmente a togliersi le mani di dosso! Lo accarezzò ovunque, esplorando le sue spalle larghe, il dolce saliscendi delle braccia, i polpacci muscolosi e il fondoschiena turgido che sognava da sempre di toccare, mentre Antonio la palpava, dentro e fuori, sfiorando ogni angolo della sua pelle, e così facendo la aiutava a scoprire sé stessa. Perché Orsola non aveva mai prestato molta attenzione al suo corpo, ma nel donarsi a un altro divenne più consapevole del seno, della schiena liscia, delle cosce vellutate su cui Antonio giocava con le dita e la lingua.

Quando finalmente la penetrò, rimase così turbata dal dolore e dall'intensità crescente del piacere e della gioia, dopo tanti mesi di amarezza, che rise e pianse allo stesso tempo. Appena ebbero ripreso fiato, lei lo volle ancora e ancora... E non vedeva l'ora di appartarsi con lui. A volte si accoppiavano sulla barca, scivolando dentro e fuori al ritmo delle onde. Altre volte si fermavano nelle minuscole isole disabitate che punteggiavano la laguna, e Antonio la possedeva sul duro terreno, che consentiva loro di dare più liberamente sfogo all'istinto.

Orsola amava tutto ciò che facevano: ogni carezza, ogni spinta voluttuosa, ogni risata. Ma ciò che amava di più era il dopo, rimanere sdraiati insieme sulla barca, con negli occhi il cielo notturno e i suoi mutevoli disegni, le nubi, la luna, le stelle. Era allora che si sentiva davvero felice, fuori dal tempo e lontana dalla famiglia e dalla bottega, dai vestiti sporchi dei bambini e dalle perle che non riusciva più a creare.

Parlavano di tante cose mentre il sandolo andava dolcemente alla deriva: la salute di Laura, l'allontanamento di zia Giovanna dalla famiglia, i vagabondaggi di Stella, il futuro della vetreria, e le cugine Vianello che spadroneggiavano in casa, dopo aver accalappiato i fratelli Rosso. Orsola diffidava soprattutto di Isabella, e non riusciva a credere che giacesse con Giacomo con la gioiosa naturalezza con cui lo facevano lei e Antonio. A differenza di Marco, Giacomo era sempre stato timido con le ragazze, mentre la sua nuova moglie, lungi dall'essere timida, pareva arcigna e non di rado insofferente nei confronti del marito. Lo trattava male anche davanti agli altri e a Orsola dispiaceva.

Antonio provava a difendere le cugine. «Le famiglie di pescatori non se la passano bene come quelle dei vetrai» le spiegò una notte, mentre si lasciavano portare dalle onde, dopo le fatiche dell'amore. «Hanno sempre pesce fresco da mangiare, ovviamente, ma vivono in case più modeste, senza servitù o biancheria fine. Monica e Isabella hanno visto in voi Rosso un'opportunità per migliorare le loro vite, come puoi biasimarle?»

Orsola gli aveva posato la testa sulla spalla e guardava il profilo della sua guancia alla luce della lanterna che avevano portato con sé. «Anche tu hai fatto così? Hai colto un'opportunità?»

«Certo! E ho colto anche qualcos'altro» disse Antonio stringendole una coscia.

«Cioè me?»

«Sì, bella! Sono un pescatore fortunato».

Orsola gli diede un morso sulla spalla.

«Ahia! Magari non così fortunato» fece Antonio ridendo e massaggiandosi la spalla. «Ecco cosa ti dico: non preoccuparti per quelle due. I tuoi fratelli sono in buone mani. Monica e Isabella non hanno mai avuto denaro, per cui non sanno come spenderlo. Sono capaci di mandare avanti la casa risparmiando e sono grandi lavoratrici. Non voglio mancare di rispetto a Maddalena e Nicoletta» disse Antonio e fece una pausa mentre Orsola si faceva il segno della croce. «Ma non sembra anche a te che le cose vadano meglio in casa vostra da quando sono arrivate le Vianello?»

«Può essere». Orsola era d'accordo, ma le seccava ammetterlo. E non le piaceva che Antonio prendesse le parti di quelle due, avrebbe dovuto mostrarsi più solidale nei confronti dei Rosso. Invece se l'era subito intesa con Monica e Isabella, quasi che parlassero tutti e tre la stessa lingua.

C'era una cosa di cui lei e Antonio non parlavano mai: del loro matrimonio, sebbene avrebbero dovuto, visto quel che facevano di notte, in barca e sulle isole.

Un giorno Monica, mentre allattava, chiese a Orsola di portarle un bicchiere d'acqua. Quando Orsola glielo porse, però, lo posò senza berlo e le fece segno di sedersi. Orsola non se l'aspettava: fino a quel momento non aveva mai parlato un granché con la cognata. Si sedette sul bordo del letto per pura cortesia, stupita ancora una volta dalla facilità con cui Monica allattava due bimbi contemporaneamente, tenendoli sottobraccio come due fagotti.

«Stai attenta, vero, con Antonio?» le domandò Monica a bruciapelo.

Orsola inarcò le sopracciglia. «Cosa vuoi dire?»

«Scopate tutte le notti. È una cosa che si fa quando si cerca un bambino. Vuoi fare un bambino?»

Orsola aprì la bocca per risponderle a tono, ma lo sguardo sincero di Monica chiedeva sincerità.

«No... Non ancora» disse sottovoce.

«Allora devi farlo uscire in modo che il seme non ti rimanga dentro. Lo sapevi?»

Orsola scrollò la testa e cercò di nascondere la propria confusione quando Monica le spiegò la cosa nei dettagli.

«Tu fai così con Marco?» le domandò poi, anche se le faceva effetto pensare a suo fratello in quel modo.

«Certo che no. Voglio avere un figlio da lui, anche se è improbabile che succeda mentre allatto questi due. Il corpo sa quando è il momento. Non lo sapevi del seme, vero? Non sai molto della vita, eh?»

Orsola si mise sulla difensiva. «So come si lavora il vetro. E so tutto delle perle».

«Le perle?»

«Quelle che faccio io».

«Per venderle?»

Orsola annuì e le parlò del proprio accordo con Klingenberg. «Marco non deve saperlo» aggiunse. Qualcosa le diceva che poteva fidarsi di lei. «Non sa che le vendo. Voglio diventare così brava a farle che non potrà rimproverarmi di sprecare tempo e vetro».

«Sei una ragazza giudiziosa. E insegnerai a farle a Rosella?» Monica indicò col mento la sua bambina che dormiva con la testa ciondoloni, mentre Raffaele continuava a poppare.

Orsola non rispose subito. Non aveva mai pensato troppo alla figlia di Monica. Fino a quel momento per lei aveva rappresentato soltanto altri pannolini da lavare.

«Dovrà imparare a cavarsela da sola, nel caso non fosse accettata» disse Monica.

«Accettata da chi?»

«Da voi Rosso».

«Fa parte della famiglia, no?»

Un sorrisetto scettico increspò le labbra di Monica. «Sei sicura? Sposerà un vetraio? Indosserà il manto di pelliccia delle mogli dei maestri?»

«D'accordo» fece Orsola con risolutezza. «Ti prometto che insegnerò a Rosella a lavorare a lume, appena sarà abbastanza grande. Ma solo se mostrerà di avere talento».

Monica annuì, soddisfatta.

Per quanto rischiosa e un tantino frustrante, la pratica del rinculo descritta da Monica avrebbe anche potuto rivelarsi utile, ma ormai era troppo tardi. Il mar rosso smise di aprirsi per Orsola: la giovane iniziò ad avere strane nausee e i seni le diventarono pesanti. Ma lo confidò a Monica, non a sua madre. Aveva bisogno dei consigli schietti e spassionati della cognata, mentre sapeva che dalla madre avrebbe ricevuto solo parole di biasimo.

Parlò alla cognata mentre allattava e senza che le sentisse nessuno. «Mi avevi detto che non volevi ancora fare un bambino» replicò lei, guardandola negli occhi, le mani sulle testoline di Raffaele e Rosella che succhiavano tranquilli. «La pensi ancora così?»

«Dovrò tenerlo per forza».

«Non è detto. C'è una donna che può aiutarti, abita vicino ai campi di sbianca».

Orsola esitò. Aveva sentito parlare di quelle donne, ma si era sempre chiesta se esistessero davvero. Sarebbe stato peccato mortale, e guai se qualcuno l'avesse scoperta! Le sarebbe piaciuto avere un figlio da Antonio, avrebbe unito per sempre le loro vite. Ma un'altra bocca da sfamare in una famiglia che presto sarebbe cresciuta comunque... Avrebbe dovuto dire addio alle amate perle.

«Ci penserò su» disse.

Ma alla fine non ce ne fu bisogno, perché fu il suo corpo a decidere per lei. Una mattina si svegliò con il ventre dolorante e il sangue fra le cosce. Fu il primo dei molti bambini che avrebbe perso negli anni. Monica la fece rimanere a letto e disse a Laura che sua figlia era indisposta a causa del mar rosso. Nessuno trovò da ridire, neppure Antonio, anche se Orsola fu costretta a dirgli la verità, perché Monica le proibì di uscire in barca con lui fintantoché non si fosse rimessa in forze.

Il più difficile da rimpiazzare fu Paolo, il servente, anche perché, per tornare alla normalità, la bottega dei Rosso aveva bisogno di nuove ordinazioni da parte di Klingenberg. Marco riuscì a fargli recapitare un messaggio al Fondaco dei Tedeschi chiedendogli cosa dovevano produrre, e ricevette una risposta laconica: *Aspettate.* Ma Marco, Giacomo e Antonio non potevano aspettare. La mancanza di nuovi ordini faceva sì che avessero il tempo di inventare cose nuove che forse avrebbero suscitato l'interesse di Klingenberg. Tuttavia, avendo perso alcuni garzoni e garzonetti, non erano in grado di produrre oggetti che richiedessero il lavoro di molte mani. Avrebbero potuto ricominciare a fare i candelabri con i delfini che erano tanto piaciuti al mercante e si vendevano bene, ma Marco si era messo in testa di creare qualcosa di completamente nuovo.

«Non gli sono mai piaciuti quei candelabri» disse una sera Antonio a Orsola, mentre sedevano sulla riva di San Matteo, con le gambe intrecciate. Erano riusciti a sgattaiolare via mentre era ancora chiaro e avevano negli occhi i monti coperti di neve che il sole al tramonto tingeva di rosa.

«Perché? Erano belli, a Klingenberg piacevano».

«Ma non piacciono a Marco. Dice che i delfini non c'entrano niente col vetro; acqua e fuoco non vanno mescolati, secondo lui».

Orsola sbuffò. «È assurdo. Pensa che un maestro ha fatto un lampadario con le gocce a forma di pesce per un palazzo sul Canal Grande».

«Ma quei delfini li ho creati io, e a Marco dà fastidio che Klingenberg li apprezzi». Antonio fece una pausa e aggiunse: «Sono io che non gli piaccio, in realtà».

«Non è...» Orsola stava per ribattere ma s'interruppe. Non poteva dargli torto. Era chiaro che Marco si era pentito di aver preso Antonio come apprendista, sebbene si fosse dimostrato un ottimo acquisto. Antonio era aperto e gioviale, mentre Marco era un calcolatore dal carattere chiuso che poteva adombrarsi per un nonnulla. Dopo quel primo abbraccio appassionato, il giorno in cui i Rosso erano usciti dalla quarantena, Orsola e Antonio avevano evitato di manifestare i loro sentimenti in pubblico, perché sapevano che Marco avrebbe cercato in ogni modo di separarli.

«Ora sta facendo dei vassoi» continuò Antonio. «Io e Giacomo dovremmo creare dei frutti per decorarli, ma in realtà li sta facendo fare quasi solo a Giacomo. Mi tocca alimentare il fuoco e spazzare per terra come se fossi un garzonetto! Non credo che riuscirò a sopportarlo per altri quattro anni, fino alla prova». Solo se l'avesse superata, dimostrando di avere le necessarie competenze, Antonio sarebbe diventato servente. Molti rimanevano serventi per tutta la vita, solo in pochi diventavano maestri. Ed erano in molti a pensare che Antonio fosse destinato a riempire il vuoto lasciato da Paolo, assumendo il ruolo di servente di Marco, insieme a Giacomo.

«Ho fatto una cosa per te» disse Antonio e si frugò in tasca tirando fuori una figurina di vetro. Gliela porse. Un piccolissimo delfino verdeazzurro, snello e affusolato e con le pinne aguzze come quelli dei candelabri. Il muso e la coda erano arricciati a formare minuscoli gancetti in modo da poterlo appendere a una catenina. «Ho scelto un colore simile alle tue perle, il colore della laguna».

«Bellissimo!» esclamò Orsola, colpita dalla verosimiglianza della figura, oltre che dalla sua grazia.

«Li hai mai visti i delfini?» domandò.

«Quando andavo a pesca a volte comparivano al largo della Giudecca. Puoi indossarlo, se vuoi».

«Grazie». Orsola lo baciò. «È meglio di no, per adesso. Non voglio che Marco lo veda. Ma lo terrò sempre con me» disse, infilandolo in tasca, accanto alla rosetta di Maria Barovier.

Qualche giorno dopo Stella entrò in cucina, gridando: «Il moro! Il moro!» Monica e Isabella la guardarono perplesse, ma Orsola corse attraverso il laboratorio fino al molo sul retro. Lei e Antonio non avevano più avuto notizie di Domenego e non sapevano se fosse ancora vivo. Sorrise vedendolo parlare con Marco, anche se non mancò di notare che il gondoliere aveva il viso tirato, le membra smagrite e un'espressione inquieta che le ricordò quella di sua madre. Doveva essersi ammalato, ma per fortuna era sopravvissuto al morbo. Antonio gli stava accanto, come per sorreggerlo.

Finalmente Klingenberg si era fatto vivo! Il moro disse a Marco che il mercante desiderava vedere qualcosa. Il fratello di Orsola accolse la richiesta con entusiasmo. «Ecco, vedete che avevo ragione a voler fare qualcosa di nuovo!» esclamò, in tono di rivalsa. Ma Orsola era contenta per lui e per la vetreria. I Rosso erano così dipendenti da Klingenberg che se il mercante fosse morto o avesse deciso di non rappresentare più la famiglia, rischiavano di chiudere bottega.

Domenego le gettò un'occhiata, salendo in barca, e Antonio prima di seguirlo le fece un cenno d'intesa. Orsola annuì e uscì dalla bottega, correndo lungo il rio dei Vetrai fino alla riva, dove i traghetti erano di nuovo in funzione, e dove aveva parlato per la prima volta a Klingenberg delle sue perle.

Non dovette aspettare a lungo, perché Antonio vogava insieme a Domenego, non così elegantemente, ma con più forza nelle braccia. Quando si furono accostati alla riva, le porse la mano per aiutarla a salire. «Vieni» disse. «Andiamo a fare un giretto».

Presero il largo, rimanendo a distanza dalle imbarcazioni che andavano e venivano tra Murano e Venezia, segno evidente che l'epidemia era finita. Poi i due uomini smisero di vogare e lasciarono che la gondola andasse alla deriva lungo la costa muranese fino al Canale della Serenella, che attraversava la parte occidentale dell'isola. Se avessero voluto avrebbero potuto fare il giro di Murano, ma Domenego fu felice di riposare perché il breve tragitto da Venezia era bastato a togliergli le forze.

«Ti sei ammalato?» disse Orsola.

Domenego si strinse nelle spalle.

«Ti hanno mandato al Lazzaretto Vecchio?»

Il gondoliere scosse la testa. «Non ce li lasciano andare i mori. Ma forse è stato un bene. Probabilmente è per questo che sono ancora vivo».

«Dove hai trascorso la malattia, allora? Ti hanno fatto rimanere al Fondaco dei Tedeschi?»

Domenego scosse di nuovo la testa. «I servi mi hanno cacciato quando mi sono sentito male. Ho trovato rifugio in una casa abbandonata, oltre l'Arsenale. Quelli che ci abitavano erano morti, tutta la famiglia».

«Non avevi nessuno che si prendesse cura di te?» Orsola inorridì, ricordando la povera Nicoletta che dipendeva interamente dalle cure che lei e sua madre le prodigavano. Ma come si poteva essere tanto crudeli da abbandonare un malato? D'altronde nessuno voleva la peste in casa. Anche se non lo avrebbe mai confessato, Orsola si era sentita sollevata in cuor suo quando avevano portato via Nicoletta.

«Adesso sto bene» disse Domenego. «Non voglio pensarci più».

«Attenzione, bella, che ti affogo!» Antonio le spruzzò un po' d'acqua addosso, con lo scopo evidente di cambiare discorso. Orsola ricambiò gli spruzzi e si azzuffarono per gioco, mentre Domenego cercava di impedire alla gondola di ribaltarsi.

«Vi vedo bene insieme» disse, indicando i due amanti che si toccavano con la scusa di lottare fra loro. «Però avete dovuto aspettare, eh?»

Orsola si scostò da Antonio, piena di imbarazzo per la spudoratezza di cui aveva dato prova davanti a Domenego, che probabilmente non aveva nessuna donna con cui giocare. Sembrava così solo... Sia pur a malincuore si posò le mani sul grembo.

«Klingenberg vuole un'altra partita di perle» disse il gondoliere, recapitando così il secondo messaggio del padrone. «Come quelle che hai già fatto, però se ne hai di nuove vorrebbe vederle».

Orsola ripensò alle perle che aveva creato durante la quarantena. A parte quelle gialle della peste, che preferiva dimenticare, si era attenuta ai modelli consueti ed erano mesi ormai che non faceva più niente. La peste le aveva stravolto la vita, aveva stravolto la vita di tutti. Gli eventi che avevano sempre scandito le loro giornate, la spesa al mercato, la passeggiata serale, la messa, le visite ai parenti, sembravano appartenere a un altro tempo e Orsola non riusciva a ricordare l'ultima volta che aveva fatto quelle cose, quasi non sapeva più quanti anni avesse! Nel momento più brutto il tempo pareva essersi fermato. Eppure, ripensandoci, Orsola aveva la sensazione che fosse volato. Ora si aggrappava ai singoli momenti: il tocco di Antonio, una risata con Monica, le rare volte che

Stella si lasciava abbracciare, il sorriso di Raffaele quando gli erano spuntati i primi dentini. Forse la piacevole concretezza del vetro l'avrebbe aiutata a ritrovarsi.

La richiesta di Klingenberg aveva mandato in crisi Marco. Aveva aspettato con ansia una nuova ordinazione, ma ora che era giunta sembrava aver perso ogni sicurezza su cosa mostrargli. I vecchi calici, brocche e candelieri che Klingenberg aveva già venduto per loro? Oppure oggetti completamente nuovi, piatti, caraffe, lampade, capaci di dimostrare la creatività e la versatilità della bottega? Oppure un po' dell'uno e un po' dell'altro?

Si mise a lavorare freneticamente, deciso a creare nuovi oggetti sebbene avessero già il fondaco pieno. Le giornate erano scandite dal rumore del vetro che andava in frantumi.

Alla fine, dopo l'ennesimo schianto condito da una serie di imprecazioni, Laura Rosso alzò lo sguardo dal rammendo e gridò dal cortile: «Monica!»

Monica arrivò di corsa dalla cucina, asciugandosi le mani sul grembiule. Era raro che sua suocera la chiamasse, e si fermò davanti a lei, aspettando rispettosamente i suoi ordini.

Laura indicò il laboratorio con un cenno della testa. «Per favore, vedi di far calmare tuo marito, per il bene di tutti noi».

Si guardarono per un momento, poi Monica annuì. Si tolse il grembiule e lo porse a Orsola, si aggiustò il vestito blu e si diresse verso il laboratorio, dove metteva piede assai di rado: come suo padre, Marco non amava la presenza delle donne. Un minuto dopo, uscì per mano al marito e lo condusse di sopra, nella loro stanza. Vi rimasero per il resto della giornata e Monica scese solo una volta, in serata, per allattare i bambini. Raffaele e Rosella mangiavano già cibi solidi, ma prendevano ancora il latte da Monica prima di addormentarsi. Isabella salì a portare un vassoio di cibo e del vino alla coppia. «Come gli sposini novelli» disse, ridacchiando. Ma quelle lunghe ore d'amore giovarono a Marco, che l'indomani mattina si svegliò molto più rilassato e con le idee chiare. «Farò vedere a Klingenberg solo cose nuove» disse. «Ha buona memoria, le cose vecchie le conosce già». Diede una giornata libera agli uomini e si mise a impacchettare insieme a Giacomo i pezzi migliori che avevano prodotto di recente. Poi partirono alla volta del Fondaco dei Tedeschi.

Capitava raramente che il laboratorio fosse del tutto deserto, e Orsola e Antonio ne approfittarono. A differenza del suo maestro, Antonio non trovava scandaloso che una donna lavorasse nella vetreria. Riscaldò un pezzo di vetro all'estremità di una canna e iniziò a farlo roteare chiedendo a Orsola di soffiare in modo che il bolo si gonfiasse. Poi andarono al marver e, seguendo le sue istruzioni, Orsola fece rotolare il vetro sul ripiano usando la pressione e le pinze per dargli forma. Era molto diverso dal creare le perle: i pezzi di vetro erano molto più grandi, richiedevano muscoli diversi, movimenti diversi, tempi diversi. Il caldo della fornace le scottava il viso ma le lasciava la schiena fredda, tanto che sudava e tremava allo stesso tempo.

Ruppe diversi pezzi, con grande divertimento di Antonio, ma alla fine riuscì a modellare un semplice *goto* verde, bulboso in basso e rastremato verso l'alto, e appena un po' sbilenco. Lo misero a raffreddare nascondendolo dietro altri pezzi, perché Marco non lo notasse: avrebbe capito subito che una creazione così rudimentale non poteva essere opera dei suoi uomini.

«Se vuoi, ti insegno a fare le perle» propose Orsola mentre spazzavano il vetro che aveva rotto per produrre quel *goto* storto.

«Mi piacerebbe» rispose Antonio, e non soltanto per cortesia: non c'era tecnica cui non fosse interessato e ne padroneggiava già molte, mostrando una notevole abilità sia nelle grandi lavorazioni che nelle rifiniture più delicate. Insomma, si stava trasformando in un ottimo vetraio.

Dopo aver ripulito il laboratorio, togliendo di mezzo le tracce dei fallimenti di Orsola, si sedettero insieme sul molo retrostante, i piedi che penzolavano sull'acqua, le cosce premute insieme. «Cosa pensi che sceglierà Klingenberg tra i pezzi che Marco gli sta mostrando?» fece Orsola a un certo punto.

«I vassoi» rispose Antonio. «Sono sicuro che gli piaceranno i piccoli frutti sugli orli. Però hai notato che Marco ha portato a Venezia solo quelli che ha fatto Giacomo? Non ha portato niente di mio. Neppure le lampade da muro». Infatti, Antonio aveva foggiato delle lampade con i bracci a forma di pesce. Erano allegre e aggraziate, e Orsola sapeva che Klingenberg non avrebbe avuto difficoltà a venderle.

«Non credo che l'abbia fatto di proposito» rispose con una certezza che in realtà non possedeva. «Non significa nulla».

Antonio le sorrise. «Tuo fratello non fa mai niente per caso, e tu lo sai bene. Sono mesi che mi affida solo compiti da nulla, cose che anche un garzonetto potrebbe fare. Non mi sento più parte della squadra. Mi viene da pensare che...» Antonio non finì la frase.

«Cosa?»

«Che voglia cacciarmi».

«Ma lo sanno tutti che un giorno prenderai il posto di Paolo!»

«Sei sicura?»

«*Da bon!*»

Antonio non disse altro, ma le sue parole la gettarono nell'ansia e Orsola continuò a rimuginarci sopra mentre stendeva il bucato o strappava le erbacce dall'orto, dava da mangiare alle galline o rincorreva Stella e perfino mentre lui la possedeva di notte, sulla barca. Dove sarebbe andato se avesse lasciato la bottega? E cosa ne sarebbe stato di lei?

Marco e Giacomo tornarono a casa pieni di esultanza: Klingenberg era soddisfatto dei nuovi pezzi e aveva ordinato i vassoi da frutta, oltre alle caraffe. «Ha detto che non abbiamo mai lavorato così bene!» esclamò Marco mentre brindavano nel cortile. «Adesso saremo davvero indaffarati. Ho certe idee! Mi tengono sveglio la notte. Non solo le idee, a dire il vero» aggiunse e sorrise a Monica, che gli stava riempiendo il bicchiere.

«E chi prenderà il posto di Paolo?» chiese Laura Rosso, facendosi il segno della croce, subito imitata da Giacomo e Orsola. «Chi sarà l'altro servente insieme a Giacomo?»

«Presto lo saprete» disse Marco.

Orsola guardò Antonio, che era appoggiato alla porta del laboratorio. A quelle parole, si voltò e scomparve all'interno, e Orsola provò una fitta al cuore.

Un pomeriggio tornò tardi con le lenzuola dal campo di sbianca, perché aveva incontrato una zia Giovanna insolitamente loquace e si era fermata a parlare con lei. Entrò che la famiglia era già a tavola in cortile. «Sapete cosa mi ha detto zia Giovanna?» disse, sedendosi al suo posto. «Entrerà in convento, a Santa Maria degli Angeli!» Solo allora Orsola si accorse che c'era un ospite: Stefano della bottega Barovier. Stefano dagli occhi neri, che l'aveva vista intrufolarsi da bambina nella fornace della concorrenza, che le aveva portato il vetro durante la quarantena. Adesso la fissava, seduto tra Antonio e Giacomo. Giacomo aveva un aspetto infelice e Antonio sembrava addirittura sul punto di esplodere.

«Orsola, conosci Stefano, vero?» fece Marco, ignorando ciò che aveva appena detto sulla loro zia. «Verrà a lavorare con noi, sarà il mio servente».

«Cosa? Prenderà il posto di Paolo? Ma...» Antonio scosse la testa in modo quasi impercettibile e Orsola tacque. Aveva ragione: non era il momento.

La freddezza con cui Orsola aveva accolto la notizia parve indurre Marco a giustificarsi. «Stefano è capace di fare gli specchi! Grazie a lui faremo i vassoi in vetro a specchio così la frutta sembrerà raddoppiare. E sa anche incidere. Le sue competenze colmeranno certe nostre lacune e ci consentiranno di arricchire l'offerta».

Orsola si sforzò di mantenere la calma. Era vero che Stefano aveva più esperienza di Antonio e veniva da una bottega prestigiosa. Ma era sorprendente che i Barovier l'avessero lasciato andare e che lui avesse deciso di unirsi proprio ai Rosso. Si accorse che la stava fissando dall'altra parte del tavolo e arrossì per l'imbarazzo, intuendo una cosa che Marco probabilmente non aveva considerato. E neppure Antonio, perché, sebbene fosse arrabbiato, non aveva motivo di collegarla al nuovo servente. Orsola decise che non ne avrebbe fatto parola. Le conveniva. Forse non sarebbe successo nulla.

Si alzò e cominciò a togliere i piatti anche se non avevano ancora finito di cenare. La madre la guardò con cipiglio ma non la fermò. La sua espressione severa era venata di compassione. Anche lei doveva aver compreso ciò che sfuggiva agli uomini.

Quella sera uscirono col sandolo ma Antonio non si fermò in un angolo tranquillo della laguna, né sulla riva di un'isola deserta per giacere con lei. Era pieno di rabbia e aveva bisogno di remare e remare per farla sbollire. Orsola pensò che non sarebbe riuscito a calmarsi neppure se avesse remato fino alla terraferma e ritorno.

«Perché ha scelto Stefano, e non me?» ripeteva e Orsola provava a rispondergli in modo da lenire la sua irritazione: perché sei veneziano. Perché sei un pescatore. Perché sei più bello di Stefano. Perché Stefano porta con sé i segreti dei Barovier. Ma si guardò bene dal dire la verità: ovvero che Stefano era di gran lunga più esperto e abile di lui nell'arte del vetro. Lavorava il vetro da sempre, avendo iniziato a dieci anni come garzonetto e avendo superato la prova per diventare servente. Antonio era ancora lontano da quel traguardo. Da un punto di vista puramente mercantile, Marco non aveva sbagliato preferendo Stefano ad Antonio. Forse era una mossa sleale, ma qualunque maestro minimamente ambizioso avrebbe fatto lo stesso.

Alla fine, Antonio smise di remare e si sedette accanto a lei. Erano non lontani da Mazzorbo, l'isoletta accanto a Burano, coperta di vigneti e con pochi casolari sparsi qua e là. Sulla riva c'era un ragazzino che giocava con un cagnetto nero, tirandogli uno stecco perché glielo riportasse. Il ragazzino si fermò un momento a guardarli, ma il cagnetto era più interessante di una coppia di amanti e dopo aver rivolto loro un saluto frettoloso, riprese a tirare il rametto.

«Sarò sincero con te, mia amata» disse Antonio, cingendole la vita. «Se non fosse per te, credo che...»

«Cosa?»

Antonio scrollò la testa. «Che futuro ho con i Rosso? Spazzare per terra e fare *goti*?»

«Ma no! Marco ti farà fare ben altro».

«Però dovrò sempre obbedirgli. Odio lavorare con lui».

Udirono uno sciacquio seguito da un grido. Si voltarono e videro il ragazzino che urlava e indicava una piccola forma scura nell'acqua. Doveva aver gettato il bastone nella laguna e il cane si era immerso per prenderlo.

«Maledizione!» gridò Antonio e balzò subito in piedi afferrando il remo.

«I cani non sanno nuotare?»

«Non tutti» disse Antonio remando con foga. «Stai pronta a tirarlo fuori».

A Orsola non piacevano molto i cani, la inquietavano i loro latrati e i loro denti, ma non voleva certo che il cagnetto annegasse. Si inginocchiò nel sandolo, e quando raggiunsero la bestiola nell'acqua, la afferrò per la collottola e la depose sul fondo della barca. Forse era troppo tardi. Nero e fradicio, il cagnolino giaceva immobile.

«Maledizione» mormorò di nuovo Antonio, e Orsola si mise a piangere perché sarebbe stato davvero un brutto modo per concludere una giornata già brutta di per sé.

Ma poi il corpicino bagnato tossì e sputò e, dopo aver espulso l'acqua che aveva nello stomaco, cominciò ad abbaiare. Il ragazzino sulla riva non aveva mai smesso di urlare e, quando lo sentì, il cane si tirò su pronto a gettarsi dalla barca, col rischio di annegare, pur di tornare dal padroncino. Orsola fece appena in tempo a prenderlo, e lo trattenne mentre Antonio si dirigeva verso la riva. Appena lo posarono sul bagnasciuga scappò via, ma prima di allontanarsi si fermò ad abbaiare contro di loro come se fossero nemici. Il padroncino lo seguì senza ringraziarli, sebbene avessero salvato la vita al suo animaletto.

«Così impari ad aiutare la gente di Mazzorbo» disse Orsola.

Antonio scoppiò a ridere. «Pungente come sempre, eh, bella?»

Si mostrò meno cupo mentre remava sulla via del ritorno, e non parlarono più di Marco o Stefano. Ma Orsola non poté fare a meno di notare che era la prima volta che uscivano in barca senza fare l'amore. Quella notte, a letto, pensò al cagnolino che pareva affogato e non lo era, che pareva morto e pochi istanti dopo era di nuovo vivo.

Fu un sollievo rimettersi a fare le perle. Quando Orsola sistemava la sua lampada sul tavolo in un angolo della cucina, le cugine Vianello non dicevano niente, né si lamentavano dell'odoraccio, anzi, se c'era qualche faccenda da sbrigare se ne occupavano loro in modo che fosse libera di lavorare. Di tanto in tanto, mentre cullava uno dei bambini, Monica sbirciava da dietro le sue spalle. A volte anche la piccola Stella entrava per guardare, ma quando Orsola le chiedeva se le sarebbe piaciuto fare le perle, scrollava la testa con vigore, i riccioli che le sferzavano le guance.

Orsola non ebbe troppe difficoltà a replicare i modelli che Klingenberg conosceva già: semplici paternostro blu o verdi o rosse con in cima uno smalto trasparente, ulivette bianche avvolte da una spirale azzurra, cannelle di vetro chiaro con fiori verdi. Ma non riusciva a inventare niente di nuovo. Come poteva abbandonarsi all'estro creativo se aveva sempre in mente Antonio o Stefano, che ora faceva capolino tra i suoi pensieri? La tensione fra i due era palpabile: Stefano sapeva di aver soffiato il posto ad Antonio che, dal canto suo, faceva il possibile per ignorarlo. A volte, pur di non sedersi accanto al rivale, saltava il pranzo e andava a pescare, anche se il pomeriggio non era il momento migliore per farlo. Inoltre lui e Orsola non uscivano quasi più in barca la sera, perché Orsola lavorava a lume e Antonio non era dell'umore giusto. L'arrivo di Stefano aveva tirato fuori il peggio di lui: non era più vivace e disinvolto come un tempo, ma quasi sempre cupo e scontroso.

Un pomeriggio, Giacomo entrò nel fondaco mentre Orsola era intenta a fasciare i vassoi di Klingenberg. Sollevando lo sguardo, Orsola vide che il fratello aveva la faccia stanca e venata di tristezza. L'epidemia l'aveva segnato in modo indelebile e neppure il matrimonio gli aveva giovato, al contrario, a volte sembrava quasi che avesse peggiorato le cose. Erano rare le manifestazioni d'affetto fra marito e moglie, Giacomo subiva in silenzio le parole aspre di Isabella e solo Monica riusciva a zittirla con un'occhiataccia.

«Cosa c'è?» gli domandò Orsola in tono gentile.

Giacomo inspirò prima di rispondere. «Potresti parlare con Antonio?»

«A quale proposito?»

«La bottega... non riusciamo più a combinare niente di buono».

«E perché?»

«Marco, Antonio e Stefano non riescono... Non sono affiatati. Era meglio prima».

«Quando c'era Paolo?»

Giacomo fece una smorfia. «Non ho niente da dire su Stefano, è bravo, e si è inserito nel gruppo. Ma Antonio è sempre di malumore».

«Cosa devo dirgli?» domandò Orsola fasciando un vassoio di vetro bianco opaco che aveva i bordi decorati da ciliegie, albicocche e fichi di vetro.

«Che cerchi di andare d'accordo con Stefano».

«E perché dovrebbe? Stefano gli ha rubato il posto».

«Se non c'è intesa fra di noi il vetro ne risente. Marco potrebbe decidere di mandar via Antonio. Capisco la sua irritazione, ma se continua così rischia di perdere il lavoro. Devi avvisarlo».

«Perché non glielo dici tu?»

«Tu hai più influenza su di lui». Giacomo era sensibile e non aveva mancato di notare il legame fra Orsola e l'apprendista.

Orsola sospirò. «Ci proverò, ma devo aspettare il momento giusto».

Ma il momento giusto non sarebbe mai arrivato. Quella sera Orsola era troppo indaffarata a finire le perle per Klingenberg per potergli parlare e la mattina dopo Antonio andò a Venezia a trovare l'unico fratello rimastogli. Sarebbe tornato solo la sera del giorno seguente, perché era agosto, e gli uomini avevano spento la fornace per la pausa estiva.

All'imbrunire, Marco chiamò Orsola nel cortile. Era seduto al tavolino insieme alla loro madre, mentre Stefano era in piedi accanto a loro, palesemente imbarazzato. *Mio Dio, no,* pensò Orsola. Non così presto. Aveva sperato di rimanere di nuovo incinta e che la gravidanza potesse salvarla da ciò che paventava. Ma Antonio era troppo irritato per fare l'amore e non giacevano insieme da un pezzo. Il mar rosso le era arrivato quella mattina.

Marco stava riempiendo quattro bicchieri di vino. «Vieni, Orsola, dobbiamo festeggiare» disse porgendogliene uno.

«Cosa dobbiamo festeggiare?» Si voltò verso la madre che evitò il suo sguardo, togliendo briciole invisibili dal tavolo.

«Stefano ha chiesto la tua mano, e io gli ho detto di sì. *Me ralegro, sorela!*» esclamò Marco e levò il bicchiere verso Stefano. «Benvenuto nella famiglia Rosso!»

«No».

Marco aggrottò la fronte e Laura Rosso rivolse alla figlia uno sguardo ammonitore. Stefano era sempre più imbarazzato.

«Io sposerò Antonio» disse Orsola con fermezza.

«Tu non sposerai un pescatore veneziano». Non fu Marco a dirlo, ma Laura Rosso, una voce molto più difficile da contrastare.

Ma Orsola ci provò ugualmente. «Non è un pescatore» ribatté. «Ha imparato a lavorare il vetro e se la cava bene. E poi, anche Marco e Giacomo hanno sposato due figlie di pescatori...»

«Non è la stessa cosa. E il tuo matrimonio gioverà alla bottega Rosso facendo sì che Stefano diventi uno di noi». Sua madre tradì una punta di disagio nel dirlo: sarebbe stato meglio non ammettere la cosa davanti a Stefano, che evidentemente voleva sposare Orsola per ragioni che non avevano alcun legame con gli affari.

«E Antonio?» disse Orsola. «Non abbiamo bisogno anche delle sue capacità? Come potete fargli una cosa del genere dopo quello che lui ha fatto per noi? Non so se saremmo sopravvissuti senza Antonio durante la quarantena».

«Noi non gli abbiamo fatto niente. Sei tu che l'hai ingannato. Sapevi benissimo che non avresti potuto sposarlo. Hai pensato a te stessa, invece che alla famiglia. Vergognati!»

Orsola chiuse gli occhi, sforzandosi di rimanere calma.

«Orsola, farò di tutto per renderti felice».

Aprendo gli occhi, si ritrovò davanti lo sguardo cupo di Stefano. Non si era sbagliata: era lei il motivo per cui aveva accettato di entrare nella bottega dei Rosso. Ma sua madre aveva ragione nel dire che, sposandola, Stefano sarebbe rimasto legato per sempre alla vetreria. Insomma, tutti avevano da guadagnare da quelle nozze, tranne lei e Antonio.

Orsola diede prova di una moderazione che la fece sentire fiera di sé. Non si mise a urlare, non inveì contro suo fratello, sua madre o Stefano. Posò il bicchiere, si voltò e uscì nella calle. Nessuno la chiamò, nessuno la seguì o provò a riportarla indietro. Aspettarono semplicemente che la sua rabbia sbollisse.

Orsola iniziò a vagare furiosamente per l'isola, evitando le persone in modo da non dover parlare, perché sapeva che non sarebbe riuscita a tenere a freno la lingua. Quando tornò a casa salì direttamente nella sua stanza.

Quella notte dormì male e il giorno dopo andò di buonora nell'orto di famiglia, a nord dell'isola, e vi rimase a lungo a estirpare erbacce. Poi andò a trovare zia Giovanna in convento, portandole un po' di verdura che aveva raccolto. La zia si compiacque vedendo che Orsola non aveva fretta di andarsene e pareva disposta ad ascoltare i suoi commenti sulle altre suore e la scarsa qualità del cibo.

Poi Giovanna fu chiamata alle orazioni e Orsola riprese finalmente la via di casa. Era metà pomeriggio, troppo presto perché Antonio potesse essere tornato, ma Orsola sbirciò ugualmente nel laboratorio. Stefano stava mostrando a Marco e Giacomo una tecnica di incisione. Non si accorsero di lei.

Laura Rosso era seduta in cortile, con i piccoli che giocavano ai suoi piedi mentre Stella gettava sassi nel pozzo. Quando vide la sorella maggiore le corse incontro e le gettò le braccia attorno alle gambe. «Fa caldo» mormorò, appoggiando il faccino arrossato contro la coscia di Orsola. «Non mi piacciono gli altri» disse piano. «Mi piaci solo tu».

Orsola posò una mano sui capelli ricci della sorellina, e rimasero così per qualche istante. La loro madre fece per dire qualcosa, ma Orsola scosse la testa. Non aveva voglia di ascoltare.

Scioltasi dall'abbraccio di Stella, rientrò in casa dove Monica e Isabella stavano rigovernando dopo il pasto di mezzogiorno. Indicarono il piatto coperto che avevano tenuto per lei. «Più tardi» disse Orsola. «Fa troppo caldo per mangiare».

Si guardò intorno. Per una volta, non aveva niente da fare. Non c'erano abbastanza panni da lavare, i bambini erano occupati, non doveva cucinare ed era già stata nell'orto. Avrebbe potuto lavorare alle perle, ma bruciare il sego con quella calura... Le veniva la nausea al solo pensarci. Meglio dormire. Salì e si coricò a letto, anche se la stanza che divideva con Stella era un forno.

Quando arrivò Monica, stava fissando il soffitto. Gli scuri erano chiusi a causa del caldo, ma un'esile lama di luce illuminò la cognata mentre si sedeva sul bordo del suo letto.

«Antonio è tornato» disse.

Orsola si tirò su. «Quando?»

«Mentre eri fuori. È tornato in anticipo».

«Sa di... Stefano?»

«Gliel'ho detto io. Qualcuno doveva pur farlo».

«Dov'è?» esclamò Orsola mettendo un piede giù dal letto.

Monica le toccò il braccio. «Aspetta un momento. Non partirà subito».

«Come, partirà?»

«Il moro lo porterà sulla terraferma».

«Terraferma?» ripeté Orsola, rabbrividendo. «Non può! Che ne sarà di lui?»

«Ssh!»

«Pensavo che sarebbe tornato a vivere a Venezia». *E io sarei diventata la moglie di un pescatore*, stava per aggiungere. Infatti, Orsola era convinta che Antonio fosse andato a dire al fratello che voleva tornare a lavorare sulla barca da pesca.

«Non ha potuto prendere le sue cose perché ci sono gli altri in bottega. Ha chiesto a me di farlo e di portargli qualcosa da mangiare prima che se ne vada». Monica posò un fagotto sul letto.

Orsola lo afferrò subito. «Dove?»

«A San Matteo, fra un'ora». Monica fece una pausa. «L'ha chiesto a me, ma ho pensato che è meglio se ci vai tu, così potrai vederlo».

«Voleva andarsene senza nemmeno dirmi addio?» esclamò Orsola.

Monica le rivolse un'occhiata triste e solidale. «Degli uomini non ci si può fidare. È meglio non affezionarsi troppo a loro».

Voleva consolarla, ma le sue parole ebbero l'effetto contrario, e Orsola cominciò a singhiozzare. Monica non era mai stata una persona tenera, ma la abbracciò e la strinse forte finché Orsola non ebbe versato ogni sua lacrima.

Quando la lasciò per tornare in cucina, Orsola rimase seduta sul letto a pensare. Antonio doveva aver deciso di andarsene ancora prima che Stefano chiedesse la sua mano. Non avrebbe potuto organizzare tutto nel giro di due giorni, garantendosi l'aiuto di Domenego per fuggire sulla terraferma. Evidentemente aveva già un piano. Orsola aprì il suo fagotto. Oltre al pane, al formaggio e alla salsiccia, c'erano una camicia, una tunica, degli ami, una corda, un coltello. E delle carte. Le sfogliò. Antonio aveva disegnato alcune delle sue creazioni, compreso il minuscolo delfino che aveva realizzato per lei. C'erano anche pagine scritte e Orsola si maledisse per non aver mai imparato a leggere. Ma aveva una mezza idea di cosa fossero. Infine, avvolto in una camicia, c'era il *goto* verde e sbilenco che lei aveva fatto sotto la sua guida. Lo guardò a lungo, poi lo riavvolse nella camicia e lo frantumò con un pugno, il colpo attutito dalla stoffa.

Dopo essersi infilata i fogli in tasca, riannodò il fagotto e scese in cucina, fermandosi solo per stringere la spalla di Monica. Uscì e attraversò il cortile a passo svelto, con Laura Rosso e Stella che la chiamavano.

«Orsola! Orsola!»

Sbatté la porta e corse lungo la calle, verso il ponte di Mezzo. Ben presto sentì Stella che zampettava dietro di lei, gridando il suo nome, e dovette correre più forte per seminarla. Il pianto della sorellina le spezzò il cuore, ma Orsola non si voltò.

Un ponte, due, tre. Passò per il mercato di Santo Stefano, campo San Bernardo, la basilica dei Santi Maria e Donato. Continuava a incontrare gente e tutti la chiamavano. Ma non volle fermarsi a spiegare dove stava correndo e probabilmente più di uno se ne ebbe a male. I bevitori davanti all'Omo Salvadego le urlarono parole sconce, ma questa volta lei non si prese la briga di rispondere. Forse Antonio era nella taverna e stava brindando al futuro. Un'ultima svolta e finalmente si fermò. Il posto era quello, ma lui non c'era ancora. Si sedette sulla riva, in uno stato d'animo difficile da definire, esausta, accaldata e incapace di pensare.

Non arrivò dalle case di Murano come avrebbe fatto un vetraio. Arrivò dall'acqua, come un pescatore, sulla gondola di Domenego: non dai canali, ma dalla laguna. Avevano remato lungo il rio che correva a est dell'isola, dove pochi li avrebbero visti, e ora stavano doppiando la punta diretti verso la riva. Mancava il felze di legno: dovevano averlo tolto per alleggerire il carico, in vista del lungo viaggio fino alla terraferma.

Antonio parve sollevato e allo stesso tempo in imbarazzo quando la vide sul molo. Anche quando Orsola gli diede uno schiaffo. Anche quando gli urlò: «Ti odio da morire, sono contenta che te ne vai!» Anche quando gli disse: «Sei solo un veneziano arrogante. Pensi di essere migliore di me. Di noi. Non hai un briciolo di lealtà verso Murano, verso la tua bottega. Potrei ucciderti! Dovrei pugnalarti, trafiggere quel cuore traditore. Datemi un coltello e lo farò!» Orsola si guardò attorno come in cerca di quel coltello.

Lui la ascoltò, la vergogna e il sollievo che si alternavano sul suo viso, poi le posò la mano sulla guancia. «Orsola» disse e Orsola si zittì all'istante appoggiando la fronte sul suo petto. Si sentiva come Stella quando qualcuno riusciva a farle smettere un capriccio.

Seduto a prua, a capo chino, Domenego avrebbe voluto scomparire.

«Mi è stato offerto un lavoro che non otterrei mai rimanendo con Marco» disse Antonio rivolto ai capelli di lei. «Ho la certezza di diventare servente, una volta superata la prova, e un giorno potrei diventare maestro. Ma devo andare lontano da qui per avere tutto ciò. Lontano anche dal Veneto». Fece una pausa e aggiunse: «Non c'è niente per me in questo posto».

Orsola alzò la testa. «Ci sono io in questo posto. Te lo sei scordato? Volevi andartene senza salutarmi, bastardo».

Antonio inspirò a fondo. «Vieni con me».

Orsola si scostò da lui. «Sulla terraferma? Mai». Al solo pensiero provò un conato di nausea, quasi fossero in mezzo al mare in tempesta. Andare con lui avrebbe significato dire addio a Murano, a Venezia, alla sua famiglia per entrare in un mondo diverso e sconosciuto. Una cosa che le pareva del tutto impossibile. Orsola stentava perfino a credere che Antonio fosse disposto a correre un rischio simile. «Rimani qui» disse. «Sposami. Mia madre ti accetterà, e Marco... Dimenticati di lui. Andremo a vivere a Venezia, se proprio dobbiamo. Tu puoi tornare a pescare. A Venezia mi sarà vietato fare le perle, ma sono pronta a rinunciarci. Per te».

«Orsola, il mio futuro è laggiù». Antonio indicò le montagne che era impaziente di attraversare.

«Quale futuro?» gridò Orsola. «Se la mattina ti sveglierai senza di me? E non saprai neppure se sono ancora viva?» *E io non saprò se tu lo sei,* pensò Orsola con sgomento.

«Devo correre questo rischio».

«Non hai paura?»

«Un po' sì. Ma sono anche eccitato, per il cambiamento, la novità...»

Orsola divenne di colpo furiosa. Antonio sembrava già prendere le distanze dal loro mondo. «E allora vai!» esclamò. «Ma non porterai con te i segreti dei Rosso per venderli alla gente del Nord!» Tirò fuori i fogli dalla tasca e li gettò in acqua prima che lui potesse fermarla.

Antonio provò a recuperarli ma si fermò quando vide l'inchiostro che si dissolveva in strani ghirigori.

«Me lo sono meritato» disse.

«Meriti di peggio. Verranno a cercarti e ti uccideranno per aver rubato i segreti di Murano. E io, quel giorno, riderò» disse Orsola, ma sapeva che lui non le credeva.

E il fuoco dell'ira stava già iniziando a estinguersi nel suo cuore. Stentava a fingere. Avrebbe voluto accasciarsi sulla banchina, la testa ciondoloni, invece rimase immobile implorando con gli occhi un uomo che stava per abbandonarla.

«Mi spiace da morire lasciarti» disse Antonio, anche lui con le lacrime agli occhi. Prima di allora, Orsola aveva visto piangere soltanto un uomo, Giacomo, per la morte di Paolo. Gli uomini di Murano non piangevano mai. *Sarà il veneziano che è in lui*, pensò.

Allora allungò la mano e gli infilò le dita fra i capelli. Antonio fece lo stesso con lei e rimasero così, assorti in un'immobile carezza. Fu il momento più doloroso e piacevole che Orsola avesse mai provato. Prima non sapeva che i due sentimenti potessero intrecciarsi a tal punto.

Alle loro spalle, Domenego diede un colpo di tosse. «Ora dobbiamo andare. Appena scopriranno che sei scappato inizieranno a cercarti. Devi avere almeno un giorno di vantaggio su di loro».

In seguito, Orsola si sarebbe resa conto che quel breve momento sulla riva di San Matteo, quando avevano affondato le dita l'uno nei capelli dell'altra, era l'apice verso cui la sua vita non aveva fatto che tendere per poi ritirarsi, come la marea. Solo che la marea torna sempre, mentre Antonio non sarebbe tornato, perché l'aveva tradita, e aveva tradito i segreti di Murano, per andare a Berlino, Monaco o Amsterdam, e Orsola temeva che non sarebbe mai riuscita a perdonarlo.

Rimase sulla riva a guardare la barca che prendeva il largo, Antonio non imbracciava ancora il remo, ed era voltato verso di lei nella luce del tramonto. Il suo viso assunse le dimensioni di un piatto, poi di un piattino, poi di un punto man mano che si allontanava, finché i due uomini e la gondola scomparvero alla vista. Orsola fissò a lungo la laguna deserta, desiderando ardentemente un ultimo sguardo. Non poteva fare nulla per impedire a quel momento di finire e a quell'uomo di uscire dalla sua vita.

Tornò a casa a piedi da San Matteo e salì subito in camera sua, evitando i famigliari. Sdraiata nell'oscurità, lasciò che le lacrime le solcassero il viso. Non riusciva a dormire e continuava a pensare alle decisioni che lei e Antonio avevano preso: lui di non restare lì con lei, lei di non seguirlo sulla terraferma. Due veri testardi, per nulla disposti a cedere. Figlia della rabbia e del dolore di chi si sente tradito, la sua decisione le era parsa sensata sul momento, ma adesso, solo poche ore dopo, Orsola avrebbe dato qualsiasi cosa per essere con lui su quella barca, diretta verso una vita nuova e incerta.

Il pomeriggio successivo Marco entrò come una furia nel fondaco dove Orsola stava spazzando svogliatamente, un compito che Monica le aveva affidato per pietà, vedendo lo stato in cui versava. Orsola lo aveva accolto con gratitudine: meglio stare lì da sola con la scopa e i suoi pensieri piuttosto che nel cortile affollato, dove i bambini giocavano e Laura Rosso e Isabella sgusciavano i piselli.

«Dov'è?» domandò Marco. «La sua roba è sparita e ieri tu sei stata via quasi tutto il giorno. Qualcuno dice che vi siete incontrati a San Matteo. Dov'è Antonio?»

Orsola smise di spazzare e lo guardò con aria vacua. Di certo qualcuno degli ubriaconi dell'Omo Salvadego doveva aver detto in giro che l'aveva vista. Lei e Antonio avrebbero dovuto essere più discreti.

Rammentò le parole di Domenego: Antonio aveva bisogno di un giorno di vantaggio. *Amore mio*, pensò, *ce l'hai quasi fatta. Corri più veloce che puoi.*

«È andato sulla terraferma» disse. Tanto Marco l'avrebbe scoperto presto.

«E tu l'hai lasciato andare? Perché non me l'hai detto subito?»

«Tu non mi ascolti mai. E poi è colpa tua, se se n'è andato».

«Cosa vorresti dire?»

«Se avessimo potuto sposarci, sarebbe ancora qui».

Marco sbuffò. «Non avresti mai sposato quel veneziano. Comunque non è poi così bravo. Non abbiamo bisogno di lui. Solo che non vorrei che andasse in giro a vendere i segreti della bottega».

Orsola aveva ancora in mente quei fogli, le formule rubate da Antonio che vorticavano nell'acqua della laguna, e per un momento si pentì di non avergliele lasciate. Ma di certo lui le conosceva a memoria: l'abilità era nei suoi occhi e nelle sue mani, non nelle parole.

«Informerò le autorità della sua fuga» disse Marco, dirigendosi verso la porta della calle. «Manderanno degli uomini a cercarlo». Il Consiglio dei Dieci aveva interesse a che le abilità e i segreti di Murano rimanessero sull'isola: portarli all'estero significava agevolare la concorrenza. Pochi dei vetrai andati sulla terraferma erano tornati, e voci sulla loro uccisione venivano sparse a bella posta per spaventare gli artigiani e indurli a restare nelle loro botteghe.

All'inizio il ricordo di Antonio e di quel momento sulla riva di San Matteo era così fresco e nitido che Orsola pensava di non poterlo dimenticare: quella sensazione avrebbe bruciato per sempre dentro di lei, come una febbre. Aveva ancora l'immagine dell'addio davanti agli occhi, e ne rievocava ogni dettaglio, incapace di pensare ad altro mentre spazzava per terra o strofinava le lenzuola o faceva la pasta o portava fuori i bambini o sedeva a messa.

Gli uomini non erano come le donne. Orsola iniziò a intuirlo nello stato febbrile di quei primi giorni. Vedevano le cose in un modo diverso, forse perché di solito erano loro a lasciare invece che essere lasciati. Antonio avrebbe visto cose nuove, incontrato nuove persone. Avrebbe cambiato vita. E tutto ciò l'avrebbe distolto dal passato, liberandolo dalla febbre del ricordo. Mentre a Orsola toccava interpretare la parte della donna abbandonata, camminando lungo calli che poteva percorrere anche al buio senza cadere nei canali. Ogni edificio le era familiare e incontrava solo facce che conosceva da sempre. Lì non c'era niente di nuovo per lei.

A poco a poco, i dettagli dell'addio svanirono, passando dal blu intenso della notte al pallore del cielo mattutino. Un giorno si rese conto che aveva smesso di pensare ogni minuto ad Antonio, a ciò che le aveva detto e a come le aveva toccato il viso. Il ricordo andò facendosi sempre più sporadico e alla fine le tornava in mente solo quando le campane della basilica dei Santi Maria e Donato suonavano le ore. Si chiedeva se le campane avessero la stessa voce nel posto dove si trovava lui.

Doveva essere penoso viverle accanto. Orsola era sempre immusonita o persa nei suoi pensieri e si sforzava di immaginare Antonio che percorreva sentieri e valicava montagne e scopriva cose che dovevano di certo apparire bizzarre a chi, come lui, era nato e cresciuto sull'acqua. Ripensava a tutto il tempo che avevano trascorso insieme sulla barca e sulle isole, stretti l'uno all'altra, i loro corpi che diventavano una cosa sola mentre si donavano piacere a vicenda. Ricordava soprattutto e più nitidamente la prima volta che Antonio l'aveva presa tra le braccia dopo la quarantena, e l'ultima, a San Matteo.

Orsola mangiava di meno perché non le importava del cibo, e la sua inappetenza faceva risaltare ancora di più la fame perenne delle cugine Vianello, entrambe incinte. Le impedivano di cucinare, perché preparava controvoglia solo pietanze insipide. Andava a messa ma non diceva le preghiere. Aveva smesso di spettegolare al mercato. Durante la passeggiata serale, se ne rimaneva da sola in campo San Bernardo. Non giocava più con i bambini e non riusciva nemmeno a regalare loro un sorriso. L'unica che sopportava era Stella, che a volte si sedeva accanto a lei e le accarezzava la gamba con le sue manine, senza chiederle nulla.

A volte il ricordo di Antonio riaffiorava bruscamente, come se l'avesse appena abbandonata. Ma alla fine quello stato d'inquietudine cessò e Orsola riuscì, sia pur a fatica, ad arginare la nostalgia, a costo di darsi un pizzicotto appena ci ricadeva. Ormai pensava a lui solo quando era a letto, con accanto il respiro regolare di sua sorella, ingoiando le lacrime nell'oscurità. O quando tornava a San Matteo, dove lui l'aveva lasciata.

A volte portava con sé le perle gialle che aveva creato contro la peste. Erano ancora molto diffuse nell'isola, specie come merce di scambio, e i bambini non avevano mai smesso di giocarci. Orsola le odiava perché erano un simbolo della menzogna e le rammentavano Antonio. Cercava di scambiarle con altre perle, quando poteva, e correva a buttarle nella laguna dalla riva di San Matteo. *Alla fine*, pensava, *saranno tutte radunate in un posto solo, e addio magia.*

Durante quelle settimane inquiete, nessuno in famiglia le parlò mai del vetraio fuggitivo, nemmeno Marco, che tenne per sé anche le notizie riguardanti le ricerche. Probabilmente era tentato di tormentare la sorella, informandola sulla caccia al traditore, e Orsola intuì che doveva essere Monica a indurlo a tacere. Inoltre, non si parlava più del suo matrimonio con Stefano. Sia sua madre che Marco si mostravano pazienti verso di lei, la lasciavano cuocere nel suo brodo, in attesa che superasse la delusione e giungesse da sola a fare la sua scelta. Ancora una volta, Orsola capì che era la cognata a guidarli, con la sua solita avvedutezza.

Dopo un po', il ricordo di Antonio si attenuò, trasformandosi in un'immagine che esisteva solo nella sua testa, come una perla da levigare perché non ti punga la pelle. Assopendosi, il sentimento divenne sopportabile e ora Orsola poteva indossare la storia di lei e Antonio senza che le bruciasse l'anima.

Una sera stava sfregando le pentole quando Monica entrò in cucina. «Lascia, faccio io» disse. «Così puoi lavorare». Indicò con un cenno del capo il tavolino nell'angolo, con la lampada, le bacchette di vetro e gli altri strumenti. Orsola non li aveva più toccati da quando Antonio se n'era andato.

Non fiatò e continuò a grattare il fondo di una padella con la sabbia.

«Non hai niente da fare per quel mercante?»

Orsola lasciò colare l'acqua e la sabbia dalla padella e la sciacquò con l'acqua pulita.

«Non me ne importa nulla delle perle».

«Come mai?»

Orsola non rispose.

Monica non le tolse gli occhi di dosso. «Vuoi lasciare che quel pescatore veneziano ti rubi anche le perle?»

Orsola arrossì. «Non mi sta rubando...» disse ma non finì la frase. Perché Monica aveva ragione.

«Hai promesso di insegnare la tua arte a Rosella» continuò la cognata. «Non voglio che la dimentichi, altrimenti come farai?»

Orsola chiuse gli occhi per un momento. Poi li riaprì e si allontanò dal lavabo, lasciando che Monica prendesse il suo posto. Trovò del sego e lo sciolse nella lampada di stagno, poi accese lo stoppino. Passandole accanto, Laura Rosso arricciò il naso ma non disse nulla.

Orsola iniziò a pestare sul pedale del mantice. Poi prese una bacchetta di vetro a caso e, mentre la infilava nella fiamma viva, sentì scattare qualcosa dentro di sé: il gioco familiare della materia che si liquefaceva e poi prendeva forma, sotto le sue dita. Poteva anche andare tutto storto nella sua vita, ma il prodigio della creazione accendeva ancora le sue mani e i suoi occhi, e la riempiva di soddisfazione e conforto.

Lentamente Orsola si rimise all'opera. Era malinconica, ma questo non le impedì di ideare nuove perle.

Solo una volta consentì al ricordo di Antonio di interferire col suo lavoro, e inventò qualcosa per loro due: due sfere perfette di vetro satinato rosso, in onore dei Rosso, con all'interno pagliuzze di foglia d'oro come i capelli del bel veneziano. Compiaciuta, decise di mostrarle a Klingenberg. Sarebbe andata a portargliele personalmente insieme alle perle che lui le aveva ordinato. Aveva già ripreso a farle da alcuni mesi, ma fino a quel momento le aveva sempre inviate tramite un barcaiolo, Bruno se riusciva a trovarlo, perché le destava pietà: oltre ad aver perso la madre a causa della peste, aveva lottato per sopravvivere al Lazzaretto Nuovo. Faceva ancora il pappagallo e non le risparmiava qualche battuta, ma non era più quello di prima.

«Devi sposarti, Bruno» gli aveva detto Orsola un giorno, consegnandogli le perle da portare a Venezia. «Saresti più allegro».

«Potrei dirti la stessa cosa» aveva ribattuto lui. «Ci sposiamo noi due?»

Questa volta si fece traghettare a campo San Canciano e da lì proseguì a piedi fino al Fondaco dei Tedeschi. Venezia non la metteva più in soggezione come un tempo. Antonio ce l'aveva portata diverse volte e la città le appariva meno misteriosa dopo che l'aveva girata in lungo e in largo insieme a lui. Inoltre era cresciuta abbastanza da non lasciarsi intimidire dalle maniere sofisticate e dall'ostentazione dei veneziani. Con indosso il vestito voluto da Maria Barovier e un filo di perle rosse e dorate che aveva realizzato lei stessa, Orsola non si sentiva troppo trasandata mentre percorreva le stradine che conducevano al Fondaco dei Tedeschi. Però non portava la maschera. Era fine dicembre e si iniziavano già a vedere in giro le maschere di Carnevale, ma i Rosso non le avevano mai indossate. Andavano bene per i nobili, vanitosi e sempre pieni di segreti: i vetrai non avevano tempo per quelle cose.

Klingenberg non la aspettava, ma non tradì alcuna sorpresa quando Orsola attraversò l'anticamera, ignorando Jonas che scriveva in un angolo, e comparve sulla soglia dell'ufficio. Si alzò e le fece l'inchino, mentre lo scrivano balbettava qualcosa alle sue spalle. «Ah, Orsola, immagino che mi abbiate portato qualcosa di nuovo. È sempre un piacere per me. Accomodatevi». Indicò le stesse poltroncine di mogano con le teste di leone e i cuscini di kilim sulle quali lei e Giacomo si erano seduti il giorno in cui erano andati a cercare Marco. Il giorno in cui aveva conosciuto Antonio. Chissà perché tutto sembrava ruotare intorno ad Antonio... «Jonas» disse il mercante, «porta un bicchiere di vino alla signorina Orsola. Ne prenderò uno anch'io».

Jonas scomparve e tornò con due calici e una caraffa. Orsola riconobbe subito lo stile dei Barovier.

«Allora, a cosa devo l'onore di questa visita?» disse Klingenberg fissando la sua collana.

Imbarazzata da quello sguardo, sebbene l'avesse indossata apposta, Orsola bevve un sorso di vino. Si capiva dal sapore, ricco e profondo, che era ben più pregiato del vino da tavola che i Rosso bevevano tutti i giorni.

«Ho portato le mie ultime creazioni» disse, indicando il pacchetto che aveva appena posato sulla scrivania del mercante.

«Bene».

«Però ultimamente non avete aumentato gli ordini» disse Orsola.

Klingenberg si appoggiò allo schienale. Si cominciavano a vedere chiazze d'argento fra i suoi capelli. «Apprezzo le vostre cose, Orsola, sono solide e affidabili».

Orsola si chiese se fosse un complimento.

«Ma lo sapete, oggi sono in tanti a fare perle, a Venezia come a Murano».

Orsola lo sapeva eccome. Ormai erano in molti a lavorare a lume a Murano, specie fra le donne, e la concorrenza si era fatta agguerrita. Inoltre, si potevano fare perle anche a Venezia, ora la legge lo consentiva. L'arte del vetro non era più confinata a Murano, come nei tre secoli precedenti. Forse anche le vetrerie si sarebbero trasferite nella Serenissima? Venezia aveva già i suoi pittori, i suoi cantieri navali, i suoi tipografi, le cartiere, le profumerie. Sarebbe stato giusto che lasciasse almeno il vetro a Murano.

«Avete altri fornitori, a parte me?» chiese Orsola cercando di apparire curiosa, invece che preoccupata.

«Qualcuno» rispose Klingenberg asciutto. «Le perle, e anche il vetro di Murano, non sono più richiesti come un tempo. Voi Rosso dovete rendervi conto che oggi ci sono vetrai a Praga, in Germania e ad Amsterdam. E che lavorano piuttosto bene. Anche perché spesso possono contare su maestri di Murano».

Fece una pausa, e Orsola intuì che doveva aver saputo della fuga di Antonio. Le voci facevano presto ad arrivare da Murano a Venezia, e sull'isola non si era parlato d'altro per mesi. Orsola aveva dovuto sopportare sguardi maligni, e la gente mormorava vedendola al mercato o nelle calli, durate la passeggiata, come se in qualche modo fosse a causa sua che Antonio se n'era andato, quando era lei l'unica ragione che avrebbe potuto indurlo a rimanere.

«È Amsterdam che mi preoccupa soprattutto» continuò Klingenberg. «Gli olandesi sono intraprendenti e le loro nuove rotte commerciali danneggiano Venezia. Avrete notato che ci sono meno navi nella laguna, anche se suppongo che i mercantili non si vedano da Murano. Date un'occhiata alla città, già che siete qui. Scoprirete che non è più vivace come un tempo».

Orsola doveva avere un'aria sgomenta, perché Klingenberg si sentì in dovere di rassicurarla. «Oh, si fanno ancora buoni affari, ma ho perso clienti ed è diventato più difficile trovarne di nuovi. Alcuni compratori olandesi, per esempio, hanno iniziato a rifornirsi dalle vetrerie di Amsterdam. Perché far arrivare la merce da Murano quando puoi acquistare quasi altrettanto bene a casa tua, risparmiando sui dazi e le spese di spedizione?»

Non che la cosa fosse troppo rassicurante. «Marco lo sa?»

«Per ora i vostri ordini non ne hanno risentito. Ovviamente i vostri prodotti sono cambiati negli ultimi mesi, a causa del... cambiamento dei lavoranti».

«Volete dire che sono peggiorati?» Orsola non aveva scordato gli elogi rivolti ad Antonio dal mercante.

«Non peggiorati. Ma si nota che la mano è diversa. Il vetro a specchio, per esempio. La fruttiera di vetro a specchio è magnifica. Ne ho comprata una anche per mia figlia. È merito del nuovo servente, Stefano, vero? Un ottimo acquisto per i Rosso».

Orsola tacque. Non aveva nessuna voglia di parlare di Stefano.

«Sapete dove sia Antonio Scaramal?» le chiese il mercante di punto in bianco, prendendola alla sprovvista. Anche lui aveva interesse a proteggere i segreti di Murano.

«No» rispose. «Non me l'ha detto. Anzi, ho saputo solo all'ultimo che aveva deciso di lasciarci».

Orsola si sentiva un groppo in gola ma non si sarebbe messa a piangere davanti all'affabile tedesco che la guardava negli occhi e pareva sapere tutto della sua vita.

«Vedo che il nostro Scaramal può contare su amici fidati» disse il mercante.

Lo scrivano borbottò qualcosa nell'anticamera. Probabilmente stava prendendo nota di ogni parola.

«Allora, le perle! Mi interessano in particolare quelle che avete al collo».

Era quello che Orsola aveva sperato. Si tolse la collana e gliela porse, ancora tiepida del suo corpo. Klingenberg sfregò le perle fra pollice e indice per accertarsi che fossero perfettamente lisce, poi le sollevò, guardandole controluce. «È foglia d'oro quella che c'è dentro?»

«Sì. Non è difficile da fare» disse, pentendosi subito per quell'eccesso di umiltà.

Klingenberg le sorrise. «Non ditelo mai, se non volete sminuirne il valore. Al contrario, dovete far credere che è stata una faticaccia. Voglio ventiquattro di queste perle, quelle che bastano per due collane. Meno ne fate, più varranno. Non dobbiamo certo inondare l'Europa».

«Le cose rare costano di più. E comunque dovrò comprare l'oro. Per cui dovrete darmi più soldi».

Il mercante annuì. «Brava, Orsola, vedo che state imparando. Che prezzo avete in mente?»

Orsola disse il doppio della cifra che sperava di ottenere. Klingenberg si sporse verso di lei e iniziarono a contrattare accordandosi su un prezzo che non soddisfaceva a pieno Orsola. Nemmeno il mercante però sembrava contento. «Vedete» disse, «il giusto valore di una cosa è una cifra che non soddisfa nessuna delle due parti, lasciandole nella convinzione che avrebbero potuto ricavare di più».

Orsola fece un sorrisetto malizioso. «Sembra una lezione di vita».

Mentre usciva, si fermò sulla soglia. «È vero che sapete riconoscere la mano di un vetraio?»

«Di solito, sì».

«Se per caso...» Orsola deglutì perché le era tornato il

groppo in gola. «Se vi capitasse di rivedere lo stile di Antonio, me lo direte?»

Klingenberg aggrottò la fronte. «Signorina Orsola, non sarò io a gettare la mia *perlera* migliore tra le braccia di un traditore». Era un complimento e un monito allo stesso tempo.

Orsola riuscì a oltrepassare lo scranno dello scrivano e uscire dal Fondaco dei Tedeschi, prima di abbandonarsi al pianto.

Si accovacciò nell'angolo fra due palazzi e si asciugò gli occhi. Nessuno pareva badare a lei. Forse a Venezia era normale imbattersi in donne che piangevano per strada? Dopo essersi calmata, si avventurò di nuovo fra la gente per vedere con i suoi occhi i cambiamenti di cui le aveva parlato Klingenberg. Si avviò lungo il Canal Grande e attraversò il ponte di Rialto che le parve più affollato che mai, sebbene la peste avesse mietuto numerose vittime fra la popolazione. Anche il canale era gremito di imbarcazioni.

Ne riconobbe una, la gondola di Domenego, che si districava abilmente fra il traffico di natanti, con a bordo la figlia di Klingenberg e la sua cameriera, entrambe debitamente mascherate per il Carnevale. Orsola evitò di guardarle e tirò dritto, cercando di non attirare l'attenzione su di sé. Era quasi giunta alla fine della fondamenta, quando Domenego la vide. «Orsola!» Klara Klingenberg si voltò, la maschera che scintillava, mentre scrutava la fondamenta.

Orsola si infilò in un vicolo e si allontanò in fretta dal Canal Grande, con Domenego che continuava a chiamarla a gran voce. L'ultima volta che lo aveva visto era stato sei mesi prima, insieme ad Antonio... Non era colpa di Domenego se Antonio aveva voluto andarsene, ma lei non poteva fare a meno di collegarlo all'abbandono e preferiva evitarlo.

Corse in un campo e poi per una calle, poi in un altro campo e un'altra calle ancora, uniti fra loro come le perle di una collana. Orsola non aveva idea di dove fosse, ma a un certo punto rallentò e si lasciò guidare dall'istinto. Forse quello era il modo migliore per esplorare Venezia: lasciare che la città ti si dipanasse intorno piuttosto che cercare di orientarti in base a una sorta di mappa mentale. Girando la città insieme ad Antonio, aveva scoperto che era molto più facile muoversi in barca che a piedi. Gli ingressi principali della maggior parte degli edifici erano sull'acqua, e le famiglie di nobili e mercanti si spostavano quasi soltanto in gondola. Forse la figlia di Klingenberg non aveva mai messo piede in quei vicoli.

Raggiunse campo Santo Stefano, con in fondo la grande chiesa di mattoni e una marea di gente che camminava in ogni direzione. Seguì la corrente lungo una serie di viuzze e alla fine si ritrovò in piazza San Marco. La attraversò, e attraversò anche la piazzetta accanto al palazzo Ducale, proseguendo verso la riva dove erano ormeggiate le navi. Man mano che si avvicinava, il rumore aumentava, così come l'andirivieni di uomini e ragazzi. Sembrava regnare il caos intorno alle navi attraccate: si gettavano gomene e i marinai si chiamavano l'un l'altro, e le casse venivano caricate su imbarcazioni più piccole o trasportate verso la dogana, con i gabellieri che le accompagnavano per evitare che le merci sfuggissero ai dazi. Lì non c'erano donne, né maschere di Carnevale. Quello era un posto dove si andava a lavorare, non a divertirsi, e Orsola si tenne in disparte per non farsi notare.

*Quindi è qui che le mie perle iniziano il loro viaggio,* pensò. Le sarebbe piaciuto vederle caricare a bordo e rimanere a guardare la nave che prendeva il largo.

Al di là dei vascelli ormeggiati, il Canale della Giudecca – così ampio da sembrare una laguna – appariva increspato dal movimento delle navi. Dall'altra parte c'era l'isola di San Giorgio Maggiore, e a occidente la Giudecca, così calma in confronto, con i rettangoli colorati delle case e i ponti inarcati all'ingresso dei canali e le figurine in miniatura che passeggiavano lungo la riva. Orsola riconobbe la chiesa del Santissimo Redentore, costruita dopo la pestilenza che aveva portato via sua nonna, Nicoletta, Paolo e Maddalena. Ogni luglio veniva creato uno spettacolare ponte di barche che attraversava il Canale della Giudecca, da San Marco al Redentore, e i pellegrini lo attraversavano per rendere grazie a Dio che aveva liberato Venezia dalla peste. Orsola non c'era mai stata, perché non voleva che niente le ricordasse quei giorni, ma si fece il segno della croce quattro volte per le persone care che aveva perduto.

Si incantò a guardare l'attività che ferveva sulla banchina, finché un marinaio fischiò attirando su di lei l'attenzione dei compagni e dovette scappare inseguita da grida sboccate. Tornò verso piazzetta San Marco, dove le persone che lucravano su quei commerci passeggiavano, incuranti del duro lavoro che si svolgeva a poca distanza.

E a un tratto Orsola scorse Domenego che si dirigeva a grandi falcate verso di lei.

«Oh!» esclamò, guardandosi intorno in cerca di una via di fuga, ma poi si disse che non poteva comportarsi come una bambina: non sarebbe riuscita a evitarlo per sempre.

«Buongiorno, Domenego» lo salutò, cercando di ricomporsi. «Come hai fatto a trovarmi?»

«Ho chiesto in giro, è difficile passare inosservati a Venezia. Perché sei scappata, prima?»

Orsola ignorò la domanda. «Forse la figlia di Klingenberg ti starà aspettando...»

«La signorina Klara non ha fretta. Sta guardando gli acrobati». Indicò la piazzetta dove uomini scalzi e a torso nudo avevano formato una piramide con quello in cima che faceva roteare fiaccole ardenti.

Orsola aveva sempre visto Domenego a bordo della gondola e lì nella piazza vestito da gondoliere – tunica rossa, pantaloni a rombi bianchi e neri e berretto rosso con la piuma di struzzo – sembrava mascherato per il Carnevale.

«Devo darti una cosa» disse, e tirò fuori un pacchetto dalla tasca.

Orsola lo prese con mano tremante. Per quanto avesse cercato di evitarlo, il moro era ormai l'unico legame che le rimaneva con Antonio. Sciolse lo spago annerito dalle molte mani che lo avevano toccato in un viaggio di centinaia di miglia, e aprì il pacchetto: dentro c'era un minuscolo delfino di vetro, bianco questa volta, ma perfettamente proporzionato e identico nelle dimensioni a quello verdeazzurro che Orsola aveva in tasca. Antonio era riuscito a replicare il primo, lavorando a memoria.

*È ancora vivo,* pensò Orsola, con sollievo. *E mi pensa. Che sciocco è stato Marco a perdere un simile talento, pur di allontanarlo da me.*

«Sai dov'è?» domandò.

Domenego fece una smorfia. «No. Me l'hanno chiesto in tanti. Ma non lo so».

«E questo dove l'hai preso?» disse Orsola sollevando il delfino.

«Qualcuno l'ha lasciato per me negli appartamenti di Klingenberg. Per fortuna è stata la signorina Klara a riceverlo e me l'ha consegnato. Al suo posto, il signor Klingenberg o Jonas se lo sarebbero tenuto, e anche loro mi avrebbero riempito di domande».

«Perché? Chi altri ti ha chiesto di Antonio?»

«Gli uomini della corporazione». Il moro fece un'altra smorfia e strinse il pugno. Poi, vedendo lo sguardo inquieto di Orsola, nascose la mano dietro la schiena.

«Domenego» fece lei, allarmata.

Il moro si voltò verso la piazzetta. «Devo tornare dalla signorina».

«Menego» fece Orsola usando deliberatamente il nomignolo che gli aveva dato Antonio. «Guardami».

Il gondoliere si voltò con riluttanza.

«Fammi vedere la mano».

Domenego la tese verso di lei. Mancava il dito medio, mozzato di netto.

Orsola trasalì. «Chi è stato?»

«Gli uomini della corporazione. Klingenberg gli ha impedito di tagliarmi anche il pollice, sennò non sarei riuscito a impugnare il remo. Ma anche così non riesco a vogare come prima». Fece una pausa. «Hanno buttato il mio dito nel canale, perché se lo mangiassero i pesci, così hanno detto» aggiunse con rabbia.

«Ma tu non potevi rivelargli dov'era Antonio, perché non lo sapevi!»

«Infatti. Ha avuto il buon senso di non dirmelo».

«Perché non l'hai detto a quegli sgherri che non lo sapevi?»

«Non sarebbe bastato a fermarli, Orsola».

«Se Antonio te l'avesse confidato, avresti potuto rivelarlo e ti saresti salvato il dito».

Domenego scrollò la testa. «Anche se l'avessi saputo, non glielo avrei detto».

Il moro si avviò verso la folla per raggiungere la padrona. E Orsola lo seguì, passando il pollice sul dorso liscio e la pinna appuntita del delfino di vetro. Chissà quante mani l'avevano toccato prima che arrivasse fino a lei! Ma solo lei sapeva che c'era qualcosa di Antonio in quell'oggetto: le sue impronte, il suo sudore... Era una cosa che la turbava profondamente, però la rendeva furiosa pensare che quel pezzetto di vetro fosse l'unica cosa che le rimaneva di lui.

Klara Klingenberg spiccava in mezzo alla folla di persone in maschera che assistevano all'esibizione degli acrobati. Piuttosto alta di statura, indossava un raffinato vestito di seta celeste, e portava i capelli biondi intrecciati e arrotolati sopra la testa in un'elaborata acconciatura che doveva essere opera di qualcun altro, a differenza della crocchia rudimentale che Orsola si era fatta da sé. Se poteva permettersi tutte quelle cose, l'abito, le perle, l'acconciatura, la maschera tempestata di pietre preziose che le copriva mezza faccia, perfino la damigella che la seguiva ovunque, era anche grazie ai vetri dei Rosso che suo padre comprava e rivendeva insieme ad altre merci: poteva sfoggiare quelle perle vere grazie alle perle di Orsola!

In preda a un improvviso moto di rabbia – per la perdita di Antonio, la mano mutilata di Domenego e un sensale che si arricchiva a spese degli artigiani affinché sua figlia potesse indossare seta e perle autentiche – Orsola si fece largo tra la folla e si parò dinanzi alla ragazza senza che Domenego potesse trattenerla. «Signorina Klingenberg?»

Klara si voltò e sollevò la maschera. Aveva gli occhi grandi e dello stesso marrone intenso di quelli di suo padre, il che sorprese Orsola, poiché si era aspettata che fossero azzurri come il vestito. La sua pelle era liscia e pallida, gli zigomi scolpiti e le sopracciglia arcuate come i ponti di pietra sui canali. Nonostante la statura, si rivelò più giovane di quanto Orsola avesse immaginato. Forse aveva già il mar rosso, ma il suo petto non era ancora quello di una donna in età da marito. Più che spaventata, sembrava incuriosita dall'approccio di Orsola.

La sua cameriera, una cosina impertinente ancora più bassa di Orsola, si mise fra loro. «Vattene, villana».

Orsola avrebbe voluto risponderle a tono, ma la gente iniziava a guardarle, pregustando una scenetta ancora più divertente dei funamboli, e lei non voleva attirare l'attenzione. «Una parola, per favore» disse alla figlia del mercante e guadagnò un cantuccio tranquillo sul bordo della piazzetta, fermandosi davanti a una vetrina dove erano esposti guanti di pelle pregiata di diversi colori.

Klara la seguì, tallonata dalla cameriera. «Come fate a sapere chi sono?» le domandò subito. A differenza del padre, parlava con un perfetto accento veneziano.

«Vostro padre vende le mie perle».

«Come quelle che avete al collo?» disse Klara fissando la collana di Orsola.

«Sì».

«Sono bellissime».

«Grazie, signorina. Ma le vostre perle sono ancora più belle». Era vero. Avevano infatti una luminescenza che neppure il più abile dei vetrai poteva emulare. Un biancore che rispecchiava il bianco degli occhi e dei denti di Klara, che ora stava sorridendo.

Orsola volle approfittare del suo buon umore. «Vi spiacerebbe mandare via la domestica, solo per un momento?» disse sottovoce.

«Che?»

«Mandatela via» ripeté Orsola, gettando un'occhiata alla cameriera.

«Fammi una cortesia, Benedetta, va' a comprare le mandorle dolci». Klara le porse una moneta e indicò il venditore dall'altra parte della piazzetta. «Ti aspetto qui».

Il sospetto balenò negli occhi di Benedetta.

«Non preoccuparti» fece Klara. «Domenego è qui vicino».

La cameriera si allontanò a passo svelto e Orsola capì che doveva sbrigarsi. «Recentemente avete ricevuto un pacchetto per il vostro gondoliere» disse.

«Sì, è stata una vera sorpresa! Non capita di solito con un servitore. Mi sono chiesta cosa contenesse, ma lui non me l'ha voluto dire».

«Era per me».

«Per voi?» Klara inarcò le sopracciglia che erano già piuttosto inarcate. «Conoscete Domenego? E cosa c'era in quel pacchetto?»

Orsola avrebbe potuto mentire, o tenere nascosto il delfino. Ma aveva bisogno di quella ragazza. Tirò fuori la figurina di vetro e gliela lasciò cadere nel palmo.

«Un delfino... che bello» mormorò la giovane tedesca, esaminandolo.

Orsola tirò fuori anche l'altro delfino. Klara lo prese dalla sua mano e lo accostò al primo. «Deliziosi» disse, osservandoli entrambi. «Un momento, forse...» Agganciò il naso a uncino dell'uno alla coda a uncino dell'altro unendo i delfini fra loro, come per magia. «Geniale!» esclamò.

*Io non ci sarei mai arrivata,* pensò Orsola. La ragazza si era dimostrata più sveglia di lei.

«Chi ve li manda?»

Orsola esitò, ma sapeva che forse non avrebbe avuto una seconda occasione. «Un uomo. Forse me ne manderà altri».

Gli occhi bruni di Klara si illuminarono. «Il vostro vero amore?»

Potevano suonare sciocche quelle parole, degne di una ballata o una poesia romantica, ma sulle labbra della ragazza suonavano sincere, e Orsola non riuscì a mostrarsi cinica con lei.

«Sì».

«Ma perché ha mandato il delfino a Domenego? Non poteva mandarlo a voi?»

«La mia famiglia non lo vede di buon occhio. Sapeva che probabilmente non l'avrei mai avuto se me l'avesse mandato a casa».

«Ah, Romeo e Giulietta!»

«Chi sono?»

«Una coppia di amanti nati sotto cattiva stella. È un'opera inglese».

«Potrebbe mandarmene altri» ripeté Orsola, «e se vostro padre o lo scrivano dovessero scoprirlo, Domenego potrebbe avere dei guai. Ne ha già avuti» aggiunse, picchiettando con l'indice sinistro sul medio dell'altra mano.

Klara era sagace come il padre, anche se aveva una diversa sensibilità, e non impiegò molto a fare due più due. «Il vostro vero amore è il vetraio che è scappato qualche mese fa da Murano. Ne ho sentito parlare da mio padre».

Orsola annuì.

«È a Praga, lo sapevate?»

«Praga? Chi ve l'ha detto?»

«L'uomo che ha portato il delfino».

«E vostro padre lo sa?»

«No, lo so soltanto io» disse Klara, che pareva compiaciuta del suo segreto.

«Non diteglielo. E non ditelo neppure a Domenego».

«Perché no?»

«Se dovessero sospettare che lo sa, gli taglierebbero un altro dito per farlo parlare».

Klara Klingenberg ebbe una smorfia, simile a quella che aveva fatto il moro. «E mio padre?»

«Lo direbbe alla corporazione, che manderebbe qualcuno a cercarlo a Praga».

«Ma così tornerebbe da voi».

«No, lo ammazzerebbero».

Klara sospirò. «Che brutta storia. Ma... Mio padre sta solo cercando di proteggere il suo interesse. E anche il vostro».

*È normale che difenda Klingenberg,* pensò Orsola, *è pur sempre suo padre.* Guardando alle spalle di Klara, scorse Benedetta che andava verso di loro sgomitando tra la folla. «Per favore, signorina, se ne manda ancora, prendeteli voi e fatemeli avere per il tramite di Domenego in modo che non lo sappia nessun altro. Solo così il mio amato e Domenego saranno al sicuro».

«Farò di meglio» disse Klara. «La prossima volta che ne arriverà uno gli rispedirò un messaggio dicendo di mandarli a me, anziché a Domenego. Qual è il nome del vostro vero amore?»

Orsola arrossì, perché non le andava che quella ragazza lo sapesse. Ma non aveva scelta se voleva proteggere Antonio dai rischi che correva facendole quei doni. «Antonio Scaramal».

«Va bene. Se arriverà un altro delfino, vedrò di prenderlo direttamente dalle mani del messo». Klara le restituì le figurine di vetro proprio mentre Benedetta arrivava con un cono di carta pieno di mandorle dolci. «No, non mi interessano le vostre perle» disse Klara. «Ho già abbastanza gioielli». Orsola rimase sorpresa dalla velocità con cui aveva cambiato tono di voce. Sembrava tutto un gioco per lei.

«Capisco, signorina» disse, chinando il capo. «Vi chiedo scusa per il disturbo».

Benedetta le guardò tutt'e due con una faccia strana, come se avesse fiutato l'inganno.

Per mesi Orsola e Stefano si evitarono. Durante i pasti Orsola sedeva il più lontano possibile da lui, che rimaneva sempre a testa bassa o evitava di guardarla in viso.

Sembrava imbarazzato quanto lei per quello che era successo. Nel chiedere la sua mano non aveva immaginato di provocare un simile clamore, la fuga di Antonio che aveva turbato così profondamente Orsola.

Orsola faceva il possibile per stare alla larga anche da Marco. Per fortuna Monica riusciva a tenerlo in riga. Poi, a pochi giorni di distanza una dall'altra, le due cugine diedero alla luce due maschietti, Andrea e Sebastiano, e la famiglia spostò le sue attenzioni su di loro, lasciando in pace Orsola. Andrea nacque con un piede storto e avrebbe avuto qualche difficoltà a imparare a camminare. Sarebbe rimasto sempre leggermente indietro rispetto agli altri bambini. Ora ce n'erano sei sotto i quattro anni, il che, per Orsola, voleva dire ancora più panni da lavare e più ninne nanne da cantare e in generale più lavoro, visto che era ormai l'unica femmina nubile della famiglia.

Un giorno, mentre inseguiva Raffaele che le aveva rubato una canna di vetro, sorprese Stefano a osservarli dalla soglia della bottega. Il servente rimase a guardarli con aria divertita mentre se la contendevano, poi tornò dentro. Un'altra volta, Orsola si sentì i suoi occhi addosso mentre sparecchiava: si girò di colpo ma anche quella volta lui si affrettò a distogliere lo sguardo.

Un pomeriggio, tornando dai campi di sbianca, lo incontrò sul ponte di Mezzo. Senza dire una parola, Stefano prese dalle sue mani il cesto colmo di lenzuola pulite e le portò a casa. Orsola lo seguì, troppo stanca per fare complimenti. Quando lo ringraziò, Stefano abbassò la testa e corse via.

Non assomigliava per niente ad Antonio. E forse questo avrebbe reso le cose più semplici. Magro, con il viso affilato, gli occhi e i capelli scuri, Stefano parlava poco e si muoveva nervosamente, quasi a scatti, invece che con l'andatura disinvolta di Antonio.

Nel giorno di Sant'Orsola che cadeva in ottobre – più di un anno dopo che Marco aveva annunciato le nozze fra Stefano e Orsola, più di un anno dopo che Antonio era fuggito – Stefano andò da lei in cucina e posò sul tavolo un piccolo specchio che aveva fatto con le sue mani. Era rotondo con un'esile cornice di legno indorato e intagliato a forma di ghirlanda, un oggetto semplice ma molto bello. Fece un passo indietro, e lo indicò senza parlare. «Oh!» esclamò Orsola. «Io... Io... Grazie, Stefano». Era la prima volta che pronunciava il suo nome da mesi. Le parve fin da subito un tradimento. *Ma Antonio non è qui,* rammentò a sé stessa. *Non verrà mai più.*

«Puoi appenderlo in camera tua» disse Stefano e se ne andò subito, come se quelle parole fossero già troppo impertinenti.

Quella sera, però, qualcuno le bussò alla porta. Orsola aprì e si ritrovò davanti Stefano che si passava nervosamente le mani sulle cosce. Non osava nemmeno guardarla in faccia. «Sono venuto a vedere come sta lo specchio nella tua stanza. L'hai appeso?»

Orsola annuì. Lo aveva appeso poco prima. Era la cosa più bella della sua cameretta, anche se non aveva troppa voglia di specchiarsi.

«Posso entrare?»

Qualche giorno prima, Laura Rosso aveva trasferito Stella nella stanza dove dormiva anche Rosella. «Hai bisogno della tua intimità» le aveva spiegato. Ora Orsola capiva perché.

Osservò a lungo Stefano, che alla fine sollevò lo sguardo. Poi si fece da parte e lo lasciò entrare.

# Seconda parte
# Tre collane

# 4.

Il sasso schizza di nuovo sull'acqua. Un salto nel tempo più lungo stavolta, dal 1633 al 1755. Il sasso atterra in pieno Illuminismo, quando il pensiero si fa più libero e, guidato dai Rousseau, i Locke, i Voltaire, l'intelletto si espande al di là delle tenebre del passato. Abbiamo saltato a piè pari una guerra civile inglese e molti altri conflitti. In America si combatte una guerra diversa: i nativi vengono incessantemente annientati da armi e malattie.

Nell'arte, i Rembrandt e i Vermeer e altri pittori olandesi hanno rubato la corona ai pittori italiani, anche se, a Venezia, Tiepolo è all'apice della maturità.

Letteratura: è nato il romanzo moderno, esultiamo!

Nel suo studio, Orsola Rosso fa roteare avanti e indietro sulla fiamma una perla rossa di vetro satinato con pagliuzze di foglia d'oro sospese al suo interno. Alza lo sguardo. Sono passati centoventidue anni. Ma lei e coloro che ha intorno ne hanno solo otto di più. Orsola ne ha compiuti ventinove, ma non ha idea di quanti anni abbia la persona che più le sta a cuore.

La Città d'Acqua è cambiata. Non più capitale dei commerci, ora è famosa per le sue feste, il gioco d'azzardo, il Carnevale, quando chiunque può prendersi delle licenze, al riparo di una maschera. È il culmine – in più di un senso – del Grand Tour intrapreso dai giovani gentiluomini europei e da una manciata di gentildonne.

Meno commerci significa che si vende meno vetro, e

che per i vetrai e gli artigiani di Venezia c'è meno lavoro e le condizioni di vita sono più precarie.

I Rosso beneficiano di questa libertà fisica e mentale? Orsola è «illuminata» o sommersa dalle cure quotidiane di una famiglia piena di bambini?

«Basta!» gridò Orsola con una voce che assomigliava sempre di più a quella della madre.

Ci fu un momento di silenzio e il pallone si fermò, ma non per molto: i bambini, si sa, hanno la memoria corta. Ben presto ricominciarono a calciarlo contro il muro dello studiolo di Orsola, contando i tiri a squarciagola: «Uno! Due! Tre!»

Normalmente non li sgridava, perché non potevano fare a meno di essere rumorosi. Ma quando si mettevano a giocare proprio accanto allo studiolo, non riusciva a concentrarsi e le perle continuavano a caderle dall'asta. Doveva completare un ordine per Klingenberg, che aveva chiesto di vederla, e non poteva permettersi di perdere tempo prezioso. Era vietato giocare nel cortile della vetreria e probabilmente era proprio per questo che i bambini ci andavano. Era stato Marco a stabilire quella regola, confermata da Monica, Laura Rosso e Orsola. Ma ormai i bambini erano così tanti che gli adulti stentavano a tenerli a bada.

Ce n'erano otto a casa Rosso, di età compresa tra i dodici anni di Stella e i diciotto mesi di Angela. Marco si era dato da fare a letto con Monica, che gli aveva dato un'altra figlia, Francesca, oltre alle due che erano morte in fasce. Dopo Sebastiano, Isabella e Giacomo avevano avuto una bambina che però non somigliava per niente al padre, e aveva i capelli biondi. Aveva tre mesi quando Isabella era scappata con lei sulla terraferma, dove l'aspettava un pescatore biondo. Solo Orsola aveva notato il malcelato sollievo con cui Giacomo aveva accolto la notizia che sua moglie se n'era andata. In barba all'insistenza di Laura, Giacomo non pareva affatto intenzionato a cercarsi un'altra moglie. Forse anche la prima era stata di troppo.

L'ultima nata era Angela, la bambina che Orsola aveva avuto con Stefano, la benedizione che pensava non le sarebbe mai toccata. Era rimasta incinta quattro volte prima di riuscire a darla alla luce. Stefano adorava la figlioletta, che faceva gridolini di gioia e correva da lui appena lo vedeva arrivare. Era un legame di cui Orsola cercava di non essere gelosa. Stefano era un brav'uomo e meritava almeno un amore puro e incondizionato.

I bambini ricominciarono a tirare la palla contro il muro strillando i loro nomi come una stramba litania. «Stella! Marcolin! Rosella! Raffaele! Andrea! Sebastiano! Francesca! Angela!»

«Per l'amor di Dio, basta!» urlò di nuovo Orsola fra i tonfi ritmati del pallone. Posò l'asta e si affacciò alla porta. «Andatevene! Tutti!»

I bambini obbedirono, correndo in cortile a dare fastidio a qualcun altro. La scena si ripeteva quasi tutti i giorni. Spesso Orsola stringeva i denti e lavorava nonostante il baccano, a volte si arrendeva e smetteva di fare perle, a volte li sgridava. Si sedette di nuovo davanti alla lampada, ma non riuscì a trattenere un sorriso: i bambini ricordavano i loro nomi quasi meglio di lei. Pur amandoli tutti, aveva le sue preferenze.

Angela, ovviamente, perché era sua figlia.

Stella, perché era sua sorella e la più grande della masnada, anche se giocava di rado con i cuginetti e appena poteva si rintanava nei suoi posti segreti dell'isola, oppure si sedeva accanto a lei e la guardava lavorare.

Marcolin, perché era stato il suo primo nipote ed era figlio di Nicoletta, un bimbo così timoroso del mondo che spesso le zie dovevano rassicurarlo poiché vedeva pericoli ovunque.

Rosella, perché a volte anche lei andava a guardarla lavorare. Era ancora troppo piccola per fare le perle da sola, ma presto avrebbe potuto giocare con il miele e i bastoncini, come Elena Barovier aveva insegnato a Orsola. Sopravvissuta alla peste, Elena era stata portata via da un male al seno.

Infine Raffaele, che spiccava fra gli altri bambini. Era il prediletto di Laura Rosso e somigliava moltissimo a sua madre, Nicoletta, con i grandi occhi castani e una bocca delicata e quasi femminea. Anche il padre, imbarazzato dalla zoppia di Andrea e dall'ansia perenne di Marcolin, stravedeva per lui. Raffaele era il capo naturale della banda di ragazzini. A differenza di molti capi, però, e a differenza di suo padre, Raffaele era accomodante e gentile con tutti.

Più aumentavano i bambini, e le bocche da sfamare, più c'era bisogno di spazio in cucina, per la ragazza che veniva a lavare le pentole, la balia, la vecchia che aiutava a fare il bucato, e così il tavolino da lavoro di Orsola, con la lampada e il soffietto, era sempre più sacrificato. Un giorno la serva che stava sparecchiando ci aveva posato sopra i piatti bruscamente, facendo cadere le bacchette di vetro colorato. Orsola l'aveva sgridata e la ragazza era scoppiata in lacrime.

Monica era uscita nel cortile, dove Marco, Giacomo e Stefano stavano bevendo l'ultimo bicchiere prima di tornare in bottega. «Orsola ha bisogno di un posto dove lavorare» aveva detto rivolta al marito. «In cucina non ce la fa più. Si potrebbe dividere il fondaco e ricavarne un piccolo laboratorio».

Marco si era subito incupito. «Non voglio donne nel laboratorio» aveva detto, guardandola male.

«Ho detto nel fondaco, non nel laboratorio» aveva ribattuto Monica, reggendo lo sguardo truce del marito. Marco aveva cercato di ribattere, ma lei lo aveva zittito alzando la mano. «Di spazio ce n'è. Basta spostare un po' di cose, mettere due scaffali, non ci vorrà molto».

In realtà, nel fondaco dei Rosso regnava il caos, con le materie prime e i prodotti finiti sparsi qua e là, perché Marco non aveva ereditato il senso dell'ordine del padre. Se le cose fossero tornate come ai tempi di Lorenzo Rosso, ci sarebbe stato posto anche per Orsola. Ma c'era voluta Monica per capirlo.

«Abbiamo bisogno delle sue perle» aveva aggiunto.

«Ci aiutano a sfamare e vestire i nostri figli». Monica indicò la combriccola che scorrazzava in cortile, da Stella alla piccola Angela che seguiva i cuginetti barcollando.

Le perle di Orsola contribuivano ormai in modo significativo alle entrate dei Rosso. Qualche anno prima, si era fatta consegnare da Klingenberg i soldi che lui le aveva messo da parte e li aveva dati a Marco, che era rimasto di stucco, perché era una bella sommetta. Orsola si era premurata di avvisare la madre e Monica, per evitare che il fratello sperperasse i denari al casinò o magari comprando una quota dell'Omo Salvadego. Marco li aveva usati per apportare migliorie alla bottega e, anche se non l'aveva mai ringraziata per questo, era grazie agli «escrementi di coniglio» che ora la fornace bruciava in modo più efficiente. Inoltre le perle si traducevano in calzari più comodi per i bambini e vino più buono per gli adulti.

Quel pomeriggio, in cortile, Marco si era aggrondato ma Monica aveva tenuto duro e alla fine lui aveva ceduto. «Ma nella parte del fondaco più lontana dalla fornace» aveva detto. «Non voglio lavorare con quella puzza».

Orsola era davvero felice di avere un piccolo laboratorio tutto per sé, si trattava infatti di una cosa davvero insolita per una donna. Però un po' le dispiaceva di non essere più nel cuore della casa, perché stando in cucina si veniva subito a sapere se qualcuno della famiglia era malato, stanco o arrabbiato, e per entrare e uscire bisognava passare di lì. Orsola aveva visto le smorfie che Isabella faceva di nascosto a Giacomo già molto tempo prima di lasciarlo. Aveva visto sua madre dare qualche biscotto in più a Raffaele. Aveva visto Monica guardare con pietà suo figlio Andrea mentre si trascinava zoppicando dietro agli altri bambini.

Ora, oltre alle perle, realizzava anche altri oggetti di vetro da vendere in negozio. L'idea era venuta a Stella. Un giorno Orsola sedeva sulla riva di San Matteo con una pila di minuscoli delfini in grembo. Continuavano a giungerle, infatti, a distanza di mesi e a volte dopo lunghi anni. Orsola non si separava mai da quello che Antonio le aveva regalato per primo: il piccolo delfino di vetro e la rosetta Barovier erano i suoi fedeli compagni. Gli altri li teneva tra le perle, dove né Stefano né Marco avrebbero mai guardato. A volte, però, li portava a San Matteo e s'intratteneva con loro, stringendoli nel pugno, inanellandoli e facendoli tintinnare. I delfini le erano cari, perché dimostravano che Antonio pensava ancora a Murano. E a lei. Forse il lento scorrere del vetro gli era rimasto nel sangue, anche se viveva sulla terraferma. Orsola voleva credere che fosse così.

«Cosa sono quelli?» aveva detto una voce e, voltandosi, Orsola aveva scoperto Stella che la guardava da dietro le spalle. Sua sorella era brava ad avvicinarsi di soppiatto.

«Delfini» aveva risposto. «Li ha fatti un mio amico. Vuoi vederli?»

Stella le si era accovacciata di fianco. I suoi riccioli castani striati di biondo andavano scurendosi man mano che cresceva, e la sua fronte spaziosa era spesso aggrottata, non per la rabbia, ma per lo sforzo di capire il mondo che la circondava.

«Non lo sa nessuno» aveva aggiunto Orsola. «Sarà il nostro segreto, d'accordo?» Non le aveva intimato di non rivelarlo, perché le minacce non funzionavano con sua sorella. E neppure le punizioni. Ma un patto d'onore fra loro avrebbe funzionato. Pur essendo una bambina, Stella era capace di mantenere un segreto, se voleva.

Aveva annuito, mentre Orsola le posava sui palmi la strana catenella composta da sei piccoli delfini. Stella non aveva strabuzzato gli occhi come avrebbero fatto altre bambine, né aveva detto di volerli per sé. Li aveva osservati con l'attenzione di uno studioso chino sui libri. Aveva capito all'istante come sganciarli, poi li aveva ordinati in base al colore, dal bianco al blu più scuro. Guardandoli, attentamente, insieme a lei, Orsola aveva notato lievi differenze tra i delfini: uno aveva le pinne più lunghe, un altro il muso più corto, un altro ancora il corpo più tozzo. Ce n'era perfino uno con dentro alcune bollicine. *Deve averlo fatto in fretta*, aveva pensato.

«Chi è il tuo amico?» le aveva domandato Stella. «Non li ho mai visti in nessun negozio, ma hanno qualcosa di familiare».

A Murano ormai c'erano parecchie botteghe che vendevano oggetti di vetro. I Rosso avevano visto aumentare i loro clienti, non solo veneziani, ma anche stranieri, francesi, tedeschi, inglesi che venivano a Venezia per vedere le sue chiese e i suoi palazzi e divertirsi alle sue feste, il Carnevale, la Festa della Sensa, la Regata e il Redentore. Ma anche per giocare d'azzardo e visitare le isole vicine, acquistando merletti a Burano e vetri a Murano: statuine di cavalli, pesci e pastorelle, calici, candelieri e specchietti. E anche qualche perla. La famiglia si era adeguata al nuovo mercato, anche se questo costringeva Stefano a realizzare specchi più piccoli e meno costosi, Giacomo a sfornare cavalli in serie e Marco ad accontentarsi di candelieri meno elaborati. Il loro negozio era diventato più grande, mentre la mercanzia si era rimpicciolita. Stella aveva ragione: quei delfini si potevano vendere in negozio, e probabilmente avrebbero fruttato bei soldi anche se erano più sofisticati della maggior parte delle cose vendute dai Rosso. Ma Marco avrebbe sicuramente riconosciuto il disegno del delfino e sarebbe montato su tutte le furie.

«Hai ragione, non sono stati fatti qui a Murano» aveva risposto Orsola.

Stella aveva annuito. «Lo sapevo. Sono uguali ai delfini che Marco metteva una volta nei candelabri. Quindi deve averli fatti il Giuda. Antonio».

Erano le storie di famiglia, che si raccontavano a tavola, davanti a un bicchiere di vino. La storia di Lorenzo con l'arteria del collo trafitta da una scheggia di vetro rovente. Laura Rosso che sopravvive al Lazzaretto Vecchio e torna a casa con il piccolo Raffaele. Orsola che ammalia Maria ed Elena Barovier perché le insegnino a fare le perle. Anche Antonio era una storia dei Rosso: il Giuda, che rubava i segreti dell'arte e li portava al Nord danneggiando la bottega. E così anche Stella aveva sentito parlare di lui. Orsola non veniva mai menzionata, ma ogni volta che usciva fuori quella storia, si metteva a sparecchiare o a occuparsi dei bambini pur di non ascoltarla. Neppure Stefano amava sentir parlare dell'uomo che sua moglie gli preferiva, e si faceva scivolare giù la figlioletta dalle ginocchia inventandosi una scusa per andare in laboratorio.

«Perché te li manda?» aveva chiesto Stella.

Orsola avrebbe potuto raccontarle una bugia, ma non le andava di mentire. «Non vuole che mi dimentichi di lui».

«E tu non l'hai dimenticato».

«No».

«Potresti farli anche tu» aveva suggerito Stella, osservando l'ultimo arrivato, un delfino di un verde acceso come le alghe che crescevano negli stagni. «E venderli in negozio».

«I delfini è meglio di no» aveva detto Orsola. «Ma in effetti potrei fare altre cose».

«Cavallucci marini!» aveva proposto la bambina. «Che si possono agganciare come questi» aveva aggiunto, ricomponendo la catena di delfini di vetro.

Le parole della bambina avevano infiammato la fantasia di Orsola: ci voleva qualcosa da vendere direttamente senza passare attraverso Klingenberg. Aveva trascorso lunghe ore in cerca della forma giusta da dare alla nuova creazione, chiedendo ai pescatori di mostrarle i cavallucci marini che rimanevano nelle loro reti e disegnando le teste di cavallo in miniatura, con le criniere frangiate, i corpi agili e le code a spirale. Quella spirale ben si prestava a essere agganciata a un anellino sopra la testa del cavalluccio. Una soluzione che si era rivelata difficile da realizzare, e assai meno geniale del metodo escogitato da Antonio per unire i delfini, ma un mese dopo quella chiacchierata con Stella, era nato il cavalluccio marino dei Rosso. Per l'irritazione di Marco e la fierezza di Orsola, era subito diventato l'oggetto più richiesto dai visitatori che compravano il ninnolo per le loro mogli, le loro figlie, le loro amanti. Orsola aveva iniziato a fare anche altre figurine: serpenti e polipi e stelle marine e gatti e cani. Tutte cose minute e semplici. Ma non faceva mai delfini.

La fortuna crescente delle figurine di vetro fu però accompagnata dal declino delle perle. Per anni gli ordini di Klingenberg non avevano fatto che aumentare, perché i suoi clienti continuavano a preferire la qualità del vetro di Murano a quello più economico ma scadente delle vetrerie continentali. Tuttavia a un certo punto le richieste del mercante avevano smesso di crescere. Orsola pareva aver perso slancio, il suo lavoro si era fatto prevedibile e meno emozionante. Come in una storia in cui sembra che non stia accadendo nulla, finché non giunge uno straniero misterioso a rimescolare le carte.

Un giorno andò da Klingenberg, per portargli le perle, con un'idea in testa. Dopo che Orsola si fu felicitata con lui per le recenti nozze della figlia Klara e dopo che il mercante le ebbe chiesto come stava la piccola Angela, passarono agli affari. Orsola consegnò le perle a Jonas che le mise via senza neppure esaminarle, perché ormai si fidavano ciecamente del suo lavoro.

«Avrei una proposta» disse. «Riguardo alle mie perle. Che ne direste se le usassi per farne delle collane invece di venderle singolarmente?» Era già capitato in realtà che Orsola ne facesse qualcuna, per le donne della sua famiglia o per altre donne di Murano, ma di solito Klingenberg non ne ordinava.

«Si vendono meglio le singole perle» rispose, bocciando l'idea senza appello. Poi, vedendo il volto abbattuto di Orsola, aggiunse: «Tuttavia, ho un nuovo mercato che mi chiede perle di foggia diversa. Forse la cosa potrebbe interessarvi».

Una volta Orsola aveva chiesto a Klingenberg dove vendeva le sue perle, e lui aveva elencato molte città. Alcune le suonavano familiari: Amsterdam, Parigi, Londra. Altre avevano nomi esotici: Damasco, Aleppo, Costantinopoli. E ce n'erano alcune che non aveva mai sentito nominare: Baku, Boston, Lima. Orsola non aveva neppure messo piede sulla terraferma, ma le sue perle giravano il mondo.

E quel giorno ne ebbe la prova.

«I capi delle tribù africane amano indossarle» spiegò il mercante. «Lì il vetro è raro. Le collane vengono fatte con palline di argilla o grossi semi. È la scarsità a muovere il commercio: fa aumentare il valore. Gli africani non sanno fare il vetro, almeno non ancora, quindi sono disposti a pagare a caro prezzo il privilegio di indossare perle di vetro. E ora vogliono le millefiori».

Le millefiori erano realizzate con canne di diversi colori raggruppate fra loro, solitamente con un colore al centro e un colore per i petali. Venivano poi fuse insieme e, una volta raffreddata, la nuova canna veniva tagliata trasversalmente per creare minuscoli dischi floreali. Questi erano poi pressati per formare una perla opaca. Il risultato era troppo vistoso per Orsola, che aveva sempre preferito modelli più semplici.

«A quanto vendete le millefiori?» domandò.

«Cinque soldi ciascuna. Ma i capi delle tribù pagano in natura perché in Africa non usano le monete».

«E cosa vi danno in cambio?» Orsola era incuriosita da quello che tutti chiamavano il continente nero.

«Pelli di animali. Oro. Schiavi».

Orsola guardò esterrefatta il mercante. «Danno via la loro gente?»

«A volte sì».

Orsola aveva in odio certi suoi vicini, i vetrai che rubavano le idee dei Rosso, c'erano *perlere* che avrebbe visto fallire volentieri, ma trovava orrenda l'idea di venderli a un mercante.

E poi c'era Domenego. Un caro amico vittima dello schiavismo.

Orsola stava per dire qualcosa ma non lo fece. Klingenberg si era sempre comportato bene con lei: aveva comprato le sue perle quando era ancora alle prime armi, l'aveva aiutata durante l'epidemia e si era mostrato comprensivo nei momenti in cui aveva prodotto poco e niente, dopo la partenza di Antonio e dopo gli aborti e durante la gravidanza e i primi giorni della maternità. E riconosceva la sua abilità come Marco non aveva mai fatto. Insomma, sapeva di dovergli molto e non voleva criticarlo. Ma l'idea che le sue perle potessero contribuire a ridurre una persona in schiavitù la turbava profondamente.

Anche se non aveva fiatato, doveva aver scritto in fronte ciò che pensava, perché Klingenberg si appoggiò allo schienale della poltrona e disse: «Signora Orsola, voi avete sempre vissuto a Murano, vero? Né voi, né la vostra famiglia siete mai stati sulla terraferma? Ebbene, lì le cose funzionano diversamente».

Orsola si strinse nelle spalle. Sembrava quasi che fosse lei quella in difetto.

«Voi non sapete come va il mondo. Rincresce anche a me, se devo essere sincero, ma il commercio è alimentato dal sudore umano, in larga parte non retribuito. Le colonie americane di cui sentiamo tanto parlare prosperano grazie alla produzione di tessuti e zucchero, e sapete perché? Perché le materie prime, il cotone e la canna da zucchero, sono prodotte lì dagli africani. La Gran Bretagna è diventata ricca grazie alla tratta degli schiavi. E questo vale anche per i Paesi Bassi, la Spagna, la Francia e il Portogallo. Anche le vostre perle fanno parte del gioco. La schiavitù manda avanti il mondo».

«E anche la vostra gondola a Venezia».

Orsola non era riuscita a trattenersi.

Lo stridere della penna dello scrivano cessò di colpo. Per la prima volta, dal giorno lontano in cui Orsola l'aveva visto in preda alla nausea, Klingenberg pareva in difficoltà. Pur rimanendo immobile, mutò espressione in modo quasi impercettibile, mettendosi sulla difensiva.

«Domenego vive assai bene con noi» affermò. «È trattato con rispetto».

«Ha scelto lui di lavorare per voi?»
«Può comprare la sua libertà, se lo desidera».
«A quale prezzo?»
«Questa è una cosa che non vi riguarda, signora Orsola. Ma torniamo a noi: niente collane. Però vorrei che mi faceste le millefiori. Ho molte richieste e voglio dare a voi l'opportunità di fornirmele, prima di rivolgermi a qualcun altro. Mandatemi un campione entro la fine del mese, voglio vedere come ve la cavate». Klingenberg si alzò, con aria leggermente seccata: non era riuscito a tenerle testa con la sicurezza cui era abituato. Chiamò lo scrivano. «Jonas, accompagna la signora. Porgete i miei saluti a vostra madre e ai vostri fratelli» disse, a indicare che considerava chiuso il discorso sulla schiavitù e anche sulle perle.

Orsola ebbe la magra consolazione di aver messo a disagio un uomo così potente.

Jonas la accompagnò fuori, anche se ormai era stata molte volte al Fondaco dei Tedeschi e conosceva la strada. Mentre scendevano l'ampia scalinata di marmo, i gradini consumati nel corso dei secoli da innumerevoli artigiani e mercanti, lo scrivano le disse sottovoce: «Il vostro piccolo sfogo non gioverà alla vostra famiglia. Il signor Klingenberg non dimenticherà. Gli ordini di vetro di Murano sono diminuiti da quando quelli come il vostro vecchio amante hanno iniziato a diffonderne i segreti dell'arte in Europa».

«Non vi permettete di nominarlo!» Il grido di Orsola echeggiò nella tromba delle scale e un funzionario che passava loro accanto la guardò con disapprovazione. Erano trascorsi otto anni, aveva un marito e un figlio, un laboratorio tutto per sé: di solito queste cose erano sufficienti a lenire il dolore dell'abbandono. Ma era bastata una frase buttata lì da un estraneo a riaprire una ferita che credeva cicatrizzata.

«Una volta Venezia era al centro dei commerci» continuò Jonas, come se niente fosse. «E ora, guardate». Nel frattempo erano giunti in fondo alle scale e lo scrivano indicò il cortile davanti a loro. «Ricordate come era affollato il fondaco la prima volta che l'avete visto?»

Aveva ragione. Il giorno che era andata con Giacomo a cercare Marco, il cortile era talmente gremito di facchini che facevano su e giù trasportando le merci più strane, che avevano dovuto farsi da parte per non essere travolti. Adesso il Fondaco dei Tedeschi era molto più quieto, non un Canal Grande brulicante di barche, ma un rio secondario con qualche gondola che scivolava lenta sull'acqua.

«Se volete una fetta del mercato che esiste ancora per il vetro di Murano, vi consiglio di non stuzzicare il signor Klingenberg prendendo le parti del moro».

Prima che Orsola potesse rispondere, lo scrivano aggiunse: «Signora Rosso, pensate davvero che la sorte di un impiegato sia così diversa? Puoi sentirti uno schiavo anche con i soldi in tasca».

Orsola lo fissò. Jonas stava guardando il cortile, e lei ne approfittò per osservare il suo profilo, gli zigomi sporgenti e il naso dritto, la mascella barbuta e la vena che gli pulsava sulla tempia sotto il berretto nero.

«Ma voi potete scegliere» disse alla fine.

«Se morire di fame o meno? Bella scelta!»

«Andatelo a dire a Domenego. Immagino che a lui piacerebbe poter scegliere».

«Il moro fa una bella vita, tutto il giorno sull'acqua, in giro per questa bella città, mentre io sto qui seduto a scrivere numeri».

«Ma non ha una famiglia».

«Neppure io».

«Cos'è successo ai vostri famigliari?» domandò Orsola con riluttanza, perché non voleva dare troppa confidenza allo scrivano.

«La peste se li è portati via, tutti. I miei genitori, i miei fratelli e le mie sorelle».

«*Che Dio li tegna*» disse Orsola e si fece il segno della croce. «Avete moglie? Bambini?» domandò. *Ma perché mi lascio coinvolgere?* pensava.

Jonas scrollò la testa.

«Scusate, ma perché non fate il gondoliere se dite che è così bello?»

«Perché i vostri fratelli fanno i vetrai, signora Rosso? È una questione di famiglia».

Era vero. Orsola non riusciva a immaginare Marco o Giacomo che facevano un altro mestiere. Neppure loro avevano avuto scelta.

«Mio padre era un mercante come Herr Klingenberg» continuò Jonas. «Ma ha preso i miei fratelli maggiori con sé nel negozio, e io allora mi sono dovuto trovare un impiego. Herr Klingenberg non ha figli maschi, così mi ha assunto».

«Anche se voi avreste voluto vivere sull'acqua». Orsola sorrise dentro di sé pensando al pallido scrivano che cantava e bestemmiava conducendo la sua gondola nei canali.

Jonas non rispose.

«Quanto potrebbe costare la libertà di Domenego?» gli domandò.

«Un centinaio di zecchini».

Orsola rimase senza fiato. Quando non era occupato a portare in giro i Klingenberg, Domenego lavorava come traghettatore facendosi dare un soldo dai passeggeri: avrebbe dovuto fare quarantamila viaggi per mettere insieme quella cifra. L'equivalente di ventimila perle.

Uscita dal Fondaco dei Tedeschi, Orsola andò a cercare Domenego al traghetto di Rialto come faceva sempre dopo essere stata da Klingenberg. Se non aveva niente da fare, lui la portava sul Canal Grande, e anche dopo tanti anni Orsola si emozionava mentre procedevano serpeggiando fra le altre gondole e non si stancava mai di ammirare i lussuosi palazzi allineati sull'acqua e osservare gli altri passeggeri che si scrutavano a vicenda. Alcuni scrutavano anche lei, incuriositi da quella donna vestita in modo dimesso su una barca lussuosa, portata da un moro. Dal canto suo, Domenego amava sfoggiare la propria abilità nel manovrare la gondola e non aveva bisogno di imprecare per farsi largo fra tante imbarcazioni, limitandosi a dire semplicemente «*A premando*» o «*A stagando*», per avvisare che stava girando a destra o a sinistra. Era tranquillo perché sapeva che se anche avesse commesso un errore, Orsola non lo avrebbe sgridato come avrebbero fatto Klara o suo padre. Ormai era abituato a vogare con un dito in meno e filava più spedito che mai.

A volte, mentre andavano verso San Marco, Domenego le ricordava i nomi delle case patrizie davanti a cui passavano: palazzo Grimani, Ca' Rezzonico, palazzo Venier. Di solito non arrivavano fino a San Marco, ma si fermavano a Santa Maria della Salute, l'enorme chiesa a cupola che era stata costruita dopo la peste del 1630. Ornata di statue e bellissimi arabeschi, la Salute era per Orsola il vero simbolo di Venezia, prima ancora che la chiesa di San Marco o il palazzo Ducale. Si trovava in una posizione pittoresca all'imbocco del Canal Grande, e le sue curve generose erano un balsamo per gli occhi dopo le fitte linee verticali di case e campanili.

Ogni novembre veniva gettato un ponte di legno sul Canal Grande, e i veneziani lo attraversavano per recarsi alla Salute a ringraziare Dio che aveva posto fine alla pestilenza, così come facevano nel mese di luglio al Redentore. Orsola non aveva mai partecipato alle due festività. Però aveva assistito alla regata annuale e una volta, in occasione della Festa della Sensa, l'Ascensione, Antonio l'aveva portata a vedere le nozze di Venezia con il mare, quando il doge gettava un anello in acqua dal Bucintoro, una splendida galea con ventuno remi rossi spinti all'unisono dai vogatori.

*Smettila di perderti nei ricordi*, si disse. Ma naturalmente quello era uno dei motivi per cui amava incontrare Domenego: il moro era il suo unico legame con Antonio. Lei non gli chiedeva mai niente, ma a volte, mentre erano insieme, il gondoliere le porgeva un pacchetto, anche se capitava più spesso che scuotesse la testa vedendo la domanda negli occhi di Orsola. Klara Klingenberg aveva mantenuto la promessa, ricevendo i delfini e consegnandoli a Domenego senza che il padre venisse a saperlo. E tuttavia Orsola era preoccupata: cosa sarebbe successo ora che Klara si era trasferita a San Polo, a casa del marito? Doveva assolutamente parlare sia con lei che con il suo gondoliere.

Immaginava che Domenego accompagnasse la padrona nei luoghi dove le signore veneziane trascorrevano il loro tempo: a messa, a casa di un'amica, a comprare un gioiello, a teatro. Il mondo di Klara era molto diverso dal suo. Ovviamente Orsola le invidiava il vestito azzurro di seta che aveva indosso il giorno in cui si erano incontrate, anche se sapeva che a lei non sarebbe andato bene. Vestiva ancora l'abito fulvo di Maria Barovier, anche se era logoro e rattoppato, e aveva dovuto allargarlo sul petto e i fianchi perché la gravidanza e gli anni avevano cambiato le sue forme. Però, le sarebbe piaciuto, almeno per una sera, indossare sete celesti e perle vere...

Era una giornata brumosa e al molo dei traghetti si scorgevano solo una manciata di barche. I gondolieri erano abituati a vedere Orsola che, essendo sposata, ormai, e meno florida, non attirava più l'attenzione come un tempo. Inoltre sapevano che saliva solo sulla gondola di Domenego. Uno di loro la notò e disse a gran voce: «Il moro ha portato la signora tedesca a messa, a Santa Maria dei Miracoli. Se volete vi ci porto, signora, per soli quattro soldi».

«Ladro!» esclamò un altro gondoliere. «Solo due soldi per voi!»

«Un soldo, signora» disse una voce nella nebbia. «Datemi retta, questi predoni vi farebbero pagare l'oro del doge!»

Orsola era indecisa. Se proprio doveva pagare, avrebbe preferito che i suoi soldi andassero a Domenego, anche se lui non le chiedeva mai niente. Tuttavia con la nebbia e il freddo umido che le intorpidiva i piedi, non se la sentiva di mettersi a vagare in cerca della chiesa. «Va bene» rispose all'ultima proposta e subito il gondoliere sbucò dalla nebbia aiutandola a salire. Gli altri barcaioli presero a schernirla. «Il vero ladro è lui!» gridò il primo che aveva parlato. «E lo scoprirete presto!»

Infatti, in men che non si dica si ritrovarono davanti ai gradini di Santa Maria dei Miracoli. Orsola sapeva che avrebbe impiegato molto più tempo andandoci a piedi, specie con la nebbia, ma un soldo era davvero troppo per un viaggio così corto, e pur consapevole che era scorretto discutere un prezzo già concordato, disse che sei denari erano più che sufficienti. Il gondoliere la guardò altezzosamente, aspettando che scucisse il soldo pattuito, e alla fine Orsola pagò borbottando: «Ladro, *fiol d'un can*». Lui fece un sorrisetto. «Siete una vera gentildonna» disse, e si allontanò fischiettando.

La gondola di Domenego non era ormeggiata accanto ai gradini, come aveva pensato, e così salì sul sagrato della chiesa. Santa Maria dei Miracoli incombeva su di lei, nella nebbia. Piuttosto piccola per i canoni veneziani, aveva la facciata rettangolare rivestita di marmo giallastro, con il tetto a botte e una cupola a un'estremità. Acqua e case la circondavano da ogni lato e sembrava che fosse lì quasi per miracolo, come se Dio l'avesse calata dall'alto in quello spazio angusto. Ciò nonostante, le sue proporzioni aggraziate e il marmo le conferivano un'innegabile eleganza.

Orsola sbirciò lungo il canale, ma la nebbia fitta le impediva di vedere al di là del suo naso. «Domenego!» chiamò, ma non ottenne risposta. Chissà perché aveva dato per scontato di trovarlo davanti alla chiesa. Rabbrividì, e non solo per il freddo: Venezia poteva risultare inquietante, quando gli edifici si chiudevano di colpo intorno a te facendoti sentire la mancanza della luce. Allora desideravi tornare al Canal Grande, sulla laguna o in piazza San Marco e vedere lo spazio che si apriva di nuovo davanti ai tuoi occhi.

Imboccò una calle stretta che correva dall'altra parte della chiesa, con i passanti che affioravano dalla nebbia camminando con la disinvoltura di chi è pratico di un posto. Alcuni indossavano la maschera di Carnevale, ma per la maggior parte erano servi o artigiani come Orsola e non avevano tempo per tali frivolezze. Comunque invidiava la loro sicurezza: quelle persone non avevano paura di perdersi!

La calle sbucava in una piazzetta con un ponticello sul canale. Lì, finalmente, vide la gondola di Domenego. Di solito, il moro sedeva a poppa in attesa del passeggero, ma quella volta non c'era nessuno a bordo. Orsola si guardò attorno, ma la visibilità era così scarsa che anche se fosse stato nel campo non sarebbe riuscita a vederlo.

Il felze aveva le cortine nere abbassate su ogni lato: forse Domenego stava dormendo. Orsola era sul punto di chiamarlo, quando una delle cortine si alzò e una donna uscì dal felze scendendo dalla gondola. Era una di quelle donne che portano vestiti dai colori troppo sgargianti e con la scollatura troppo audace. Per un momento, Orsola si domandò come avessero fatto a giacere insieme senza che la gondola si ribaltasse, ma poi le tornarono in mente le sue serate con Antonio sul sandolo...

La donna le passò accanto senza guardarla e varcò il ponticello a passo svelto, dirigendosi verso Cannaregio. Poco dopo, Domenego uscì dal felze. Quando vide Orsola rimase impietrito e si capiva che si vergognava. Poi si arrampicò sul trespolo a poppa, dove sedeva di solito.

«Buongiorno, Domenego» lo salutò lei, arrossendo.

Il gondoliere annuì ma non disse nulla, e chinò il capo legandosi la fusciacca rossa intorno alla vita. La moda era cambiata per i gondolieri e Domenego non indossava più le calze fantasia, la tunica rossa e la piuma bianca sul berretto, bensì semplici brache marrone chiaro, una camicia bianca sotto la giacca bruna e la fusciacca rossa in tinta col berretto.

C'erano migliaia di prostitute a Venezia ed erano moltissimi gli uomini che le frequentavano. Perché era stupita che lo facesse anche Domenego? Era arduo prendere moglie per uno schiavo africano e doveva pur soddisfare in qualche modo le sue voglie.

Decise di sorvolare sulla cosa, per non acuire ancora di più il suo imbarazzo. «Non è arrivato niente per me?» domandò, infrangendo la regola che si era data, di non chiedere mai dei delfini.

Domenego scosse la testa e Orsola si sforzò di mascherare la propria delusione. Era da due anni, ormai, che non riceveva nulla. Forse i delfini erano andati perduti lungo la strada? Oppure, pensò ancora una volta con sgomento, Antonio era morto in qualche città della terraferma? Deglutì. «Avrei bisogno di parlare con la signora Klara. È in chiesa?»

Domenego annuì.

Orsola sentì la voce del prete che invitava i fedeli all'eucarestia. Fra poco Klara Klingenberg sarebbe uscita. «Domenego, hai tempo per un viaggio sulla terraferma?»

«Chi devo portare?»

«Me». In realtà l'aveva deciso solo in quel momento. C'era rimasta male quando Klingenberg l'aveva tacciata di non conoscere il mondo, e non le appariva poi così rischioso fare un giretto sulla terraferma.

«Te?» Domenego aveva un'aria divertita.

«Che c'è da ridere? Non mi è permesso andare sulla terraferma?»

«Certo che sì. Hai qualche affare da sbrigare?»

«No, io... è che non ci sono mai stata. Penso che dovrei... Vorrei vedere com'è».

«Non posso, mi dispiace».

«Perché no?» Orsola non voleva compiere la lunga traversata con un barcaiolo sconosciuto, tanto meno con Bruno, che l'avrebbe importunata per tutto il viaggio.

«Ammesso che trovi il tempo, dovrei farti pagare» disse Domenego.

«Ma io ti pagherò! È ovvio! Quanto mi costerebbe?»

Il moro esitò prima di rispondere. «Quindici soldi».

Quindici perle semplici, oppure otto più elaborate, o tre millefiori. O tre polli, o sette pani, o quindici sgombri. Le parve una cifra ragionevole. «Va bene».

Stavano accordandosi sul giorno, quando Orsola

sentì il vocio che proveniva dalla chiesa. «La messa è finita».

Domenego balzò in piedi e sciolse la gomena. «Devo andare a prendere la signora davanti all'ingresso principale. Ci vediamo lì. Ti porterei con la gondola ma non posso, la mia signora non gradirebbe». Tacque un istante e poi aggiunse indicando il ponticello: «Ti sarei grato se non parlassi della...»

«Ci mancherebbe. Sono affari tuoi».

Domenego annuì. «Sono un uomo anch'io» disse, e impugnò il remo mettendosi a vogare.

«*Sensa 'l forse*». Orsola si voltò e corse attraverso il campo e giù per la calle. Giunse all'ingresso di Santa Maria dei Miracoli proprio mentre i fedeli uscivano tossendo nella nebbia fredda, dopo il tepore umano della chiesa. Non ebbe difficoltà a individuare Klara Klingenberg, che spiccava grazie alla sua statura, e aveva al fianco la cameriera, Benedetta, come la volta che si erano incontrate all'esibizione degli acrobati. Orsola andò subito verso le due donne che avanzavano lentamente nella nebbia. «Signora Klingenberg, sono Orsola Rosso, faccio le perle per vostro padre. Vi ricordate di me?» Non aveva usato di proposito il cognome di Stefano, perché nessuno lo conosceva.

Klara si voltò, stupita, verso di lei. Il suo viso era un ovale pallido in cui brillavano due occhi castani. A Orsola era capitato di vederla qualche volta, ma sempre da lontano, sulla gondola o a passeggio in piazza San Marco. Quando si erano conosciute era ancora una ragazza acerba, invece quella che aveva davanti era una donna adulta e con un'aria assai più navigata.

«Ah, la donna dei delfini!» disse Klara dopo averla osservata per qualche istante. «La nostra vetraia».

«Sì, signora».

«Come siete invecchiata».

Orsola trasalì a quelle parole. Nessuno vorrebbe sentirsi dire che dimostra i suoi anni, ci illudiamo sempre di avere un aspetto giovanile e vorremmo che gli altri ce ne dessero conferma. «In effetti è passato un po' di tempo dall'ultima volta che ci siamo viste» rispose sommessamente. «So che vi siete sposata da poco. *Me ralegro!*»

«Sì, be'... Benedetta, vai a dire a Domenego che venga a prendermi all'altro campo» comandò Klara. «Voglio dare un'occhiata all'abside di questa chiesa. Non è una meraviglia Santa Maria dei Miracoli? A volte penso che ho sposato Federico perché questa è la sua parrocchia».

«Ma, signora!» protestò Benedetta. «Vi perderete nella nebbia!»

«Sciocchezze. Non sono così stolta. E mi farò accompagnare dalla signora Rosso. Vai».

La domestica aggrottò la fronte, ma Klara aveva già preso Orsola a braccetto e scesero insieme i gradini della chiesa avviandosi verso la calle. Non sembrava affatto preoccupata per la nebbia fitta che ammantava ogni cosa e procedeva lentamente ma con sicurezza. «Quella spiona lo riferirà a mio marito, naturalmente» disse Klara sottovoce. «Come sempre!»

Indossava un abito di lana grigio chiaro e uno zendale di seta nera drappeggiato sulla testa, incrociato sul petto e legato dietro le spalle. Da quello che Orsola riusciva a vedere, i suoi capelli non erano più raccolti in trecce arrotolate, ma le cadevano in boccoli biondi attorno al viso. Era un tipo attraente, se non una bellezza, ma aveva gli occhi segnati di una sposa novella che ha appena scoperto la vera natura del matrimonio.

«Ecco» disse. «Ho una cosa per voi. È appena arrivato, stavo per darlo a Domenego». Klara infilò la mano dentro lo scialle nero e tirò fuori il pacchettino di stoffa che Orsola bramava così tanto. Glielo porse e Orsola fece per metterlo in tasca. «Oh, apritelo!» esclamò Klara. «Mi piacciono tanto, specie quello dell'ultima volta, che verde meraviglioso!»

Orsola sciolse il nastro, aprì il fagottino e si fece scivolare il delfino sul palmo. Vetro chiaro ornato di filigrana bianca.

«Bellissimo» mormorò Klara sgranando gli occhi. «Che bravo vetraio!»

Orsola dovette trattenere una smorfia: la tedesca pareva quasi innamorata di Antonio. Si affrettò a rifasciare il delfino, l'avrebbe guardato in un secondo momento, da sola. «Immagino che l'abbiano portato al Fondaco dei Tedeschi. È stata una fortuna che vostro padre, o chi per lui, non l'abbia aperto».

«No, quando sono andata a vivere a casa di mio marito, ho mandato un biglietto chiedendo di inviare le cose al nuovo indirizzo».

Orsola annuì. «Grazie, signora» disse ma le faceva uno strano effetto pensare a Klara Klingenberg che scriveva a Praga.

Per una singolare coincidenza, ogni volta che cominciava a dimenticare Antonio, ogni volta che il pensiero di lui iniziava a sbiadire come una vecchia stoffa, arrivava un delfino a ravvivarne il colore. Era sempre stupita e un po' confusa al loro arrivo, ma anche compiaciuta. Più che un trastullo, i delfini erano un promemoria. «Eccomi, sono ancora qui!» parevano dire.

«Anche voi siete sposata, vero?» disse Klara indicando la fede che Orsola portava al dito. «Avete figli?»

«Una bimba».

«E questo non ha cambiato ciò che provate per... i delfini?»

«Non mi sono sposata per amore, signora. Il mio è stato un matrimonio di convenienza».

«Anche il mio».

Frattanto, erano arrivate nel campo dietro la chiesa. Benedetta le aspettava, occhiuta, sul margine della piazzetta. Si guardarono in silenzio, poi Klara strinse il braccio di Orsola. «Arrivederci, maestra» disse, e scivolò via, nella nebbia.

Assentarsi per un'intera giornata quando si aveva una famiglia così numerosa, con molti bambini da accudire e mille faccende da sbrigare, non era facile. Orsola avrebbe potuto dire che aveva bisogno di vedere Klingenberg e nessuno se ne sarebbe stupito, ma questo le avrebbe concesso solo poche ore. Poteva guadagnarne un paio, aggiungendo una visita ai cugini, ma poi sua madre le avrebbe chiesto loro notizie. Se avesse detto la verità, ovvero che voleva fare un giro sulla terraferma, Marco e Laura Rosso le avrebbero proibito di sprecare tempo e denaro senza un vero motivo. Probabilmente l'avrebbero scoperta comunque, ma le pareva preferibile affrontare i loro rimproveri a cose fatte, piuttosto che mettersi a discutere con i famigliari e non partire affatto.

Alla fine si inventò che doveva incontrare Klingenberg e una cliente, una signora che forse le avrebbe ordinato una collana. Sua madre stava sgridando Sebastiano per aver rubato una *fritola* di Carnevale che aveva messo da parte per Raffaele, quando Orsola le disse che quella cliente era molto schizzinosa e le avrebbe portato via parecchio tempo. Tutta presa a redarguire il nipote, Laura Rosso annuì distrattamente, come Orsola aveva sperato.

Uscì di casa di buon'ora e senza farsi vedere, perché nessuno potesse calcolare quanto tempo sarebbe rimasta fuori. Domenego la aspettava all'estremità meridionale di Murano, alla Colonna, che si chiamava così perché vi sorgeva una colonna sormontata un tempo dalla statua di un doge. Il gondoliere aveva rimosso il felze per alleggerire il carico, come faceva sempre nei lunghi viaggi, e Orsola si sedette all'aria aperta avvolgendosi nello scialle. Iniziò così la traversata di tre ore che doveva condurli a Mestre, sulla terraferma.

Per qualche tempo rimasero in silenzio. Faceva freddo, perché il sole era sorto da poco, e l'acqua placida rifletteva un'ampia tavolozza di colori. C'erano solo pescatori nella laguna. I gondolieri diretti alla terraferma partivano, di solito, un paio d'ore dopo, quando faceva più caldo, dalla costa occidentale di Cannaregio. Orsola si godeva il silenzio rotto solamente dallo sciacquio del remo, e di tanto in tanto dallo starnazzare delle anatre. Il silenzio era merce rara se avevi sempre intorno otto bambini.

Per una volta fu Domenego a romperlo. «Grazie» borbottò, quando Orsola gli porse l'uovo sodo che gli aveva sgusciato, e se lo ficcò in bocca, tutto intero. Dopo averlo masticato e inghiottito, aggiunse: «Non è di qui che son passato con lui».

Non parlavano mai di Antonio, nemmeno quando arrivava uno dei suoi delfini. Orsola mandò giù a fatica l'ultimo boccone e stentò a schiarirsi la voce. «Lo so» farfugliò alla fine, quasi che l'uovo le fosse rimasto in gola.

«La rotta che porta a nord è un po' più lunga. Vuoi che andiamo da quella parte?»

«No».

«Pensavo che volessi raggiungerlo».

«Cosa? No! No. Sono passati otto anni da quando se n'è andato, Domenego. Se volevo seguirlo, sarei dovuta venire con voi. Non so nemmeno se è...» Orsola non riuscì a finire la frase.

«Allora vuoi davvero andare sulla terraferma?»

Sì, voleva calcare il terreno che nella sua mente era collegato, attraverso milioni di passi e rocce e campi e montagne, a quello dove era lui, a fare delfini, in una bottega, su a nord. Ma non lo disse a Domenego, perché l'avrebbe trovato assurdo.

Gettò in acqua i gusci d'uovo e un pesce affiorò per esaminarli. «Le mie perle sono andate dappertutto, persino in Africa, e io non sono andata da nessuna parte. Voglio vedere un po' di mondo».

Domenego sorrise. «E pensi che Mestre sia il mondo?»

«Di certo non è come Murano!»

Il moro non disse nulla. Presto l'avrebbe scoperto da sola.

«Mio Dio!» strillò Orsola quando la fece scendere sulla riva. «Cos'è questo odoraccio?»

Domenego scoppiò a ridere e pensò che quel giorno si sarebbe divertito grazie alla sua amica. «Piscio e merda di cavallo. È così che si viaggia sulla terraferma. Col tempo ci fai l'abitudine». Le disse che non sarebbe andato con lei, sarebbe rimasto a dormire sulla gondola, per recuperare le forze in vista del viaggio di ritorno. «Non fidarti dei mestrini» la avvertì prima di chiudere gli occhi.

La città era un ammasso di edifici e strade, senza l'ombra di un canale, senza il movimento delle barche, né lo scintillio e la frescura dell'acqua. Lì erano i cavalli a portare merci e persone, e a Orsola i cavalli parevano bestie enormi e imprevedibili. E puzzolenti. Presa com'era a scansare i mucchi di sterco che lasciavano ovunque, fra lo sferragliare degli zoccoli sul selciato, non riusciva a prestare attenzione a nient'altro. Alla fine raggiunse un campo, dove poté mettersi in disparte a guardare quel mondo sconosciuto, per porre rimedio all'ignoranza di cui l'aveva accusata Klingenberg. Il sorrisetto condiscendente del tedesco le bruciava ancora.

Ma non le piaceva affatto quello che vedeva e sentiva. Aveva l'impressione che i mestrini la fissassero, facendosi beffe di lei e usando parole che non capiva. Orsola aveva sentito molte lingue a Venezia e visto molti stranieri, anche nella bottega dei Rosso. Non si poteva dire che avesse timore della stranezza. Ma quelli che aveva di fronte erano veneti, come lei, eppure la trattavano come se fosse una forestiera. Evidentemente, per loro lo era. Non aveva mai provato quella sensazione e lo trovava molto sgradevole.

Era anche preoccupata per quello che poteva capitarle: c'era da aspettarsi di tutto perché, a detta di Klingenberg, le cose funzionavano diversamente sulla terraferma. In preda all'inquietudine, Orsola si allontanò dalla piazza e tornò verso la riva e l'elemento che conosceva meglio, con Venezia che si vedeva in lontananza e la gondola di Domenego all'ormeggio. Dopo essersi accertata che l'amico fosse ancora lì, addormentato, si aggirò brevemente per altre vie della città, ma alla fine tornò in riva al mare e si sedette accanto alla barca, osservando l'attività che ferveva intorno a lei. I pescatori tornavano dalla pesca notturna e un'imbarcazione proveniente da Padova attraccò lungo il canale, con i passeggeri che sbarcavano e cercavano una gondola per proseguire verso Venezia e le isole della laguna. Quelle erano cose che la facevano sentire più a suo agio: l'acqua e le barche. Nessuno la fissava, rideva di lei o diceva cose che non capiva. C'erano molti veneziani, naturalmente, e un vasto assortimento di viaggiatori venuti da ben più lontano: pallidi inglesi, tedeschi spilungoni, francesi vestiti con eleganza, alcuni già mascherati e pronti a gettarsi nella baldoria di Carnevale.

Finalmente, Domenego si svegliò e si tirò su sbadigliando, ma trasalì quando la vide accanto alla gondola. «Perché non visiti la città? Con tutti i soldi che mi hai dato per portarti qui...» disse e prese il coltello per sbucciare una mela.

«L'ho fatto».

«Una cosa veloce. È per via della cacca di cavallo?»

Orsola si voltò a guardare l'acqua, i campanili di Venezia che si vedevano appena. «Non c'è niente di speciale sulla terraferma».

Domenego osservò la sua espressione. «Ti senti forestiera, e non ti piace, vero?»

Domenego aveva ragione. Orsola detestava essere scrutata in quel modo. Anche a Venezia si sentiva un po' estranea, sebbene i veneziani avessero molto in comune con i muranesi. Quelli di Venezia chiamavano sempliciotti quelli di Murano che li accusavano di avere la puzza sotto il naso. Ma se c'era da affrontare la gente di un'altra città, i mestrini per esempio, facevano subito causa comune.

«Voglio tornare a casa» disse.

«Di già? Sei sicura?»

Orsola annuì e Domenego si strinse nelle spalle. Stava facendo la figura della sciocca.

Mentre il gondoliere la aiutava a salire in barca, qualcuno gli rivolse la parola dalla riva: «Quanto volete per portarmi a Cannaregio?»

Si voltarono e per un attimo Orsola covò la speranza assurda che fosse Antonio. Fino a questo punto l'aveva frastornata la breve gita sulla terraferma.

Naturalmente non era lui. Alto di statura, lo sconosciuto aveva una parrucca riccioluta legata sulla nuca con un nastrino blu scuro, portava il tricorno e, sotto il mantello, un panciotto ricamato a fiori. Aveva occhi chiari e sporgenti con le palpebre socchiuse, una bocca generosa e sorrise a Orsola rivelando denti bianchi piccoli come quelli di un topo. «Signora» disse, «è un viaggio così lungo e freddo fino a Venezia, soprattutto senza il felze in cui rifugiarsi. Non passeremmo meglio il tempo insieme, scaldandoci e intrattenendoci a vicenda?» Parlava con un ostentato accento veneziano.

Prima che Orsola potesse rispondere, Domenego impugnò il remo e disse: «Posso imbarcare un solo passeggero, due sono troppi per un tragitto così lungo». Con queste parole, spinse la gondola verso il largo.

«Ah, che peccato, signora!» gridò lo sconosciuto dalla riva. «Forse ci incontreremo ancora!» Accennò un inchino e andò in cerca di un altro barcaiolo.

Ma l'attenzione del gentiluomo aveva lusingato Orsola, che appena si furono allontanati si rivolse al moro: «Sei stato sgarbato».

Domenego storse la bocca. «Ce ne sono tanti come lui a Venezia».

«So tenere a bada gli uomini».

«Mi dispiace, Orsola, ma ti sbagli. Gli uomini di Murano ti conoscono, conoscono tuo marito e non ti toccheranno mai. Ma i veneziani come lui» aggiunse, voltandosi verso la riva «non si fanno problemi».

Orsola tacque. Non si sarebbe messa a discutere con Domenego sulla natura degli uomini, specie degli elegantoni come quello. Di certo il gondoliere li conosceva meglio di lei. Capitava a volte che uno di quei gentiluomini entrasse nel loro negozio, ma di solito non la degnavano di uno sguardo, trattandola come una serva. E in un certo senso lo era.

Proseguirono senza parlare, fra lo sciacquio ritmato del remo. Poi il moro si guardò alle spalle e imprecò a denti stretti. Orsola si voltò: una gondola li seguiva e presto li avrebbe raggiunti, spinta da due rematori. Poco dopo se la trovarono accanto e i gondolieri gridarono un saluto a Domenego, che rispose senza entusiasmo. Avevano per passeggero il gentiluomo col panciotto e le labbra carnose che, adagiato sul sedile, sorrise a Orsola. «Buongiorno, mia bella signora, e così ci rincontriamo. Spero che vi stiate godendo il viaggio. Siete diretta anche voi a Cannaregio?»

«Murano» rispose Orsola, e Domenego fece schioccare la lingua in segno di disapprovazione. Orsola capì che le stava suggerendo di mentire o tacere del tutto. Ma non aveva voglia di mentire, aveva voglia di scherzare col fuoco, perché la terraferma non le aveva regalato le emozioni che si era aspettata.

«Ah, siete di Murano. Avrei dovuto capirlo».

«E da cosa, avreste dovuto capirlo, signore?» fece Orsola, cedendo alla provocazione.

«Le donne di Murano sono speciali».

«Ne avete conosciute molte?»

Il gentiluomo buttò la testa all'indietro. «Qualcuna. Bazzico il casinò sul vostro Canal Grande. E devo dire che ci sono delle belle monache al convento di Santa Maria degli Angeli...» aggiunse con noncuranza, quasi stesse parlando di specchi o candelabri. Vedendo la faccia di Orsola, le domandò: «Conoscete il convento?»

«C'è mia zia».

«Sono sicuro che è la più pia e dignitosa delle donne» disse il gentiluomo in tono soave.

«Mia zia farebbe un sol boccone di voi».

Domenego sbuffò.

Il gentiluomo però la prese bene. «Non ne dubito» disse, ridendo. «Anzi, credo che andrò a trovarla e le dirò che ha una nipote davvero piccante». Riempì un calice di vino e lo porse a Orsola, senza chiederle se lo desiderava. Lei lo prese docilmente e ne bevve. Non aveva mai pensato di essere una donna piccante.

«Orsola» la ammonì Domenego, a voce bassa.

Lei lo ignorò e bevve un altro sorso di vino.

«Appartenete a una famiglia di vetrai?» le domandò il gentiluomo.

Orsola annuì.

«E come vi chiamate?»

Domenego provò ad aumentare l'andatura, ma i due gondolieri non avevano difficoltà a tenere il suo passo.

«Rosso» disse Orsola dopo qualche esitazione. Se avesse mentito, probabilmente il gentiluomo l'avrebbe scoperto.

«Verrò a vedere il vostro negozio» annunciò. «Cosa mi consigliate di comprare?»

«Uno specchio» rispose Orsola prontamente. «Credo che ne abbiate bisogno».

I due gondolieri del gentiluomo si misero a sghignazzare.

«Uno specchio dei Rosso» disse il gentiluomo compiaciuto. «Lo comprerò se farà onore alla mia immagine. E se sarete voi a vendermelo».

«Io faccio perle» precisò Orsola, arrossendo.

«Davvero? Mi piacerebbe vederle, mi piacerebbe proprio tanto. Potrei anche commissionarvi una collana. Ma a chi la darò?»

«A vostra moglie?»

«Ora, signora, state tirando a indovinare. Dovrete metterci più impegno per scoprire se sono sposato. Vediamoci al casinò e forse lo saprete!»

All'improvviso la gondola di Orsola virò. «Perdonatemi, signore, ma dobbiamo fare rotta per Murano» annunciò Domenego.

«Sciocchezze» ribatté l'uomo. «Potete proseguire con noi fin quasi a Cannaregio e poi puntare verso Murano».

Domenego ignorò le sue parole e continuò la virata.

«Volete che lo seguiamo, signore?» chiese uno dei suoi gondolieri.

Il gentiluomo si appoggiò allo schienale. «Lasciali pure andare» disse, sorridendo a Orsola. «La signora va di fretta, è chiaro che ha qualcosa di eccitante da fare a Murano».

«Il bicchiere!» gridò Orsola, porgendoglielo, anche se ormai erano troppo lontani. Fra l'altro non aveva mancato di notare che era di scarso valore.

Il gentiluomo agitò la mano. «Tenetelo. Avrò un motivo in più per visitare il vostro negozio». Indossò la maschera che per tutto il tempo era rimasta appesa alle sue dita e la salutò.

«Addio, bella signora!»

A quel punto i due gondolieri presero a vogare a tutta forza e poco dopo erano già lontani. Però non scomparvero alla loro vista e Orsola continuò a sentire a lungo la risata del gentiluomo che echeggiava sull'acqua.

Finì il vino senza guardare Domenego, anche se indovinava la sua disapprovazione, poi, leggermente alticcia, si raggomitolò sul sedile e dormì per il resto del viaggio.

Orsola avrebbe dovuto essere sollevata per il fatto che nessuno aveva notato la sua assenza. Partita all'alba, si era trattenuta così poco a Mestre che a metà pomeriggio era di nuovo a casa. Il cortile era deserto perché faceva freddo, e gli uomini erano in laboratorio. Entrando in cucina, ci trovò Monica che puliva il pesce e Laura Rosso con la piccola Angela che aveva il faccino imbronciato, come sempre dopo il sonnellino pomeridiano. Appena vide la madre allungò le braccia per farsi prendere da lei e le tuffò il viso nel collo. Il tepore del suo corpicino e il fuoco riscaldarono Orsola infreddolita dal viaggio sulla laguna.

«Alla signora sono piaciute le tue perle?» chiese Laura. «Ha ordinato la collana?»

Orsola pensò alle parole del gentiluomo. «Può darsi» rispose. «Ma non è sicuro». Sua madre stava mettendo via i piatti e non badò troppo alla risposta. Ma Monica sollevò lo sguardo dal pesce che aveva appena squamato e le gettò un'occhiata diffidente.

Più tardi, mentre nascondeva il calice del gentiluomo fra i bicchieri del fondaco, Orsola sentì alle sue spalle la voce della cognata: «Dove sei andata, stamattina?»

Voltandosi, vide Monica appoggiata alla porta, con le braccia conserte.

«Te l'ho detto» rispose, armeggiando con i bicchieri.

«Klingenberg mi ha presentato una signora che forse mi farà fare una collana». Non era facile mentire a Monica.

«Allora lo chiederò al mercante, la prossima volta che viene, ma temo che cadrà dalle nuvole. Te lo ripeto: dove sei stata?»

Vedendo che Orsola esitava, Monica la incalzò. «Non dirmi che hai un amante?» A Monica piaceva Stefano, ne apprezzava la modestia e la semplicità, molto più della cognata.

«Come potrei avere un amante con tutta l'isola che mi tiene d'occhio?»

«Però Venezia è piena di vicoli deserti» ribatté Monica. «E Isabella c'è riuscita benissimo». Non parlava quasi mai della cugina, la cui fuga d'amore aveva gettato nell'imbarazzo tutta la famiglia Vianello. A un tratto notò un candelabro impolverato e lo prese, pulendolo col grembiule prima di rimetterlo al suo posto.

«Le cose stanno andando bene in questo periodo. Gli affari, i bambini, la famiglia. I soldi non ci mancano e mangiamo bene. Siamo felici. Non è il caso che tu rovini tutto combinando qualche pasticcio a nostra insaputa».

Orsola si accigliò. Monica sembrava voler ignorare le tensioni che covavano all'interno della famiglia. Forse Giacomo non sentiva la mancanza di Isabella, ma non era felice. La smaccata predilezione di Laura Rosso per Raffaele irritava gli altri bambini. Marco era invidioso del successo che riscuotevano le sue perle e non perdeva occasione per umiliarla. Stella trascorreva sempre più tempo fuori casa, mentre Marcolin non osava spingersi al di là della calle. Insomma, i Rosso non erano affatto la famiglia felice dipinta da Monica. Ma Orsola capì che non era il momento giusto per farglielo notare.

«Non ho nessun amante» disse. «Sono andata... sulla terraferma. Non c'ero mai stata e me n'è venuta voglia».

«Sulla terraferma? A fare che?»

«Ero curiosa. So che è diversa da qui e volevo vedere che effetto faceva avere tutta quella terra intorno».

«E che effetto fa?»

Orsola scrollò la testa. «Bruttissimo. Un mucchio di cavalli! Un mucchio di sconosciuti. Mi sentivo un pesce fuor d'acqua. Avere un terreno solido sotto i piedi non è rassicurante come credevo. Stavo malissimo».

«E chi ti ci ha portato?»

«Domenego».

Monica fece una smorfia. «Ah, è il moro il tuo amante. Lo sapevo».

«No! No. L'ho chiesto a lui perché sapevo che non mi avrebbe imbrogliata sul prezzo. Solo per questo, te lo giuro!»

«Ma allora perché ci sei andata di nascosto?»

«Perché... Perché Marco e mia madre me l'avrebbero proibito. Perché Stefano non avrebbe capito. In fondo non lo so nemmeno io per quale motivo volevo andarci».

«Non dovevi incontrare il tuo amante?»

Orsola fece di no con la testa.

«E allora perché hai nascosto quel calice?» Monica le si avvicinò e lo tirò fuori dallo scaffale.

«Un signore ci ha seguiti mentre tornavamo, e mi ha offerto del vino. Domenego l'ha mandato via» aggiunse, anche se sapeva che lo sconosciuto avrebbe potuto continuare a seguirli, se avesse voluto.

«Era un bell'uomo, almeno?»

«In un certo senso, sì. C'era qualcosa in lui... Qualcosa che non saprei spiegare. Ma lo vedrai con i tuoi occhi se verrà a riprendersi il bicchiere».

«Sa dove trovarci?»

«Conosce il nome della bottega».

Monica esaminò il calice. «Se verrà sarà per te, non per questa cosa orrenda». Per quanto figlia di pescatori, Monica aveva vissuto con i Rosso abbastanza a lungo da rendersi conto che la base del calice non era ben livellata e il vetro aveva le bolle.

Il gentiluomo non si presentò il giorno dopo, né quello appresso. Orsola cercava di non pensarci, ma se avesse potuto sarebbe rimasta sempre in negozio nella speranza di intercettarlo. In effetti era molto preoccupata. Nessuno, tranne Monica, sapeva del suo viaggio sulla terraferma, ma probabilmente l'uomo avrebbe rivelato dove e come si erano conosciuti, e lei avrebbe dovuto dare spiegazioni a Marco, a sua madre, a Stefano. Eppure, allo stesso tempo, desiderava rivedere quell'uomo così galante.

Il terzo giorno era davanti alla lampada e si dannava per realizzare le perle millefiori che, a detta di Klingenberg, erano ambite come ornamenti dai capi africani. Aveva imparato da tempo a farne di semplici, disponendo pochi dischi floreali attorno all'anima di vetro, pressandoli e quindi facendoli rotolare sul marver. Le signorine parigine le apprezzavano per la loro delicatezza, ma gli africani preferivano le millefiori variopinte, composte da più strati pressati in diagonale attorno all'anima. Se li premevi troppo forte, i fiori si sformavano e sembravano liquefatti, oppure le file si scomponevano come soldati indisciplinati che rompono le righe.

«Posso avere il piacere di conoscere la signora Rosso?»

La voce svenevole veniva dal cortile, ma Orsola non poté balzare in piedi, perché aveva appena disposto con cura millefiori rosse e gialle in file regolari, di sbieco, su un'anima di vetro bianco opaco. Esercitando una pressione costante mentre le arrotolava, avrebbe forse ottenuto una perla in grado di soddisfarla.

«Buongiorno, signore» sentì rispondere dalla madre. «Vi andrebbe di entrare a vedere le nostre cose? Solo la merce migliore per un signore come voi».

«Siete gentile, signora. Conosco la fama dei Rosso, e sono venuto ad ammirare le vostre creazioni».

«Lasciate che vi mostri gli ultimi candelabri di mio figlio, e le sue coppe. E guardate questo specchio».

Per il momento non c'era da preoccuparsi. Sua madre era una persona pratica e non si sarebbe lasciata incantare dalle smancerie del gentiluomo.

«Oh, bellissimo. E ci sono anche le perle? Ho sentito dire che una signora Rosso fa le perle più belle di Murano. Immagino che siate voi?»

Stordita dalle sue parole, Orsola tenne la perla millefiori troppo a lungo sulla fiamma, facendola sciogliere.

«È mia figlia».

«Sono stupito. Non potete avere una figlia così grande da fare le perle!»

Laura fece un verso stizzito. Un tempo era stata davvero avvenente, ma ora aveva il viso segnato dagli anni e dai lunghi giorni trascorsi al lazzaretto. Mentendo in modo spudorato sul suo aspetto, il gentiluomo aveva commesso un passo falso, perché le aveva rammentato la bellezza perduta.

Però parve rendersi conto immediatamente dell'errore, e abbandonò il tono mellifluo. «I candelieri li fate solo in vetro trasparente?»

«Possiamo farli del colore che preferite. Volete ordinarne qualcuno?» Sua madre poteva anche essersi offesa, ma questo non doveva andare a scapito degli affari. Anzi, Laura provò ad approfittare del disagio del cliente per vendergli più cose.

Orsola rimase ad ascoltarli mentre parlavano dei candelieri. Una volta appurato che il gentiluomo aveva intenzioni serie, Laura Rosso si congedò con un inchino e andò a chiamare Marco. Appena si fu allontanata, Orsola uscì dal suo studio ed entrò nel negozio. Il volto dell'uomo si illuminò. «Ah, signora, che piacere!» Anche quel giorno indossava un panciotto ricamato sotto il mantello nero.

«Noi non ci siamo mai visti prima d'ora» disse Orsola sottovoce.

«Si capisce» rispose il gentiluomo con un sorrisetto complice. «Vi andrebbe di mostrarmi le vostre perle?»

Gettò un'occhiata al tavolo dove erano esposte le scodelle contenenti perle di diversi colori. Ai visitatori piaceva quell'assortimento, ma Orsola temeva che le sue perle apparissero banali agli occhi del gentiluomo, bigiotteria buona per una bambina.

«Venite nel mio laboratorio» disse. «Sto lavorando a qualcosa di nuovo».

Lui la seguì, più che altro per cortesia, ma lo stupore si dipinse sul suo volto quando vide la lampada e il mantice, le piccole canne di vetro colorato e la scatola di cenere da cui spuntavano le aste di metallo. Orsola tirò fuori la perla che aveva fatto il giorno prima, la pulì contro il grembiule che indossava per proteggersi dal vetro fuso, e gliela mostrò. «È una millefiori» disse, porgendogli l'asta di ferro con in cima una perla blu orlata da fiorellini bianchi e gialli.

Il gentiluomo la osservò con attenzione. «Deliziosa» disse poi. «Davvero aggraziata, e che magnifica scelta di colori!» Fece una pausa e aggiunse: «Avete mai pensato di ricavarne rombi o rettangoli? In tal modo aderirebbero con più sicurezza al petto delle signore».

A Orsola non era mai venuto in mente. Di solito non accettava di buon grado i suggerimenti, a meno che non venissero da Klingenberg. Ma quell'uomo non aveva parlato per darsi delle arie, né tanto meno per sminuirla. Si proponeva semplicemente di aiutarla a migliorare qualcosa che gli piaceva già.

«Potrei provarci» rispose.

«Se decidete di farlo, né comprerò quanto basta a fare una collana».

Era il tipo di commissione che Orsola aspettava da tempo, ma si sforzò di apparire calma. «Posso crearla io stessa. Dodici perle grandi, inframmezzate da altre più piccole. Questi colori potrebbero andar bene?»

L'uomo sorrise. «Signora, mi affido al vostro gusto, per i dettagli».

Rimasero a guardarsi con un'intensità che rasentava la sfrontatezza, finché non entrò Marco.

«Signore, è un onore per me fare la vostra conoscenza» disse in tono suadente, perché sapeva essere affabile se voleva. «Vi prego, venite con me nel laboratorio in modo che possa mostrarvi le nostre creazioni, altro che queste cosucce! Fa più caldo vicino alla fornace, e non c'è questo odoraccio».

Orsola era così abituata al fetore di sego che ormai

non lo sentiva quasi più. Almeno non aveva chiamato le perle escrementi di coniglio!

«Oh, ho una vera attrazione per gli afrori» fece il gentiluomo. «Specie gli odori degli animali e del corpo. Li trovo irresistibili...» Le strizzò l'occhio mentre seguiva suo fratello.

Ma Orsola non andò con loro. Laura Rosso avrebbe apparecchiato nella fornace con una tovaglia impreziosita dai merletti di Burano, i migliori calici dei Rosso e una bottiglia di vino speciale che tenevano da parte per i clienti importanti. Si sarebbero seduti a tavola e Marco gli avrebbe parlato del vetro, con Giacomo, Stefano e i garzoni che soffiavano, tiravano e pizzicavano la pasta, brandendo le canne da soffio in modo teatrale e alimentando la fornace fino a far ruggire le fiamme. Giacomo avrebbe plasmato un cavallo rampante, Marco una coppa con i manici a forma di leone. Nel frattempo Laura avrebbe riempito i bicchieri senza posa. La dimostrazione sarebbe andata avanti a oltranza, fino a che non avessero chiuso un'ordinazione cospicua, fino a tarda notte, se necessario. Monica e Orsola avrebbero portato altro vino, vassoi di sardine fritte e ostriche, ciotole di olive, piatti di formaggio, biscotti all'anice. Normalmente Orsola serviva i commensali e se ne andava subito, perché Marco diventava petulante da ubriaco e lei non lo sopportava. Solo Laura era in grado di frenarlo, facendogli capire con un'occhiata che stava esagerando. A quel punto, Marco si tirava indietro e lasciava che fosse la madre a subentrargli nella trattativa: era più arduo spuntarla con una donna della sua età e della sua esperienza.

Quella volta, però, Orsola era tentata di rimanere a guardare. Mentre attraversavano il cortile portando altri vassoi di frutta secca e biscotti, Monica le sussurrò all'orecchio: «È lui? L'uomo della gondola?»

«Ssh. Sì».

«Aspetta un attimo!» Monica tornò di corsa in cucina e riapparve poco dopo con un grembiule fresco di bucato e una scodella di pistacchi e olive. «Nel caso avesse voglia di qualcosa di salato» spiegò. Si era lisciata i capelli e sebbene non la si potesse considerare una bella donna, con la pelle ruvida e il naso adunco, gli occhi celesti e luminosi la rendevano quanto meno accattivante.

Gli uomini alzarono lo sguardo quando Monica e Orsola entrarono nel laboratorio ridacchiando come ragazzine. Era questo l'effetto che l'elegante gentiluomo suscitava nelle donne, anche su quelle come Monica che ne avevano solo sentito parlare. Si appoggiò allo schienale della sedia e sorrise mentre gli mettevano davanti i piatti e le scodelle. Marco e Laura Rosso si sforzarono di mascherare l'irritazione: se un cliente civettava con le donne della famiglia meglio chiudere un occhio, per il bene della trattativa.

«Ah, pistacchi, i miei preferiti» disse a Monica, che se lo mangiò con gli occhi e arrossì.

L'ospite ebbe comunque il buon senso di non prestare loro troppa attenzione per non indispettire i mariti. Si rivolse di nuovo a Giacomo e Stefano, che stavano preparando una coppa.

«Perché girate la canna in quel modo?» domandò a Stefano.

«Come si chiamano quelle?» chiese a Giacomo, indicando le pinze che usava per modellare il vetro.

«Non vi capita mai di bruciarvi? La fornace rimane sempre accesa? Il vetro diventa arancione quando si arroventa, a prescindere dal suo colore? Quanto tempo ci mettono le cose a raffreddarsi?» Li subissò di domande e non solo perché era innamorato della propria voce: sembrava davvero curioso, forse l'uomo più curioso che Orsola avesse mai conosciuto. *Antonio lo detesterebbe*, pensava guardandolo da lontano insieme a Monica. Di certo, il bel veneziano avrebbe visto in lui un possibile rivale.

Mentre Giacomo e Stefano davano gli ultimi ritocchi al calice, Marco iniziò a decantare la varietà di modelli che i Rosso erano in grado di realizzare.

Ma il gentiluomo lo interruppe bruscamente. «Mi

piacerebbe vedere codesti vostri calici» disse. Poi gettò un'occhiata a Orsola e aggiunse con un sorrisetto beffardo: «E gli specchi. Non sapete quanto li amo. E ho sentito dire che i vostri sono i migliori dell'isola». Si alzò, senz'altro, lasciando il bicchiere quasi pieno e Marco si alzò a sua volta. «Stefano sarà felice di mostrarvi gli specchi. Da questa parte».

Orsola e Monica non furono testimoni della trattativa, non ce n'era motivo. Marco e Laura Rosso, invece, trascorsero un'altra ora con il visitatore e a un certo punto chiamarono Stefano perché parlasse degli specchi.

Di tanto in tanto, mentre sparecchiavano, Orsola e Monica andavano a sbirciare dalla porta e alla fine furono ricompensate con un sorriso e un profondo inchino da parte dell'uomo in procinto di congedarsi. «Care signore, è stato un grande piacere conoscervi» disse, indugiando con lo sguardo su Orsola. Poi si rivolse a Laura Rosso e le fece il baciamano. «Tornerò presto per discutere del lampadario».

«Ma certo» rispose Laura. «Aspetteremo il vostro ritorno con impazienza».

Orsola non aveva mai sentito sua madre parlare così. I modi del gentiluomo avevano sedotto anche lei.

«Un lampadario?» strillò Orsola dopo che se ne fu andato. «Gli avete promesso un lampadario?»

«Più quattro servizi di bicchieri e uno specchio» rispose Marco. «E forse anche qualcos'altro!» Si sporse verso Monica e la baciò in una rara manifestazione di affetto.

«Dobbiamo spremerlo per benino» aggiunse Laura, palesemente inebriata dall'incontro con il gentiluomo.

«Non abbiamo mai fatto lampadari!» protestò Orsola. «Ci vogliono laboratori più grandi del nostro».

Ma il fratello e la madre erano troppo euforici per ascoltarla. Anche Monica si era lasciata contagiare dall'entusiasmo del marito che la stringeva fra le braccia con il trasporto di uno sposo novello. «Ti comprerò il manto di pelliccia che ti avevo promesso» disse. «La moglie di un maestro deve portarlo. E assumeremo altri domestici, per dare un po' di riposo alle tue mani». Le baciò le dita segnate dalle cicatrici per tutto il pesce che aveva sventrato nella sua vita precedente. Monica era palesemente imbarazzata ma lo lasciò fare, perché capitava di rado che il marito si mostrasse così tenero e affezionato.

«Io gli farò una collana» annunciò Orsola, desiderosa di prendere parte all'euforia generale.

Marco la guardò di traverso, il viso affondato nel collo di Monica. «Vedi di non rovinare tutto, sorella».

Orsola arrossì e guardò avvilita Marco che saltellava di gioia con la moglie, mentre la loro madre chiamava Giacomo e i garzoni perché venissero a brindare. Solo Stefano aveva un'aria mogia. Orsola andò al suo fianco ma lui non la prese a braccetto, né le cinse la vita. La loro unione era sempre stata piuttosto castigata e priva di slanci emotivi. Orsola non si sedeva mai sulle ginocchia di Stefano, come faceva a volte Monica con Marco. Solo Angela giocava a cavalluccio con Stefano, che aveva più confidenza con la figlioletta che con la moglie. Orsola si sentiva spesso in colpa per questo.

«Allora farai uno specchio per quel signore?» gli domandò.

Stefano annuì. «Così potrà aggiustarsi il cappello prima di uscire» disse, ed era evidente che stava ripetendo le parole del cliente: a lui non sarebbe mai venuto in mente di controllare il proprio aspetto. «Sembrava che ti conoscesse molto bene» continuò. «Sapeva tutto delle tue perle».

«Gliele ho mostrate quando è arrivato».

«E quand'è che ti ha ordinato la collana?» domandò Stefano.

«Prima che si mettesse a bere con mia madre e Marco» rispose Orsola e cercò di cambiare discorso. «Come al solito Marco ha bevuto troppo».

«Un vero depravato» brontolò Stefano.

In teoria poteva alludere a suo fratello, ma Orsola capì che non era così, e fu una sorpresa per lei scoprire che in fondo Stefano non era immune dalla gelosia. Si impose di rimanere calma. Doveva affrettarsi a dire qualcosa per impedire che la piaga del dubbio si infettasse, guastando il rapporto fra loro. Aveva bisogno di poter contare su suo marito. «Stefano» esordì posandogli una mano sul braccio, «mi ha ordinato una collana, così come a te ha ordinato uno specchio. È tutto qui. Si tratta solo di affari. Buon per noi. Buon per la bottega dei Rosso».

Dopo un attimo Stefano annuì. «Lavorerò anch'io al lampadario».

Orsola fece una smorfia. Ci sarebbero volute parecchie settimane per progettare e realizzare il lampadario. Avrebbero dovuto smettere di fare altre cose, trascurando gli ordini di Klingenberg, e spendere molto per le materie prime. Naturalmente ne sarebbe valsa la pena, se fossero riusciti a creare qualcosa di spettacolare. E se il gentiluomo avesse pagato sull'unghia. Ma il suo accenno ai casinò, così come la sua natura stravagante, la inducevano a dubitare della sua affidabilità. Le venne perfino il dubbio che fosse gravato dai debiti e che potesse trascinare anche loro nella rovina.

Dopo la visita del gentiluomo, Orsola iniziò a sperimentare nuove forme e tonalità, decisa più che mai a creare qualcosa che fosse davvero elegante e capace di impressionare tutti, non solo il nuovo cliente. A far bella una collana erano i colori, le forme e le proporzioni. Le singole perle dovevano avere colori intonati fra loro ed essere delle giuste dimensioni. Se erano troppo grandi la collana sarebbe risultata pesante e difficile da portare. Se invece erano troppo piccole rischiava di passare inosservata. Seguendo il suggerimento del cliente, Orsola aveva preso a cimentarsi anche con forme più appiattite di diverso spessore, che alternava alle millefiori. Avrebbe continuato a cercare finché non fosse stata soddisfatta del risultato. Se avesse azzeccato la prima collana, forse il gentiluomo e i suoi amici ne avrebbero ordinate altre, il che le avrebbe consentito di aumentare la produzione e dedicarsi, finalmente, alla creazione di monili.

La visita del signore era stata di sprone a tutti. Marco passava ore a disegnare la coppa che gli aveva chiesto, consultandosi con Giacomo sulla forma e le possibili decorazioni. Giacomo forgiò serpenti, pesci, sirene e foglie di edera, ma alla fine decisero di ornare gli steli con pampini e grappoli d'uva dai chicchi verdi e rossi. Fecero molte versioni della coppa, prima di scegliere quella da mandare al cliente perché la approvasse. Intanto Stefano stava creando uno specchio incurvato in modo impercettibile che avrebbe lusingato il committente facendolo apparire più snello di quanto non fosse: era uno dei trucchi che avevano reso i suoi specchi così amati dalla gente. Insomma, erano tutti indaffarati e ancora non avevano messo mano al lampadario.

I Rosso dedicavano ogni energia a un uomo che conoscevano a malapena. Anche Laura Rosso, solitamente così assennata, pareva soggiogata dal suo incantesimo. Sempre più preoccupata, Orsola decise di parlare con l'unica persona che conoscesse, in grado forse di dirle qualcosa di più sul misterioso gentiluomo.

Orsola andava a trovare la zia in convento circa una volta al mese, di più non le era possibile a causa del lavoro a lume e dei bambini da accudire. Non ci andava volentieri, perché zia Giovanna non era una persona facile; inoltre, da quando era entrata in convento aveva abbandonato del tutto il garbo che può rendere più agevole la conversazione. Non faceva mai domande, e poiché la sua vita da suora era sempre la stessa, neppure Orsola aveva molto da chiederle e si metteva a blaterare di qualunque cosa le venisse in mente, mentre la zia la guardava in silenzio, senza neppure annuire o buttare lì un «ti ascolto». A volte Orsola portava con sé Angela, come diversivo, anche se dopo aver trascorso la quarantena insieme a Stella e Marcolin, zia Giovanna aveva sviluppato una forte antipatia per i bambini e ignorava la pronipote o le urlava contro, facendola scoppiare in lacrime. Quegli incontri erano assai poco piacevoli, sia per la zia sia per la nipote, e tuttavia Giovanna si lamentava se Orsola lasciava passare troppo tempo tra una visita e l'altra. «Vi siete dimenticati di me» brontolava. «Io marcisco fra queste mura e nessuno ci bada».

Anche se faceva un freddo pungente, c'era il sole il giorno in cui andò al convento, così si sedettero nel giardino dei semplici che aveva al centro due scomode panchine di pietra. Orsola c'era già stata molte volte e d'estate soleva sfregare tra le dita la menta e la verbena e la salvia e l'origano per sentirne il profumo, finché zia Giovanna non la sgridava perché sciupava le piante. Ora le piante spuntavano brulle dal terreno nudo, tranne il rosmarino e la lavanda, che conservavano le foglie anche d'inverno.

Orsola le fece le solite domande: aveva mangiato bene? Era entrata qualche novizia? Era stato riparato il tetto della cappella? Poi le riferì le ultime sulla famiglia: Angela aveva cominciato a parlare e il padre pendeva dalle sue labbra. Andrea e Sebastiano stavano imparando a leggere. Raffaele era già in grado di portare il sandolo. Come sempre evitò di nominare Stella o Marcolin, ma le parlò del mondo dei vetrai e la aggiornò sulla vita dei vicini: nascite, morti, matrimoni. Citò perfino l'ultima omelia che aveva ascoltato a messa nella basilica dei Santi Maria e Donato.

Ma zia Giovanna non era una sciocca e notò che la nipote era più loquace del solito, sembrava quasi che volesse blandirla. Le stava raccontando che Sebastiano si rifiutava di andare a letto perché si era messo in testa che i pipistrelli avessero fatto il nido nella sua stanza, quando la interruppe di colpo.

«Che vuoi da me?»

«Cosa intendete dire, zia Giovanna? Non voglio nulla».

«Tu sei venuta per un motivo». Giovanna si tolse qualcosa da un dente ed esaminò il reperto prima di gettarlo via.

«Non mentire a tua zia, Orsola, è indegno di te».

Orsola strappò un ramoscello di rosmarino e iniziò a spezzettarlo nervosamente liberando il suo aroma intenso.

«Smettila! Il rosmarino serve per cucinare!» la sgridò zia Giovanna.

«Volevo chiederti di un certo signore che conosce il vostro convento».

Per la prima volta da molto tempo, Giovanna parve interessata. «Quale signore?»

«Si chiama Giacomo Casanova».

Zia Giovanna trasalì, neanche avesse visto sbucare un serpente dall'erba che non c'era. Poi scoppiò a ridere, sghignazzi scomposti e rauchi come il verso di una rana. Era da prima dell'epidemia che Orsola non la vedeva ridere così tanto. Ci sono risate contagiose, anche se non ne conosci la ragione. Ma quella era una risata strana, piena di risentimento contro qualcuno, lei, forse, o la sua famiglia, o l'uomo che Orsola aveva nominato.

Orsola rimase immobile, rossa in faccia per l'imbarazzo, in attesa che la zia si ricomponesse. Finalmente Giovanna smise di ridere e si asciugò gli occhi con la manica della tonaca. «Cosa vuoi sapere di lui?»

«È un uomo di cui ci si possa fidare?» Orsola si sentì un po' sciocca nel domandarlo, perché la risata della zia pareva già una risposta.

Zia Giovanna sbuffò. «Se ci sono di mezzo donne o soldi, è meglio di no».

«Come fate a conoscerlo, zia?»

«Veniva a trovare una delle nostre novizie. Anzi, due. A volte tutte e due insieme!» La zia fece un risolino malizioso e Orsola rimase allibita quando capì a cosa stava alludendo.

«Oh, ci ha fatto divertire parecchio! Perché mi chiedi di lui? Non dirmi che viene a trovare anche te, stupida ragazza?»

«No, no di certo! Ma ci ha ordinato parecchia roba». Orsola evitò di dire che lei gli stava facendo una collana nella speranza di allargare il proprio giro d'affari. Zia Giovanna non si era mai curata del suo lavoro di *perlera* anche se erano state le sue perle a consentirle di tirare avanti durante la peste.

«*Mariavergine!*» La suora si fece il segno della croce. «Vi ha dato un anticipo? Non credo. Quell'uomo beve solo vini costosi e regalava alle sue amichette qui al convento così tante calze di seta che ce n'era per tutte noi!» Sotto lo sguardo stupito della nipote, zia Giovanna si sollevò la sottana mostrandole le calze bianche che indossava, afflosciate intorno alle caviglie a causa dei polpacci magri. «Sono leggere ma tengono un bel calduccio».

Dopo essersi abbassata la tonaca, continuò: «È indebitato fino al collo. A Murano e anche a Venezia».

Di fronte allo sgomento di Orsola, Giovanna aggiunse in tono di rimprovero: «Cosa ti aspettavi? Basta guardarlo per capire che è un depravato! Cosa vi ha chiesto?»

«Quattro dozzine di coppe, uno specchio e...» Orsola s'interruppe perché Giovanna si era di nuovo fatta il segno della croce. E non le aveva ancora parlato del lampadario.

La monaca scrollò la testa e si lisciò la tonaca sulle gambe. «Marco è un idiota, quell'uomo è troppo scaltro per lui. Datemi retta: per il momento fategli solo dodici coppe e consegnatele personalmente al suo mecenate, che è abituato a ripianare i suoi debiti. Quello spendaccione millanta origini nobili, ma sua madre faceva l'attrice, lo sapevi?» esclamò Giovanna. «Se vi pagano le coppe, gliene fate altre dodici, e lo specchio. Ma un po' alla volta, scucendo più soldi possibile a lui o al suo mecenate». La zia di Orsola era sempre stata sveglia quanto sua sorella Laura, forse anche di più, perché non vi erano legami famigliari a offuscare il suo giudizio.

Quando Orsola raccontò alla madre ciò che le aveva suggerito, Laura Rosso la rimproverò. «Ora lo dirà alle altre suore e presto lo sapranno tutti!»

«Lo sanno già tutti: Marco è andato a vantarsi all'Omo Salvadego. Mi hanno fermato in tre al mercato, per chiedermi del lampadario».

«È giustamente fiero per aver ricevuto un ordine così importante da quel gentiluomo».

«Ma quale "gentiluomo"! Tu non sai niente di lui! Quello è figlio di un'attrice!» disse Orsola imitando zia Giovanna.

Laura fece schioccare la lingua.

Orsola continuò: «Se Marco, Giacomo e Stefano passeranno tutto il tempo a fare queste cose invece di lavorare per Klingenberg, e alla fine quello non dovesse pagarci... potremmo fallire». Sapeva che sua madre ne era consapevole, ma sentiva il dovere di dirlo.

«Se sei convinta che non pagherà, perché gli fai una collana?»

Orsola si sforzò di trovare una risposta sensata ma non le riuscì, perché sua madre aveva ragione. Ma non voleva rinunciare a quell'ordinazione. La entusiasmava l'idea di creare qualcosa di bello per un uomo così in vista, una collana che forse una gentildonna avrebbe sfoggiato passeggiando per le piazze più eleganti di Venezia. Una collana così bella che chiunque, vedendola, avrebbe detto: «Chi è la creatrice di questa meraviglia?» Forse sarebbe perfino servito a dare lustro alla bottega dei Rosso... Era solo una fantasia, naturalmente, ma Orsola ne aveva bisogno per andare avanti.

«Mi renderà qualche soldo, poca roba» disse. «Ma quattro dozzine di calici, uno specchio, una collana e un lampadario? *Mariavergine!*»

Laura Rosso strinse le labbra. «Vedi, figliola, noi Rosso non abbiamo mai realizzato un lampadario. Quasi tutte le altre botteghe li fanno. Ricordi a cosa stava lavorando tuo padre quando morì? A un lampadario. Sarebbe stato il primo. Poi una scheggia di quel vetro lo uccise e da allora nessuno ha più voluto un lampadario dei Rosso. Marco si è messo in testa di spezzare quella maledizione».

Orsola la fissò. Si sforzava di non pensare a quel giorno. Ma l'immagine riaffiorò di colpo: suo padre impietrito, ancora con le pinze in mano, la scheggia di vetro conficcata nel collo. Appena l'aveva estratta, un fiume rosso era sgorgato dalla ferita formando una pozza ai suoi piedi e lui c'era caduto dentro. Orsola rivide anche la cosa a cui stava lavorando, la cosa che l'aveva ucciso: il braccio di un lampadario di vetro traslucido filigranato. Ora aveva l'esperienza necessaria a riconoscerlo.

«Non sarò io a dirgli di rinunciare» continuò Laura. «È un'occasione che non possiamo perdere».

Orsola non avanzò altre obiezioni, ma ripeté il suggerimento di zia Giovanna, ovvero che Marco facesse solo una dozzina di calici e li portasse al signore, esigendo di essere pagato prima di iniziare gli altri. Sua madre non volle darle retta. Allora non le rimase che tutelare sé stessa: una volta terminata la collana millefiori, l'avrebbe portata a Venezia e si sarebbe rifiutata di andarsene se prima non la pagavano.

Orsola lavorò sodo, provando e riprovando finché non fu soddisfatta del risultato. Quando ebbe creato anche l'ultima perla, le unì fra loro con un filo di seta e andò in cucina a mostrare la collana a Monica e Rosella. Aveva usato diverse tonalità di blu, mettendo al centro delle millefiori puntini bianchi che imitavano la madreperla, così come le piccole perle che si alternavano alle più grandi. I motivi floreali erano posti accanto a perle blu scuro a forma di botte, leggermente appiattite come aveva suggerito il gentiluomo. L'effetto era di fiori scintillanti, una corona di stelle attorno al collo. Monica e Rosella mandarono un grido di stupore quando la videro. Monica non chiese di provarla, ma Rosella sì, anche se le penzolava davanti perché non aveva abbastanza seno.

Orsola stava spiegando che sarebbe andata a consegnarla di persona, quando Stefano apparve sulla soglia. Vedendo Rosella con la collana, le sorrise. «Sei bellissima. Vuoi guardarti?» disse alla bambina.

Rosella annuì.

«Aspetta un momento». Stefano uscì e tornò poco dopo con uno specchio a mezzo busto che posò sul tavolo, appoggiandolo alla parete. Lo specchio non aveva la cornice di legno dorato, come al solito, bensì di vetro, una ghirlanda di foglie e di fiori con in cima un bouquet, sempre di vetro. Lo specchio era dotato di portacandele per poter essere usato anche di sera. Ma la cosa più sorprendente era l'incisione che aveva al centro: una figura femminile nuda, su una nuvola, con lunghi capelli sciolti, seni rotondi come arance, un velo che copriva a malapena la parte inferiore del corpo. Non era lo stile abituale di Stefano, ma ovviamente aveva dovuto assecondare i gusti eccentrici del cliente. Tuttavia, Orsola si chiese dove avesse preso l'ispirazione: quella femmina discinta non somigliava per niente a lei.

Rosella vi si specchiò, affascinata dalla propria immagine con la splendida collana e sfiorò la donna nuda con un dito.

«È magnifico» disse Monica rivolta a Stefano. «È per quel signore?»

Lui annuì. «L'ho appena finito. Se vuoi posso andare a consegnarlo insieme alla tua collana» disse a Orsola. Lei lo fulminò con lo sguardo. «Possiamo andarci insieme, volevo dire» si corresse Stefano. «Sarà più facile farsi pagare se saremo in due».

Orsola non era entusiasta dell'idea. Preferiva sempre andare a Venezia da sola, libera per qualche ora di vagare senza meta, ammirando le bellezze della città. Inoltre pensava che, con un cliente di quel tipo, sarebbe stato più facile farsi pagare se fosse stata sola. Non le dispiaceva affatto l'idea di bere un bicchiere di vino e civettare con lui. Niente di più, ovviamente, quel che bastava a fargli aprire il borsello. Non avrebbe potuto lasciarsi corteggiare alla presenza di Stefano, e forse era proprio per questo che lui voleva accompagnarla.

Ma era pur sempre suo marito, e lei non poté fare altro che annuire cercando di nascondere la delusione.

La mattina dopo Bruno li condusse al di là della laguna e attraverso i canali secondari che conducevano al palazzo di Castello dove viveva il senatore Bragadin, mecenate di Casanova. Bruno si era finalmente sposato e aveva tre figli, ma questo non gli impediva di canticchiare stornelli volgari e di rivolgere saluti scurrili agli altri gondolieri. Lo divertiva l'idea che Orsola e Stefano andassero a Venezia insieme, e a casa di un uomo così famoso. Ovviamente, a Murano sapevano tutti chi dovevano incontrare. «Gira una canzoncina sul vostro cliente» disse Bruno e la intonò senz'altro:

*Serenissima rinchiudi le tue figlie,*
*le madri, le mogli e anche le nonne,*
*perché è tornato Casanova,*
*e con la sua verga vermiglia,*
*farà ballar tutte le donne!*

«Basta!» gridò Stefano. «Non ti vergogni? Che figura ci fai fare?»

Quello svergognato di Bruno ridacchiò e continuò a mugolare la canzoncina mentre la gondola scivolava verso il porticato di Ca' Bragadin, un palazzo rosa pallido di quattro piani, su due dei quali si aprivano file di finestre incorniciate da archi a sesto acuto. Meno grandioso dei palazzi sul Canal Grande, e in posizione più tranquilla e appartata, era non di meno raffinato, con lo scintillante intonaco posato di recente. Sedute sul balcone al primo piano, due donne sorseggiavano il caffè, e gli abiti comodi che indossavano facevano intuire che si fossero alzate da poco. Non prestarono troppa attenzione ai nuovi arrivati. Stefano si era fatto la barba e Orsola si era spazzolata i capelli, e avevano messo entrambi i loro abiti migliori, ma facevano una ben magra figura in confronto ai veneziani. A Murano godevano di un certo rispetto, lì invece non erano nessuno.

Stefano si alzò sulla gondola, ma esitava a scendere, chiaramente intimidito da ciò che aveva intorno. Le donne sul balcone ridacchiavano, quasi sicuramente per qualcosa che non aveva nulla a che fare con loro, ma Orsola si vergognò lo stesso della timidezza di suo marito. *Antonio sarebbe entrato nel palazzo con spavalderia,* pensò, ma si affrettò a scacciare l'idea dalla mente. Evitava sempre di fare confronti tra i due.

Balzò in piedi facendo dondolare la barca, tanto che Stefano ricadde sul sedile mentre lei raggiungeva i gradini del porticato. «*Oe*, signora!» le gridò dietro Bruno. «È questo il bene che vuoi a tuo marito, vuoi farlo cadere nel canale? Ci credo che non fate figli!»

Orsola accusò il colpo, come se il barcaiolo le avesse dato un pugno nello stomaco: il mese prima aveva abortito di nuovo.

Ora le due signore sul balcone ridevano proprio di loro e anche Bruno si mise a sghignazzare, fiero di aver suscitato l'ilarità delle nobildonne.

Stefano prese lo specchio fasciato nella stoffa e lo porse a Orsola prima di scendere a sua volta. Si rivolse a Bruno e il sorriso scomparve dal volto del gondoliere, che si rese conto di aver esagerato.

«Vattene!» gli urlò Stefano. «Non torneremo con te. E non ti pago, perché hai insultato mia moglie. *Canagia!*»

Orsola non lo aveva mai visto così infuriato.

«Ora non si può nemmeno scherzare!» bofonchiò Bruno, ma Stefano lo ignorò: si fece passare lo specchio da Orsola e la prese sotto braccio guidandola nell'androne buio, il pavimento di pietra ancora umido dopo l'acqua alta. Avvolta dalla penombra, Orsola si voltò a guardare il rettangolo di luce dove Bruno, ritto sul sandolo, urlava, dando loro dei ladri e dei disonesti.

«Ti senti bene?» le chiese Stefano stringendole il braccio. Orsola posò la mano su quella di lui: ora era felice di averlo a fianco.

«Non viaggerò mai più con Bruno» disse. «E prego la Madonna che la mia collana non sia per una di quelle due smorfiose» aggiunse, stringendo il pacchetto con la millefiori.

Si guardarono intorno nell'androne che, nei palazzi aristocratici, era il luogo dove venivano depositate le merci. C'erano casse di vino contro una parete, con sopra un cesto di ciliegie, una primizia, e una cassetta di sardine. Un'ampia scalinata di marmo saliva ai piani superiori del palazzo.

Orsola e Stefano si guardarono in silenzio, incerti sul da farsi. Orsola non era mai stata dentro un palazzo, neppure in quelli, più modesti, di Murano. Pensava che avrebbero trovato qualcuno ad accoglierli. «Dici che dobbiamo salire?» domandò indicando lo scalone.

In quella, un uomo scese di corsa i gradini. Doveva essere una sorta di servitore, anche se era vestito molto meglio di loro, con la camicia bianca e le brache dai ricami dorati. Prese il cesto di ciliegie e la cassetta di sardine e fece per risalire, ma Stefano gli rivolse la parola.

«Signore!»

Il servitore ebbe un sussulto e strinse gli occhi sbirciando le due figure nella penombra. «Che ci fate qui? Fuori!»

«Dobbiamo vedere il signor Casanova».

Sentendo pronunciare quel nome, il servitore scrutò Orsola dalla testa ai piedi e poi guardò Stefano con aria interrogativa, come chiedendosi che ci faceva lì.

«Veniamo da Murano e abbiamo portato lo specchio e la collana che ci ha ordinato» spiegò Orsola.

«Lasciateli qui» disse l'uomo indicando una delle casse di vino. «Verrò a prenderli più tardi».

«Non possiamo lasciarli incustoditi, sono oggetti di valore» disse Stefano. «Dobbiamo consegnarli personalmente al signor Casanova».

«Dorme ancora».

«Possiamo aspettare» disse Orsola.

«Allora vi toccherà aspettare fino a stasera. Il signore ha fatto tardi ieri notte. Lasciate qui le vostre cose, vi garantisco che sono al sicuro».

«Siamo venuti di persona perché vogliamo essere pagati».

Il servitore scoppiò a ridere, una risata beffarda che ricordò a Orsola quella delle due donne sul balcone e quella di zia Giovanna, la prima volta che le aveva parlato del gentiluomo di Venezia.

Proprio in quel momento si udì un grido dal canale: qualcuno stava diceva a Bruno di togliersi di mezzo. In cima alla scalinata apparve un gruppo di persone, capeggiate da un uomo anziano con un mantello rosso e il tricorno sopra l'ampia parrucca. Il suo portamento autorevole, la schiena dritta, il passo svelto con cui scendeva le scale, gli occhi fissi sulla luce che veniva da fuori palesavano la sua importanza. *Deve essere il mecenate*, pensò Orsola. Quando il servo con cui avevano parlato si scansò, la giovane Rosso fece un passo avanti e aprì la bocca, sperando di salvare la sua famiglia dalla sciagura che rischiava di colpirla a causa di un lampadario, uno specchio, una collana e quattro dozzine di calici. E forse ce l'avrebbe fatta. Se solo il senatore Bragadin avesse gettato un'occhiata alla sua destra e li avesse notati, forse Orsola sarebbe riuscita a staccare la lingua dal palato per dirgli che avevano fatto un buon lavoro per lui e che erano pronti a fare di più, un lampadario che avrebbe destato sensazione a Venezia, che lei contava su quella collana per farsi conoscere e acquistare nuovi clienti... però avevano bisogno di essere pagati. Ma il senatore Bragadin non li degnò di uno sguardo e la lingua di Orsola rimase muta mentre lo guardavano uscire alla luce del sole e salire sulla gondola che lo aspettava, per portarlo senza dubbio a un incontro molto importante con un'altra persona molto importante, forse lo stesso doge. Le donne sul balcone lo chiamarono, e il senatore si tolse il cappello e lo agitò per salutare le ammiratrici, prima di sedersi all'interno del felze.

Quando il senatore Bragadin se ne fu andato, il servitore parve ricordarsi di Orsola e di suo marito, e indicò il canale senza neppure prendersi la briga di dire: «Andatevene».

Allora posarono la collana e lo specchio sulla cassa di vino e Orsola disse: «Preferiamo uscire sulla calle». Infatti volevano evitare di trovarsi davanti Bruno. Avrebbero raggiunto a piedi la riva settentrionale facendosi riportare a Murano da un altro barcaiolo.

Il servitore li precedette verso una porta che si apriva su un cortile non molto diverso da quello di casa Rosso, con un pozzo squadrato al centro, donne anziane sedute a cucire, una più giovane che rimestava i panni nella tinozza e un gruppetto di bambini che correvano qua e là.

Orsola si fermò di colpo, rammentando la lezione che aveva appreso molto tempo prima da Domenego. «Vogliamo la ricevuta» disse, incrociando le braccia sul petto, quasi si stesse preparando alla lotta.

Il servitore alzò gli occhi al cielo, ma evidentemente era abituato a sentirselo chiedere perché non fece obiezioni.

«Un momento» disse e tornò verso l'androne. Mentre aspettavano, Orsola e Stefano guardarono le donne e i bambini che non mostravano alcuna curiosità verso di loro, neanche fossero due remi appoggiati al muro.

«Dici che ci pagheranno?» mormorò Stefano.

Orsola scrollò il capo. «Non lo so. Ma devi dire a Marco come ci hanno trattato. Potrebbe chiedere a Klingenberg di negoziare il pagamento del lampadario per conto nostro». Era una buona idea, forse l'esperto mercante avrebbe saputo come comportarsi con quel cliente inaffidabile.

«Tuo fratello non starà nemmeno ad ascoltarmi» rispose Stefano.

Orsola sapeva che aveva ragione. Marco rispettava il lavoro di suo marito, ma non accettava consigli da nessuno.

Di lì a poco, il servitore tornò con un foglio di carta, una penna e un calamaio, e descrisse in due parole lo specchio e la collana. Orsola aveva finalmente imparato a leggere, ma riconobbe solo il nome Casanova, che era grande il doppio delle altre parole.

Non arrivò un quattrino, ovviamente. Ma due mesi dopo arrivò Domenego. Uno dei garzonetti andò a chiamare Orsola nel suo studiolo. Attraversando il laboratorio, vide Marco intento ad attaccare uno dei dodici bracci al lampadario, appeso alle corde di una carrucola: si trattava di un'operazione delicata, perché sarebbe bastato il minimo errore per spezzare uno degli elementi che poi avrebbe richiesto giorni per essere riparato. Avevano già attaccato la maggior parte dei bracci, e i grappoli d'uva che vi erano appesi ondeggiavano, mentre Marco spingeva il vetro rovente contro il globo centrale.

Orsola non aveva mai visto il lampadario per intero, ma solo i singoli elementi prima che fossero assemblati – un braccio o un ornamento floreale o un pampino arricciato – e si fermò a osservarlo. Il corpo del lampadario era costituito da sagome sovrapposte, ognuna di diverse lunghezza e larghezza. La più grande era una sfera da cui si diramavano i bracci e sopra ce n'era una più piccola, da cui sgorgavano ammassi di fiori e foglie. Grappoli e pampini pendevano da ogni braccio e il tutto era realizzato in vetro trasparente o satinato con sfumature turchesi per gli acini e i bordi di alcuni elementi. In teoria non avrebbe dovuto funzionare: fiori blu? Uva blu? Invece funzionava eccome! Quando ci si metteva d'impegno, Marco sapeva essere geniale.

«Meraviglioso» disse sottovoce, per non disturbare gli uomini in un momento cruciale che richiedeva la massima concentrazione. Marco, Giacomo e Stefano lavoravano al lampadario da quasi un mese, avendo accantonato ogni altra cosa, compresi gli ordini di Klingenberg, che normalmente erano imprescindibili. Erano tutti grondanti di sudore per il caldo e il nervosismo. Piena di ammirazione, Orsola sarebbe voluta rimanere a guardare il marito e i fratelli che lavoravano di buona lena. Ma Domenego la stava aspettando e uscì dal laboratorio, sgattaiolando sul pontile.

Il gondoliere aveva un'aria decisamente cupa e Orsola si sentì il cuore in gola. *Antonio*, pensò, rabbrividendo. Anche dopo tanti anni, Antonio era in cima ai suoi pensieri.

Ma non si trattava di lui. «Ho pensato che era meglio se te lo dicevo io, Orsola, invece che qualcuno al mercato» mormorò. «Il vostro signor Casanova è stato arrestato. È trattenuto ai Piombi, nel palazzo Ducale».

Dal laboratorio si levò un grido. Per un attimo Orsola pensò che avessero sentito la notizia di Domenego. Invece stavano festeggiando: l'ultimo braccio era stato attaccato con successo e avevano finito il lampadario che nessuno avrebbe mai pagato.

5.

Ora il sasso compie un balzo di quarantadue anni, toccando terra nel 1797. Nel frattempo ci sono state due grandi rivoluzioni. Prima quella americana, che i vetrai muranesi e la nobiltà veneziana possono anche ignorare. Poi la Rivoluzione francese, molto più vicina a casa loro. Ne è figlio Napoleone Bonaparte, che non consentirà a nessun europeo di ignorarlo. Il suo esercito marcia attraverso il continente conquistando un territorio dopo l'altro, e quando raggiunge il Veneto si impadronisce di Venezia, la preda più ambita. Il senato veneziano decreta la propria estinzione, i senatori perdono il manto di velluto fuggendo dal palazzo Ducale e la Città d'Acqua cessa di essere una repubblica.

Nell'arte domina il Neoclassicismo: tutti hanno nostalgia dell'antica civiltà greco-romana. Goethe e Schiller sono alla testa del Classicismo di Weimar. Ma il Romanticismo già ribolle, pronto a sparigliare le carte. In Inghilterra, Wordsworth ha conosciuto Coleridge. William Blake ha composto i *Canti dell'innocenza e dell'esperienza.* L'inimitabile Jane Austen ha iniziato a scrivere i suoi sagaci romanzi, *Orgoglio e pregiudizio* e *Ragione e sentimento.*

Nell'Isola di Vetro, Orsola Rosso gira e rigira sulla fiamma una perla millefiori blu punteggiata di giallo e bianco. Solleva lo sguardo: ora ha trentasette anni. Lei e coloro che contano per lei hanno otto anni in più. Il loro destino è legato a quello della città vicina. E Venezia soffre. Vedremo di passata quella sofferenza, aumentando o rallentando l'andatura senza soffermarci troppo su quegli anni...

Quando Klingenberg le mandò a dire che voleva vederla subito, Orsola prese tempo, anche se Domenego, dopo aver recato il messaggio, era rimasto nella cucina dei Rosso, pronto a portarla al Fondaco dei Tedeschi.

«È così urgente?» gli domandò. «Avrei da fare qui». Orsola era davvero impegnata, anche se non con le perle, perché insieme a Monica, Rosella e Stella aveva raccolto le melanzane e le zucchine, i pomodori e l'aglio e i peperoni, le prugne e le pere e le mele, e stavano preparando le conserve e le marmellate in vista dell'inverno. Dato che il vetro non si vendeva più come un tempo, per sopravvivere dovevano fare affidamento su ciò che coltivavano nell'orto. E quello non era un buon momento per recarsi a Venezia.

«Non mi ha detto perché» rispose Domenego. «Ma capita di rado che il padrone chieda a qualcuno di andare subito da lui». Il gondoliere aveva l'aria stanca e i capelli gli stavano diventando grigi sulle tempie. La tunica marrone chiaro che indossava non faceva risaltare la sua figura alta e snella come quella rossa e attillata che vestiva sopra le brache a rombi il giorno in cui Orsola lo aveva conosciuto. Ora sembrava solo triste e spossato. Pochi mesi prima i francesi avevano preso il controllo della Repubblica di Venezia, e ora i Rosso aspettavano, come tutti gli altri, di vedere cosa sarebbe successo alla città. Le richieste di Klingenberg per bicchieri e perle erano ridotte di nuovo al lumicino. Anni prima il mercante, irritato dai ritardi nelle consegne causati dal lampadario e dai calici di Casanova, aveva punito i Rosso diradando fortemente gli ordini. Marco aveva impiegato parecchio tempo a riconquistare la sua fiducia, ma a quel punto Napoleone era ormai alle porte.

Tuttavia Domenego aveva ragione: Klingenberg non l'avrebbe mai mandata a chiamare senza un motivo importante. Una nuova commissione, forse. I Rosso ne avevano un gran bisogno. Orsola si asciugò le mani dal succo di pomodoro, si tolse il grembiule macchiato, salutò le altre donne e partì per Venezia.

Il Fondaco dei Tedeschi era silenzioso come una tomba e i pochi mercanti rimasti tiravano avanti, in attesa di capire che ne sarebbe stato di Venezia. Seduto nell'anticamera, Jonas era intento come sempre a scrivere sul registro, anche se doveva esserci molto meno da annotare visto il declino dei commerci causato dalla campagna d'Italia di Napoleone. A Orsola venne persino il dubbio che stesse solo fingendo di lavorare: forse se avesse sbirciato da dietro le sue spalle avrebbe scoperto che erano scarabocchi quelli che stava facendo. Si scambiarono un cenno di saluto, evitando di punzecchiarsi ora che avevano nemici comuni ben più temibili da affrontare, e Jonas la accompagnò dentro.

«Orsola Rosso è qui per voi, Herr Klingenberg».

«Ah, signora Orsola, grazie di essere venuta». Klingenberg si alzò e le fece segno di accomodarsi. La sua stanza era ancora confortevole, ma meno lussuosa di un tempo. I tappeti persiani erano logori, la scrivania malconcia e, appesa in un angolo, la sua veste bordata di pelliccia dava l'impressione di essere mangiata dalle tarme. Il lusso e la comodità di cui Klingenberg era solito circondarsi apparivano velati da una patina di vecchiaia. Anche lui era invecchiato: aveva i capelli e la barba argentati, e si sedette con la cautela di chi non si fida più delle proprie membra. Ma si rivelò ospitale come sempre.

«Jonas, malvasia e bussolai per la nostra ospite!» esclamò. Jonas si allontanò e quando tornò aveva fra le mani un vassoio laccato con sopra una caraffa e due bicchieri, insieme a un piatto di vetro rosso colmo dei famosi biscotti veneziani. Orsola li trovava troppo secchi, anche inzuppati nel vino. Ma ne prese uno ugualmente e lo addentò. *Sembra quasi che mi stia corteggiando,* pensò. *Cosa vorrà da me?*

Klingenberg le chiese notizie di sua madre, della figlia e dei fratelli, ma si capiva che lo faceva per pura cortesia.

Poi posò il bicchiere di vino, così bruscamente che Orsola trasalì: Klingenberg non avrebbe mai rischiato di rompere un oggetto di vetro.

«Come sapete, siamo in attesa di capire quali siano le intenzioni del generale Bonaparte riguardo alla nostra città. Non è chiaro al momento chi sarà a governarla».

«I francesi, no? Sono qui da maggio».

Il mercante scosse la testa. «C'è chi spera che Venezia possa mantenere l'indipendenza. Io non condivido tale speranza. Si vocifera che Napoleone potrebbe usare Venezia e il Veneto come merce di scambio con l'Austria».

Orsola sapeva ben poco dei francesi, per lei erano solo quelli che avevano occupato Venezia. Quanto agli austriaci sapeva soltanto che parlavano una lingua simile a quella dei tedeschi.

«Non preferireste essere governato dagli austriaci?» buttò lì. «Sono più simili a voi».

Il mercante le rivolse uno dei suoi sorrisetti scaltriti dall'esperienza. «Sono sempre stato accolto bene in questa città. Mi piace il modo di vivere dei veneziani. Mia figlia ne ha sposato uno e i miei nipoti parlano il dialetto veneziano anche se io adopero il tedesco con loro perché lo imparino». Fece una pausa e aggiunse: «Non credo proprio che i veneziani andrebbero d'accordo con gli austriaci. Hanno temperamenti troppo diversi. Se i veneziani sono l'acqua, gli austriaci sono la terra».

«E Bonaparte cos'è?»

«Il fuoco. Ti inghiotte e passa oltre. Per questo ho voluto vedervi».

«Verrà a Venezia?» Era da mesi ormai che si parlava del suo arrivo.

«Non lui, sua moglie, Giuseppina».

«Davvero?»

«È essenziale che si formi un'ottima impressione di Venezia. In suo onore verranno organizzati balli, un'opera, una regata. Soggiornerà a palazzo Pisani Moretta, uno dei più belli della città. Sarà ricoperta di doni: il meglio che la città possa offrire. Tessuti, spezie, quadri, una gondola da portare con sé a Parigi. Gioielli». Klingenberg la guardò negli occhi. «La moglie del generale ha una grande passione per i gioielli. E noi mercanti del Fondaco dei Tedeschi abbiamo deciso di offrirle un dono. Vogliamo che voi le facciate una collana, una collana che non potrebbe mai trovare altrove e che le ricordi per sempre Venezia e i suoi maestri vetrai».

*Un'altra collana,* pensò Orsola, ricordando quella che Casanova non le aveva mai pagato. Non aveva detto nulla a Klingenberg del monile e neppure dello specchio, anche se ovviamente il mercante sapeva del lampadario: dopo aver tentato invano di venderlo, Marco aveva chiesto sia pur con riluttanza il suo aiuto. Ma nemmeno Klingenberg era riuscito a trovare un acquirente, e il lampadario era rimasto a prendere polvere nel fondaco dei Rosso, i grappoli d'uva e i fiori che avevano perso ogni lucentezza. Anche molti dei calici invenduti languivano in file polverose come tanti soldatini, a ricordare la batosta da cui i Rosso non si erano mai ripresi del tutto.

«Vi pagheremo, ovviamente» le disse Klingenberg in tono rassicurante. «Ma non è solo una questione di denaro. Forse, scoprendo la bellezza e lo spirito della città, Giuseppina sarà spinta a perorare la nostra causa. E la vostra collana contribuirebbe a darci l'indipendenza».

«Questa non è la mia città» disse Orsola. «Io sono di Murano».

Klingenberg si irrigidì, palesemente contrariato dal campanilismo della donna. «Si capisce» ribatté. «Ma ciò che riguarda Venezia, riguarda anche Murano».

Orsola considerò la richiesta. Una collana per Giuseppina Bonaparte: un'altra occasione per incrementare gli affari, o un altro fallimento?

«Per quando vi serve?» domandò.

«Due giorni».

«*Mariavergine,* non ce la faccio in due giorni! Non se dev'essere una bella collana. Ci vogliono ventiquattr'ore solo per far raffreddare le perle. E mi serve tempo per trovare il modello giusto».

«Tre giorni, allora. Giuseppina arriverà domani».

«Non potevate cercarmi prima?»

«Ha annunciato il suo arrivo solo all'ultimo momento. Stiamo tutti correndo».

«Quanto mi darete?»

«Non pensate soltanto ai soldi o al tempo, signora Orsola. Chiedetevi cosa potete fare in tre giorni per la moglie dell'uomo più importante d'Europa».

«Che tipo è?»

«Mi dicono che sia aggraziata più che bella. Si tiene bene, ha una bella figura. E veste con gusto».

«Questo potrebbe valere per la maggior parte delle gentildonne europee. Ho bisogno di maggiori dettagli. Di che colore sono i suoi capelli? E i suoi occhi? Che carnagione ha? Ha il collo lungo o corto? Che forma ha il suo seno?»

Quest'ultima domanda suscitò un tale stupore in Klingenberg che Orsola stava per ridergli in faccia. «Se devo realizzare una collana eccezionale, devo sapere su quale letto poggerà» spiegò.

Dall'anticamera giunse un colpetto di tosse.

«Che c'è, Jonas?» disse Klingenberg.

Lo scrivano apparve sulla soglia. «Forse vostra figlia lo sa, signore. Le donne prestano attenzione a certe cose...»

«Allora falla venire qui».

Nell'attesa parlarono del vetro, della penuria di viveri, dei soldati francesi accampati in piazza San Marco, dei dipinti e delle sculture su cui Napoleone aveva messo gli occhi e che intendeva portare a Parigi.

«Per ora hanno lasciato in pace la nostra isola» disse Orsola.

Klingenberg si sporse in avanti. «Se avete qualcosa di valore, nascondetelo. Spoglieranno le vostre chiese e poi le chiuderanno». Le versò dell'altra malvasia. Orsola ne bevve un sorso, chiedendosi se Klara avrebbe approfittato di quell'incontro imprevisto per farle scivolare in mano di nascosto uno degli oggettini di vetro che Antonio continuava a mandarle. La figlia del mercante aveva mantenuto la parola, e ogni volta che le arrivava un delfino incaricava Domenego di consegnarlo a Orsola.

Erano passati diciassette anni dal giorno in cui aveva visto Antonio prendere il largo dalla riva di San Matteo. Il suo viso era un'immagine sbiadita nella memoria e lei rammentava solo certi suoi tratti, i capelli di oro scuro, gli occhi verdi come la laguna. Anche la pena che le aveva suscitato l'addio pareva lontana. Era come le cicatrici delle ustioni che si procurava lavorando il vetro: bruciavano sul momento, ma dopo qualche tempo non riusciva più a ricordare né l'incidente, né il dolore.

Ogni volta che arrivava un delfino, però, che fossero passati sei mesi o sei anni dall'ultimo, Orsola provava un sussulto di gioia. Il tempo poteva correre o fermarsi, espandersi o contrarsi, ma la continuità dei delfini di Antonio, la consapevolezza di essere ancora ricordata dopo così tanto tempo, era il solido fondamento su cui poggiava la sua vita, come i milioni di tronchi piantati nel letto della laguna a sorreggere Venezia. Non ne aveva la certezza, ma dubitava che sarebbe riuscita a rimanere in piedi qualora le fosse venuto a mancare.

Era passato molto tempo dall'ultima volta che aveva visto Klara, e la trovò leggermente appesantita dalle due gravidanze, con i capelli più scuri raccolti sulla nuca e i riccioli sulla fronte, secondo la moda dell'epoca. Il suo vestito di stoffa argentata non sembrava nuovissimo, ma era nondimeno incantevole.

Si illuminò quando vide Orsola. «Signora Rosso, che piacere!»

Suo padre le guardò stupito. «Vi conoscete?»

«Sì» disse Klara.

«Venezia non è poi così grande» aggiunse Orsola, ansiosa di cambiare discorso: se il mercante si fosse messo a indagare, c'era il rischio che saltasse fuori la storia dei delfini di vetro.

Klara si rivolse al padre. «Cosa volete sapere di così misterioso da far correre Jonas a casa mia? Il poveretto era senza fiato quando ha bussato alla mia porta!»

Jonas arrossì e cominciò a protestare, ma Klingenberg gli fece segno di tacere. «La signora Orsola vorrebbe sapere che aspetto ha Giuseppina Bonaparte» spiegò.

Ora era Klara a essere stupita. «Perché?»

Orsola guardò il mercante, che annuì, cedendole la parola. «Vostro padre mi ha chiesto di fare una collana per Giuseppina» disse. «Nella speranza che si affezioni a Venezia e le conceda l'indipendenza».

«Ah!» Klara batté le mani e la sua esultanza ricordò a Orsola la ragazza acerba che aveva conosciuto tanti anni prima. Ora che conosceva il motivo per cui l'avevano convocata, si sedette, avvolgendosi nella gonna di seta per evitare che si sgualcisse. Jonas le porse un calice di malvasia e lei ne bevve un sorsetto, senza toccare i bussolai.

«Allora. Giuseppina è l'argomento del giorno nelle botteghe del caffè. È alta e snella, con il collo lungo e il petto formoso. Il suo décolleté è pallido, probabilmente incipriato, e piuttosto audace. Predilige gli abiti girocollo. Ha i capelli castani un po' più scuri dei miei e li porta come me, raccolti dietro e con i boccoli sulla fronte. Anche gli occhi sono castano scuro e sembrano due chicchi di uvetta. Ha la bocca piccola e la dischiude appena quando sorride per non mostrare i denti difettosi. Le sue guance sono piene, il naso proporzionato. Ha la carnagione scura ma usa la cipria per sbiancarla, e a quanto dicono esagera con il rossetto. Pare che sia intelligente e abbia uno sguardo vivace, anche se venato, a volte, di malinconia. Veste spesso di bianco e predilige i tessuti leggeri. Le piacciono le perle, ma a quale donna non piacciono? Ha sempre un aspetto curato e maniere distinte». Klara fece una pausa. «Insomma una donna fascinosa, anche al di là degli abiti e dei gioielli che indossa».

Orsola annuì. «Grazie, signora, la vostra descrizione mi sarà utile».

«Se dovessi farle una collana di perle, non sceglierei il vetro bianco, cercando di imitare le perle vere: ne ha già così tante!» aggiunse Klara. «Ci vorrebbe qualcosa di completamente diverso».

«Millefiori?» suggerì Klingenberg.

«Troppo complicato, direi, almeno stando ai modelli che ho visto. Mi sembrano un po' troppo vistose per una donna come Giuseppina».

«Cornaline d'Aleppo?» propose Orsola. «Perle rosse con il centro verde o bianco».

Klara girò la testa, con aria pensosa. «Non vorrei che fossero troppo semplici».

Jonas tossì per richiamare la loro attenzione. «Abbiamo il campionario delle creazioni della signora Orsola. Volete che lo prenda? Forse potrebbe aiutarvi nella scelta».

Klingenberg annuì e Jonas andò verso un grosso armadio di rovere nell'angolo dell'ufficio. Girò la chiave, e appena aprì le ante il profumo di cannella e noce moscata riempì l'aria. Orsola sorrise: le sue perle erano considerate così preziose da essere tenute sotto chiave insieme a quelle spezie esotiche!

Jonas posò sulla scrivania i cartoncini marrone chiaro su cui erano infilati i campioni delle perle di Orsola, ognuno contrassegnato da un numero. C'era tutto ciò che aveva imparato a fare nel corso degli anni: perle semplici in un'ampia gamma di forme e colori, le millefiori che Klara aveva definito complicate, le cornaline d'Aleppo, perle rotonde decorate con volute di tralci e fiori, quelle in vetro rosso con la foglia d'oro che aveva realizzato dopo che Antonio l'aveva lasciata. Era la prima volta che Orsola vedeva il proprio lavoro come doveva apparire agli occhi dei clienti, e le fece una sensazione strana, estraniante, come se non fosse stata lei a creare quelle perle, ma qualche altra vetraia di Murano.

Klara si mise a studiare i campioni con la stessa attenzione che avrebbe dedicato alla scelta del pizzo per un suo abito. In piedi al suo fianco, Orsola non poté non notare quanto fossero diverse nell'aspetto: Klara, infatti era alta, bionda e pallida, mentre lei era bassa, rotondetta e scura. Klara non indossava più il suo abito di seta celeste e Orsola aveva smesso quello marrone con una punta di rosso, ma in fondo il loro modo di vestire non era mutato: Klara in raso argentato e Orsola in lino marrone. Col passare degli anni avevano eliminato le tonalità troppo accese, mantenendo però la nota di fondo, come il muschio e il cedro in un profumo o il colore al centro delle perle di Orsola.

Klara rifletté a lungo prima di pronunciarsi. «Visto che Giuseppina ama vestire di bianco, io sceglierei un colore forte. Rosso, blu o verde. Il rosso forse è troppo vistoso, però una varietà di blu o verdi, come i tuoi delfini...» le scappò detto e si zittì di colpo, ma il mercante non mancò di cogliere il turbamento sul viso della figlia.

«Delfini?»

«Cavallucci marini» intervenne Orsola, sperando che Klara cogliesse l'imbeccata. «Li faccio per i visitatori di Murano. La signora li avrà visti nella nostra bottega».

«Sì, certo, volevo dire cavallucci marini, non delfini, che sciocca che sono. Comunque sono quelli i colori giusti, per me» continuò Klara, ansiosa di riprendere il filo del discorso. «I colori dell'acqua faranno ricordare Venezia alla nostra ospite. Non il verde torbido dei canali, il verde luccicante del mare».

«Ma ci vorrebbe anche dell'oro» suggerì Jonas. «Stiamo parlando della moglie di un potente generale, abituata a indossare perle e diamanti e altre pietre preziose. Il vetro dovrà avere un aspetto ricercato, se vogliamo essere all'altezza».

Tutti lo fissarono e lo scrivano chinò la testa per l'imbarazzo. Orsola non si era mai curata del suo abbigliamento e notò solo allora le sue scarpe lucide con le fibbie scintillanti, e il mantello di velluto bordò con strisce nere sui lati. Aveva una postura ben eretta e la barba curata come sempre.

«Non ha senso fare perle che assomiglino a zaffiri o smeraldi» ribatté Orsola. «Tanto varrebbe regalare a Giuseppina zaffiri e smeraldi veri. Il punto è mostrarle la bellezza unica del vetro muranese... veneziano».

«Sono d'accordo» disse Klingenberg. «Lasciamo che

sia la signora Orsola a decidere. Domenego vi riporterà subito a Murano, signora, e fra tre giorni verrà a ritirare la collana».

Orsola trangugiò il resto del vino, sperando che le desse il coraggio di cui aveva bisogno per gettarsi in quell'avventura.

Anche Klara si congedò dal padre, seguita da Jonas, che l'avrebbe accompagnata a casa. Mentre scendevano tutti insieme l'ampia scalinata, Klara si sporse verso Orsola che s'illuse, per un momento, di vedersi consegnare un piccolo delfino di vetro. Invece la figlia del mercante disse: «Ho un ultimo suggerimento. Fatele anche un paio di orecchini da abbinare alla collana. Lo apprezzerà. Va di moda».

Una volta tornata a casa, Orsola confidò al minor numero di persone possibile l'importante commissione che aveva ricevuto. Ne sarebbero nate gelosie e qualcuno le avrebbe chiesto soldi, in vista del lauto pagamento, ma soprattutto l'avrebbero accusata di compiacere i francesi. Si limitò a dire che stava realizzando una collana per una persona importante, senza farne il nome.

Inoltre decise di non seguire il consiglio di Klara riguardo ai colori: avrebbe creato una collana e degli orecchini rosso scuro, in parte perché pensava che si sarebbero adattati meglio al colore naturale di Josephine, ma anche perché associava quelle tonalità di verde e blu ad Antonio e ai suoi delfini, e le dava fastidio l'idea di vederle pendere dal collo e dalle orecchie della moglie di un generale francese.

Per prima cosa, Orsola creò una serie di perle di forme diverse, le paternostro perfettamente rotonde, le cannelle cilindriche, le ulivetta bombate, e in diversi formati, dalle più piccole alle più grandi. Il giorno dopo, quando si furono raffreddate, provò a infilarle, usandone molte, poche e anche una soltanto, a mo' di ciondolo. Ma niente riusciva a soddisfarla. Di solito, arrivava il momento in cui si ritrovava fra le mani, come per incanto, l'oggetto che aveva in mente. Ma quel momento tardava ad arrivare. Il poco tempo di cui disponeva la metteva in ansia e iniziò a temere che non sarebbe riuscita a mandare nulla di decente a Klingenberg.

Nel pomeriggio Stella andò nel suo studio per vederla lavorare. Adesso era una giovane donna, con un viso largo e gli occhi seri, i capelli castani quasi sempre scarmigliati. Sebbene avesse già vent'anni, mostrava ancora la spontaneità di una bambina, avulsa dalle preoccupazioni e dalle miserie del mondo degli adulti. Con il mento appoggiato tra le mani, osservò il panno bianco con sopra la miriade di perle che Orsola aveva realizzato la sera prima. A un tratto scomparve e ritornò pochi minuti dopo con Rosella. La figlia di Monica assomigliava assai poco alla madre e aveva un viso delicato, da gatta, con il mento appuntito e un nasino aggraziato. I suoi occhi castani erano orlati di ciglia così lunghe che Rosella doveva pettinarle con le dita. Orsola aveva iniziato da tempo a farle fare le perle, ma gli ordini erano così scarsi che non aveva troppo bisogno del suo aiuto. Però doveva riconoscere che Rosella era portata per quell'arte e aveva un buon occhio.

«Guarda» disse Stella alla cugina, indicando il tavolino. «Che ne pensi?»

Orsola rimase a guardare, divertita all'idea di affidare una scelta così importante a due giovanette. Ma a volte il parere di un altro poteva rivelarsi decisivo. Le tornarono in mente i suggerimenti di Paolo quando aveva deciso di creare le perle gialle contro la peste... Era passato tanto tempo da allora, eppure a volte le pareva che fossero appena finiti i giorni solitari della quarantena.

Rosella studiò le perle con aria solenne. «Per chi sono? Che aspetto ha la donna che dovrà indossarle?»

«È una signora pallida, scura di capelli» rispose Orsola.

«E di carattere?» si intromise Stella. «È timida o sfacciata? È piena di sé e vorrebbe che tutti la guardassero? Pensi che ti sarebbe simpatica se dovessi incontrarla?»

Orsola tacque. Stella aveva una personalità così forte. Avrebbe voluto che la collana fosse per lei... Ma sua sorella non avrebbe mai indossato una collana. Si schiarì la voce.

«È per la moglie di Napoleone».

Rosella sgranò gli occhi, mentre Stella li socchiuse. «La moglie del generale? Maledizione!» Prese una delle asticelle di ferro di Orsola e, prima che potessero fermarla, si trafisse un dito con la punta acuminata.

«Che stai facendo?» le gridò Orsola.

Sua sorella tese verso di lei il dito imperlato da una goccia di sangue vermiglio. «Starebbe bene al collo di una donna» disse, mentre la goccia cadeva a terra. «Specie se è la moglie di un generale... Il sangue che le cola sul petto».

«Sì» disse Rosella, annuendo. «La forma e il colore starebbero benissimo insieme».

Orsola aprì la bocca per ribattere, ma a un tratto ebbe la visione di Giuseppina a un ballo nel palazzo Pisani Moretta, la vide danzare sotto i lampadari di Murano, il bianco del vestito di seta e il décolleté incipriato che facevano risaltare due giri di perle di un rosso sangue graduato, inframmezzate da minuscole perle in foglia d'oro, due orecchini a goccia dello stesso colore...

Annuì. «Grazie, bellissime ragazze!» Si sporse a baciarle facendo sussultare Stella, che non amava le smancerie. «Ora andate» aggiunse Orsola. «Devo lavorare».

In seguito, Orsola avrebbe riso di sé, per le fantasticherie cui si era abbandonata lavorando alla magica collana: Giuseppina che la indossava in gondola sul Canal Grande, o per recarsi all'opera alla Fenice, o passeggiando per piazza San Marco fra musicanti e acrobati. Le gocce rosso sangue e le scintillanti goccioline d'oro avrebbero riscosso l'ammirazione generale e il mondo avrebbe scoperto che era stata Orsola Rosso, la *perlera*, a farle. Presto avrebbe ricevuto così tanti ordini dalle ricche famiglie veneziane che il suo lavoro sarebbe bastato a dar da vivere ai Rosso, anche senza il vetro della bottega.

Domenego andò a ritirare i monili, ma Orsola non poté vincere la tentazione di recarsi a Venezia di persona nella speranza di vedere Giuseppina. Vagò a lungo nei luoghi dove pensava di poterla incontrare, ma non riuscì a scorgere neppure da lontano la collana vermiglia sul candido décolleté che aveva visto con la fantasia. Sebbene la città fosse in fermento a causa della presenza della moglie di Napoleone, Orsola non ebbe modo di incontrarla. In seguito, Jonas le avrebbe confidato che quando i mercanti le avevano presentato il dono, durante la sua visita al Fondaco dei Tedeschi, Giuseppina Bonaparte non aveva degnato di uno sguardo il cofanetto di cedro che Klingenberg le porgeva. Orsola dubitava perfino che avrebbe mai indossato quei monili.

Solo Domenego ebbe occasione di avvicinare la moglie di Napoleone. Infatti, avendolo notato sulla gondola presso il fondaco, Giuseppina aveva chiesto che fosse il moro a condurla su e giù per il Canal Grande alle cene e agli spettacoli organizzati in suo onore. Klingenberg era stato più che felice di prestarle il servitore, nella speranza che anche questo giovasse alla causa veneziana. Domenego non era così entusiasta. Sapeva che la cosa non sarebbe stata presa bene dagli altri gondolieri, con i quali aveva già un rapporto difficile. I colleghi avevano aspettato che Giuseppina se ne andasse per ricompensarlo con un occhio nero e una forcola della gondola spaccata.

La collana non salvò Venezia. Giuseppina non riuscì a persuadere il marito a concederle l'indipendenza, e Napoleone consegnò la città agli austriaci. Orsola era quasi pentita di non aver seguito il consiglio di Klara. Il verde della laguna avrebbe intenerito Giuseppina più del colore del sangue? Forse era chiedere troppo a una semplice collana, ma davanti al declino patito da Venezia durante la lunga dominazione austriaca, le sarebbe capitato più volte di sentirsi in colpa.

Klingenberg e gli altri mercanti tedeschi subirono un danno ancora più grande. E non solo a causa dei soldi sborsati invano per la collana. Infatti, una volta diventati padroni della città, gli austriaci li cacciarono dal Fondaco dei Tedeschi, che divenne sede della nuova dogana. «Non c'era nessun motivo per farlo» disse il mercante in tono furibondo, quando Orsola andò per l'ultima volta da lui a farsi pagare il saldo dei gioielli. «C'è già una dogana perfettamente funzionante vicino alla Salute! Gli austriaci lo fanno per ripicca. Non hanno sfrattato i greci, i turchi o gli armeni. Perché soltanto noi?»

Orsola non ricordava di aver visto Klingenberg così affranto dalla volta in cui avevano parlato di Domenego, tanti anni prima. «Forse agli austriaci piace di più questo palazzo» rispose. «Il Fondaco dei Turchi non è certo in buono stato». Questo valeva per molti edifici di Venezia, che avevano cominciato ad andare in malora a causa della stasi dei commerci.

Klingenberg scosse la testa come per togliersi l'acqua dall'orecchio. Alle sue spalle, Jonas la scrollò allo stesso modo, e Orsola tacque. Non conveniva stare a discutere con un uomo adirato, meglio lasciarlo sfogare. E lei era andata lì per farsi pagare, non per recare conforto.

Il mercante continuò a borbottare, ordinando le sue carte, allineando le penne e spostando qua e là il fermacarte di vetro a millefiori che Giacomo aveva fatto per lui.

«Mi dispiace, signor Klingenberg» disse alla fine. «E ora dove andrete?»

«Da qualche parte andrò... Non lontano». Fece una pausa e aggiunse: «Anche se forse dovrei tornare ad Augusta».

Jonas impallidì. Evidentemente non era al corrente della cosa. «Herr Kling...» farfugliò, ma il mercante lo zittì con un cenno imperioso.

Poi aprì il cassetto della scrivania e tirò fuori alcune monete. Per quanto il tentativo di ingraziarsi Napoleone attraverso la moglie non fosse andato a buon fine, l'onore gli imponeva di saldare il suo debito.

«Grazie, signora Orsola» disse porgendole le monete. «La collana non ha sortito l'effetto che speravamo, ma dovete comunque sentirvi orgogliosa. È la vostra opera migliore, sicuramente la collana di vetro più bella che abbia mai visto a Venezia. Siete davvero una maestra».

Il pagamento per la collana di Giuseppina diede da vivere ai Rosso per tutto l'inverno e la primavera successiva, prima che venissero tempi ancora più difficili per la città e la campagna circostante, a causa dei continui scontri tra francesi e austriaci. A un certo punto gli austriaci tolsero il porto franco e, a causa del conseguente aumento dei dazi, i commerci con la terraferma che già languivano subirono un duro colpo, danneggiando ulteriormente l'attività manifatturiera.

Quando Napoleone fu definitivamente sconfitto a Waterloo e gli austriaci presero pieno possesso della città, Venezia era in ginocchio. Una collana di perle di vetro vermiglie per una futura imperatrice e tutte le commissioni che ne sarebbero potute derivare apparivano ormai un sogno lontano.

Iniziò così il periodo più cupo per Venezia e anche per Murano e la famiglia Rosso, la cui sorte era intrecciata in modo indissolubile a quella della Città d'Acqua. Fu un periodo che durò molto più a lungo della peste, anche se non provocò altrettante vittime. E tuttavia, in un certo senso, si rivelò perfino più angoscioso, perché sembrava che la miseria fosse destinata a rimanere per sempre, invece di sfogarsi in fretta come l'epidemia. Uno spasmo costante piuttosto che un dolore acuto, una febbricola piuttosto che il febbrone notturno che inzuppa le lenzuola di sudore. Il dolore sordo e prolungato di un amante perduto da anni piuttosto che il trauma di vederlo andar via...

Un tempo da sorvolare, o ricapitolare, nel limite del possibile.

Forse sarebbe risultato più tollerabile, se a trovarsi in difficoltà fossero stati solo i Rosso. Orsola avrebbe potuto persino accettarlo, se a causarlo fosse stata la cattiva gestione degli affari da parte di Marco. Ma tutt'intorno a loro c'erano storie simili: botteghe che fallivano, garzoni che abbandonavano Murano portando l'arte del vetro sulla terraferma perché non c'era più nessuno a impedirlo, maestri vetrai che per campare erano costretti a fare altri mestieri, chi il contadino, chi il pescatore, chi il venditore ambulante. I volti si facevano sempre più smunti, le case fatiscenti, le barche screpolate. C'erano meno feste, meno celebrazioni. La taverna dell'Omo Salvadego non era frequentata come un tempo e i pochi bevitori sorseggiavano a lungo il loro bicchiere di vino, non potendosene permettere un secondo.

E non era così solo a Murano. Orsola amava da sempre andare a Venezia, passeggiare lungo i canali, avventurarsi nel labirinto delle calli, fra piazze, chiese e bei palazzi. Col tempo la città le era diventata più familiare, anche se a volte le capitava ancora di perdersi e le toccava chiedere la strada ai passanti.

Ora però anche Venezia aveva un'aria depressa e si vedevano ovunque soldati austriaci con la divisa bianca e poveracci che chiedevano l'elemosina. Gli abitanti erano diminuiti perché molti si erano trasferiti sulla terraferma in cerca di lavoro o di un pezzo di terra da coltivare per sopravvivere. Quando il doge aveva ceduto la città ai francesi, si era assistito a un vero e proprio esodo degli aristocratici che, avendo perduto ogni privilegio, erano andati a leccarsi le ferite altrove. Molte residenze patrizie erano rimaste vuote perché pochi potevano permettersi di comprarle. Disabitate e prive di manutenzione, avevano iniziato ad assumere un aspetto trascurato, con il muschio che cresceva dappertutto, l'intonaco cadente e la pittura mangiata dalla salsedine. La vita abbandonava i palazzi dove non circolava l'aria, e questo valeva anche per le vetrerie.

Non tutti, però, caddero in rovina. Alcuni furono trasformati in locande, altri venivano affittati ai viaggiatori che continuavano a giungere a Venezia affascinati dall'atmosfera decadente che vi regnava. A Orsola non piacevano quei visitatori innamorati dei ruderi. Per lei non aveva niente di romantico vivere tra persiane marce, muri scrostati e cumuli di macerie, con lo stomaco che brontolava. I visitatori potevano anche trovarlo attraente, perché sapevano che poi sarebbero tornati alle loro abitazioni confortevoli, senza essere costretti a sopravvivere in mezzo alla miseria. Tuttavia, capiva che la città aveva bisogno di loro, che erano quei visitatori a impedirle di morire, dando ai veneziani un motivo per tenere aperti taverne e teatri, prendersi cura delle gondole e creare la carta fine, le maschere e le cianfrusaglie di vetro trasparente che forse qualcuno avrebbe comprato.

Klingenberg riceveva sempre meno ordini dai mercati esteri, e Orsola ormai produceva le perle quasi solo per il negozio. Ma si rese conto che le cose andavano davvero male solo il giorno in cui, uscendo in cortile per prendere l'acqua dal pozzo, trovò Marco seduto sulla panchina, ubriaco, e con una bottiglia vuota sul tavolo. Erano le dieci del mattino.

«Che stai facendo?» gli domandò.

Marco agitò la mano ma non rispose.

Stella era in un angolo del cortile a rimestare le lenzuola nel calderone, e le diede un'occhiata, indicando il laboratorio con un cenno della testa.

A Orsola bastò varcare la soglia per capire. Il laboratorio era immerso nel silenzio, senza i fischi e le grida che normalmente accompagnavano il lavoro. Ma, soprattutto mancava il rombo sordo della fornace. La fornace era come una bocca affamata che doveva essere nutrita per undici mesi all'anno. Ora invece faceva freddo lì dentro, sembrava un corpo dove il sangue ha smesso di circolare. Né c'era traccia dei giovani che avevano cominciato ad aiutare i padri. Di solito, entrando nel laboratorio era facile vedere Andrea e Sebastiano che alimentavano il fuoco e spazzavano il pavimento, Marcolin e Raffaele che brandivano le canne da soffio e correvano a portare i pezzi alla ricottura, o preparavano vetri colorati per decorare i calici. Guardandosi intorno, Orsola scorse solo Stefano e Giacomo che lavoravano in silenzio ai banchi dove si facevano le rifiniture a freddo, pareggiando con la lima il fondo di vasi e scodelle, dipingendo decorazioni sui calici o intagliando cornici per gli specchi. Lavoravano insieme da anni ed erano diventati amici, ma non come lo erano stati Paolo e Giacomo. All'arrivo di Orsola, sollevarono lo sguardo per un attimo ma poi si rimisero al lavoro. Orsola capì dalla postura quanto fosse angosciato suo marito, e le si strinse il cuore.

«Dove sono i ragazzi?» domandò.

Stefano continuò a incidere il legno, ma Giacomo si fermò, il pennello intriso di pittura bianca. «Sono usciti in barca».

«Perché la fornace è spenta?»

«Non abbiamo più lavoro».

«E quella?» fece Orsola, indicando la coppa su cui Giacomo stava dipingendo un serto floreale.

«È per il negozio. Ma abbiamo così tanta roba nel fondaco che ci vorrebbero anni per venderla tutta, anche se i visitatori tornassero a frotte».

«Klingenberg non vi ha più ordinato niente?»

«Klingenberg torna ad Augusta».

«Cosa?»

«Lo ha detto ieri a Marco. Ha detto che non si batte chiodo. I dazi sono così alti che i venditori preferiscono comprare il vetro a Praga».

Orsola trasalì, sentendo nominare la città di Antonio.

Stefano la guardò in un modo strano: che le avesse letto nella mente? Scrollò la testa come per scacciare il pensiero.

«E le mie perle?» disse.

«Dovrai trovare un altro mercante».

Era da una vita che Klingenberg le procurava il lavoro, era solo grazie a lui che le sue perle avevano fatto il giro del mondo da Parigi, all'Africa, all'America. Se il mercante fosse tornato sulla terraferma l'avrebbero perso per sempre.

Uscì in cortile per parlare con Marco ma lo trovò addormentato e sapeva che sarebbe montato su tutte le furie se l'avesse svegliato. Allora andò a cercare la loro madre.

Laura Rosso era in cucina a girare la polenta. Un tempo la polenta era il cibo dei poveri, le «facce gialle», come venivano soprannominati. Ora nessuno si faceva più beffe di loro perché a Murano erano in molti a vivere di polenta, compresi i Rosso.

Orsola si appoggiò al tavolo, le braccia incrociate sul petto. «Madre, Marco ha lasciato spegnere la fornace».

«Lo so». Laura continuò a girare la polenta e si passò la mano fra i capelli grigi.

«E ora cosa facciamo?»

«Faremo altre cose».

A Orsola tornò in mente il giorno lontano in cui Maria Barovier le aveva consigliato di fare le perle.

«E cioè?» disse. «Oltre alle perle, facciamo già specchi e statuette. E lampadari» non poté fare a meno di aggiungere.

«Non ho detto che dobbiamo cambiare articoli, dobbiamo cambiare attività».

Orsola guardò il profilo della madre. «Come sarebbe?»

«Basta con il vetro».

«Ma... siamo una famiglia di vetrai!»

Laura Rosso non rispose. Tolse la pentola dal fuoco e scodellò la polenta su un tagliere usando il mestolo per darle una forma rettangolare.

«E che possiamo fare? Canne per le altre vetrerie? Vetro smerigliato?» Orsola si spinse oltre. «Fornire loro la cenere? O la legna?» Quest'ultima eventualità era improbabile perché ci voleva una barca molto più grossa di un sandolo per andare a prendere il legname sulla terraferma.

«Sono tutte cose che riguardano il vetro. Se dobbiamo aiutare gli altri, tanto vale che lo facciamo noi, ti pare?»

«Allora, volete dire che...»

«Il vetro di Murano non ha futuro, Orsola. All'estero

non lo comprano più per via dei dazi imposti dagli austriaci. E i veneziani possono farne a meno. Dobbiamo pensare a cose di cui la gente ha bisogno tutti i giorni. Pesce. Ortaggi. Qualcuno che faccia il bucato...»

«Vorresti che Marco e Giacomo e i ragazzi si mettessero a fare i pescatori?» disse Orsola in tono sarcastico e rimase di sasso vedendo che sua madre non batteva ciglio.

«Io non ci vado a lavare i panni degli altri!» aggiunse.

Laura lisciò la polenta con il mestolo e la cosparse di rosmarino. «Potresti non avere scelta».

Doveva esserci un'alternativa. Orsola si fece portare a Venezia e andò a casa di Klingenberg, che era andato a vivere vicino alla figlia, in campo San Polo, la piazza più grande della città dopo piazza San Marco, che lei e Giacomo avevano attraversato parecchi anni prima in cerca del fratello dissoluto. Il palazzo non era sfarzoso, ma aveva un'imponente facciata color salmone, interrotta da file di finestre incorniciate da archi a sesto acuto.

Un servitore la condusse attraverso l'androne e al piano superiore negli appartamenti del mercante. Era tutto molto simile al Fondaco dei Tedeschi, con tanto di Jonas seduto alla scrivania nell'anticamera. Sebbene i bagagli fossero sparsi ovunque, Klingenberg non aveva ancora imballato i tappeti persiani e i libri, quasi volesse rimanere aggrappato fino all'ultimo alla vita di sempre.

«Buongiorno, signora Orsola» disse con un inchino alzandosi dalla scrivania.

Orsola colse una punta di imbarazzo nel suo tono, forse perché il mercante non le aveva detto che partiva, confidandolo invece a Marco.

«È presto per il vino, ma gradite un caffè? O una tazza di cioccolato? Jonas!»

«Sto bene così, grazie» rispose Orsola, quando Jonas comparve sulla soglia. «Ero venuta a chiedervi se è vero che ve ne andate. Ma lo vedo coi miei occhi». Girò la testa verso i mobili fasciati e le casse che sarebbero giunti in barca sulla terraferma per poi compiere il lungo viaggio attraverso le Alpi fino ad Augusta.

«Prego» disse Klingenberg, indicando la sedia di mogano di fronte a lui. Orsola non riusciva a credere che non si sarebbero più visti. Quell'uomo faceva parte della sua vita, come sua madre, i suoi fratelli, Monica, Angela, Stella, Domenego...

«Domenego!» esclamò, sgomenta all'idea che la terraferma si prendesse anche il suo amico.

«Come dite?»

«Cosa ne sarà del vostro gondoliere?»

Klingenberg aggrottò la fronte. «Siete venuta a parlarmi del mio gondoliere?»

«No, ma... Non verrà con voi ad Augusta, vero?»

«Non saprei che farmene di un barcaiolo ad Augusta. Domenego lavorerà per mia figlia. Tanto lo fa già, per la maggior parte del tempo. Allora, a cosa devo il piacere di questa visita?»

«Sono venuta a ringraziarvi per la disponibilità che avete sempre mostrato nei miei confronti. Per avermi aiutata a vendere le perle. Non posso che esservene profondamente grata».

Klingenberg annuì. «Apprezzo la vostra gentilezza, ma non avrei mai trattato i vostri lavori se non fossero stati eccellenti. Voi siete un'abile creatrice di perle, signora Orsola. Una delle migliori di Venezia... o Murano. È stato un piacere vendere le vostre cose».

Orsola chinò la testa. «Grazie, signore. Ma cosa farò adesso? Mia madre dice che forse dovremo diventare pescatori!»

Klingenberg sospirò. «Sono tempi duri, lo so. Gli austriaci non hanno reso un buon servizio a Venezia. Non per malanimo, s'intende. Il fatto è che sono un popolo legato alla terra e non comprendono le attività marinare. Non hanno capito che il porto franco era vitale per l'economia della città. Dubito che Venezia riuscirà a recuperare la sua posizione di un tempo. Sia ben chiaro, non è solo colpa dei francesi e nemmeno degli austriaci.

Anche se la maggior parte di noi ha preferito ignorarlo, il declino della città è iniziato quando sono nate le nuove rotte commerciali sull'oceano, che hanno reso meno importante il Mediterraneo. Ormai la Serenissima può contare solo sulla sua bellezza e sul suo fascino. E sulla straordinaria abilità dei suoi artigiani».

«Allora ha ragione nostra madre? Dovremo lasciare il vetro e darci alla pesca?»

«Forse non sarà necessario arrivare a tanto. Confido che alla fine gli austriaci rinsaviranno e aboliranno i dazi, e il commercio tornerà a fiorire. Temo che per me sarà troppo tardi, ma voi vi riprenderete».

«E come? Abbiamo bisogno del vostro buon senso, dei vostri consigli».

«Finché le cose non cambieranno, vi converrà concentrarvi sul mercato locale».

«Quale mercato locale? A Venezia c'è sempre meno gente e hanno tutti le tasche vuote. Non vedete che campo San Polo è pieno di mendicanti?»

«Non parlo dei veneziani, ma di quelli che oggi vengono chiamati "turisti", che brutta parola! Ogni anno arrivano a migliaia per ammirare le bellezze della città, e sono tutti danarosi. Voi Rosso dovete lavorare per loro. Così non dovrete curarvi dei dazi doganali e vendendo le vostre cose direttamente non avrete bisogno di un intermediario, come me. Del resto lo fate già nel vostro negozio, a Murano. Volete un consiglio? Aprite un negozio a Venezia, vicino a piazza San Marco, dove passano tutti, e fate in modo che sia sempre ben fornito di articoli facili da portare con sé. Bei bicchieri che gli inglesi useranno per lo sherry, i francesi per il brandy, i tedeschi per lo schnaps. E poi statuette di cani, cavalli, pastorelle. Boccette per il profumo. E ovviamente collane e orecchini di perle».

Orsola si pentì di non aver accettato una tazza di caffè, le sarebbe servita a nascondere la smorfia comparsa sul suo viso. Klingenberg aveva ragione, ma era un'idea difficile da far accettare alla gente di Murano, gelosa da sempre della propria indipendenza, fiera di riuscire a cavarsela anche senza Venezia. Era doloroso ammettere di aver bisogno della città vicina per sopravvivere.

Non lo disse a Klingenberg, che, pur essendo tedesco, era fedele a Venezia. «Perché prendersi la briga di vendere cento bicchieri quando puoi guadagnare la stessa cifra vendendo un grande vaso?» ribatté. «Dovremmo pensare a vendere, più che a produrre. La quantità al posto della qualità». Era suppergiù la stessa cosa che aveva detto Marco a proposito delle perle. «Noi non siamo venditori. Siamo artisti».

Klingenberg annuì. «È vero. Ma temo che solo così potrete continuare a lavorare con il vetro».

Parlarono ancora un po', perché desideravano entrambi ritardare il più possibile il momento dell'addio. Prima di congedarsi, Orsola tirò fuori una piccola borsa di cuoio e la porse al mercante. «Questo è per voi, signor Klingenberg, in segno di gratitudine per l'aiuto che ci avete dato in tutti questi anni».

Klingenberg inarcò le sopracciglia. «Non dovevate disturbarvi, signora... Ah» mormorò quando si ritrovò fra le mani la corona del rosario. Orsola aveva passato un giorno e una notte a forgiare le cinquanta piccole paternostro suddivise in serie di dieci da una perla più grande, con all'estremità una croce, anche quella di perle. Aveva scelto un vetro vermiglio, come per la collana di Giuseppina, quasi a commemorare quello che considerava ancora il loro capolavoro, sebbene non fosse andato a buon fine. Klingenberg guardò il rosario, poi cominciò a sfregare i grani tra indice e pollice come se stesse recitando una preghiera.

«Bellissimo» mormorò. «Davvero stupendo, Orsola. La dimensione, il colore, ed è così piacevole al tatto. Sagace come sempre, signora Rosso. Grazie». Il tedesco le fece un profondo inchino.

Orsola si girò per andarsene ed ebbe l'impressione che il mercante avesse le lacrime agli occhi.

Jonas l'accompagnò alla porta. La barba che gli orlava la mascella, i capelli lisci legati con il codino, l'abbigliamento semplice e ben curato, lo scrivano non si era mai assoggettato alla moda degli zerbinotti veneziani. Nonostante la sua freddezza e la sua irritante pignoleria, Orsola cominciò a pensare che forse le sarebbe mancato anche lui.

«Avete altre commissioni da svolgere in città, signora?» le domandò.

«No, credo che tornerò a Murano. Anche se sarei tentata di fare un giro a San Marco per vedere se c'è qualche posto dove potremmo mettere su un negozio. Forse il signor Klingenberg ha ragione, ma temo che i miei famigliari non siano dello stesso parere».

«L'idea è buona di per sé, però io avrei un altro suggerimento da darvi, se volete continuare a fare il vetro. Vi va di venire con me?»

Orsola non riuscì a nascondere lo stupore, ma annuì e attraversarono insieme campo San Polo fino al canale inondato dal sole, dove era ormeggiato Domenego. Il gondoliere era seduto a poppa e dormiva con la testa sulle ginocchia.

«Domenego! Portaci al Ghetto Nuovo» ordinò bruscamente Jonas.

Domenego sollevò il capo senza fiatare, e si alzò subito in piedi per aiutare Orsola, mentre Jonas saliva da solo sedendosi di fronte a lei. A Orsola faceva uno strano effetto trovarsi su quella gondola con un'altra persona e sedeva rigida e un po' impacciata. Anche Domenego la trattava formalmente, senza rivolgerle la parola mentre vogava, lo sguardo fisso davanti a sé.

Orsola invece si guardava intorno mentre la gondola scivolava lungo gli angusti rii di San Polo e Santa Croce. Adesso c'erano meno canali, perché gli austriaci ne avevano riempito alcuni, allargando le calli e costruendo ponti che consentivano di muoversi più facilmente a piedi. I veneziani si lamentavano: come fai a governare una città costruita sull'acqua se hai paura di navigare?

Il tessuto della città però era rimasto intatto: i palazzi dalle tinte ocra e marrone chiaro, o rosa e giallo che incombevano su di loro, con gli archi filigranati, le facciate adorne di balconi e leoni di pietra. Sopra le loro teste, la biancheria lambita dal sole e scossa dal vento. Tutto intorno, l'incessante sciabordio e l'odore salmastro e fetido dell'acqua, le increspature mutevoli e scintillanti che facevano da sfondo alla vita veneziana.

Orsola si aspettava che Jonas le spiegasse la sua idea, ma lo scrivano se ne stava seduto in silenzio.

«Siete contento di andare a vivere ad Augusta?» disse a un certo punto con un pizzico d'imbarazzo, sforzandosi di avviare la conversazione.

Jonas scosse la testa. «Non andrò ad Augusta con Herr Klingenberg. Io rimango qui» rispose in un veneziano indurito dall'accento tedesco.

Orsola spalancò gli occhi. «Lavorerete per un altro mercante?»

«Ho intenzione di mettermi in proprio».

«Davvero?»

Jonas non mancò di cogliere l'incredulità sul volto di Orsola, ma celò il disappunto sotto un sorriso tirato. «Ho imparato molto da Herr Klingenberg e sono in buoni rapporti con i suoi acquirenti e fornitori. Oltre a trattare i prodotti dell'artigianato veneziano, lavorava anche con l'Oriente». Jonas fece una pausa. «Forse si è allargato troppo» aggiunse e strinse le labbra, astenendosi dal muovere ulteriori critiche al suo vecchio padrone. «Io vorrei concentrarmi sulla ricerca di clienti per gli artigiani locali. Compresi i Rosso, se lo vorrete».

Orsola provò a immaginare Marco e Jonas che facevano affari insieme. Di certo i modi distaccati e la pignoleria dello scrivano avrebbero infastidito suo fratello, e Jonas mancava dell'affabilità che aveva sempre consentito a Klingenberg di tenere a freno l'arroganza di Marco.

«Ne avete parlato con mio fratello?»

«Non ancora».

«Ha lasciato spegnere la fornace. Sarà difficile convincerlo a ripartire».

«Può darsi. Ma ciò non dovrebbe impedirvi di svolgere il vostro lavoro. Voi lavorate a lume, giusto?»

Orsola annuì.

«Allora potete decidere tranquillamente di andare avanti. Il vostro lavoro non dipende dalla fornace. Dopotutto Herr Klingenberg manteneva i vostri ordini separati da quelli della vetreria. Anche se sarebbe meglio che tutti i Rosso lavorassero insieme».

«Cos'è che volete farmi vedere?»

«Perle». Jonas tirò fuori dalla tasca una borsetta semicircolare di pelle grezza decorata con minuscole perle marroni, crema e rosse che formavano motivi geometrici.

«Deve costare un occhio della testa!» esclamò Orsola, sbalordita dalla perfezione delle perline.

«La borsa è stata realizzata dagli indiani d'America» spiegò Jonas «utilizzando perle prodotte a Venezia».

Da tempo sia a Venezia che a Murano si producevano perline come quelle, piccole come semi di sesamo o anche di più. Ricavate da canne di vetro tagliate, venivano utilizzate per fare collane, orecchini e spille, o decorare una vasta gamma di oggetti, dalle borse alle cinture, dai vestiti alle calzature. Anche se, a tutti gli effetti, erano perle, venivano prodotte in un modo molto diverso dalla lavorazione a lume, e Orsola non se n'era mai occupata.

«E che c'entriamo noi con queste perline? Non le abbiamo mai fatte» disse.

«Sto cercando produttori di perline da vendere in Nord America» rispose Jonas. «E ho pensato a voi».

Appena fuori dalle mura del Ghetto Nuovo, dove gli ebrei veneziani erano stati costretti a vivere per secoli, c'era una manciata di vicoli fiancheggiati da case meno prospere di quelle che si vedevano a San Polo e Santa Croce. C'erano anche alcune vetrerie, che Orsola riconobbe dall'odore e dal rumore delle fornaci. Nelle calli, si vedevano gruppetti di donne sedute accanto alle porte di casa e con sulle ginocchia scodelle piene di perline, le sessole. Ciascuna delle donne immergeva nella scodella gli aghi tenuti a ventaglio e infilzava le perline aiutandosi con la mano libera. Gli aghi che usavano erano molto lunghi e avevano all'altra estremità fili di cotone dove venivano trasferite le perline. Dopo averle infilate tutte, le donne attorcigliavano i fili formando matasse di perline pronte a essere spedite in tutto il mondo.

Le *impiraresse*, così venivano chiamate quelle donne, chiacchieravano e cantavano mentre lavoravano. Ignorarono del tutto Orsola, ma Jonas, ben vestito e con la carnagione chiara, attirò subito la loro attenzione. Mentre passavano si udirono fischi e battute e alcune delle donne si misero a gridare: «Vieni a toccare le mie perline, signore! Non vuoi vedere le mie conterie?»

Lo scrivano di Klingenberg arrossì ma tirò dritto, seguito da Orsola. Raggiunsero una piazzetta, con un gruppo di *impiraresse* sedute in un angolo, e si fermarono a una certa distanza da loro, in modo da poter parlare senza essere ascoltati. Orsola sentiva di non aver nulla da spartire con quelle donne: lei le perle le faceva, non si limitava a infilzarle!

Jonas le indicò con un cenno del capo. «Ce ne sono centinaia come loro a Castello e qui a Cannaregio vicino alle vetrerie che producono le perle di conteria, ma lavorano anche per le botteghe di Murano. Vi assicuro che si possono ancora fare buoni affari con il vetro, producendo perline in grandi quantità. Forse non saranno belle come le vostre, ma sono pur sempre creazioni in vetro».

Una giovane *impiraressa* con il grembiule marrone a pois neri alzò la testa dalla sua sessola di perline gialle e guardò Orsola dritto negli occhi. Sedeva impettita, con una manciata di fili fra le mani. Voltò la testa e sputò per terra, prima di tornare a fissarla con aria di sfida. Orsola si sentì avvampare.

Jonas non si accorse della cosa o comunque non fece commenti. «Non c'è mercato al momento per le perle a lume» disse. «E neppure per le creazioni dei vostri fratelli, per quanto siano belle. Anche a causa dei dazi imposti dagli austriaci, non potete competere con le vetrerie della Boemia. Ma esiste un mercato per le conterie più minute. Quando avrò la mia ditta, cercherò un opificio che me le fornisca. E potreste essere voi. Il vostro laboratorio potrebbe fare le perline, e voi donne potreste infilarle».

«Quelle perline minuscole?» Orsola sbuffò. «Mio Dio». Le perline infilate dalle *impiraresse* non avevano nulla di artistico. E i Rosso non erano un opificio, ma una piccola impresa artigianale. «Quelle perline si producono in un modo molto diverso da quelle che faccio io» disse. «Ci vuole una fornace, un ambiente spazioso e parecchi uomini, non una donna china su una lampada».

«I vostri fratelli sono in grado di farlo».

«Marco che fa le canne di vetro? Evidentemente non lo conoscete!»

Jonas non si lasciò smontare. «Non ha molta scelta. E non è detto che sia così orribile» aggiunse, indicando il gruppetto di *impiraresse*. Orsola guardò di nuovo le donne intente a infilare le perline. La ragazza che poco prima l'aveva guardata con aria di sfida, ora lavorava a capo chino. Sedute al sole, così affiatate e sorridenti, potevano anche apparire felici. Ma Jonas non sapeva nulla del lavoro manuale: dodici ore a spaccarsi la schiena e rovinarsi la vista, le mani segate dal filo di cotone e solo per mettere qualcosa in tavola.

Si sforzò comunque di immaginare Angela, Francesca, Rosella e Stella sedute in cortile o nella calle a infilare perline, sotto lo sguardo attento di Laura Rosso. Forse sarebbero state disposte a farlo, per amore della famiglia. Tutte meno una: Stella. Lei non avrebbe mai avuto una pazienza simile.

«Questa è la mia offerta, signora» disse Jonas. «Parlatene con vostra madre. È donna di buon senso. Convincete lei e vedrete che lei convincerà i vostri fratelli».

Ma Laura Rosso non contava più come ai tempi in cui c'era ancora suo marito. Stava invecchiando e Marco la consultava di rado, perché non ne sentiva più il bisogno.

Ormai era chiamata a occuparsi solo dei nipoti e a curare l'orto mentre le donne più giovani, Monica, Orsola, Rosella e Stella, sbrigavano i lavori di casa. Tuttavia, anche se parlava meno spesso, quando sua madre esprimeva un'opinione, Marco ne teneva conto.

Orsola e Monica andarono a cercare Laura nell'orto dietro il convento di Santa Maria degli Angeli, dove zia Giovanna aveva vissuto fino all'ultimo dei suoi giorni. Ora era sepolta nel cimitero di Murano. Grigia e ingobbita dagli anni, Laura era inginocchiata in un filare a togliere le lumache dalla lattuga primaticcia. Vedendo arrivare Orsola e Monica si sedette sui talloni. «Non so perché mi prendo la briga di farlo» borbottò. «Tanto la lattuga non piace a nessuno».

«A me piace» mentì Orsola. «Dopo il pesce, condita con un goccio d'olio, sale e limone».

Laura Rosso sbuffò. «Non ti sazia, però. Potrei sostituirla con verdure più sostanziose. Zucchine e melanzane, e d'inverno carote e cavoli».

«Ne abbiamo già un sacco» osservò Monica, posandole accanto una bottiglia d'acqua. «Tenete, vi abbiamo portato dei bussolai».

«Voi due volete qualcosa» disse Laura. «Sennò non sareste venute fin qui a portarmi i biscotti». Mentre lo diceva prese una lumaca e la gettò nella siepe che cingeva l'orto: era il suo modo garbato di disfarsene. Quando i vicini le davano fastidio, invece, le gettava nel loro orto.

Orsola non trattenne un risolino. Era impossibile nascondere qualcosa a sua madre.

«Siamo venute a parlarti del futuro» disse.

«Quale futuro?» fece Laura, scrutando le foglie in cerca di altre lumache.

«Il futuro della bottega dei Rosso».

«Perché?»

«Perché? La fornace è spenta. I garzonetti e i garzoni se ne sono andati. Non abbiamo commissioni e Klingenberg torna in Germania. E Marco è già ubriaco alle dieci di mattina. Ecco perché».

«Siamo sempre riusciti a cavarcela. Troveremo una soluzione».

«Forse c'è già una soluzione, ma dipende da noi».

Laura si sedette di nuovo e attese che sua figlia le spiegasse.

Orsola espose l'idea: gli uomini che facevano le canne di vetro e le tagliavano ricavandone minuscole perline, le donne che le infilavano componendo le matasse, Jonas che le vendeva... E lei stessa che dirigeva tutto.

«Mi sembra un ottimo piano» aggiunse Monica. «Una cosa di buon senso».

Laura rimase in silenzio per un momento, prima di rispondere: «Marco non si lascerà mai comandare da sua sorella. Deve rimanere il capo della bottega».

«Ma non sa niente di perle!» protestò Orsola.

«Però è più esperto di te negli affari. E queste non sono perle come le tue».

«Tua madre ha ragione» disse Monica. «Devi lasciare a mio marito la sua dignità di maestro».

Le parole della cognata, di solito così avvedute, le suscitarono un moto di stizza. Orsola non voleva salvare la dignità al fratello: voleva punirlo per aver quasi mandato in rovina la bottega e aver sempre disprezzato il suo lavoro.

«Marco non accetterà mai di fare solo perline» ribatté. «Non dopo aver fatto calici, vasi e lampadari. Per lui le perline sono un lavoro da donne».

«Ma i bambini devono mangiare» disse Laura Rosso. «Gli parlerò io, e anche Monica gli parlerà. L'importante è che ci sia una commissione, non importa per cosa».

«D'accordo, allora gli dirò io stessa quello che mi ha suggerito Jonas».

Monica e Laura si misero a ridere. «Neanche per idea» disse Laura. «Tu terrai la bocca chiusa».

«So essere diplomatica!»

«Tu e Marco non riuscirete mai ad andare d'accordo. Qualunque cosa tu dica, lui fa il contrario. E viceversa. Siete più simili di quel che pensate, voi due. Lascia che gli parliamo noi, dacci il tempo di ammorbidirlo. Poi affronteremo la questione».

E così per una settimana Monica e Laura fecero il possibile per preparare Marco all'idea delle perline. Gli ammannivano i suoi piatti preferiti e vini costosi, anche se non avrebbero potuto permetterseli. Lo assecondavano quando era ubriaco, e lo consolavano quando si svegliava col mal di testa. Monica giaceva con lui ogni volta che poteva e durante i momenti di intimità perorava la causa del cambiamento necessario per salvare la bottega. E a Orsola non rimase che stare a guardare quella commedia.

Quando i Rosso si sedettero a parlarne, tre fattori contribuirono a influenzare il risultato. Il primo: la discussione ebbe luogo di sera, quando Marco aveva bevuto abbastanza da essere allegro, ma non era ancora incattivito o afflitto dai postumi della sbornia.

In secondo luogo, i Rosso scoprirono risorse che avevano dimenticato di possedere. All'inizio Stefano rimase in silenzio, mentre Marco e Giacomo si sforzavano di capire come andassero tirate le canne da cui si ricavavano le perline. In particolare si stavano chiedendo quanto dovessero essere lunghe, quando a un tratto Stefano prese la parola:

«Cento braccia*».

Orsola fissò incredula il marito.

«Per prima cosa si riscalda il vetro e si fa il pastone, un cilindro della giusta forma e dimensione. E questo è compito del maestro» spiegò Stefano indicando Marco con un cenno della testa. «Poi lo si perfora e lo si scalda di nuovo. A quel punto noi *tiradori*» continuò, indicando Giacomo e sé stesso «attacchiamo il cilindro ai due ferri e corriamo in direzioni opposte, facendolo oscillare e stendendo la canna su traversine di legno in modo che non tocchi terra. Se tu avrai modellato bene il cilindro e noi l'avremo tirato

* L'unità di misura di lunghezza a Venezia all'inizio dell'Ottocento era il braccio, circa settanta centimetri (*N.d.T.*).

bene, otterremo una canna lunga e sottile, perfettamente rotonda e attraversata da un foro».

«E tu come fai a saperlo?» domandò Marco.

«Tiravo la canna per i Barovier quando ero garzone».

Orsola aveva dimenticato che Stefano aveva avuto una vita prima di conoscere lei e la bottega dei Rosso.

«E le perline?» gli domandò. «Come le facevate?»

«Non le facevamo noi. Noi tiravano solo le canne di vetro. Ma ho dei cugini che lo sanno fare».

«Io non voglio fare escrementi di topo. Quello è un lavoro da donne!» esclamò Marco buttando giù un sorso di vino. Stava entrando nella fase pericolosa dell'ebbrezza e Stella allontanò la caraffa di vino dal fratello.

In quel momento, grazie al cielo, intervenne il terzo fattore: Francesca arrivò di corsa dalla calle, dove stava giocando con gli altri bambini del quartiere.

«Ho fame, mamma!» esclamò. «Mi dai un pezzo di pane?»

«Non ce n'è» rispose Monica. «Solo polenta».

Francesca fece una smorfia. «Uffa, sempre polenta!»

«Non voglio che mia figlia mangi solo polenta, vuoi che diventi una faccia gialla?» ruggì Marco e sbatté il bicchiere sul tavolo. Iniziò a frugarsi in tasca. «Ora ti do un soldo per comprare il pane» disse rivolto alla moglie. Ma non riuscì a trovare nemmeno una monetina e Francesca cominciò a piangere più per la stizza che per la fame, pensò Orsola, ricordando che sua nipote si era rimpinzata a cena. Sapeva anche che in cucina c'era del pane: sua cognata si stava comportando con astuzia.

Monica guardò il marito e disse in tono pacato: «Non sarei costretta a darle solo polenta se facessimo affari con le perle di conteria».

«Va bene!» strillò Marco, balzando in piedi. «Faremo gli escrementi di topo». E se ne andò furibondo verso l'Omo Salvadego.

Con quelle parole il laboratorio Rosso divenne una fabbrica di perline.

Marco si sbagliava: le perle di conteria erano un lavoro da uomini. Per prima cosa dovettero fare spazio nel laboratorio e negli edifici circostanti creando un corridoio su cui distendere cento braccia di canna. Marco dovette esercitarsi a formare un pastone uniforme che poi sarebbe stato riscaldato e forato, e Stefano insegnò a Giacomo, Marcolin e Raffaele a tirare la canna di pasta vitrea. Un suo cugino mostrò loro come tagliarla in piccoli pezzi cilindrici, eliminare i rottami e riempire i buchi con un impasto speciale in modo che non si richiudessero quando venivano riscaldati. Quindi le perline venivano fatte girare in un tubo caldo pieno di sabbia che ne levigava i bordi, e finalmente lucidate in sacchi di pula di grano. Solo dopo che erano state assortite in base alle dimensioni, entravano in gioco le donne.

Quando vi furono abbastanza perline da infilare, Orsola, sua madre, sua figlia e le sue nipoti si sedettero in cerchio nel cortile con le sessole in grembo e iniziarono a raccoglierle con gli aghi. A Orsola era parso abbastanza semplice guardando le donne di Cannaregio, ma all'atto pratico si rivelò molto più complicato. Riuscivano a riempire i fili di perline, ma lentamente, senza la spigliata sicurezza delle *impiraresse* veneziane.

Scornata, Orsola prese un traghetto per Venezia e tornò nel piccolo campo dove le aveva viste lavorare. Mentre si avvicinava, la ragazza con il grembiule a pois si girò verso di lei e la guardò negli occhi. Orsola inspirò a fondo, adirata verso sé stessa: come poteva lasciarsi intimidire da una ragazza che aveva la metà dei suoi anni? Si schiarì la voce. «Posso parlarvi, signora?» disse, rivolta alla più anziana del gruppo. «Ho una proposta da farvi».

La donna aggrottò la fronte. «Allora? Parlate!»

«Mi chiamo Orsola Rosso, sono di Murano e faccio le perle a lume. La nostra bottega ha iniziato a produrre le conterie e abbiamo bisogno di qualcuno che ci insegni a incordarle».

«Portateci le perline e le infileremo per voi».

«Vogliamo farlo noi. Ma vi pagherò una lira al giorno se verrete a insegnarci».

«Due lire» ribatté la donna.

«So che lavorando qui prendete una lira al giorno, perché dovrei darvi di più?»

«Perché dovremmo venire a Murano per una lira al giorno quando possiamo guadagnarla stando qui sedute? Vogliamo una lira e dieci soldi».

«Va bene, andrò a cercare un'*impiraressa* meno avida» disse Orsola e fece per andarsene.

«Una lira e cinque soldi, più il vitto. E il viaggio sarà a vostre spese».

Orsola si voltò. «D'accordo. Chi verrà di voi?»

«Mia figlia Luciana. È svelta» disse la donna, indicando con un cenno la ragazza col grembiule a pois. Le altre brontolarono, perché i cinque soldi in più facevano gola a tutte.

«Verrò a prendervi domani mattina alle otto alla Colonna» disse Orsola.

Luciana si fece ancora più imbronciata. «Io non ho voglia di venire a Murano. Facciamo che venite voi qui».

«Tutte quante?»

«Voi ci siete venuta».

«Guardate, siamo in cinque a dover imparare. Bisogna che veniate a Murano».

Luciana si voltò inquieta verso la madre. «Non ci sono mai stata».

«Non è lontano, figliola, è come andare su qualunque altra isola». Orsola notò che il disagio della ragazza non accennava a diminuire e all'improvviso capì. «Non sei mai stata sulla laguna, vero?»

«E allora?» fece Luciana avvampando.

Orsola fu presa dalla compassione quando si accorse che era scalza e aveva il colletto del vestito sfilacciato.

È così povera da non potersi permettere un paio di scarpe o fare un giro in gondola, pensò. «A domani» disse e se ne andò senza dare il tempo a Luciana di controbattere.

Non era sicura che la ragazza si sarebbe presentata. Ma l'indomani mattina, poco dopo le otto, Luciana scese dal traghetto, più pallida degli altri passeggeri, con una sessola sotto il braccio e un sacchettino che le pendeva da una mano. Indossava il solito grembiule a pois e aveva lo sguardo accigliato come sempre, ma questa volta aveva le scarpe ai piedi: vecchi scarponi malandati e troppo grandi per lei appartenenti, forse, a un qualche suo fratello. Appena scesa, mosse pochi passi incerti sulla banchina, a dimostrazione che non era abituata ad andare in barca. Priva dell'arroganza che aveva mostrato a Cannaregio, si guardò attorno con diffidenza e parve rilassarsi leggermente solo quando vide Orsola.

Appena Orsola si avviò verso la bottega dei Rosso, Luciana la prese sottobraccio, quasi fossero amiche o parenti: era forse un'usanza dei cannaregioti? Avrebbe voluto staccare il braccio, ristabilendo così la propria superiorità, ma Luciana era chiaramente intimorita in quel paese a lei sconosciuto, e così la lasciò fare e proseguirono a braccetto lungo la fondamenta dei Vetrai. Alcuni bottegai stavano aprendo nella calle, sperando di vendere abbastanza ninnoli ai turisti per pagare il pescivendolo e il fornaio. Luciana rallentava davanti a ogni vetrina, attratta dalle sgargianti figurine di gondolieri, pesciolini e cavalli rampanti. Quando vide una sirena verde che reggeva un parasole arancione si fermò di colpo.

Orsola la trascinò via. «Andiamo, dobbiamo lavorare. Non c'è tempo per stare lì guardare quella robetta». *Robetta che tu non potrai mai permetterti,* pensò.

Luciana fissava tutti quelli che incontravano, che la fissavano a loro volta. «Cos'ha questa gente?» si lamentò. «Mi guardano come se fossi il demonio!»

«Anche tu mi hai guardato così la prima volta che sono venuta da voi».

«Non è vero».

«Sì, invece».

«No! Non sono così villana!»

Orsola lasciò perdere, ripensando a come si era sentita lei a Mestre, quando pensava che tutti la guardassero male.

Laura Rosso e le ragazze erano sedute in cortile, con le sessole in grembo, e cercavano di infilare perline. Luciana le guardò un momento e scoppiò a ridere, di nuovo sicura di sé davanti a una cosa che conosceva a menadito. Orsola non fece neppure in tempo a presentarla, perché l'*impiraressa* si avvicinò subito ad Angela, sgridandola: «No, no, no, *sempia*! Appoggia i piedi sul piolo della sedia, altrimenti la ciotola è instabile e succede questo». Diede un colpetto alla sessola di Angela che si rovesciò, spargendo perline bianche ovunque. Angela cacciò uno strillo e scoppiò in lacrime, facendo vergognare Orsola: non pensava che sua figlia fosse così fragile.

«Raccogli le perline e lavale e se farai come ti ho detto non ti cadranno mai più». Luciana si rivolse a Francesca, che si affrettò a poggiare i piedi sul piolo in modo che la sessola fosse ben salda sulle sue ginocchia. «*Ben cussì*» fece Luciana, in tono compiaciuto.

«Madre, perché mi ha fatto questo?» disse Angela ancora in lacrime.

Orsola scosse la testa. «Raccogli le perline e lavale» ordinò, imbarazzata dal pianto della figlia. Poi invitò Luciana a sedersi. «Su, insegnaci».

La giovane *impiraressa* riempì la sua sessola di perline rosse non più grandi del caviale e raccolse una manciata di fili. Li aprì a ventaglio fra pollice, indice e medio, e mostrò alle donne come immergere gli aghi fra le perline, con piccoli scatti del polso, come se stesse raschiando una carota. Le bastarono tre colpetti per riempire gli aghi, poi fece scorrere le perline verso l'altra estremità dei fili di cotone. Una volta mostrata la tecnica, Luciana iniziò a guardare le altre lavoratrici, facendo sì che adoperassero il ventaglio di fili nel modo corretto e con la giusta angolazione. Solo a Laura Rosso non disse nulla, per il rispetto dovuto alla sua età. Quando ebbero riempito i fili, Luciana insegnò loro ad attorcigliarli formando una grossa matassa e a legarla con un filo rosso, pronta per essere spedita.

Mentre lavorava Luciana non si guardava attorno, non sbirciava la cucina, il laboratorio o i fondachi. Sebbene le fosse stata indicata la latrina, Luciana non la usava, né andò mai a prendere l'acqua dal pozzo e bevve solo quando Rosella gliene offrì. Forse non era curiosa, oppure si sentiva a disagio, sta di fatto che non si allontanava mai dal cerchio di sedie. Lì, però, dominava, istruendo e correggendo questa e quella donna, e talvolta si metteva a canticchiare. Le Rosso, che di solito chiacchieravano lavorando, quel giorno tacquero, intimidite dalla presenza della sconosciuta, anche Laura Rosso, che normalmente conduceva la conversazione. Luciana incordava le perline a ritmo con il canto, battendo la punta del piede ogni volta che immergeva gli aghi nella sessola. Pian piano le ragazze si unirono a lei, anche Angela, che si era ripresa dalle lacrime e ora copiava con entusiasmo tutto ciò che faceva Luciana, imitandone la postura, i gesti e persino il mugolio.

Quando Stella, di ritorno dal mercato, entrò nel cortile, Luciana alzò la testa e la fissò, proprio come aveva fatto la prima volta con Orsola a Cannaregio. Stella si fermò e ricambiò lo sguardo senza battere ciglio e alla fine fu Luciana ad abbassare il capo.

Verso mezzogiorno, Monica chiamò Rosella e apparecchiarono insieme la tavola in cortile portando fuori vassoi di pesce, melanzane stufate, pane, formaggio e insalata oltre alle caraffe di acqua e vino. Luciana osservò l'andirivieni con attenzione e poi aprì il sacchetto che aveva portato con sé.

Orsola capì. «Cos'hai lì?»

Luciana tirò fuori una fetta di polenta avvolta in uno straccio: difficilmente sarebbe bastata a sfamarla.

Orsola scosse la testa. «Mettila via. Mangerai con noi, sono rimasta d'accordo così con tua madre». *Anche se il lavoro scarseggia, qui non si mangia solo polenta*, pensò.

Angela corse a chiamare gli uomini e Marcolin e Raffaele uscirono per primi dal laboratorio. Mentre si lavavano al pozzo, versandosi l'acqua addosso per rinfrescarsi, Marcolin vide la ragazza sconosciuta e si voltò subito dall'altra parte, perché gli estranei lo mettevano in soggezione. Raffaele scoppiò a ridere rovesciandosi sulla testa una bacinella d'acqua e scuotendo i capelli bagnati come un cane. Era un diciottenne alto e prestante, ma con i lineamenti aggraziati di sua madre, Nicoletta, grandi occhi castani e zigomi alti. Solo di recente aveva sviluppato le braccia e le spalle forzute di un vetraio. Gettò un'occhiata al cerchio di sedie, dove era rimasta soltanto Luciana che osservava con palese inquietudine il trambusto intorno a sé, perché nel frattempo erano apparsi anche Marco, Giacomo e Stefano, e Angela era corsa a prendere il padre per mano. Raffaele s'incantò a guardarla, con l'acqua che gli colava dai capelli.

Sentendosi osservata, lei si voltò, ma invece di ricambiare lo sguardo con sfrontatezza, come era solita fare, abbassò gli occhi.

Orsola se ne accorse e ripensò, intenerita, alla prima volta che aveva visto Antonio. Monica sorrise. Stella aggrottò la fronte, ma Laura Rosso si preoccupò. «Raffaele, vai in cucina a prendere le altre cose» ordinò con lo scopo evidente di spezzare subito il filo che pareva unire suo nipote a quella ragazza sconosciuta.

Raffaele guardò la nonna con aria perplessa: i ragazzi non aiutavano mai in cucina, inoltre il cibo era già in tavola.

Luciana si mosse solo quando Orsola la chiamò e la fece sedere accanto a sé. Raffaele si sedette all'altro capo del tavolo, e Orsola si accorse che non riusciva a togliere gli occhi di dosso alla nuova arrivata. Luciana, dal canto suo, sembrava interessata solo alle pietanze e mangiò tutto quello che le mettevano nel piatto, servendosi anche da sola sebbene fosse da maleducati.

«Chi è questa?» chiese Marco, appoggiandosi allo schienale dopo aver finito di mangiare. Sembrava quasi che fino a quel momento non si fosse accorto di Luciana.

«Viene da Cannaregio» rispose Orsola. «Ci sta insegnando a infilare le perline. Siamo già diventate più veloci, grazie a lei».

«Sarà meglio che ti guadagni il vitto, ragazza. Non vogliamo mendicanti o ladri veneziani in questa casa».

Luciana alzò il mento. «Va' al diavolo, bastardo!»

Marco si sporse in avanti. «Che cosa?»

«Madonna mia!» esclamò Laura Rosso. «Questa ragazza è bollente come una fornace!»

«Luciana, vieni con me». Orsola la prese per mano e la fece alzare dalla sedia. «Ti darò un paio di scarpe più decenti». Mentre la trascinava in fretta verso casa, le sussurrò all'orecchio: «Non parlare mai più in quel modo al maestro, se vuoi lavorare qui!» Anche se detestava Marco, Orsola non poteva permettere che una ragazza come Luciana gli mancasse di rispetto.

«Chi era quello seduto dall'altra parte del tavolo?» le domandò Luciana, che non sembrava affatto turbata dal putiferio che aveva causato.

«Chi, quello che hai appena insultato? È mio fratello Marco, il maestro».

«Non lui. Il ragazzo con i capelli biondi».

«Quello è Raffaele. Il figlio di Marco».

Chiunque altro sarebbe rimasto sgomento, avrebbe chiesto scusa o avrebbe cercato di rimediare. Luciana invece scoppiò a ridere.

L'*impiraressa* avrebbe impiegato appena sei mesi a strappare Raffaele alla famiglia. Orsola era convinta che avrebbe potuto metterci anche di meno, ma Luciana aveva deciso di prendere tutto ciò che poteva dai Rosso, prima di andarsene. L'avidità con cui mangiava, riempiendosi il piatto più volte, e il fatto che chiedesse di portare a casa gli avanzi indicava quanto fosse povera la sua famiglia. A poco a poco, perse la sua aria smunta e le guance le divennero più paffute, le braccia più robuste e il petto più pieno. Orsola aveva trovato un vecchio paio di scarpe di Stella che le andavano bene, e quando un giorno la gonna di Luciana si impigliò in un chiodo, lacerandosi, le cedette sia pur con riluttanza il vecchio vestito bruno e rossastro di Maria Barovier. A lei non stava più, era troppo corto per Stella e largo per Rosella, quanto a Francesca e Angela erano ancora troppo giovani per portarlo. Orsola esitò comunque prima di separarsene, perché era stato importante per lei, ma non aveva altro da darle e stava a pennello a Luciana, adattandosi perfettamente al suo incarnato. Quando lo aveva indosso, Raffaele se la mangiava con gli occhi.

Luciana arraffava tutto ciò che poteva dai Rosso, compreso ciò che buttavano via. *Goti* sbilenchi fatti dagli apprendisti e dimenticati nel fondaco. Un candelabro scheggiato. Perle di cui Orsola non era soddisfatta ma che non si era mai presa la briga di sciogliere. Luciana si portava a casa cime di barbabietola per farci la zuppa, teste di pesce per il brodo, baccelli di piselli, croste di pane, olio rancido...

Anche se a volte la rimproveravano, Orsola e Laura Rosso non le impedivano di prendere ciò di cui aveva bisogno. La vita era dura sotto la dominazione austriaca e le famiglie si arrabattavano per tirare avanti. L'intraprendenza di Luciana che scovava tesori fra la spazzatura ricordava ai Rosso che erano fortunati se potevano permettersi di buttare le cose, quando ad altri mancava il necessario. Inoltre, Luciana era diventata preziosa per la famiglia. Avrebbe dovuto restare solo il tempo sufficiente a insegnare alle donne a infilare le perline, invece si rese indispensabile e alla fine era lei a guidare le *impiraresse* in modo che Orsola potesse tornare a lavorare a lume, con Rosella che la aiutava a plasmare ninnoli e statuette di vetro per il negozio.

Giacomo, Marcolin e Raffaele non ebbero problemi a produrre le nuove perline, sotto la guida di Sebastiano e Andrea. La nuova lavorazione richiedeva forza e precisione, ma era meno snervante delle tecniche, assai più complesse, che erano soliti adoperare in precedenza. I ragazzi sembravano soddisfatti e Stefano e Giacomo lavoravano di buon grado, anche se a volte Orsola li sorprendeva a guardare con nostalgia il tavolo di lavoro: si intuiva che avrebbero preferito realizzare specchi e calici come un tempo, e perfino statuine per il negozio.

Marco invece manifestava in modo esplicito il proprio disprezzo per le perle di conteria: il suo entusiasmo per il nuovo prodotto era durato lo spazio di un mattino. Non andava oltre la preparazione del pastone, il cilindro di vetro che dava inizio al processo, rifiutandosi di tirare la canna, tagliare le perline, lucidarle o selezionarle, tutte cose che gli parevano degne di un garzone e non di un maestro.

Invece di aiutare gli altri se ne andava a bere nel cortile. Nemmeno Monica riusciva più a farlo ragionare. Una volta, dopo che lei lo aveva sgridato perché era ubriaco già a metà giornata, Marco alzò il pugno per colpirla, ma si fermò davanti allo sguardo impassibile e sprezzante della moglie. Da quel giorno andò a bere all'Omo Salvadego.

Orsola non aveva nessuna donna con cui lamentarsi di Marco: sua madre, sua sorella e sua cognata, infatti, avevano trovato un modo per venire a patti con lui. In quanto madre, Laura Rosso lo avrebbe sempre amato e sostenuto. Stella lo ignorava, così come ignorava la maggior parte delle persone. E Monica viveva la condizione più difficile: si sforzava di vedere la parte buona di suo marito facendo leva sull'ascendente che aveva su di lui. Sceglieva con cura le sue battaglie. Orsola si chiedeva come facesse a rimanergli accanto, ma capiva il suo pragmatismo. Fino all'arrivo degli austriaci i Rosso avevano vissuto bene e Monica non aveva dovuto preoccuparsi per il futuro dei suoi figli. Era stato un bel progresso per un'umile figlia di pescatori.

Orsola era fiera di suo marito, che aveva assunto di fatto la direzione della bottega, ma non se ne vantava. Oltre a coordinare la squadra, Stefano stabiliva con lei le quantità di perline da produrre, facendo un passo indietro quando Marco era sobrio e prendendo in mano le redini quando era ubriaco.

Jonas aveva mantenuto alcuni dei clienti di Klingenberg, e riuscì a dare lavoro in modo continuativo alla vetreria acquisendone di nuovi, man mano che i Rosso aumentavano la produzione. Non era affascinante come Klingenberg, ma col tempo Orsola imparò ad apprezzare la sua franchezza. Era più facile discutere con lui: quando diceva qualcosa, non c'era bisogno di cercare significati nascosti nelle sue parole. Con il suo aiuto il vetro dei Rosso tornò lentamente ad affermarsi.

Lo sapevano tutti, anche se nessuno lo diceva a voce alta, nemmeno Marco quando era ubriaco: i Rosso stavano passando da bottega a opificio, dalla qualità alla quantità, dall'arte al commercio. Questa situazione dava loro da vivere, ma a quale prezzo? A volte Orsola ripensava alla collana di Giuseppina e agli elogi di Klingenberg, e si chiedeva cosa sarebbe potuto accadere se la moglie di Napoleone avesse guardato nel cofanetto di cedro e si fosse innamorata della sua creazione. Forse avrebbe continuato a creare collane per regine e principesse invece di stare lì a contare matasse di perline tutte uguali.

Se i Rosso si stavano rimettendo in sesto, anche Venezia pareva sul punto di rinascere. Gli austriaci avevano finalmente ripristinato il porto franco, abolendo i dazi sulle esportazioni che danneggiavano grandemente i produttori. E un altro cambiamento era in arrivo.

Una sera, a cena, Luciana fece un annuncio che sorprese tutti anche perché parlava di rado a tavola.

«Gli austriaci costruiranno un ponte».

I Rosso si voltarono verso di lei e Luciana inghiottì un boccone di risotto con aria di sfida.

«E allora? Ne hanno già costruiti parecchi» ribatté Stella. «A loro non piace viaggiare in barca, preferiscono i cavalli. Ne hanno costruito uno anche sul Canal Grande». Non era mai corso buon sangue fra Stella e Luciana.

Luciana guardò la tavolata con la sua faccia dispettosa.

«Un ponte verso la terraferma» annunciò, e prese un'altra forchettata di riso.

«Verso la terraferma?» esclamò Laura Rosso. «E perché dovrebbero farlo?»

Luciana non rispose subito e inghiottì il boccone godendosi l'attenzione generale.

«Per i treni» disse alla fine. «I miei fratelli lavoreranno sul ponte. Pagano bene» aggiunse, guardando Raffaele dall'altra parte del tavolo.

«Questo non ha niente a che vedere con noi» disse Laura, come per alzare un muro tra suo nipote e quella sfacciata. «I treni non arriveranno mai qui».

«Potrebbero» disse Marcolin. «Gli inglesi hanno già molte ferrovie, e anche i francesi e i tedeschi stanno cominciando a costruirle».

«Meglio andare in barca, è più sicuro».

«Se un ponte collegherà Venezia alla terraferma, significa che non sarà più un'isola?» fece Sebastiano.

Stella alzò gli occhi al cielo. «No, significa soltanto che sarà un'isola con un ponte».

Ma Orsola capì a cosa alludesse suo nipote. Venezia sarebbe stata meno lontana dal resto del mondo, meno difficile da raggiungere. Correndo sicuro sulla sua strada di ferro, il treno avrebbe portato parecchia gente e forse la città sarebbe cambiata, forse avrebbe perso la sua unicità...

Ma pensò anche: *Ci vorrà meno tempo per andare a Praga, se ne avrò il coraggio.* Alzando lo sguardo dal piatto, scoprì che Stefano la stava osservando. Avrebbe voluto sorridergli, ma non le riuscì.

Il giorno dopo Orsola era nella loro camera a raccogliere i panni da lavare quando arrivò suo marito: si era bruciato una manica nella fornace e doveva cambiarsi la camicia. Orsola mollò i panni sporchi per prenderne una pulita nell'armadio, e il fagotto tintinnò, cadendo. Abbassarono entrambi lo sguardo e Orsola rimase impietrita: il primo delfino che Antonio le aveva fatto, e che lei portava ancora con sé, era scivolato fuori dalla tasca di una gonna.

Stefano si chinò a raccogliere la figurina verdeazzurra, e mentre la studiava la perplessità fu presto sostituita dalla luce della comprensione sul suo viso. Orsola pensava che Stefano si sarebbe infuriato, mettendosi a gridare, picchiandola forse. Invece non fece nulla. Si limitò a guardarla e non c'era altro che dolore nei suoi occhi neri.

«Te l'ha mandato lui, vero?» chiese sommessamente. Non poteva non riconoscerlo, perché era uguale ai delfini che Antonio aveva creato per i candelabri e che anche Stefano aveva contribuito a realizzare. Un vetraio non dimenticava mai le sue creazioni.

«Me lo ha dato tanto tempo fa» rispose Orsola. «Prima di andarsene. Non significa niente per me».

«Però lo porti sempre in tasca. Mi era già capitato di sentirlo tintinnare».

*Quella era la rosetta di Maria Barovier,* avrebbe voluto dire, ma sapeva che discutere non sarebbe servito a niente. Anzi, c'era il rischio che Stefano scoprisse le manciate di delfini di vetro che custodiva nel suo studiolo.

«Andrai sulla terraferma una volta che il ponte sarà costruito?» le domandò.

A Orsola sfuggì un gemito, simile a quello di una madre spazientita dal figlio.

«Certo che no» rispose, più gentilmente che poté. «E comunque, è te che ho sposato. Non ti basta?»

Stefano lasciò cadere il delfino sul letto e prese la camicia pulita. «Sono fortunato ad avere una figlia che mi ama» disse. «Mi basta questo».

«Stefano» gemette Orsola, ma lui se ne andò senza voltarsi indietro. Orsola rimase a lungo seduta sul letto, con gli occhi asciutti ma con il pianto nel cuore. Suo marito meritava di meglio.

Da allora in poi, ogni volta che Angela si appoggiava al padre o gli teneva la mano mentre andavano a messa, Orsola sentiva come una fiamma che le bruciava le dita.

Un giorno, mentre era a Dorsoduro, nell'ufficio di Jonas assai diverso da quello di Klingenberg e senza uno scrivano ad assisterlo, Orsola gli chiese quando avrebbero potuto ricominciare a fare cose più sofisticate.

«Abbiate pazienza, signora Orsola» rispose Jonas. «Ogni cosa a suo tempo».

«Ma un mercato per le nostre perline l'avete trovato».

«Perché le perline sono molto amate dagli indiani d'America».

«Possibile che nessuno voglia i nostri calici? Capisco che non si vendano a Venezia, dove regna la miseria, ma ci sarà pure da qualche parte un riccone che desidera bere da calici pregiati! Marco non ne può più di fare le conterie».

Jonas si appoggiò allo schienale. «Non è così semplice. Per prima cosa, i prezzi. I calici di Praga costano meno, anche senza dazi doganali, perché i boemi hanno sviluppato uno stile diverso, un vetro più spesso e meno elaborato del vostro che piace molto in Europa. E anche il vetro inglese, per quanto semplice, è molto richiesto. La concorrenza si è fatta agguerrita. Il mondo vi ha raggiunto, anche se voi di Murano siete ancora lontani dal mondo».

Uscita dall'ufficio del mercante, Orsola si recò a Cannaregio per pagare la madre di Luciana, come pattuito. Trovò l'*impiraressa* seduta nel piccolo campo con le altre donne. Accanto a lei, al posto di Luciana, c'era la sua sorella minore. Avvicinandosi le sentì cantare:

*Oh, dove sarà il mio amore?*
*Dove sarà la gioia del mio cuore?*
*Sarà in mare a veleggiare,*
*e io son qui a lavorare.*
*Sarà in mare a pescar sardine,*
*e io son qui a infilar perline.*

Quando videro Orsola si fermarono, e lei porse le monete alla madre, che diede loro un'occhiata prima di intascarle.

«Chi è il ragazzo con i capelli gialli?»

Orsola scosse la testa, fingendo di non capire.

«Vostro nipote... Come fa di nome?»

«Raffaele. Perché me lo chiedete?»

«Raffaele Rosso». La madre di Luciana lo disse arrotando le erre come se le stesse assaggiando. «Luciana parla sempre di lui».

«E cosa dice?» fece Orsola in tono brusco.

«Dice che la fa ridere».

«Vuol dire che le piace» chiosò la sorella minore.

«Dite a Luciana che lo lasci in pace» le intimò Orsola con lo stesso tono di voce che avrebbe usato Laura Rosso.

Le *impiraresse* scoppiarono a ridere, ma la madre di Luciana rimase seria. «Magari se la pagate di più lo farà».

*Vecchia volpe*, pensò Orsola.

E però fece l'esatto contrario. Appena tornata a Murano chiamò Luciana e le disse che non avevano più bisogno di lei.

Luciana si limitò a un'alzata di spalle. Forse se lo aspettava, perché le Rosso erano diventate più brave a infilare le perline e il suo aiuto non era più fondamentale. Angela e Francesca però protestarono in sua vece, giurando che avrebbero deposto aghi e ceste se non le permettevano di restare.

«Non vi azzardate!» disse loro Laura Rosso a muso duro.

Angela batté il piede e corse a chiamare Raffaele, che poco dopo uscì in cortile e si piazzò con aria inquieta fra la zia e la nonna.

«Volete davvero mandare via Luciana?» disse.

«La cosa non ti riguarda» rispose Orsola. «Questo è un lavoro da donne. Ce ne occupiamo noi, tu torna in laboratorio».

«Ma io la amo...»

«Non voglio sentirtelo dire» lo interruppe Laura. «Tu non sai nemmeno cos'è l'amore. E io non lascerò che mio nipote si metta con una ragazzaccia di Cannaregio».

Un sorriso increspò le labbra di Luciana, che non pareva affatto turbata da quell'insulto. Prese il suo cestino pieno di perline gialle e le gettò a terra come se stesse svuotando un secchio d'acqua, il giallo che schizzava ovunque. Angela e Francesca strillarono e si misero a piangere. Dopo essersi infilata la sessola sotto il braccio, la veneziana raccolse lo scialle e la borsa degli attrezzi e attraversò il cortile mugolando una delle sue canzoncine.

Orsola si frugò in tasca. «Ecco la tua paga» le gridò dietro, decisa a non lasciare nulla in sospeso fra loro. Luciana non le badò, aprì la porta e scomparve nella calle, sfiorando Stella che tornava con un cesto di biancheria. Orsola guardò intorno a sé le ragazze in lacrime, Raffaele sbalordito e Laura Rosso scura in volto. «Cerca di raggiungerla e dalle questa» disse a Stella, porgendole la moneta.

«No!» urlò Raffaele, strappandole la moneta di mano. «Ci vado io!»

«Non farlo!» esclamò Laura sbarrando il passo al nipote. «Raffaele, mio caro, di grazia» lo implorò, prendendolo per il braccio. «Ne abbiamo passate tante insieme, noi due. È grazie a te che sono riuscita a superare il momento più brutto della mia vita, al Lazzaretto Vecchio. Mi facesti tornare la voglia di vivere. Non togliermela di nuovo».

Raffaele la guardò. «Mi dispiace, nonna, ma non me ne ricordo, ero troppo piccolo. E quella era la tua vita, non la mia. La mia vita è questa!» Si liberò con uno strattone così forte che la fece vacillare e corse via mentre Laura cadeva sbattendo la testa sul pavimento.

Orsola e Monica la soccorsero e Stella uscì in cerca di Raffaele, ma tornò non molto tempo dopo scura in volto. «Bruno li ha portati a Venezia» riferì a Orsola, sottovoce. «Dice che Raffaele parlava di un lavoro al ponte della ferrovia».

«Lo sapevo che Bruno li avrebbe imbarcati. Cretino». I Rosso avevano riallacciato i rapporti con Bruno, a differenza di altre famiglie muranesi non si impelagavano in faide che duravano generazioni, ma Orsola evitava comunque di rivolgersi a lui se doveva attraversare la laguna. «Non dirlo a nostra madre, né a Marco. Sono sicura che Raffaele tornerà in sé. Domani vado a cercarlo e lo riporto a casa».

«È meglio se ci vado io» ribatté Stella. «Raffaele sarà in collera con te, perché sei stata tu a mandare via Luciana».

Orsola provò a immaginare sua sorella fra le *impiraresse* di Cannaregio: Stella non era meno tosta di loro. Forse sarebbe riuscita a riportare a casa Raffaele.

La mattina seguente Stella partì di buon'ora. Appena si svegliò, Laura Rosso chiese di Raffaele, e Orsola dovette mentire, dicendo che l'avevano mandato a prendere in prestito un po' di sabbia da un'altra vetreria. Laura si sedette a rammendare in cortile, decisa ad aspettarlo.

Stella tornò a metà mattina e andò subito nello studio di Orsola, seguita da Laura, che aveva un fiuto infallibile per i guai. «Vuol rimanere a Venezia» spiegò Stella. «Ha già trovato lavoro al ponte della ferrovia. Son dovuta andare a cercarlo al cantiere, con gli austriaci che lo prendevano a male parole perché faticava a spaccare le rocce e piantare i pali nella palude. I vetrai sono forti, ma non così tanto!»

Laura Rosso si accasciò contro la porta.

«Madre!» Orsola balzò in piedi, lasciando cadere la perla che stava decorando, e aiutò la madre a rialzarsi. La condussero nel cortile e la fecero sedere sulla panchina dove aveva lasciato il cucito, per poi portarle un bicchiere d'acqua.

«Non l'ho mai detto a nessuno» esordì Laura, stringendo il bicchiere fino a farsi sbiancare le nocche, «ma Nicoletta era già morta quando è nato Raffaele. Era già nel travaglio ma la peste l'aveva indebolita così tanto che non riusciva a spingere quando arrivò il momento. Ci provava, poverina, ma le è scoppiato il cuore ed è morta all'istante. I monatti volevano portarla via e gettarla nella fosse comune, con il bambino nella pancia. Non potevo consentirlo».

Monica si era fermata sulla soglia della cucina, e Marco, Giacomo e Stefano su quella del laboratorio e pendevano tutti dalle labbra di Laura.

«Ho preso il mio coltello e l'ho tagliata» continuò la più anziana dei Rosso. «L'avevo visto fare a un'ostetrica. È stato un po' come scuoiare un coniglio, anche se dovevo stare attenta, molto attenta, per non fare del male a Raffaele. Ma ce l'ho fatta e ne è uscito vivo. Ora capite perché Raffaele è speciale per me» concluse, guardando i suoi famigliari uno dopo l'altro. «Perché l'ho salvato io. Non ho potuto salvare Lorenzo o Nicoletta, ma lui sì. E non voglio perderlo adesso. Andrò a Venezia a parlargli».

«A Venezia?» esclamò Marco. «Cosa ci fa mio figlio a Venezia?»

La sera prima Orsola si era inventata una scusa per giustificare l'assenza di Raffaele a tavola. Ma a quel punto si vide costretta a spiegare come stavano le cose, e lo fece in tono pacato, sperando che il fratello rimanesse calmo. Ma Marco si mise subito a urlare. «Quella puttana veneziana, l'avevo capito subito che tipo era! Come hai potuto lasciare che ci portasse via Raffaele? *Bauca!* Che sorella stupida che ho!»

«Piantala!» intervenne Monica. «Non è colpa di Orsola. Qualunque cosa sia accaduta, spetta a te risolverla. Porta tua madre a Venezia e vedete di trovare Raffaele. Ed è meglio se viene anche Orsola con voi. Conosce la madre di Luciana e forse riuscirà a farla ragionare».

Quel pomeriggio i tre Rosso salirono sulla gondola di Bruno, con Laura che minacciava di non pagarlo, perché aveva aiutato suo nipote a fuggire da Murano. Si sedette accanto a Orsola, il più lontano possibile dal gondoliere, che si mostrò più mansueto del solito. Ebbe il buon senso di sorvolare sulle faccende private della famiglia, che rischiavano di coinvolgerlo, ma espresse la propria opinione sul ponte ferroviario, dando voce alla rabbia e alla paura dei gondolieri che temevano di perdere il lavoro se i turisti avessero scelto il treno per andare e venire dalla terraferma. Non che Bruno avesse mai fatto quel tragitto, ma condivideva la preoccupazione dei colleghi. Laura lo guardò in cagnesco per tutto il tempo.

«Basta!» disse alla fine Orsola. «Non vogliamo sentir parlare del ponte, a noi interessa solo che Raffaele torni a casa».

«Va bene» rispose Bruno. «Ma il ragazzo avrebbe dovuto pensare a noi barcaioli prima di mettersi a lavorare per il nemico».

«Sta' zitto!» strillò Laura Rosso. Guai a chi toccava suo nipote.

Bruno obbedì e si limitò a canticchiare una delle sue canzoncine mentre remava sulla laguna, girando intorno alla punta di Cannaregio e proseguendo poi verso la chiesa di Santa Maria delle Penitenti, vicino al punto da cui sarebbe partito il ponte. Lo specchio d'acqua antistante era gremito di peate, cariche di materiali da costruzione: legno, pietra, mattoni, calce, ferro. Anche se aveva in mente soprattutto Raffaele, Orsola non poté fare a meno di chiedersi come si potesse costruire un ponte così lungo, dato che la terraferma distava più di due miglia da lì. Aveva visto gettare ponti su piccoli canali e supponeva che il principio fosse lo stesso: avrebbero calato nell'acqua telai di legno svuotandoli poi con i secchi, quindi avrebbero pigiato i tronchi sul letto della laguna creando solide fondamenta su cui erigere i pilastri di pietra.

Alto dodici piedi e largo trenta, il nuovo viadotto avrebbe attraversato la laguna con duecentoventidue archi in mattoni. Al momento, però, si vedevano solo i primi piloni. Gli uomini erano al lavoro sulle barche, ansimando e gridando e sollevando pietre. Erano per la maggior parte veneziani, con i soldati austriaci che li tenevano d'occhio, nelle uniformi appariscenti: giubba bianca, brache blu ed elmo di metallo.

Laura Rosso guardò i soldati e sputò per terra. «Patate» mormorò, perché gli austriaci ne andavano matti e il popolo veneto li chiamava così per scherno.

«Non lavorano molto, eh?» fece Bruno, cercando di riconquistare il favore di Laura. «Patate scansafatiche».

«Non m'importa degli austriaci» disse Marco. «Dov'è mio figlio?» Era rimasto a guardare in silenzio gli uomini impegnati nel compito apparentemente impossibile di collegare Venezia alla terraferma, finché l'impazienza non aveva preso il sopravvento.

Fu Bruno ad avvistare Raffaele, su una peata. Stava aiutando a scaricare uno dei tronchi da conficcare nel fango.

«Avvicinati» gli ordinò Marco.

Orsola non aveva mai pensato che suo nipote fosse magro, ma appariva addirittura smilzo rispetto agli uomini che aveva intorno e si capiva che faticava a sollevare l'estremità del tronco. Mentre si avvicinavano, notò che aveva il volto tirato per la stanchezza. E questo era solo il suo primo giorno di lavoro.

«Raffaele, vieni qui!» gridò Marco. «Adesso!»

«Ssh! Non mi pare il modo giusto» sussurrò Orsola.

«Non dirmi cosa devo fare! È mio figlio e mi obbedirà».

Raffaele continuò a trascinare il tronco da un'estremità all'altra della peata e poi sulla barca successiva fino al punto in cui doveva essere piantato. Sembrava teso e si sforzava di tenere il passo degli uomini più robusti. Non vide i suoi famigliari finché Bruno non si fu accostato al ponte di barche. Quando Marco lo chiamò di nuovo, Raffaele sollevò lo sguardo e per la sorpresa lasciò andare il tronco, che cadde sul fondo della peata facendola oscillare fra una raffica di imprecazioni da parte dei suoi compagni di lavoro.

Marco andò a prua della gondola, cercando di rimanere in equilibrio fra le onde. «Vieni qui, Raffaele! C'è bisogno di te a casa».

Se si fosse fermato lì, forse suo figlio avrebbe anche potuto obbedirgli. Ma Marco volle rincarare la dose. «Come ti sei permesso di voltare le spalle alla tua famiglia per venire a vivere in questo sestiere di merda? La tua vita è il vetro, non questo lavoro di merda!»

«E così questo sarebbe un lavoro di merda?» disse uno

degli uomini della peata stringendo il ferro di prua della gondola.

«Ehi, giù le mani!» gridò Bruno. «Nessuno deve toccare il mio ferro!»

«Ah, no? E io lo tocco. Andiamo a fare un giro?» L'energumeno cominciò a tirare il ferro di qua e di là, facendo dondolare la gondola e costringendo le donne ad aggrapparsi alle sponde.

Bruno corse ad affiancare Marco a prua e prese l'operaio per il braccio. I tre uomini si azzuffarono e all'improvviso Marco cadde in acqua fra le risate e le beffe dei veneziani, mentre Bruno si sporgeva per aiutarlo a risalire. Bianco come un lenzuolo, Raffaele sulle prime rimase immobile in mezzo al parapiglia. Ma a un tratto scappò via, saltando da una barca all'altra, cadendo e risalendo di nuovo e saltando su quella successiva, finché non ebbe raggiunto la riva. Si fermò un istante, voltandosi per accertarsi che nessuno lo avesse seguito, e se la diede a gambe. Orsola rimase a guardare la camicia bianca che sua madre aveva rammendato tante volte finché non scomparve fra i vicoli di Cannaregio.

Intanto Marco, con l'aiuto di Bruno, era riuscito a issarsi sulla gondola e scuoteva la testa schizzando acqua da tutte le parti.

«*Càncaro!*» gridò Bruno al veneziano. «Ti taglierò il cazzo e lo darò in pasto al mio cane anche se è troppo piccolo per sfamarlo. Ingraviderò tua madre e poi le farò mangiare la merda di nostro figlio. Io ti...»

«Bruno, basta! Basta!» Orsola lo aveva sentito imprecare tante volte, ma mai con quella ferocia.

Il veneziano avrebbe di certo assalito Bruno, se il diverbio non avesse attirato l'attenzione dei soldati austriaci che scivolarono veloci col loro sandolo verso i contendenti, per ristabilire l'ordine. Uno dei gendarmi gridò qualcosa nella sua lingua e, dopo un ultimo scambio di insulti con Bruno, i veneziani tornarono al lavoro.

Laura Rosso sedeva impettita sulla panchetta nonostante il dondolio della gondola. «State bene?» le domandò Orsola.

«Portami dalla madre di Luciana».

Orsola ordinò a Bruno di imboccare il rio de Cannaregio e di risalirlo fino al ponte delle Guglie, chiamato così per i pinnacoli che gli austriaci avevano aggiunto quando l'avevano ricostruito in pietra e mattoni, alcuni anni prima. L'arco inferiore era ornato da facce sogghignanti di uomini e leoni, e guardandole Orsola pensò che riflettevano alla perfezione il suo stato d'animo. Disse a Bruno di farle scendere presso il ponte e gli chiese di portare Marco a ristorarsi in una taverna fino al loro ritorno.

Luciana era seduta nel campiello a infilare perline con le altre donne, come il giorno che Orsola l'aveva conosciuta, anche se ora indossava il vestito di Maria Barovier, le scarpe di Stella e aveva al collo un filo di perline di vetro scartate dai Rosso. Quando vide arrivare Orsola insieme alla madre si irrigidì, ma si sforzò di apparire tranquilla.

Laura Rosso le si avvicinò con passo deciso e le intimò di alzarsi.

«Cedi il posto a chi è più anziano di te» disse Laura a voce alta. «Non ti hanno insegnato l'educazione?» aggiunse guardando le donne che aveva intorno. La madre di Luciana inarcò le sopracciglia, ma Laura non si lasciò intimidire. «Dite a vostra figlia di portarmi rispetto. Desidero parlarvi e non mi va di rimanere in piedi».

Le due donne si fissarono in silenzio per qualche istante. Poi l'*impiraressa* fece un cenno alla figlia. Luciana posò la sessola, si alzò con calma e andò verso un muro in ombra, appoggiandovisi per assistere agli sviluppi, neanche fosse un'esibizione di acrobati.

La madre di Luciana doveva avere suppergiù l'età di Orsola ma sembrava vecchia quasi quanto Laura Rosso: un altro riflesso della povertà della famiglia. Le due donne si guardarono di nuovo negli occhi, poi Laura disse qualcosa che sorprese Orsola. «Desidero che mio nipote sia felice e che venga a trovarci di tanto in tanto. Tutto qui».

«*Sensa 'l forse*» assentì la madre di Luciana.

«Ma non può lavorare al ponte degli austriaci. Raffaele ha la forza di sollevare il vetro, non i tronchi d'albero. Non è robusto come i vostri figli».

«Questo è vero. Infatti non capisco proprio cosa ci trovi Luciana».

Luciana fece una smorfia.

«Raffaele è bravo a tirare il vetro, fate in modo che lo prendano in una delle fabbriche di perline del sestiere. Almeno non sarà troppo lontano da Murano. Non voglio che vada a vivere a Castello. Fate in modo che rimanga qui e prometto che vi lasceremo in pace».

La madre di Luciana ci pensò su. «E se non lo facessi?»

«Gli uomini di Murano verranno qui e bruceranno le vostre fabbriche, così non ci sarà più lavoro per nessuno». Dopo aver pronunciato queste parole minacciose, Laura Rosso si alzò fra i mormorii indignati delle *impiraresse.*

«Siete dei duri a Murano, eh?» ribatté la madre di Luciana con una risatina. «Mi piace la gente di carattere. Speriamo che sia così anche vostro nipote. È fortunato ad avere una nonna pronta a battersi per lui. Va bene, vedrò di trovargli un lavoro».

Madre e figlia si avviarono in silenzio verso il ponte delle Guglie. Stavano ancora percorrendo la calle quando videro balenare il bianco di una camicia in un portone. Raffaele uscì dall'ombra e si mise a camminare al loro fianco. Non disse una parola, ma dovette fermarsi quando lo fece Laura Rosso. La nonna lo guardò con sdegno e gli mollò un gran ceffone. «Vedi di rendermi orgogliosa. E rendi orgogliosa tua madre... che ti guarda da lassù, lo sai» disse indicando il cielo.

«Lo so. Grazie, nonna». Raffaele la abbracciò a lungo, poi la lasciò andare. Rivolse un cenno di saluto alla zia e corse nuovamente verso Luciana e il suo futuro.

Laura lo guardò allontanarsi. «Quanti ne perderemo ancora, per colpa di questa città maligna?» disse e s'incamminò a passo spedito lungo la calle.

## 6.

Il sasso schizza sull'acqua e atterra nel 1915, con la Grande Guerra che infuria da mesi. Orsola Rosso gira e rigira nel fuoco una perla rossa che sembra una goccia di sangue. Si ferma e solleva lo sguardo. Sono trascorsi settantun anni da quando gli austriaci hanno iniziato il ponte sulla laguna, ma Orsola e quelli che ha intorno ne hanno solo quattro in più. Orsola ne ha appena compiuti quarantaquattro.

Le cose sono cambiate parecchio. Gli austriaci cacciati da Venezia. L'Italia unificata. Sono nate la corrente elettrica e la catena di montaggio. È stata inventata l'automobile. I motori sono ovunque. L'uomo ha volato in modo spettacolare a Kitty Hawk. Insomma, ora ci sono gli aeroplani, i treni e le automobili. In America una guerra civile ha dato la libertà agli schiavi ma la loro vita è ancora grama, sono in vigore le leggi Jim Crow e la verità e la riconciliazione appaiono ancora lontane. Inoltre, un arciduca è stato assassinato a Sarajevo con conseguenze geopolitiche fatali.

Non dimentichiamo Dickens, Balzac, Flaubert, George Eliot, Tolstoj. Il romanzo è diventato maggiorenne. (Virginia Woolf ha appena iniziato a scrivere.) E l'arte: i preraffaelliti, gli impressionisti, ora i cubisti e un pizzico di Modernismo. Il mondo corre più veloce, anche a Venezia.

Fatta eccezione per il vetro e i suoi creatori...

Fu Rosella a esprimere meglio il pensiero di Orsola riguardo alle perline. Un giorno stavano aspettando sul pontile dietro la bottega la peata che avrebbe imbarcato alcune casse di conterie per portarle a Venezia, dove Jonas le avrebbe esaminate. Rosella stava contando le matasse color corallo e marrone chiaro disposte l'una accanto all'altra come grossi pesci, mentre Orsola si occupava delle scartoffie. Aveva imparato a leggere e scrivere da sola in età adulta, per cui faticava un po', ma non lo aveva mai confessato alle nipoti o alla figlia.

Rosella era diventata una giovane donna premurosa che si sedeva con le altre a infilare perline, se necessario, ma preferiva di gran lunga il lavoro a lume. Aveva buon occhio e mano ferma e un talento che Orsola trovava sorprendente, perché Rosella non aveva il sangue dei Rosso nelle vene. Del resto era già capitato con Antonio. Forse l'abilità nel maneggiare quella sostanza così volubile non dipendeva dalla stirpe e non era trasmessa ai figli dalla madre insieme al latte. Orsola però non l'avrebbe mai ammesso, sarebbe equivalso a demolire l'incrollabile fede dei Rosso nella loro innata superiorità di vetrai.

Di tanto in tanto, zia e nipote creavano ancora perle artistiche e statuette, sedendo l'una di fronte all'altra al tavolino che era stato adattato da Giacomo in modo che potesse essere usato contemporaneamente da due persone. Vendevano quelle creazioni nel negozio dei Rosso, ma il commercio delle perline industriali lasciava loro poco tempo ed erano in molti ormai a fare perle a lume, spesso con risultati eccellenti. Orsola aveva dovuto rassegnarsi al fatto che, pur avendo più esperienza di chiunque altro, non era più l'unica *perlera* di Murano.

Rosella sospirò.

«Che c'è?» le domandò Orsola. «Siamo indietro con la produzione?»

«Al contrario. Quante perline ci saranno in questa cassa? Centinaia di migliaia?»

«Milioni».

«Sì. Milioni di perline! Ma nessuna è speciale. Non sono nemmeno fatte bene». Rosella prese una matassa e la fece dondolare tra loro, con le perline che scintillavano al sole. «Se le guardi una per una, scopri che ce ne sono di sbilenche, con i buchi di dimensioni diverse, e perfino scheggiate. Non preferiresti anche tu passare il tempo a creare cose belle, invece di stare qui a contare gli "escrementi di topo", come dice mio padre?»

Rosella lasciò cadere la matassa di perline nella cassa e Orsola sollevò lo sguardo dal registro. Capitava anche a lei di chiedersi se avevano fatto bene a cambiare. Jonas aveva trovato nuovi acquirenti e i Rosso avevano ampliato la loro attività, assumendo più operai e tornando alla prosperità. Le perline Rosso si traducevano in cibi di qualità, non più sarde e polenta, ma carne di vitello, caffè e zucchero, e vino che non sapeva di aceto. Il benessere traspariva dai loro volti floridi, i giovani avevano più slancio e gli adulti erano quasi sempre di buon umore. Marco no, ovviamente. Lui odiava sprecare il suo talento per le conterie!

«Però fanno cose molto belle con le nostre perline» rammentò Orsola alla nipote. «Borse, portamonete, cuscini, paralumi, frange per gli abiti da donna».

«Ma sono gli abiti e le borse a essere belli, non le perline» ribatté Rosella. «Non vorresti che le tue perline fossero ammirate per la loro bellezza?»

«*De certo*».

«Io dico che dovremmo cercare nuove commissioni. Come Luciana, che si è messa a fare le corone funebri».

Infatti, qualche mese prima, allo scoppio della Grande Guerra, Luciana aveva avuto l'idea di mettersi a fare corone e fiori di perline per le tombe. Le famiglie francesi in particolare sembravano amare quei fiori di vetro colorato che resistevano alla pioggia, alla neve e al vento. Orsola non poteva negare l'abilità di Luciana: i suoi mughetti, le violette e le viole del pensiero sembravano quasi veri. Luciana aveva chiamato Fiori di Rosso i suoi prodotti, usando il cognome del marito. A Orsola la cosa non era piaciuta, le pareva che Fiori di Luciana sarebbe suonato meglio, inoltre le dava fastidio che approfittasse della reputazione dei Rosso di Murano. Ma non aveva potuto farci niente: Luciana era ormai una Rosso a tutti gli effetti.

Non solo. Raffaele la adorava, e avevano già avuto tre figli: i Rosso di Venezia. Raffaele lavorava in una vetreria di Cannaregio e sembrava felice. La sua ditta aveva aderito alla neonata Società veneziana per l'industria delle conterie, una cooperativa con sede a Murano, il che significava che il figliol prodigo avrebbe potuto tornare a casa. Orsola però dubitava che l'avrebbe fatto. Non andava neanche a trovarli, perché suo padre e sua nonna vedevano Luciana come il fumo negli occhi. Laura Rosso non voleva neppure sentir pronunciare il suo nome.

Invece Orsola passava a salutare Raffaele in fabbrica ogni volta che si recava a Venezia, e andava a cercare la pronipote e i due pronipoti nel campiello dove Luciana sedeva ancora con le donne della sua famiglia, fabbricando fiori di perline. Si sforzava di essere cordiale con lei, mentre Luciana non ci provava neppure.

«Sei venuta a controllare come stanno i fiori dei Rosso?» le disse in occasione di una di quelle visite.

«Sono venuta a vedere come stanno i piccoli» rispose Orsola e si chinò a baciare la testolina della pronipote, i capelli raccolti in una crocchia e legati con un nastrino bianco.

«Vuoi essere sicura che gli dia da mangiare, vero?» disse Luciana ridendo. Poi prese il figlio più piccolo dalla culla ai suoi piedi e si snudò il seno, senza coprirsi con il grembiule o uno scialle come facevano di solito le donne quando allattavano in pubblico.

Questo per quanto riguardava le visite di Orsola.

Ma ve ne furono altre che ebbero conseguenze ben più serie.

Anche a Francesca piaceva andare a trovare i nipotini e talvolta si tratteneva a Cannaregio per imparare a fare i fiori di perline dalla cognata. Un giorno non tornò a casa, chiedendo a Bruno di avvisare i famigliari: il bimbo più piccolo era malato e Luciana aveva bisogno di lei. L'indomani Monica, non vedendola tornare, iniziò a insospettirsi. Siccome non le piaceva andare a Venezia, mandò Orsola a casa di Luciana con un unguento da strofinare sul petto del piccino. Venne fuori che non c'era nessun malato: il bambino dormiva nella culla mentre i suoi fratellini giocavano in cortile, dove Francesca sedeva con le altre donne, facendo fiori e cantando. Una smorfia si dipinse sul suo volto quando vide Orsola. «Sto solo aiutando Luciana con questo grosso ordine dalla Francia» farfugliò. «C'è più bisogno di me qui che a casa. E poi creare fiori è molto più bello che infilare perline». A Orsola non parve il caso di mettersi a discutere con la nipote, davanti a Luciana e alle altre donne della sua famiglia che la fissavano con aria ostile, lanciandole una gragnuola di occhiatacce. «Cosa devo dire a tua madre?» domandò alla nipote.

Francesca deglutì, ma poi Luciana le diede di gomito e allora il suo volto tornò a indurirsi con un'arroganza che a Orsola ricordò quella di Marco.

Alla fine Monica fu costretta, sia pur a malincuore, ad andare a Venezia per cercare di riprendersi la figlia, ma tornò da sola. Dopo cena Orsola la sorprese a lavare i piatti con le lacrime agli occhi: era la prima volta che la vedeva piangere.

Tre mesi dopo, Francesca sposò uno dei fratelli di Luciana. Un altro dei Rosso rubato dalla Serenissima.

Orsola non riusciva a smettere di pensare a ciò che aveva detto Rosella a proposito di quella commissione del tutto inaspettata: un'altra collana! Al terzo tentativo sarebbe riuscita ad avverare il sogno che non aveva mai smesso di cullare segretamente? Oppure la collana di Giuseppina era stata il massimo cui potesse aspirare?

La sorte aveva bussato alla sua porta nelle vesti di una sarta inviatale da Domenego. La sarta confezionava abiti per la marchesa Luisa Casati, una donna molto famosa per le sue feste sontuose e il suo abbigliamento provocatorio.

Orsola ne aveva sentito parlare, come tutti gli altri. I vetrai muranesi si contendevano la sua attenzione dopo che, a una delle sue feste, la nobildonna aveva donato a ognuno dei cento invitati una lanterna di vetro soffiato realizzata appositamente per l'occasione. Quel lavoro aveva tenuto a galla per un anno una vetreria dell'isola. Per farsi notare durante la passeggiata in piazzetta San Marco, la marchesa indossava un mantello Fortuny rosso e oro e sfilava al braccio del servo nubiano Garbi, che teneva in una mano un parasole fatto di piume di pavone e con l'altra portava al guinzaglio tempestato di diamanti una coppia di ghepardi resi mansueti dal narcotico. A volte, a mezzanotte, la marchesa andava a passeggio da sola nella piazzetta coperta soltanto da un mantello di pelliccia.

Per attirare ancora di più l'attenzione, aveva assunto Domenego al posto del suo gondoliere bianco. L'abolizione della schiavitù lo aveva finalmente affrancato dai suoi obblighi nei confronti della famiglia Klingenberg e, pur continuando a lavorare per Klara e suo marito, Domenego era libero di cercarsi altri clienti. A Orsola era capitato di vederlo, con la marchesa adagiata su cuscini di seta, e Garbi a prua con i ghepardi. Era stupita che Domenego si prestasse a una simile pantomima, ma lui le aveva giurato che era pagato profumatamente e che non aveva paura delle belve, anche se a Orsola era sembrato piuttosto teso mentre vogava.

La sarta inviata da Domenego era disperata a causa delle frange di perline che la marchesa Casati esigeva per un suo vestito: quell'enorme quantità di perline cucite sul petto avrebbe reso l'abito pesante e scomodo da indossare, ma la marchesa non voleva darle retta, perché si considerava un'ottima stilista. La sarta temeva che, una volta provato il vestito, la marchesa sarebbe rimasta inorridita dal peso e si sarebbe rifiutata di pagare. Era già successo in precedenza, con un colletto di ametiste. Aveva chiesto a Orsola di accompagnarla al palazzo con un sacchetto di perline in modo che la marchesa potesse saggiarne il peso di persona.

Il palazzo Venier dei Leoni, dove risiedeva, non era lontano dal ponte dell'Accademia, il secondo ponte sul Canal Grande che gli austriaci avevano fatto costruire prima di abbandonare Venezia, che era diventata parte del Regno d'Italia. La gondola che Orsola aveva preso insieme alla sarta si era fermata davanti ai cancelli del portico, e Orsola aveva fatto un sospiro di sollievo vedendo che Garbi era andato ad accoglierle senza i ghepardi. «Aspettate, qui» aveva detto, dopo averle fatte entrare nell'androne. Il pavimento di marmo era coperto di tappeti persiani fradici a causa dell'ultima acqua alta, l'odore di muffa mascherato solo in parte da enormi vasi di gigli che perdevano i petali e il polline cremisi. Sparsi qua e là, pezzi di vecchie gondole dorate, tavoli di marmo e due sedie di mogano piuttosto malridotte su cui Orsola e la sarta si erano sedute ad aspettare. Dal giardino interno giungevano le grida dei pavoni, l'ululato delle scimmie e la voce di un pappagallo che strillava: «Merda!»

«Chi metterebbe mai i tappeti in un androne sapendo che ci entra l'acqua?» aveva sussurrato Orsola alla sarta, che si era limitata a stringersi nelle spalle.

Dopo mezz'ora Orsola voleva andarsene. «No. Aspettiamo» aveva detto la sarta, le mani incrociate pazientemente in grembo. «Lei è fatta così. Per questo tutti le fanno pagare le cose il quadruplo».

Alla fine Garbi le aveva condotte nel salotto, ampio e disordinato, della marchesa, fra il ronzio delle lampade elettriche appena installate. La marchesa Casati era una donna alta, di una magrezza quasi cadaverica, con il viso incipriato su cui spiccavano le labbra rosso vivo e gli occhi, enormi, il bianco ben visibile attorno alle iridi, evidenziati dal kajal e sormontati da folte ciglia finte. I capelli corti e tinti di arancione s'irradiavano dalla sua testa come un'aureola e indossava un sontuoso kimono dai colori accesi: rosso, arancione e rosa.

Non aveva dato spiegazioni, né si era scusata per averle fatte aspettare. Quando aveva offerto loro l'assenzio,

Orsola aveva rifiutato per istinto anche se non sapeva cosa fosse. Però era rimasta a guardare affascinata la donna che, dopo aver versato il liquido verde in un bicchiere, ci aveva posato sopra un cucchiaio traforato con una zolletta di zucchero che aveva fatto sciogliere e colare nell'assenzio, che da verde era diventato di un giallo torbido. Poi aveva preso a sorseggiarlo, vagando per la stanza e facendo moine al pappagallo, che a un certo punto le aveva strillato: «Puttana!»

Orsola e la sarta si erano scambiate un'occhiata, cercando di trattenere le risa. Nel corso degli anni Orsola aveva incontrato molti tipi eccentrici a Venezia: la città sembrava attrarli, quasi avesse il potere di stimolare l'istrionismo e la stravaganza. Ai vetrai di Murano venivano commissionate le cose più bizzarre: brocche a forma di mammelle con il vino che sgorgava dai capezzoli, candelabri a guisa di donne nude, lampadari da cui pendevano demoni itifallici. Orsola aveva sentito dire che c'era un artigiano specializzato in falli di vetro. Ma si trattava puramente di lavoro, quegli oggetti venivano creati, imballati e spediti, e non avevano alcuna influenza sui costumi delle famiglie dei vetrai, o sul loro modo di vivere. Le donne muranesi non usavano la belladonna per accendere i loro sguardi come si diceva facesse la marchesa. I maestri non passeggiavano lungo le rive con ghepardi al guinzaglio, né tenevano pavoni nei loro cortili. Mangiavano sardine, non caviale. Tutt'al più, Orsola si dava il belletto sulle guance quando andava a Venezia, ma non avrebbe mai usato la cipria, il kajal o le ciglia finte per farsi notare. Evidentemente per la marchesa Casati era un modo di essere, abitudini che coltivava anche quando era da sola senza nessuno che la vedesse. Ma doveva essere estenuante vivere così!

La sarta si era schiarita la voce. «Siamo venute per il vestito, marchesa, quello con tutte le perline. Le presento Orsola Rosso, la migliore *perlera* di Murano».

Orsola era arrossita per quell'elogio da parte di una persona che la conosceva appena, e mirava solo a far colpo sulla cliente. Inoltre non era vero: le perline per il vestito non erano opera sua. Aveva rivolto un cenno di saluto alla marchesa, che non le stava nemmeno guardando, ma coglieva fiori morti dai vasi sparsi in tutta la stanza, lasciandoli cadere sul pavimento di marmo, presumibilmente perché qualcun altro li raccogliesse.

«Siamo preoccupate per il peso, marchesa» aveva spiegato Orsola. «Non vorremmo che le desse fastidio al petto». In sé, il vestito era piuttosto semplice, una lunga guaina di seta nera, ma con il colletto composto di perline cilindriche di colore nero, argento e oro, che scendevano a formare un massiccio giogo semicircolare, come un'armatura scintillante. Orsola aveva calcolato quante migliaia di perline sarebbero state necessarie e aveva messo l'equivalente nei sacchetti che le avevano appeso delicatamente al collo. La marchesa era rimasta immobile, guardando con palese compiacimento le due donne che si affannavano intorno a lei.

«Adoro il peso sul seno» aveva confessato. «Mi fa sentire al sicuro, mi fa sentire amata, è come un abbraccio. Più perline, ne voglio di più!»

«Siete sicura, marchesa? Non sarà scomodo da indossare a una festa?» le aveva domandato Orsola.

La marchesa aveva agitato la mano, versando qualche goccia di assenzio che per poco non le era caduto sul vestito. «Oh, non è per una festa. Non se ne danno più da quando c'è la guerra. Non viene nessuno a Venezia. Bisogna andare a Parigi, o a Berlino, per vedere qualcuno, ma non si può a causa della guerra. No, il vestito mi serve per la passeggiata. E voglio le perline. Le voglio tutte!»

«Come desiderate, marchesa. Ho preparato il conto e sarò felice di fare il colletto, appena sarò pagata».

La sarta pareva imbarazzata dalla brutalità con cui Orsola aveva tirato in ballo la questione, e la marchesa aveva sospirato: «Dobbiamo proprio parlare di... soldi?»

Orsola non aveva battuto ciglio, ignorando gli occhi imploranti della sarta, i fiori appassiti sul pavimento e il lezzo di frutta marcia, con il pappagallo che ora strillava «*Becco fotuo!*»

«Incorderò le perline solo quando avrò visto i soldi. Non prima. Fallirei, se non facessi così!»

La marchesa l'aveva guardata con i suoi grandi occhi malinconici, poi un sorriso le aveva increspato le labbra. «Mi piace una donna così decisa». Si era chinata e aveva baciato Orsola sulla bocca. «Va bene, vetraia, hai la mia benedizione. Vai da Garbi e digli che non te ne andrai finché non avrai visto i quattrini».

Stordita dal bacio, Orsola non si era mossa. La marchesa portava sul kimono due ampi giri di perle vere, uno bianco e l'altro grigio. Collane.

Orsola Rosso aveva inspirato a fondo, come per inalare un po' dell'audacia della marchesa. «Desiderate una collana così, di perle di vetro, però? Vi assicuro che sarà strabiliante, e la posso fare del colore che volete!»

«Perle nere decorate di rosso e oro» aveva risposto la marchesa Casati senza esitazione. «*Très à la mode.* Mettimi in conto anche quella».

Dopo l'unificazione degli Stati italiani in un'unica nazione, Venezia aveva goduto di una maggiore stabilità e, almeno fino allo scoppio della Grande Guerra, il turismo e le esportazioni erano cresciuti dando nuova linfa all'artigianato. Le perline avevano già trovato un mercato, ma la rinascita delle lavorazioni più sofisticate fu dovuta quasi unicamente ad Antonio Salviati, l'avvocato e imprenditore che affidò ai maestri di Murano la produzione delle tessere in vetro per i nuovi mosaici della basilica di San Marco. Questo contribuì alla ripresa dell'intero settore, che tornò a sfornare anche altre cose: vasi, bicchieri, lampadari. Naturalmente i gusti erano cambiati rispetto al passato, e bisognava ancora fare i conti con la concorrenza di altre regioni dell'Europa. Ma a poco a poco i laboratori furono riaperti e iniziarono nuovamente a produrre gli articoli pregiati che avevano reso Murano famosa nel mondo.

I Rosso, però, continuarono con le perle di conteria. Ormai si erano specializzati: disponevano delle fornaci, di un apposito spazio dove veniva allungata la canna di vetro e potevano contare sulla maestria dei serventi e dei garzoni. Ognuno aveva un compito ben preciso: Giacomo creava il vetro secondo la ricetta dei Rosso, ma tenendo presente che serviva a essere tirato e non soffiato. Marco realizzava il pastone. Stefano e Sebastiano lo stendevano trasformandolo in una canna esile e lunga decine di metri. Andrea tagliava le perline e le smussava facendole girare in un tamburo di metallo rovente. Marcolin faceva la cernita, suddividendole in base alle dimensioni e scartando quelle deformi o prive del foro centrale. Pur essendo il maestro, Marco non si prendeva la briga di sovrintendere alla lavorazione e di solito lasciava che fosse Stefano a occuparsene.

Una mattina si sedette di fronte a Orsola, che stava finendo l'ultima delle perle a lume per la collana della marchesa. Orsola gli rivolse un cenno frettoloso, irrigidendosi come sempre, quando lui la guardava lavorare. Almeno odorava di caffè, invece che di vino. Marco si mise a giocherellare con l'altro ugello, quello con cui a volte lavorava Rosella.

«Perché le fai?» le domandò, raccogliendo una delle perle nere decorate di rosso e oro. «Non usi spesso il nero. Di solito le fai blu, verdi o rosse».

Orsola non riuscì a nascondere la sorpresa, perché Marco non si era mai interessato minimamente al colore delle sue perle. «Sono per la marchesa Casati» rispose, «quella per cui abbiamo realizzato tutte quelle perline nere, argento e oro».

Marco si rigirò la perla tra le dita. «Le piace il nero, eh?»

«Sì. Ama tutti i colori, ma il nero sembra essere il suo preferito». Orsola aveva una gran voglia di strappargli la perla dalle dita, ma si concentrò sulla linea d'oro che stava avvolgendo come un tralcio di vite intorno al corpo a forma di botte della perla nera. Poi avrebbe aggiunto dei punti rossini che rappresentavano i papaveri. Sebbene fosse diverso dal suo stile abituale, era soddisfatta del disegno e confidava che la marchesa lo avrebbe trovato moderno e di suo gusto.

«È quella con i leopardi, vero?»

«Sono ghepardi».

«Chiedile se vuole dei calici neri con dei ghepardi intrecciati attorno alla base».

Orsola aprì la bocca per dire di no, ma poi un'immagine le balenò nella mente: calici neri con la coppa troppo schiacciata, come quello che Marco aveva fatto tanto tempo prima. Forse l'eccentrica marchesa avrebbe adorato la loro bellezza inutile, e questo avrebbe consentito a suo fratello di tornare a fare ciò che gli riusciva meglio.

Assorta in quei pensieri, Orsola smise di girare la perla che si sciolse nel fuoco e cadde sul tavolo rovinandosi irreparabilmente.

«Scommetto che ti piace» disse Marco.

«Che cosa?»

Lui indicò la lampada. «Fare qualcosa di diverso dagli escrementi di topo».

Orsola stava per rispondere in tono stizzito, ma Marco sembrava parlare sul serio e comunque non era ubriaco. «È meraviglioso» rispose.

«Noi due il vetro ce l'abbiamo nel sangue».

Era la prima volta che Marco riconosceva la sua abilità, e questo la rese generosa. «Chiederò alla marchesa se le interessano i calici con i ghepardi».

«Bene» disse Marco ma poi, ovviamente, sentì il bisogno di rovinare tutto. Balzò in piedi e aggiunse: «Allora vai pure avanti con i tuoi escrementi».

Il fratello non attese la risposta della marchesa Casati. Iniziò subito a disegnare i calici e chiese a Giacomo di fare il vetro nero e procurargli la foglia d'oro per le macchie dei ghepardi. Non avendone mai visto uno in vita sua, andò per qualche sera di seguito in piazzetta San Marco nella speranza di imbattersi nella marchesa e disegnare dal vivo le sue belve. Ebbe la fortuna di vederla, sia pur fugacemente, a passeggio con i gattoni e, ispirato da quella visione, convinse Orsola e la sarta ad aspettare che finisse i calici, in modo da poterle accompagnare quando sarebbero andate a consegnare il vestito e la collana.

Si recarono a Venezia in vaporetto, la nuova imbarcazione a motore che stava togliendo il lavoro ai barcaioli, trasformando le gondole in attrazioni turistiche. Ma Marco insistette perché arrivassero a palazzo Venier in gondola, passando dal Canal Grande, e Orsola scoprì con amarezza che aveva ingaggiato Domenego perché li imbarcasse al ponte di Rialto, ordinandogli persino di indossare la tunica di un tempo rossa e nera, con la calzamaglia bianca e nera, invece della normale tenuta dei gondolieri: camicia bianca e pantaloni neri. Dal canto suo, Marco indossava un moderno abito scuro con un cappello di feltro che aveva preso in prestito da un cugino ricco. Si era tagliato i capelli, ma aveva un'ombra di barba sul viso che faceva risaltare la sua mascella volitiva. Era insolito che suo fratello suscitasse in Orsola qualcosa di diverso dall'irritazione, ma quel giorno fu costretta ad ammettere che era bello, ritto a prua della gondola, con la sarta che lo fissava neanche fosse Nettuno in persona!

Giunsero a palazzo Venier dei Leoni a metà pomeriggio, e Marco doveva aver prezzolato un servitore, perché, guarda caso, al momento del loro arrivo la marchesa stava bevendo il caffè presso una finestra che dava sul Canal Grande. Marco si tolse il cappello e accennò un inchino; la nobildonna parve apprezzarlo e gli mandò un bacio, facendo loro segno di entrare.

Questa volta, Garbi non li lasciò ad aspettare nell'androne ma li condusse direttamente nel salone. La marchesa indossava una vestaglia di velluto verde scuro e fumava un cigarillo da un lungo bocchino d'onice. Aveva i capelli ramati anziché arancioni ed era truccata meno pesantemente, niente cipria e il rossetto semicancellato dal bordo della tazza, ma si capiva che aveva dormito con il kajal e il mascara. Mandò uno strillo di piacere quando la sarta le mostrò il vestito ornato dalla pesante armatura di perline. «Voglio provarlo subito!» esclamò e si tolse la vestaglia restando completamente nuda. Prima di distogliere lo sguardo, Orsola notò che aveva i peli pubici tinti di castano ramato come i capelli. Marco strinse così forte il cofanetto contenente i calici che le sue nocche sbiancarono contro il mogano: non riusciva a toglierle gli occhi di dosso. Non era abituato a quel tipo di bellezza, a quell'assoluta disinibizione, e Orsola si compiacque vedendolo così turbato.

In ogni caso, la marchesa aveva avuto occhio nello scegliere il disegno, perché l'abito le stava a meraviglia, trasformandola in una Boudicca vampiresca. E nonostante la corporatura ossuta, indossava con agilità l'armatura di perline. «Perfetto» sussurrò. «Hai fatto miracoli» disse a nessuno in particolare, quasi che tutti i presenti avessero collaborato alla confezione del vestito.

«Marchesa» disse Orsola con un inchino, e fece un passo verso di lei, aprendo un panno di velluto avorio. «Ecco la vostra collana».

Forse aveva scelto il momento sbagliato. Oppure la collana non si abbinava al vestito, anche se la marchesa Casati non badava troppo a cose del genere. Forse aveva solo voglia di ammirarsi con indosso la sua veste di perline. Oppure era distratta dalla presenza di un uomo. Sta di fatto che prese la collana di Orsola e disse: «Splendida», dopodiché la porse alla sua cameriera, che aprì una cassapanca di cedro colma di collane d'oro, argento, perle e pietre di ogni colore, la lasciò cadere dentro e chiuse il coperchio. La collana nera, rossa e oro sarebbe scomparsa senza lasciare traccia fra tutte le altre collane mai indossate, e con essa sarebbero scomparse le commissioni che Orsola aveva sperato di ottenere dalle amiche della marchesa.

*Almeno mi ha pagato*, pensò. *Ma niente più collane per i ricchi. Questa volta ho chiuso.*

Marco la guardò con una punta di compassione. Poi si rivolse alla marchesa. «Forse, marchesa, vi andrebbe di bere qualcosa per festeggiare il nuovo vestito?»

«Ottima idea!» La nobildonna non sembrava affatto sorpresa di avere in casa uno sconosciuto che le offriva da bere.

«Ho proprio i calici che fanno al caso vostro» disse Marco e posò la scatola su un tavolo facendo segno alla cameriera di spostare i vestiti, le sigarette, il vaso di fiori secchi e la zuppiera di arance ammuffite da cui era ingombro. Quando ci fu abbastanza spazio, Marco vi stese sopra un drappo di seta indiana dorata e lo lisciò lentamente. La marchesa si avvicinò, incantata da quei gesti teatrali e Marco tirò fuori i calici dal loro nido di cotone e velluto: li posò sulla seta e fece un passo indietro.

Lo strillo della marchesa li fece sobbalzare. «Geniale!» esclamò, afferrando uno dei calici con tanta foga che Marco stava quasi per trattenerla. «Spettacolare» disse la nobildonna rigirandosi la coppa tra le dita e osservando rapita i sinuosi ghepardi, lo stelo fatto di palline colorate, i fiori dorati che Giacomo aveva dipinto attorno al bordo. «Magnifico». La marchesa guardò Marco dall'alto in basso, perché era molto più alta di lui, gli occhi liquidi che luccicavano. «Dobbiamo brindare alla vostra abilità».

Era piuttosto evidente che Orsola e la sarta non erano invitate al festeggiamento. Orsola gettò un'occhiata a Marco: l'apprezzamento del suo lavoro sembrava averlo reso più fiducioso, ma avrebbe avuto la grinta di farsi pagare?

«Il lavoro di mio fratello è molto richiesto in tutta Europa» disse. «Ma potete avere i calici al prezzo speciale di mille lire la coppia».

Marco la fissò esterrefatto. Non avevano mai parlato del prezzo, inoltre era all'oscuro delle cifre esorbitanti che gli artigiani solevano estorcere alla marchesa. «Cioè...» balbettò.

La marchesa lo interruppe con una risata e un cenno della mano, accettando senz'altro la richiesta di Orsola e congedandola. «Risolvete la faccenda con Garbi, mentre uscite».

Orsola aggrottò la fronte e si rivolse a Marco. «In bocca al lupo» mormorò prima di andarsene.

Garbi non batté ciglio davanti al prezzo dei calici, era abituato alle cifre assurde che i veneziani facevano pagare alla sua padrona. Porse a Orsola un rotolo di banconote, che lei si infilò subito in tasca, e la accompagnò al portico che si apriva sul Canal Grande. Domenego era appoggiato alla poppa ricurva della sua gondola e stava leggendo un giornale. Dato che erano sempre meno coloro che potevano permettersi una gondola privata con due rematori, la forma della barca era stata modificata nel corso degli anni per ospitare un solo gondoliere, il felze era scomparso e la poppa ricurva rendeva la barca asimmetrica ma più bilanciata. Quando vide arrivare Orsola, il moro si alzò, fece un cenno a Garbi, e le porse la mano per aiutarla a salire. «Non dobbiamo aspettare tuo fratello e la sarta?» le domandò, mentre Garbi chiudeva il cancello.

«La signora è andata via per conto suo. Quanto a Marco, credo che abbia da fare. Non c'è bisogno che lo aspettiamo. Se mi porti a Rialto, poi proseguo da sola».

«Se non hai premura ti porto alle Fondamente Nove. Sono libero oggi».

Orsola annuì e si sistemò sul sedile di fronte a lui. Ora che non c'era Marco, potevano parlare più liberamente e il primo argomento fu la nuova guerra che, seppure lontana, aveva effetti sul turismo, il commercio del vetro e gli affari dei Rosso. Sebbene non fosse mai stato un tipo loquace, Domenego aveva ormai una certa dimestichezza con Orsola e a volte le confidava il suo pensiero. Disse che l'Italia non sarebbe rimasta neutrale, ma sarebbe entrata in guerra al fianco di Francia e Inghilterra contro l'Austria. «Qui i veri nemici saranno sempre gli austriaci, non i tedeschi» osservò, facendosi largo in uno stretto canale vicino al palazzo Contarini del Bovolo, con l'elaborata scala a chiocciola e la parte esterna che pareva un'enorme torta nuziale. «Anche se sta ancora trattando con gli Imperi centrali, l'Italia vuol punire gli austriaci, anche per quello che hanno fatto qui».

«E tu come fai a sapere queste cose?»

Domenego indicò il quotidiano sul sedile accanto a lei. «Leggo, e ascolto i miei passeggeri. Non tutti si limitano a spettegolare su chi va a letto con chi».

«Ma allora ci sarà una chiamata alle armi?» Orsola pensava ai giovani della famiglia Rosso, cercando di immaginare Marcolin, Raffaele, Sebastiano, Andrea con l'uniforme dei soldati. Impossibile. Erano nati per lavorare il vetro.

«È probabile» disse Domenego e subito dopo gridò: «*Oe! A premando!*» avvisando gli altri gondolieri che stava per voltare a sinistra.

«Lo sai che il marito della signora Klara ha perso dei soldi?» disse il moro dopo un momento di silenzio.

«Ora chi è che spettegola? Lo sanno tutti che gioca d'azzardo».

«Questa volta però ha perso una vera fortuna».

Non era da Domenego parlare dei suoi datori di lavoro. E Orsola aspettò che continuasse.

«Mi licenzieranno e venderanno la gondola. Devono per forza. E comunque non avevano più bisogno di me. Possono prendere il vaporetto o il mototaxi, oppure andare a piedi. Le gondole sono...» Agitò la mano, lasciando la frase a metà.

Orsola lo fissò. «E tu cosa farai?»

Domenego non rispose: stava virando per evitare una gondola che veniva in senso opposto. L'altro gondoliere gli rivolse un cenno di saluto, senza una battuta o magari un'imprecazione, come avrebbe fatto di sicuro con chiunque altro dei colleghi. Dopo tanti anni trascorsi a remare sui canali, il moro era diventato una vista familiare, ma non aveva amici fra i gondolieri.

Orsola sentì il peso delle banconote nella tasca: quel denaro sarebbe bastato a sfamare la famiglia per mesi. Ma forse Domenego ne aveva più bisogno di loro?

«Torneresti in Africa, se potessi?» gli domandò.

Lui remò in silenzio per un momento, prima di rispondere.

«Non sono più la persona che ero quando vivevo lì. È passato troppo tempo. Come sai, non ho più una famiglia. E non credo che sarei accolto dalla comunità».

«Certo che ti accoglierebbero!» fece Orsola, mostrando una sicurezza che non possedeva. Non insistette, perché la domanda sembrava aver turbato Domenego.

«I miei padroni non hanno perso solo la barca» disse il gondoliere. «Dovranno lasciare campo San Polo e trasferirsi in un alloggio più piccolo... Il signore ha perso al gioco anche la casa».

«*Mariavergine!*» Orsola si segnò. Marco aveva fatto molte stupidaggini, ne stava facendo una anche in quel momento, ma non si sarebbe mai giocato la loro casa.

Quella volta Marco sparì per tre giorni, ma Monica sembrava del tutto indifferente. Quando Giacomo e Stefano si offrirono di andare a cercarlo, rifiutò. «Non voglio sapere cosa sta combinando. Tornerà».

Quando tornò, senza la camicia e il cappello di feltro, con il vestito strappato, gli occhi cerchiati e ancora un po' ubriaco o drogato, Monica lo schiaffeggiò debitamente, perché era quello che tutti si aspettavano da lei, e per il medesimo motivo Marco recitò la parte del cane bastonato. Ma tornarono ben presto alla normalità. Orsola non riusciva a capirli. Se Stefano fosse andato con una marchesa perversa che aveva la tendenza a denudarsi in pubblico, lei sarebbe diventata una furia.

«Marco è Marco» spiegò Monica, «e Venezia è Venezia. Non è Murano, grazie a Dio. Non mi aspetto che faccia niente di buono quando è lì. Ma qui...» aggiunse battendo il piede per terra «si comporta bene».

La marchesa Casati era rimasta così affascinata dai calici neri con i ghepardi che ne ordinò altri a Marco, indicando in modo dettagliato di che colore li voleva e con quali animali: calici bianchi impreziositi da una coppia di cigni, blu ornati da pesci, gialli guarniti di pappagalli, rossi con due serpenti avvinghiati allo stelo. Era stato divertente bere da quei calici impossibili, ma anche la marchesa aveva capito che non erano pratici, così Marco aveva dato una maggiore profondità a quelli con i cigni. Quando andò a consegnarli a palazzo Venier dei Leoni, in un astuccio d'avorio foderato di velluto nero, Orsola e Monica non si aspettavano di vederlo tornare in giornata. Invece ricomparve qualche ora dopo, con i vestiti intatti, la scatola in mano, e sobrio. Gli avevano detto che la marchesa se n'era andata. A Milano, Berlino, Londra. Nessuno sapeva esattamente dove. E Monica poté evitare di prenderlo a schiaffi.

Quando fu chiaro che la marchesa non sarebbe tornata presto, sempre ammesso che tornasse, Marco fece esporre i calici con i cigni nella vetrina del negozio per i pochi turisti che arrivavano a Venezia, nonostante la guerra. Li vendettero nel giro di due giorni, sia pure a un prezzo molto più basso di quello che la marchesa aveva pagato per i primi due. Incoraggiato, Marco realizzò anche la coppia di calici con i pesci, i serpenti e i pappagalli, che andarono tutti a ruba. Gli ordini iniziarono a moltiplicarsi: Marco aveva finalmente trovato il suo cavallo di battaglia. Ora era sempre allegro, fischiettava lavorando, la sera palpava Monica mentre serviva la cena, e scherzava con le nipoti.

Ogni tanto Orsola pensava alla sua collana rinchiusa nello scrigno della marchesa. Non ne avrebbe creato altre.

Domenego e i suoi passeggeri avevano visto giusto: l'Italia abbandonò la Triplice Alleanza che aveva stretto con Germania e Austria-Ungheria ed entrò in guerra contro di loro. Orsola si chiedeva quali conseguenze ci sarebbero state per la nazione in generale, per Venezia e Murano, e i Rosso. Decise comunque di andare da Jonas. Finché l'Italia era rimasta neutrale, i tedeschi avevano potuto continuare a vivere e lavorare a Venezia. Ora cosa sarebbe successo?

Jonas era dietro la scrivania come sempre, ma aveva un'aria più cupa del solito. Fece segno a Orsola di sedersi e le chiese della famiglia, compreso Raffaele, perché pur non essendo in affari con la sua ditta, nutriva un interesse professionale per il giovane vetraio. Oltre a vendere le perline industriali dei Rosso, Jonas aveva ricominciato a interessarsi alle perle a lume di Orsola e Rosella e stava prendendo in considerazione la possibilità di acquistare i calici con animali di Marco. Quando ebbero finito di parlare di lavoro, vi fu una pausa perché Orsola esitava ad affrontare il vero motivo che l'aveva portata lì.

«Lo so, siete venuta a chiedermi cosa farò ora che l'Italia è entrata in guerra» disse Jonas, appoggiandosi allo schienale come avrebbe fatto Klingenberg, ma senza la sua disinvoltura. «Me lo chiedono tutti». Tacque e appoggiò le mani sulla scrivania, le punte delle dita premute insieme. «Speravo» continuò «che i veneziani fossero abbastanza ragionevoli da capire che io non sono in guerra con nessuno. Sono un uomo d'affari, non un politico o un soldato. Non parteggio né per gli uni, né per gli altri. Vorrei solo vivere in pace e mandare avanti la mia attività. Le autorità cittadine lo sanno, infatti non hanno chiesto a noi tedeschi di lasciare la città, né hanno limitato in alcun modo la nostra libertà».

Orsola s'illuse per qualche istante, finché Jonas non aggiunse: «Purtroppo, da quando l'Italia è entrata in guerra ho iniziato a subire insulti e minacce, la gente mi sputa addosso nei campi e nelle calli. La mia casa viene vandalizzata: ogni mattina i miei servi, quelli che non se ne sono già andati, devono lavare la porta che di notte viene imbrattata di verdure marce o peggio. E la situazione non migliorerà. Quindi, signora Orsola, mi rincresce dirvelo, ma entro la fine del mese chiuderò gli uffici e mi trasferirò in Germania». Jonas rimase immobile dopo aver finito di parlare, ma non riuscì a nascondere il lieve tremito delle labbra.

Orsola si fece il segno della croce. «Rincresce tanto anche a me, signore. A Murano non sareste trattato in questo modo, ve lo assicuro. Voi e il signor Klingenberg ci avete sempre aiutato, specie nei momenti difficili. È grazie a voi che siamo riusciti a mandare avanti la bottega. E ora come faremo?»

Jonas sorrise. «Abbiate fiducia in voi stessa, Orsola. Non avete bisogno di me. Già da un pezzo, veramente. I mercanti non sono più quelli di una volta, così come Venezia non è più quella di una volta. Quando la città viveva di commercio, eravamo indispensabili, come il cuore che pompa il sangue. Ora il Fondaco dei Tedeschi è un ufficio postale. Un palazzo così bello! Ma è da lì che passa la merce. Pensavo che lo sapeste, Orsola: voi e vostro fratello non dovete fare altro che spedire i vetri agli acquirenti». Si alzò e aprì un armadio, tirando fuori i campionari con le perle di Orsola che posò sulla scrivania di fronte a lei. «Questi sono vostri. È la vostra storia. Mi sembra giusto che li teniate voi. Insieme a questo» aggiunse, prendendo da uno scaffale uno dei registri rilegati in pelle nera su cui Orsola lo aveva visto scrivere nel corso degli anni. «Il registro dei Rosso» spiegò, porgendoglielo. «Questo vi sarà ancora più utile. Le voci risalgono nel tempo fino al padre di vostro padre. Herr Klingenberg lo ha lasciato a me quando se n'è andato. Ci sono i recapiti di tutti coloro che hanno comprato le vostre cose. Vi consiglio di contattarli direttamente. Non avete più bisogno di intermediari».

A Orsola parve di avere tra le mani un libro prezioso come il Vangelo. «Davvero posso tenerlo?»

Jonas annuì, consapevole del dono che le stava facendo. «Vi servirà per le vostre perle a lume e per i calici di Marco» disse, «ma non per le perline industriali. Quello sarà più complicato. Si tratta di spedizioni troppo grandi perché possiate gestirle da soli. Per questo vi suggerisco di iscrivervi alla Società veneziana per l'industria delle conterie. Posso darvi un altro consiglio?»

«Per favore».

«So che voi di Murano siete diffidenti nei confronti di Venezia, ma dovreste approfittare di più della città.

Non siamo tutti malvagi, sapete?» disse sorridendo. «E la maggior parte dei turisti che sbarcano nella Serenissima non si spinge fino a Murano. Anni fa, il signor Klingenberg vi suggerì di aprire un piccolo negozio vicino a San Marco. Allora non seguiste il suo consiglio, ma accoglieste il mio, mettendovi a fare perline industriali. Se aveste aperto quel negozio, ora vi sarebbe più facile vendere la vostra bigiotteria e le creazioni di Marco. Pensateci su, signora» aggiunse Jonas, vedendo la faccia poco convinta di Orsola. «E non pensate che i veneziani vi disprezzino. Al contrario: vi ammiriamo».

«Ah!» fece Orsola. «Ma voi non siete veneziano. Siete tedesco». Tacque un istante e poi aggiunse: «Non vi preoccupa l'idea di andare a vivere sulla terraferma? È così... diverso da qui. Da noi».

Jonas fece un sorriso tirato. «No, non mi preoccupa. Sarà una nuova avventura, per me».

Orsola era nello studio, china sulla fiamma, quando Angela arrivò di corsa. «Mamma! La nonna!»

Laura Rosso sedeva immobile nel cortile, gli aghi di ferro adagiati in una sessola di perline gialle. Da quando Luciana le aveva portato via Raffaele, l'anziana donna si era chiusa in sé stessa e negli ultimi tempi era diventata molto lenta nel lavoro e il suo contributo nella produzione delle matasse era ormai diventato quasi ininfluente. Però Orsola si guardava bene dal dirglielo, né voleva che smettesse di aiutarle: avrebbe sofferto troppo, sentendosi inutile.

Laura aveva lo sguardo appannato. Orsola si inginocchiò e strinse le sue mani, che avevano le vene sporgenti dei vecchi. «Cosa c'è, madre?»

Laura Rosso non rispose subito e la figlia si domandò se avesse sentito. Poi iniziò a mormorare, guardandola negli occhi. «La guerra... Dobbiamo prendere una decisione... Deve venire qui».

Orsola sospirò. Quelle parole potevano apparire oscure, ma lei sapeva perfettamente a cosa alludessero. Era una cosa che minacciava ogni famiglia che avesse figli maschi ora che il paese era entrato in guerra. Guardò i suoi cari radunati nel cortile: Marco, Giacomo e Stella che incombevano inquieti sopra la madre, Monica e Rosella abbracciate sulla soglia della cucina, Angela aggrappata a Stefano. Marcolin, Sebastiano e Andrea erano usciti dal laboratorio, e se ne stavano lì, impacciati, sulla soglia, sapendo che tutti stavano pensando a loro. Ne mancava solo uno.

«Vai a chiamarlo, Stella» ordinò Orsola.

Sua sorella annuì e uscì senz'altro. Si sarebbe fatta portare a Venezia da Bruno con il motoscafo che aveva comprato per sostituire la gondola ormai obsoleta.

Appena arrivò a casa, Raffaele si inginocchiò accanto alla nonna e le prese le mani, proprio come aveva fatto Orsola.

«Tu non andrai in guerra» gli intimò subito Laura Rosso.

Raffaele fu preso alla sprovvista, perché in realtà aveva deciso di arruolarsi. «Nonna, io...» iniziò, ma non riuscì a finire la frase.

«Ogni famiglia deve dare un figlio alla patria» lo interruppe Laura, rianimandosi. «Ma non sarai tu. Hai tre figli da sfamare. E io non ti ho tenuto in vita al Lazzaretto Vecchio perché facessi da bersaglio agli austriaci...»

La famiglia rimase in silenzio. Era una decisione che angosciava le famiglie in tutta Italia, e la risposta non poteva che essere dolorosa: come fai a scegliere un figlio da sacrificare?

Zoppo com'era, Andrea non poteva certo fare il soldato e Marcolin a volte non aveva neppure il coraggio di uscire di casa.

Sebastiano si schiarì la voce. «Andrò io ad arruolarmi. Va bene, nonna?»

Giacomo soffocò un gemito.

In realtà era un esito prevedibile, come le sbronze di Marco, le angosce di Marcolin e i pianti di Angela. Sebastiano era inferiore sotto ogni aspetto al cugino Raffaele:

meno forte, meno bello, meno abile con il vetro, meno divertente, meno fascinoso. Sebastiano era semplicemente sé stesso e non ne aveva colpa. Né era un buon motivo perché la famiglia mandasse lui a combattere in una guerra che nessuno, in fondo, capiva. Ma c'era qualcosa di inevitabile in tutta la faccenda. Era stato questo a spingerlo a parlare apertamente. Per questo nessuno provò a dissuaderlo. Neppure suo padre.

Laura Rosso guardò a lungo il nipote meno favorito, poi annuì. «*Che Dio ti tegna*».

Sebastiano annuì di rimando, poi deglutì, e di colpo tutti lo videro per quello che era: un giovane impaurito.

Marcolin e Andrea chinarono lo sguardo. Era evidente a chiunque che non potevano partire soldati, ma non avevano nemmeno fatto il gesto di offrirsi, anche solo per essere rifiutati.

Laura Rosso si guardò attorno e sorrise come non faceva da tempo. Toccò la guancia di Raffaele e gli accarezzò i capelli. Poi si appoggiò allo schienale della sedia e chiuse gli occhi per l'ultima volta.

Il cimitero di Murano era stato spostato da tempo dall'altra parte di San Matteo, in uno spazio più ampio dietro Santa Maria degli Angeli, dove Orsola andava di solito a stendere il bucato. Laura fu sepolta nella tomba in cui, dopo la traslazione, riposavano le spoglie di Lorenzo Rosso.

Poi i famigliari, i vicini di casa e numerosi membri delle altre famiglie di vetrai si radunarono a casa dei Rosso per onorare Laura con il cibo, il vino e i ricordi. Orsola stava riempiendo i vassoi di frutta secca e bussolai, le cose preferite di sua madre, quando uno dei bambini del vicinato entrò in cucina e la tirò per una manica. Anche nei momenti tristi, i bambini non riescono a rimanere solenni a lungo, ed essendosi già annoiati abbastanza durante il servizio funebre erano andati a giocare nella calle.

«Ti vogliono» disse il bambino.

«Chi?»

Il bambino si strinse nelle spalle. «La veneziana. È qui fuori nella calle» disse e corse via, senza darle il tempo di fare altre domande.

Orsola impiegò un po' di tempo per uscire di casa, perché veniva fermata a ogni piè sospinto da un cugino in lacrime, un vicino alticcio, un maestro che si metteva a parlare di suo padre e di sua madre, un Bruno ubriaco che giurava che Laura Rosso era stata la madre migliore del mondo.

Uscendo, vide Luciana appoggiata al muro della calle. Aveva accompagnato Raffaele al funerale, ma non era entrata in casa perché sapeva di non essere vista di buon occhio. Durante la messa, nella basilica dei Santi Maria e Donato, era sempre rimasta a testa alta senza distogliere lo sguardo se qualcuno della famiglia si voltava verso di lei, ma sapeva che in casa sarebbe stato diverso. Luciana era ormai una donna matura, moglie, madre di tre figli e imprenditrice, ma non aveva mai perso il suo cipiglio e la sua determinazione.

Orsola incrociò le braccia. «Cosa vuoi? Non è un buon momento. Ovviamente...»

Luciana spostò il peso del corpo sull'altro fianco. «Non è un buon momento per cosa?»

«Per parlare di affari. È per questo che sei qui, vero?»

Luciana annuì. «Ho una proposta da farti».

Orsola avrebbe voluto girare sui tacchi e tornare dentro, ma rimase ad ascoltare, per amore di Raffaele e dei pronipoti. Che le piacesse o meno, Luciana faceva parte della loro famiglia.

«Uniamo le forze. Raffaele aiuta i tuoi uomini a fare le perline, e Rosella e Angela aiutano me a fare le ghirlande. Così Marco potrà addestrare Raffaele che un giorno diventerà maestro. A proposito, è vero che Marco ha ricominciato a fare i calici?»

Quindi Luciana non era ancora appagata. La sua ambizione era davvero sfrenata e mirava a indossare il manto di pelliccia delle mogli dei mastri vetrai.

«Il maestro sarà Marcolin» rispose Orsola. «Il primogenito di Marco. Si sta già preparando».

Luciana la guardò con aria incredula e Orsola capì che non sarebbe riuscita a dargliela a bere. Perché in realtà Marcolin non stava affatto preparandosi a diventare maestro. Era un pessimo servente, poco interessato agli elaborati calici di Marco, e non avrebbe mai superato la prova. Era molto più bravo a smistare le perline che a crearle.

«Ora che tua madre se n'è andata...»

Orsola si fece il segno della croce, e Luciana la imitò.

«Ora che se n'è andata» ripeté, «non c'è motivo per cui non possiamo unirci: Rosso e Rosso. So che a Laura non sono mai piaciuta, ma di certo avrebbe voluto che la famiglia si riunisse. Inoltre, senza il commerciante tedesco, avrete bisogno di qualcuno che venda le vostre perline. Noi possiamo aiutarvi, perché siamo iscritti alla Società».

Luciana sapeva proprio tutto di loro.

«E magari vorreste venire a stare qui?» disse Orsola con malcelato disprezzo.

«E perché dovremmo?»

«Perché la ditta è qui, è questa la nostra casa. I Rosso ci vivono da centinaia di anni. Sicuramente non ci trasferiremo a Venezia».

«Raffaele e Francesca l'hanno fatto. A loro piace Venezia. La preferiscono a quest'isoletta...»

Orsola aggrottò la fronte e Luciana cambiò approccio. «Non dobbiamo trasferirci per forza, possiamo restare tutti dove siamo: Raffaele viene a lavorare qui e Angela e Rosella vengono da noi».

Orsola fece una tale smorfia che Luciana scoppiò a ridere. «Ci vogliono quindici minuti col vaporetto. Non è come andare sulla terraferma. Perché ce l'hai così tanto con Venezia?» Nella sostanza, era la stessa cosa che le aveva detto Jonas.

Orsola si strinse lo scialle intorno al corpo. «Un po' di rispetto! Non venirmi a dire quello che devo fare».

«Pensaci su» disse Luciana e si allontanò impettita lungo la calle tra il fruscio delle sottane.

Orsola rimase da sola nella via. Sentiva più che mai la mancanza di sua madre, dei suoi consigli pieni di saggezza...

«Io le avrei dato un ceffone» disse qualcuno alle sue spalle. Orsola si voltò e vide Stella appoggiata alla porta. Si mordicchiava nervosa l'unghia del pollice. «Ci farà le scarpe, quella donna».

Sebastiano morì combattendo sulle montagne che, nelle giornate limpide, si vedevano anche da Murano. Ma Orsola non sapeva che fosse lì, quando si sedeva a guardarle dalla riva di San Matteo. Morì mentre la guerra infuriava nella valle dell'Isonzo a nord di Trieste. Ci vollero quattro mesi prima che i Rosso venissero informati. Non ci fu nessun corpo da seppellire nel cimitero di Murano.

La produzione di perline Rosso e Rosso andava a gonfie vele e le commissioni erano paragonabili a quelle che procurava loro Jonas, ma la provvigione che versavano alla Società veneziana per l'industria delle conterie era molto inferiore a quella richiesta dall'intermediario. Ogni giorno Angela, e a volte anche Rosella, andavano a Cannaregio a fare ghirlande funebri con Luciana e Francesca e, con la guerra in corso, la domanda non accennava a diminuire.

Luciana e Raffaele avevano portato alla ditta una ventata di energia, coinvolgendo Giacomo, Marcolin e Andrea, mentre a ricoprire le altre posizioni provvedevano i membri della numerosa famiglia di Luciana. Comprarono perfino una barca a motore in modo che tutti potessero muoversi più facilmente tra Venezia e Murano.

Anche se a Orsola seccava ammetterlo, le cose andavano a meraviglia: tutti si sentivano a loro agio nella nuova Rosso e Rosso. Tranne lei e Marco.

Una sera andò a cercarlo all'Omo Salvadego, non tardi, però, per evitare di trovarlo troppo ubriaco. Marco era seduto con altri due vetrai e stavano ridendo per una battuta di uno di loro. Sembrava di ottimo umore, una cosa che capitava di rado quando era a casa. Vedendola entrare, smise di ridere ma non aggrottò la fronte come faceva di solito. I suoi colleghi le rivolsero un cenno di saluto e si alzarono, dando modo a fratello e sorella di parlare a quattr'occhi. Era piuttosto insolito vedere una donna nella taverna dei vetrai, ma Orsola era abbastanza anziana da essere trattata con rispetto.

Marco fece cenno al barista di portarle un bicchiere di vino. «Non vieni mai qui, sorella. Cosa c'è?» le domandò. Poi alzò un dito e aggiunse sorridendo: «Lasciami indovinare: Luciana».

Se voleva, Marco sapeva essere sagace. «Sì. Si capisce che vuole...» Orsola non sapeva come dirlo.

«Prendere il comando. Lo so». Marco fece una pausa e buttò giù un sorso di vino. «E tu lasciala fare».

Orsola lo fissò. Non sembrava affatto turbato, eppure Luciana gli aveva già portato via due dei suoi figli.

«Ecco come la vedo io: lei è brava a fare le perline, sta avendo successo» disse Marco. «Molto più di noi. Ha una famiglia numerosa» – Luciana aveva dato alla luce due gemelli qualche mese prima – «e vuole che anche l'azienda cresca. Che c'è di male?»

«Che c'è di male? Luciana non è una Rosso!»

«Neanche nostra madre lo era, ma lo è diventata. La più Rosso dei Rosso! Per me non c'è problema se quella volpe veneziana vuole prendere in mano la produzione delle perline. Vorrà dire che io e te saremo completamente liberi dagli escrementi di topo».

Orsola si aspettava che tirasse fuori anche gli escrementi di coniglio, ma quella sera Marco era di buon umore.

Il barista le portò il vino e Orsola fissò il bicchiere, cercando di riflettere sulle parole del fratello. Era sempre stata lei quella favorevole ai cambiamenti, e ora era il contrario. Su un punto non poteva che dargli ragione, e cioè che lei e Marco avrebbero avuto più tempo per fare ciò che prediligevano: Orsola le perle a lume, con Rosella che la aiutava nel tempo libero, Marco i calici con gli animali, assistito da Raffaele. Piegandosi al volere di Luciana, Marcolin aveva rinunciato a studiare da mastro vetraio, cedendo il posto a Raffaele. Sembrava addirittura contento di potersi limitare a fare la cernita delle perline.

Raffaele faceva la spola di buon grado tra Venezia e Murano, ma un giorno Orsola lo aveva sorpreso a osservare la camera da letto di Giacomo.

«Vogliono trasferirsi a casa nostra» disse a Marco. «Me lo sento. Vogliono prenderci la casa oltre alla bottega!»

Marco non sembrò sorpreso. «È sensato. Non hanno abbastanza spazio a Cannaregio con tutti quei bambini. Qui starebbero più comodi. E non avrebbero bisogno di fare avanti e indietro con la barca».

Orsola guardò il fratello di sbieco. «Com'è che tutt'a un tratto sei diventato così accomodante? Ti sei lasciato convincere da Raffaele? Vi siete già messi d'accordo, vero? E me lo avresti detto solo a cose fatte!» Travolta dall'indignazione, Orsola sbatté il calice così forte che la base s'incrinò.

Marco scoppiò a ridere. «Una Rosso di fuoco! Ecco come stanno le cose: Raffaele non mi ha detto niente, ma ce li ho anch'io gli occhi, sai?»

Nel giro di tre mesi, Raffaele e Luciana si trasferirono con la prole a Murano nella casa dei Rosso, che all'improvviso si riempì di bambini e montagne di bucato e bocche da sfamare, costringendo Monica a spignattare tutto il giorno, perché Luciana non sapeva cucinare.

Raffaele chiese allo zio se poteva cedere la sua camera da letto a lui e Luciana, e ovviamente Giacomo non poté rifiutare. Stella fu costretta a condividere la stanza non solo con Rosella, ma anche con una pronipote. «Solo finché non allargheremo la casa» promise Luciana. Era la prima volta che Orsola sentiva parlare di lavori in casa sua!

Ma i bambini non le davano fastidio, anzi, era un piacere per lei averli accanto, a riempire il vuoto lasciato da sua figlia e dai suoi nipoti che ormai erano grandi. Non le importava il rumore e la baraonda, e adesso era una macchina a occuparsi del bucato. Le dispiaceva, questo sì, che fosse Luciana a mandare avanti la casa, ma non c'era più una Laura Rosso a impedirlo. A Marco non importava, purché potesse berci sopra. Monica si mostrava spazientita ma tirava avanti per quieto vivere. Giacomo probabilmente la pensava come Orsola, ma dopo la perdita del figlio si era chiuso in sé stesso e non dava quasi mai voce ai propri pensieri.

Solo Stella si lamentava. «Luciana si è infilata in casa nostra come una vespa in una mela» disse un giorno, entrando come una furia nello studio di Orsola che era intenta a girare una perla sulla fiamma. «Ci pungerà tutti. Ma io non prendo ordini da lei. Non è mia madre ed è più giovane di me!»

«Che cosa ha fatto stavolta?»

«Voleva insegnarmi a stirare le lenzuola. Non la sopporto più!»

Orsola sorrise. Stella non era mai stata brava con il ferro da stiro. E non aveva mai trovato il suo posto in famiglia, nemmeno prima dell'arrivo di Luciana. Non le interessavano il vetro, né gli affari, e allontanava i clienti dal negozio con i suoi modi sgarbati. Odiava cucinare, pulire e lavare. A trent'anni, non veniva più considerata una ragazza da marito e per la verità Orsola non aveva mai sentito pettegolezzi su eventuali frequentazioni maschili della sorella. Aveva pochi amici e tutti piuttosto bizzarri: una suora ottantenne, un cordaio muto, un prete avvinazzato. Faceva lavori saltuari, imballando il vetro per le spedizioni e sbrigando altre commissioni. Ogni tanto spariva per un'intera giornata e a un certo punto la famiglia aveva smesso di chiedersi dove andasse. Finché Orsola non lo scoprì.

«Sto frequentando un corso per infermiere» disse Stella di punto in bianco. «Vado in guerra».

«Cosa?» Orsola lasciò cadere l'asta con in cima la perla. «Non sei mai stata sulla terraferma!»

«Certo che ci sono stata».

«Quando?»

«Un sacco di volte. Sono stata a Mestre, a Marghera. Una volta sono andata fino a Padova con il traghetto. Non vi siete neanche accorti della mia assenza!»

«Ma è pericoloso».

«Le infermiere non combattono, sciocca. Rimarrò lontano dal fronte, e sarò perfettamente al sicuro».

Orsola si appoggiò allo schienale. «Sei strana, però: non ti importa nulla delle persone e vuoi curarle». Era la verità.

Stella scosse la testa. «Non c'è bisogno di volere bene a una persona per prendersene cura. Anzi, c'è chi dice che l'affetto può essere d'impaccio quando devi accudire qualcuno».

«E tu come fai a saperlo?»

«Ho conosciuto alcune infermiere tornate dal fronte. Me ne hanno parlato e mi hanno spiegato come unirmi a loro».

«Ma...»

«Niente ma, Orsola. Sono venuta solo a informarti, non a chiedere il tuo permesso». Stella fece una pausa, prima di aggiungere: «Voglio combinare qualcosa nella vita, ne ho abbastanza di lavare pannolini, incartare bicchieri e farmi comandare da una strega».

Orsola guardò la sorella. Sotto la sua spavalderia, la sua indifferenza verso tutto e tutti, s'intuiva una profonda sofferenza, il dolore di una bambina che la peste aveva separato dalla madre.

*Grazie a Dio, io ho le perle*, pensò Orsola. *E Angela. E Stefano. Grazie a Dio, ho delle cose a cui tengo.*

«L'hai detto a Marcolin?» le domandò. L'unica persona a cui Stella sembrava affezionata era il nipote con cui aveva condiviso la quarantena.

Una smorfia comparve sul volto di Stella. «Non ancora. Lo farò. E lui capirà. È più tranquillo da quando ha cambiato lavoro».

Aveva ragione. A Marcolin non era mai piaciuto lavorare sotto pressione, con i tempi frenetici della vetreria e suo padre che voleva fare di lui un maestro. Invece gli dava conforto la ripetizione di gesti sempre uguali, la concentrazione richiesta dalla cernita delle perline. Individuava prontamente quelle difettose, scheggiate, con i fori troppo stretti o mancanti, e preparava i vassoi destinati alle *impiraresse*. Le perle Rosso e Rosso erano apprezzate per la loro uniformità e questo si doveva, in parte, anche all'abilità di Marcolin.

Nemmeno lui si era sposato. A differenza di Stella, però, non aveva nessuna intenzione di andarsene. Non si allontanava quasi mai da Murano, e dalla loro calle. Era stato a Venezia solo una volta, a quindici anni, quando Marco aveva portato la famiglia alla chiesa del Redentore, dove ogni anno si commemorava la fine della pestilenza. Giunto a metà del ponte di barche gettato sulla laguna, tra San Marco e la Giudecca, Marcolin era stato preso dal panico e si era seduto su una barca, bloccando il passaggio dei pellegrini. Orsola aveva dovuto cercare un sandolo che lo riportasse a riva, e Stella lo aveva accompagnato facendo il possibile per tranquillizzarlo.

Pur avendo caratteri diversi, Marcolin e Stella erano molto uniti. Anche se non ne parlavano mai, la quarantena vissuta insieme aveva creato un legame speciale fra loro. Quando era arrabbiato per qualcosa, le sgridate di Marco, le beffe dei nipoti, il disprezzo di Luciana, solo Stella sapeva ammansirlo con uno dei suoi abbracci un po' rudi.

«Come farà senza di te?» le disse Orsola.

Stella sbuffò. «Non posso passare la vita a consolarlo. Avrei dovuto andarmene anni fa».

Orsola si strofinò gli occhi per scacciare le lacrime.

«Cosa è successo alla nostra famiglia? Nostro padre e nostra madre, la nonna, Nicoletta, Sebastiano... Isabella che scappa di casa, Francesca che si sposa a Venezia. Raffaele che si mette con quella strega. E ora tu che te ne vai e...» *E non tornerai più. Ti perderai sulla terraferma, dove*

*le cose sono diverse, e io non ti vedrò mai più. Come Antonio.*
«La famiglia Rosso sta andando in pezzi» disse Orsola.

«No, non è vero, sta solo cambiando. Capita a tutte le famiglie. E hai ancora Angela. Si sposerà e resterà vicina a voi. Lei è devota a Stefano, più di te. E ovviamente c'è Rosella... Ha talento quella ragazza, non può sprecarlo a infilare perline. Che aspetti a farla lavorare con te? Rosso e Rosella!»

«Rosso e Rosella». Suonava bene. Una sorta di branca femminile della «Rosso e Rosso».

«Non so se il suo fidanzato sarà d'accordo» disse Orsola. Dopo aver scartato più di un pretendente, Rosella si accingeva a convolare a nozze con un giovane vetraio e presto si sarebbe trasferita a casa della sua famiglia.

Stella agitò la mano. «Rosella è tosta quanto sua madre. Non permetterà al marito di intralciarla. E poi perché dovrebbe, se porta soldi a casa?»

«Forse hai ragione» disse Orsola, guardando le canne di vetro allineate accanto a lei; Rosella diceva sempre che erano lucide come le caramelle.

«Ho due suggerimenti da darti» continuò Stella. «Per prima cosa apri un negozio con Rosella, ma a Venezia, non a Murano. Ci sono molti più turisti lì, specie fra Rialto e San Marco. Potete vendere le perle a lume, i tuoi cavallucci marini e qualunque altra cosa. Magari anche i calici di Marco, se ti va».

«È esattamente quello che mi ha consigliato Jonas, e Klingenberg prima di lui. E l'altro suggerimento?»

«Tu e Stefano andatevene da questa casa».

Orsola fece per protestare, ma sua sorella la interruppe subito. «Vuoi farti comandare da Luciana per tutta la vita? Con i suoi figli sempre fra i piedi? Le cose stanno cambiando, Orsola. Le famiglie a volte si separano».

Dopo essersi confidata con Orsola, Stella iniziò a fare i preparativi, ma non disse nulla al resto della famiglia fino alla vigilia della partenza. Una sera, verso l'imbrunire, portò Marcolin a fare una passeggiata nell'isola, come era loro abitudine. Quando tornarono, Marcolin aveva la faccia rossa e andò direttamente nella stanza sul retro dove smistava le perline. Quella sera non si presentò a tavola per cena.

«Gli ho promesso che gli scriverò ogni settimana» mormorò Stella a Orsola. Ma sapevano entrambe che le lettere non potevano bastare a sostituirla, sempre ammesso che arrivassero.

Quando Stella lo disse ai famigliari, ognuno reagì alla sua maniera. Marcò si mostrò adirato e le vietò di partire, ma solo per riaffermare la propria autorità, perché in fondo non gliene importava nulla di quella sorella eccentrica. Giacomo si rattristò all'idea che la famiglia stava per perdere un altro pezzo. Monica annuì: non aveva mai sopportato quella vagabonda che si rifiutava di fare i lavori domestici. Stefano non fiatò. Raffaele sembrava in imbarazzo perché la zia avrebbe servito la patria e lui no. Luciana si mostrò sollevata: non era mai corso buon sangue fra lei e Stella. Rosella abbracciò la zia, che per una volta si lasciò abbracciare. Angela pianse, perché piangeva sempre quando c'era un cambiamento. Ma nessuno, tranne Marcolin, pareva davvero turbato, perché in fondo Stella era sempre stata un corpo estraneo nella loro famiglia. Forse sulla terraferma si sarebbe trovata meglio.

Aveva deciso che sarebbe andata da Venezia a Trieste in treno, la prima fra i Rosso a salirci. E avrebbe raggiunto la stazione in vaporetto, sebbene Marco o Giacomo avrebbero potuto portarcela con il motoscafo. Ma Orsola non poteva sopportare che sua sorella se ne andasse in modo così dimesso e senza cerimonie, almeno la sua partenza doveva essere memorabile. Si accordò con Domenego il quale, la mattina dopo, sbucò dalla fitta nebbia calata durante la notte per traghettare Orsola e Stella alla stazione ferroviaria. La gondola era assai più decorosa di un vaporetto, oltre che più «veneziana».

Orsola accolse Domenego sul pontile e mentre aspettavano che Stella salutasse per l'ultima volta la famiglia, il moro si chinò verso di lei e le mise in mano un nuovo delfino. Questa volta era di vetro opaco verde chiaro. Orsola lo strinse fino a sentire la coda affilata e le pinne che le affondavano nel palmo. Sembrava un po' più grande degli altri, ma i delfini di Antonio erano cambiati parecchio nel corso degli anni, come le sue perle, del resto. Non ebbe il tempo di ringraziare il gondoliere, perché Stella uscì nel vicolo, seguita dalla famiglia. Indossava un cappello di feltro verde e un cappotto doppiopetto di lana grigia con i bottoni neri, svasato in vita e lungo fino alle caviglie. Era la prima volta che la vedeva vestita con tanta eleganza.

Domenego la aiutò a salire e le prese la valigia. Trent'anni di vita dentro una valigia. Solo Angela singhiozzava, tra i famigliari radunati sul pontile. Stella non versò una lacrima, ma aveva un'aria cupa. «Andiamo, mio Dio» mormorò. «Non sopporto gli addii». Salutò i Rosso con la mano, mentre la gondola scivolava fra la nebbia di febbraio. Forse cercava Marcolin con lo sguardo, ma lui non era uscito dalla sua stanza piena di perline.

Erano in mezzo alla laguna quando a un tratto si rivolse a Orsola.

«Cosa ti ha dato Domenego?»

«Niente. Ma che dici?»

Stella scosse la testa. «Non sei capace di mentire. Ti ha dato qualcosa mentre salutavo gli altri. Fammi vedere».

Orsola tirò fuori il delfino verde e lo porse alla sorella.

Stella lo guardò nella penombra. «Li ricevi ancora dopo tutti questi anni?»

«Sì».

«Che strano. Da dove vengono?»

«Da Praga» rispose Orsola senza pensarci, ma se ne pentì subito.

«Hai mai pensato di andarci?»

«E perché? Non so nemmeno cosa troverei... E poi non sarebbe giusto nei confronti di Stefano».

«Stefano, il marito più noioso del mondo».

Orsola ebbe l'impressione che Domenego avesse sbuffato ma, voltandosi, vide che aveva il volto impassibile e scrutava la nebbia fitta, attento a non urtare le altre barche. Venezia non doveva essere lontana, ma il profilo della città non si scorgeva ancora.

«Non parlare male di Stefano» ribatté Orsola. «È stato buono con me. Fedele. Più di quanto io sia stata con lui». Orsola si rese conto con imbarazzo di avere le lacrime agli occhi.

«Io penso che dovresti fare quello che vuoi tu» disse Stella con voce ferma.

«Ecco... Io non sono come te. Nessuno di noi lo è».

«Hai ragione. Tu sei prigioniera della famiglia e di Murano».

«No, sono fedele alla famiglia e a Murano. La maggior parte delle persone lo sono. E hanno paura di ciò che accade nel mondo. Tu non ne hai?»

Stella si strinse nelle spalle e si appoggiò allo schienale, guardando i palazzi che emergevano dalla nebbia lungo la riva di Cannaregio, marrone chiaro, ocra e rosa, le finestre ad arco, i balconi che si specchiavano nell'acqua, tutta quell'acqua. «Non mi mancherà questo posto» disse.

*Oh, sì che ti mancherà*, pensò Orsola, ricordando il giorno lontano in cui si era ritrovata a vagare per le vie di Mestre, cercando di evitare i cavalli, ansiosa di rivedere i canali e la laguna. L'acqua della laguna scorreva nelle vene della gente di Murano e di Venezia, anche nelle persone ciniche come sua sorella. E sebbene Orsola non fosse mai stata in altre città, le cose che sentiva dire dai turisti sulla bellezza di Venezia bastavano a farle capire che Stella ne avrebbe sentito la mancanza, forse non subito, ma prima o poi...

Alla stazione, abbracciò forte la sorella, accanto alla gigantesca macchina sibilante che stava per portarla via. Il suo timore non era che morisse in guerra: Stella sapeva badare a sé stessa e non sarebbe andata in trincea, come Sebastiano. Ma sentiva che sua sorella stava dicendo addio per sempre alla laguna. Una volta stabilitasi sulla terraferma avrebbe reciso ogni legame con quel posto unico al mondo. Orsola avrebbe voluto essere come Stella che, lungi dal commuoversi, pareva solo eccitata e impaziente di salire sul treno per iniziare la sua nuova vita. Guardò il convoglio che prendeva velocità e sbuffava ed eruttava vapore, imboccando il ponte che anche Raffaele aveva contribuito a costruire, sia pure per pochi giorni. Solo allora si abbandonò al pianto.

Le cose cambiarono davvero solo quando la guerra finì e i turisti cominciarono a tornare.

Un giorno, diversi mesi dopo l'Armistizio, Monica e Rosella si presentarono davanti a Orsola, inquiete e visibilmente emozionate. «Ti portiamo a Venezia» annunciò Monica.

«È una sorpresa» aggiunse Rosella.

Orsola le fissò in silenzio. Sua cognata non andava mai a Venezia, ma evitò di chiedere spiegazioni e decise di stare al gioco.

Presero un vaporetto fino alle Fondamente Nove e si incamminarono verso sud, lasciandosi guidare da Rosella oltre Rialto, attraverso campo Sant'Angelo e campo Santo Stefano. Poi girarono a destra, unendosi al flusso di turisti stranieri diretti in piazza San Marco. Ma non dovettero andare così lontano, perché a un certo punto Rosella si fermò davanti a una botteguccia incuneata tra una panetteria e un negozio di specchi.

«Qui nascerà la "Rosso e Rosella"!» annunciò.

«Ah» fece Orsola. «Scommetto che è stata Stella a darti l'idea».

«Sì. E me lo ricorda ogni volta che mi scrive. Così ho cominciato a guardarmi intorno, e ho trovato questo. È in una posizione eccellente, un posto di passaggio, tra l'Accademia e San Marco».

Orsola sbirciò dentro la vetrina sudicia: una stanza buia e vuota a parte una pila di casse rotte.

«Era una cartoleria» continuò Rosella. «Il proprietario è morto e i suoi figli non hanno voluto continuare l'attività. Il locale è asciutto, senza odore di muffa o altri inconvenienti».

«Ci sei entrata?»

«Sì, col padrone dei muri. Fra poco verrà con le chiavi, così potremo guardarlo insieme».

«È molto buio. Come faranno i clienti a vedere le nostre cose?»

«Avremo la luce elettrica».

*Sono troppo vecchia per tutti questi cambiamenti,* pensò Orsola. *Treni ed elettricità e motoscafi e donne che vanno da sole a cercare lavoro all'estero.* Come aveva immaginato, Stella non era tornata dopo la guerra. Ora viveva a Londra. Però alcune cose erano cambiate in meglio. Non si usava più il sego per lavorare le perle a lume, ma il gas, che produceva più calore, era più affidabile e non puzzava.

Rosella parve leggerle nel pensiero. «Ecco, potremmo sederci a lavorare accanto alla vetrina» suggerì. «Così quelli che passano ci vedranno e saranno spinti a entrare».

«Neanche per idea» sbottò Orsola. *Figuriamoci,* pensò, *mettersi in mostra come le puttane.* «Io lavorerò a casa».

Guardò Monica in cerca di sostegno. La cognata osservava con diffidenza il viavai di stranieri, e si capiva chiaramente che non vedeva l'ora di tornare a Murano. Ma voleva anche sostenere l'idea di sua figlia. «È un buon posto» disse. «Prendetelo».

«Ma che dirà Marco? È lui che deve pagare l'affitto».

«Ci parlo io» disse Monica. «So come convincerlo». Era così fin dal giorno in cui si erano sposati.

«Se le cose vanno bene, potremo pagarci la pigione da sole» disse Rosella. «E non avremo più bisogno di mio padre. Allora, che ne pensi, zia Orsola?»

«È un passo importante» rispose Orsola dopo una breve pausa. «E molto impegnativo. Dovrai venire qui tutti i giorni e ci vogliono almeno tre quarti d'ora. Starai poco a casa. Come la prenderà tuo marito?»

«Se ne farà una ragione» disse Rosella con un'alzata di spalle.

«Rosella è stufa di stare a casa» spiegò Monica.

«Prendere in affitto un negozio a Venezia non è uno scherzo» disse Orsola cupamente. «Non vorrei che ci trovassimo di nuovo indebitati fino al collo».

Il proprietario del negozio di specchi si era affacciato alla porta e le osservava con l'espressione calcolatrice del bottegaio veneziano, la faccia indurita di chi deve trattare tutto il giorno con i turisti. *Anche noi diventeremo così?* pensava Orsola.

Abbassò la voce in modo che il negoziante non potesse sentirla. «Ho bisogno di camminare un po', mi aiuta a pensare. Ci vediamo dopo».

Orsola percorse i vicoli lì intorno, studiando i negozi e la loro clientela e indugiando fuori dalle poche vetrerie, per poi dirigersi di buon passo verso piazza San Marco. Nelle anguste calli, si mescolavano lingue diverse: francese, inglese, spagnolo, olandese, perfino un po' di tedesco ora che la guerra era finita. C'erano molti più stranieri che italiani e la cosa faceva uno strano effetto. I turisti guardavano le vetrine e compravano i buoni prodotti dell'artigianato veneziano: carta marmorizzata, candele, statuette, borse di cuoio, fazzoletti di seta e... vetro. Si fermò davanti a una vetreria e osservò i clienti intenti a esaminare candelabri e scodelle e scacchiere e animaletti colorati. Rosella aveva senza dubbio ragione nel dire che un negozio poteva avere successo... restava da vedere se Marco sarebbe stato d'accordo.

Giunse in piazza San Marco e la attraversò. Ormai la conosceva bene, ma ogni volta che ci andava era stupita dalle proporzioni armoniche dei suoi palazzi, le file di archi a colonne, la basilica in fondo con le sue cupole fluttuanti e il campanile, il più alto di Venezia, da poco ricostruito dopo il crollo. Non c'era da stupirsi se i visitatori si riversavano a San Marco: la vista era irresistibile.

Mentre passava davanti al Caffè Florian, il più antico di Venezia, una vera istituzione, anche se Orsola non c'era mai stata, scorse Klara Klingenberg seduta da sola a un tavolo sotto il porticato. Orsola non la vedeva da prima della guerra e la trovò molto invecchiata. Sebbene fosse ancora elegante, il suo aspetto aveva un che di trasandato, come un abito di buon taglio con il colletto e i polsini consumati. Aveva un po' di grigio fra i capelli, qualche ruga sul viso e un cappello che non andava più di moda. Stava fissando malinconicamente la sua tazza di porcellana, ma a un tratto sollevò lo sguardo e vide l'amica *perlera.* «Orsola Rosso!» la salutò.

Orsola inspirò a fondo e si avvicinò al tavolino.

«Buongiorno, signora Klara».

«Che piacere rivedervi! Sedetevi, prendete un caffè».

«No, grazie, signora». Un caffè al Florian le sarebbe costato due perle: Orsola non aveva mai smesso di fare calcoli del genere.

«Una cioccolata, allora. La loro cioccolata calda è divina!» insistette Klara. «Vi prego! Ci tengo». Diede una pacca sulla sedia accanto a lei. «Non c'è niente di più triste che stare al bar da soli. Offro io, ovviamente» aggiunse, anche se aveva l'aspetto di chi non può permettersi certi lussi.

Orsola aprì la bocca per declinare l'invito, perché non aveva soldi da buttare in una cioccolata da Florian, e non le piacevano le elemosine. Però proprio in quel momento passò un cameriere e l'aroma seducente del cacao le fece cambiare idea. «Va bene, allora prenderò una cioccolata, grazie» disse sedendosi.

Klara Klingenberg le sorrise. «È da una vita che non ci vediamo. Abbiamo tante cose da raccontarci» disse, e fece un cenno al cameriere. Poi si sporse verso Orsola, come se fossero amiche intime. «*La me diga,* come vanno le cose a Murano? Sapete che non ci sono mai stata? No, un attimo, una volta sono andata a una festa in un palazzo del vostro Canal Grande. Ma non ho mai visitato le vetrerie. Uno di questi giorni verrò e voi mi farete da cicerone».

*Non succederà mai,* pensò Orsola, ma poi si rimproverò per il proprio cinismo. «Non ce la passiamo troppo male» rispose in tono garbato. «Io faccio le perle a lume, e mio fratello Marco crea calici decorati con animali che si vendono bene. Forse vi sarà capitato di vederli... E suo figlio Raffaele produce conterie fini, e anche quelle stanno andando bene».

«Conterie fini?»

«Si chiamano così perché sono più piccole. Si usano in sartoria per decorare i vestiti, di sicuro ne avrete qualcuno anche voi» aggiunse, ma si pentì di averlo detto perché forse ora Klara Klingenberg non poteva più permettersi gli abiti di perline.

Ma Klara le sorrise. «Sono contenta di sapere che i Rosso se la cavano bene anche senza l'aiuto di mio padre, o di Jonas».

«Avete notizie del signor Jonas? Chissà, forse tornerà a Venezia ora che la guerra è finita».

«Non tornerà. Mi ha scritto che preferisce rimanere in Germania. Dice che gli è più facile essere sé stesso».

«Cosa vuol dire? Non capisco».

«La sua famiglia è di origine ebraica, non lo sapevate? Qui passava per un marrano. Si dichiarava cristiano per non vivere nel Ghetto, ma praticava segretamente la sua fede originaria. Era una specie di segreto di Pulcinella».

«Davvero?» Orsola era sbalordita per essere sempre rimasta all'oscuro di una cosa così importante per il suo mercante di fiducia.

«Sì. Dice che in Germania non ha bisogno di fingere, perché c'è una popolazione ebraica più numerosa e libera. Si sente al sicuro lì».

Il cameriere le servì la cioccolata in una tazza di porcellana decorata con il leone di Venezia blu e dorato. Gliela posò di fronte con un gesto teatrale e Orsola si domandò se la stesse prendendo in giro.

«Assaggiatela» disse Klara indicando la tazza. «Sono curiosa di vedere la vostra reazione».

Orsola si portò la tazza alle labbra e appena ebbe bevuto un sorso la meraviglia si dipinse sul suo viso. «È la cosa più deliziosa che abbia mai bevuto!» esclamò.

Klara rise. «Oh, sono contenta! Il vostro entusiasmo

mi ha rimesso di buon umore. Ma davvero non avevate mai assaggiato la cioccolata?»

«Mai». Orsola bevve un altro sorso che si rivelò ancora più godurioso e prelibato del primo.

Rimase in silenzio per qualche istante, rapita da quel gusto meraviglioso, prima di rivolgersi nuovamente all'amica. «Perché eravate di malumore?»

La mestizia offuscò i lineamenti di Klara Klingenberg. Era un'espressione che Orsola aveva visto sui volti di molte madri italiane. «Mi dispiace, signora, mi dispiace tanto, non lo sapevo» mormorò, e Klara le disse dove e quando la guerra si era portata via uno dei suoi figli.

«Posso capire il vostro dolore» disse Orsola. «Mio fratello Marco ha perso un figlio a Gorizia».

Klara annuì e rimasero sedute in silenzio, lo sguardo fisso sulle loro tazze. Orsola non osava neppure bere, dopo una simile notizia, e rimase a guardare la schiuma lattiginosa sulla superficie della sua cioccolata.

«Cosa vi porta a San Marco?» le chiese infine Klara.

«Mia nipote vorrebbe aprire un negozio per vendere i nostri lavori. Siamo venute a vedere un posto qui vicino».

Klara si illuminò. «Dove?»

Orsola le descrisse la bottega e il posto dove era situata. «Ma non possiamo permettercelo» aggiunse. «Mio fratello non si accollerà mai le spese per l'affitto, checché ne dica sua moglie. Non crederà mai che il negozio possa funzionare».

«E *voi* cosa ne pensate?»

«Penso che mia nipote abbia ragione, così come Jonas e vostro padre. Ci sono molti più visitatori a Venezia, e con più soldi in tasca. Non mi piace l'idea di lavorare in vetrina con la gente che mi guarda, come vorrebbe mia nipote. Ma di sicuro venderemmo molte più perle». Fece una pausa, prima di aggiungere: «Il fatto è che servono molti soldi per iniziare, per l'affitto e l'arredo... Ci vogliono soldi per fare soldi».

Klara Klingenberg si tirò su di colpo sulla sedia, come una bambina a cui viene detto di stare con la schiena dritta.

«Io posso aiutarvi» disse. «Vi presterò i soldi finché non vi sarete sistemate».

«Voi?»

Davanti al tono incredulo di Orsola, Klara tirò indietro la testa come una tartaruga nel guscio.

«Perdonatemi, signora, non volevo essere scortese» disse Orsola, nel tentativo di rimediare. «Ma... Be'...» farfugliò, temendo di peggiorare le cose.

«Cosa?» la incalzò Klara. «Continuate, cosa stavate per dire?»

«La gente dice che vostro marito ha perso molti soldi». Orsola sorvolò sul fatto che li aveva persi giocando d'azzardo. «Vi siete trasferiti da campo San Polo, avete dovuto licenziare Domenego. Come potete avere soldi da dare a me?»

Klara Klingenberg si appoggiò allo schienale e un sorriso malizioso illuminò i suoi tratti raffinati. «E invece li ho».

Orsola si voltò a guardarla.

«Sapete che mio padre era un uomo oculato» esordì Klara, girando e rigirando il manico della tazza di caffè. «Be', si è dimostrato lungimirante anche per quanto riguarda sua figlia. Mio marito non gli piaceva, non si fidava di lui. Aveva acconsentito al matrimonio solo perché gli era parso vantaggioso per una ragazza tedesca sposarsi con il rampollo di una buona famiglia veneziana. E vedeva che ero pazza di Federico, almeno all'inizio. Capita spesso alle ragazze, l'amore è cieco... Insomma il mio buon padre ha messo da parte dei soldi, nel caso mi fossi trovata in difficoltà, soldi di cui mio marito non era, e non è, a conoscenza. Se sapesse che esistono, si giocherebbe anche quelli. Jonas li ha gestiti per conto mio e quando se ne è andato li ha affidati a un uomo di sua fiducia, un mercante del Ghetto, molto onesto. Nel corso degli anni, ne ho spesa una piccola parte per i miei figli, e a volte anche per me. Ma non mi sono mai comprata cose troppo costose, altrimenti Federico me le avrebbe prese. Sapevate che ha perso al gioco tutti i miei gioielli? Perfino la mia fede». Klara le mostrò la mano nuda. «Non posso usare i soldi per grossi progetti, perché mio marito se ne accorgerebbe. Ma un negozietto gestito da donne...» Klara sorrise di nuovo, e per un momento Orsola rivide in lei la ragazza che aveva conosciuto a San Marco, prima che la vita di moglie e madre ne fiaccassero lo spirito.

«È un'offerta generosa da parte vostra, signora» disse Orsola. «Molto generosa». Si lisciò la gonna e spazzò via briciole inesistenti dal tavolo. «Ma non so se la mia famiglia sarebbe disposta ad accettarla».

«Orsola» fece Klara, sporgendosi verso di lei. «Un tempo non ci fu una donna che inventò una perla e le fu donata una fornace tutta per sé? Una certa Baronia, Barosia...?»

«Maria Barovier». A Orsola bastò pronunciarne il nome per provare un moto di orgoglio. «Fu lei a consigliarmi di fare le perle... Fu lei a chiedere a sua cugina di insegnarmi l'arte».

«E cosa direbbe Maria Barovier della mia offerta?»

Orsola fece un bel respiro, ricordando Maria Barovier la prima volta che l'aveva vista, il giorno lontano in cui era caduta nel canale. La donna ritta accanto alla fornace, l'aria di chi non si lascia abbattere da niente e da nessuno.

«La accetterebbe e vi ringrazierebbe» disse Orsola. Prese la tazza e bevve la cioccolata fino all'ultima goccia, poi la posò con un tintinnio deciso sul piattino, aggiungendo: «E anch'io la accetto, e vi ringrazio».

# Terza parte
# Delfini veri

# 7.

Il sasso che hai fatto schizzare sulla laguna tocca di nuovo terra, ed è il 2019. Nel suo studio Orsola Rosso gira avanti e indietro sulla fiamma una perla nera, rossa e oro. Alza lo sguardo e sono passati cento anni. Lei e coloro che contano per lei hanno diciassette anni in più. Orsola adesso ne ha sessantacinque.

Una persona che contava molto per lei se n'è andata: Stella. Prestava servizio a Londra come infermiera quando, durante il Blitz, una bomba è caduta sul rifugio antiaereo. La morte dell'amata sorella, così schietta e caparbia, avrebbe ricordato a Orsola che non ci si riprende mai del tutto dalla perdita di qualcuno: si impara semplicemente a convivere con il vuoto che ha lasciato.

Come riassumere i cento anni di cambiamenti più frenetici che la storia abbia mai conosciuto? Da Mussolini a Berlusconi, da Roosevelt a Obama, da Hitler alla Merkel, da Gandhi a Martin Luther King Jr, da Amelia Earhart ai 747. Dalle macchine da scrivere ai computer, dalle enciclopedie a Wikipedia, dai telefoni agli smartphone, dalle passeggiate nel parco alle corse sui tapis roulant. Penicillina. La Seconda guerra mondiale. Hiroshima. Corea, Vietnam, Iraq, Afghanistan. La guerra fredda, la pace frutto di una tregua, un'altra guerra fredda in arrivo. Muri che cadono, muri che sorgono. Nuove nazioni nate da quelle vecchie. Donne che indossano i pantaloni e votano. Robot. Teorie del complotto.

Nel 2019, Venezia registra quattro milioni e ottocentomila visitatori. Ogni giorno navi da crociera grandi come grattacieli attraversano il Canale della Giudecca, vomitando passeggeri che si dirigono in piazza San Marco, scattano foto, acquistano portachiavi con gondole in miniatura e poi ripartono. A proposito di gondole, adesso un giro di mezz'ora costa ottanta euro: quaranta perle di Orsola. Il Fondaco dei Tedeschi è diventato un grande magazzino di lusso. Nel frattempo, la popolazione si è ridotta a poco più di cinquantamila persone: la metà di quelle che ci vivevano al momento della nascita di Orsola. Ogni anno se ne vanno in mille.

Con tutto ciò, il pianeta si va riscaldando. Il mare si alza, Venezia affonda, e giungiamo così a un momento preciso, le 22:44 del 12 novembre 2019...

Alle 22:44 l'acqua cominciò a gorgogliare tra le piastrelle dello studio di Orsola. Lei e Stefano avevano passato un'ora a trasportare tutto quello che potevano nell'appartamento al piano di sopra: la fiamma ossidrica, le bombole di gas, il temperatore, gli attrezzi per forare, arrotolare e modellare il vetro, le centinaia di canne di ogni colore, i cassetti e le custodie piene di cose non ancora esposte da Rosso e Rosella a San Marco, oppure rimaste invendute e conservate in attesa che tornassero di moda.

Non avevano potuto mettere in salvo il tavolo su cui lavorava, troppo grande e massiccio per essere spostato. Il vecchio tavolo con il mantice su cui Orsola aveva iniziato a lavorare era da sempre nell'appartamento, custodito come una reliquia. Lei e Stefano ci mangiavano, destreggiandosi tra il mantice e i beccucci di metallo.

L'acqua alta era prevista, ma nessuno si aspettava che fosse accompagnata da un violento temporale con venti di burrasca. L'effetto congiunto e la mancanza di preavviso fecero sì che la maggior parte degli abitanti di Venezia e delle isole fossero colti di sorpresa.

«Stefano!» gridò Orsola quando l'acqua iniziò a sollevare le piastrelle del pavimento. Il marito era di sopra a sistemare le cose che avevano messo in salvo.

Scese di corsa e rimasero entrambi a guardare l'acqua che saliva inesorabile intorno alle suole dei loro stivali di gomma. Tutti a Venezia avevano gli stivali di gomma per l'acqua alta, venivano persino venduti ai turisti. Per consentire alle persone di muoversi in sicurezza durante l'inondazione, si installavano rampe e passerelle lungo le fondamente e le rive, nei campi e persino in piazza San Marco. La città ci era abituata, ma quella sarebbe stata molto peggio del solito. Orsola e Stefano avevano spostato di sopra tutto il possibile, più di così non potevano fare.

Poi l'acqua raggiunse l'impianto elettrico e andò via la luce. Accesero le torce con nelle orecchie il vento che ululava nelle calli. La persiana di un vicino si era staccata e sbatteva contro gli infissi; alla fine una folata l'avrebbe spazzata via facendola volare a un centinaio di metri di distanza.

«Andiamo di sopra» disse Stefano, trascinando la moglie verso le scale.

Appena entrata, Orsola controllò il telefono: almeno la rete funzionava ancora. C'erano chiamate perse di Marco, Angela e Rosella.

Telefonò per prima a Rosella, che le stava più a cuore di tutti, anche se non voleva ammetterlo. Angela la accusava spesso di pensare di più agli affari che a sua figlia, cosa che Orsola aveva sempre negato, anche se probabilmente c'era un fondo di verità. In ogni caso, sapeva che Angela era al sicuro, perché Stefano l'aveva sentita poco prima. Viveva con la famiglia alla Giudecca, al secondo piano di un condominio, senza negozi di cui preoccuparsi al piano terra. Di solito andava a dare una mano in bottega, ma quel giorno era rincasata in anticipo in vista dell'acqua alta. In seguito, guardando le immagini dei vaporetti sballottati dalle onde come barchette in una vasca da bagno, Orsola aveva ringraziato il cielo sapendola al sicuro.

Quanto a Marco, aveva accanto la moglie Monica, i figli e le nuore, e Giacomo abitava vicino a casa sua. Non aveva certo bisogno di lei.

Rosella impiegò qualche tempo a rispondere. «Orsola» disse trafelata, e si mise a piangere.

«Sei in negozio?»

«Sì».

«Quanto è salita l'acqua?»

«Mi arriva già alle ginocchia».

«Mio Dio. Sei sola?»

«Ci sono quelli del negozio vicino. Stiamo cercando di... di...» Rosella s'interruppe. Piangeva così forte che non riusciva a parlare.

«Rosella, ascoltami» fece Orsola, sforzandosi di nascondere l'ansia. «Resta con gli altri. Fatti dare una mano e aiutali se hanno bisogno. Metti in salvo quello che puoi e torna a casa, prima che la calle si allaghi».

«Va bene» fece Rosella con un sospiro. «Vorrei che tu fossi qui». Di solito Rosella era calma e sicura di sé, come sua madre, e Orsola fu sorpresa di sentirla così agitata: aveva quarantasei anni, ma sembrava una bambina.

«Hai spostato le cose in modo che l'acqua non ci arrivi?»

«Sì, ma è successo così in fretta... Mai vista una cosa del genere. Quando sono arrivata l'acqua aveva già rovesciato i tavoli, e le perle...»

«Non pensare alle perle, riusciremo a recuperarle. L'acqua non danneggia il vetro».

«Mi si sta scaricando la batteria... Merda, perché non l'ho caricata prima! E qui non c'è corrente...»

«Vai nel negozio accanto».

Cadde la linea. Orsola sospirò. Rosella viveva da single in un minuscolo appartamento vicino al negozio. Nonostante l'alto costo della vita a Venezia, si era sempre rifiutata di lasciare la città. Era stata la prima dei Rosso a separarsi dal marito, dopo il referendum sul divorzio, e le sue scelte controcorrente avevano sempre turbato Orsola. Il mondo cambiava troppo velocemente per i suoi gusti.

Provò a chiamare Marco, ma lui non rispose. Probabilmente stava cercando di salvare la fornace. Anche se non viveva più lì, la casa e la bottega dei Rosso erano sempre nei pensieri di Orsola, perché custodivano la storia della sua famiglia.

Un anno dopo che avevano aperto il negozio a San Marco, lei e Stefano si erano trasferiti dall'altra parte di Murano, in un appartamento vicino alla basilica dei Santi Maria e Donato, con lo studio al piano di sotto. Stefano andava ancora tutti i giorni a lavorare al laboratorio, ma Orsola si recava di rado in visita alla famiglia, anche se spesso incontrava Monica al mercato di campo Santo Stefano, o alla messa, o al bar che frequentava vicino al ponte Longo, accanto a un negozio di souvenir dove i turisti compravano ciondoli di vetro da quattro soldi. Monica era una donna paziente e affrontava la vita con un sano pragmatismo, ma ogni tanto anche lei si lamentava: «Beata te che vivi per conto tuo. Non è bello avere una che ti comanda a casa tua. E i bambini sono delle pesti. Non vanno mai a letto!»

Orsola sospettava che Monica esagerasse nel descrivere la difficile convivenza con Luciana, temendo che lei si pentisse di essersene andata. In effetti, a volte le capitava. La famiglia era la cosa più importante, e Orsola aveva la sensazione di aver abbandonato la sua, anche se viveva a dieci minuti da loro. Le tornava in mente ciò che aveva detto Stella tanti anni prima: le cose cambiavano. Perfino sua figlia Angela non aveva esitato a trasferirsi alla Giudecca appena suo marito aveva trovato lavoro al mulino.

Il momento peggiore della tempesta pareva passato e l'acqua iniziava a ritirarsi quando finalmente Orsola riuscì a raggiungere Marco. Suo fratello accettò la videochiamata, ma sullo schermo, invece del suo volto, apparvero immagini confuse e si sentiva la voce di Marco che imprecava e gridava ordini.

«L'acqua è arrivata alla fornace?» gli domandò.

«E ai temperatori». Marco inquadrò il laboratorio in modo che lei potesse vedere il danno con i suoi occhi.

«Giacomo è lì?» Il loro fratello viveva a pochi passi dalla bottega.

«Ovviamente. E anche Stefano dovrebbe essere qui ad aiutarci!»

«Non può. Abbiamo la casa allagata anche noi».

«Pensate solo a voi stessi, ve ne fregate della famiglia. Tipico».

«Non fare lo stronzo! Tu hai un sacco di persone che possono aiutarti, noi siamo solo in due!»

«Perché l'hai voluto tu!»

«No! L'ha voluto Luciana! Tu e Luciana. Non c'era spazio per tutti, ma tu li hai fatti venire a casa per farci sloggiare. E mi vieni a parlare della famiglia!»

«*Bauca*».

«Cretino».

«Stronza!»

«Sei sempre il solito bastardo!»

«*Impestada!*»

Appoggiato al bancone della cucina, le braccia conserte, Stefano rimase per qualche tempo ad ascoltare l'escalation di imprecazioni. A un tratto si avvicinò, prese il telefono dalle mani della moglie e lo spense.

«Ehi!» esclamò Orsola. «Ma che fai?»

Stefano posò il telefono sul bancone. «Non serve a niente insultarsi».

Capitava di rado che suo marito prendesse l'iniziativa.

«Marco ci ha rimesso molto più di te» disse Stefano. «I tuoi attrezzi non hanno subito danni, tra pochi giorni potrai rimetterti a lavorare. Per il laboratorio Rosso ci vorranno mesi».

Orsola annuì, e fece una cosa insolita per lei: chiese al marito di abbracciarla e si fece consolare.

Stefano aveva ragione. Dopo che l'acqua si fu ritirata asciugarono lo studio con ventilatori e deumidificatori. Poi lo pulirono e lo tinteggiarono, e una settimana dopo Orsola era di nuovo al lavoro. La vetreria Rosso e Rosella di San Marco riaprì dopo quindici giorni, anche se l'odore di umido indugiò a lungo all'interno del negozio. Ma ci vollero tre mesi per far ripartire il laboratorio dei Rosso.

L'alluvione allontanò anche i turisti che amavano la Città d'Acqua ma non volevano finire a bagno, senza luce e gravemente impediti negli spostamenti. I veneziani erano soliti lamentarsi per i milioni di persone che ogni anno inondavano la città: l'alluvione li ridusse a un rigagnolo.

«Inondazioni a Venezia, incendi in Australia, siccità in California» elencò Aurelia, la nipote di Orsola, parlando con lei al telefono qualche giorno dopo l'*acqua granda*. «Ti rendi conto, nonna? E tutto a causa delle scelte stupide che ha fatto l'uomo!»

«Veramente ci sono state inondazioni peggiori di questa. Quella del 1966, per esempio».

«E voi contribuite» seguitò Aurelia, ignorando l'obiezione della nonna. «Tutte queste fornaci accese giorno e notte. Sai quanto carburante bruciano?»

«Io non ho una fornace. Uso la fiamma ossidrica e la accendo solo quando ne ho bisogno. Ti ho fatto vedere come lavoro, no?»

Aurelia tacque.

Orsola era amareggiata dall'assoluta mancanza d'interesse di sua figlia e dei suoi nipoti nei confronti del vetro. Angela dava una mano in negozio solo per i soldi e per vedere gente. Nessuno dei nipoti pareva intenzionato ad apprendere l'arte di famiglia, e la cosa valeva per la maggior parte delle famiglie dei vetrai. Quelle rimaste. Un tempo erano ben più di cento, ma ormai se ne contavano solo poche decine.

«I laboratori del vetro non possono continuare a bruciare combustibile ventiquattr'ore su ventiquattro» ripeté Aurelia, ignorando le parole della nonna. Sembrava che stesse guardando un altro film, come accadeva spesso con gli adolescenti. «Dovrebbero condividere le fornaci, imparare a cooperare, usarle a turno durante la notte».

Orsola non riuscì a trattenere un risolino. «Pensi davvero che i maestri siano disposti a collaborare? Ognuno di loro ha il proprio metodo di lavoro. Chiedi al tuo prozio Marco. Non si fidano l'uno dell'altro. E oggi nessuno vuol lavorare alle tre del mattino».

«Queste sono scuse, nonna. Hai sentito quello che ho detto? Le cose devono cambiare sennò le alluvioni verranno sempre più spesso e Venezia diventerà invivibile. Vuoi questo per i tuoi discendenti?»

Orsola stentava a credere che una città come Venezia potesse scomparire. *Alzeremo gli edifici*, pensava. A volte, però, mentre lavorava in negozio o si faceva largo tra i turisti che affollavano vicoli e vaporetti, o davanti alle gigantesche navi da crociera che solcavano la laguna, si chiedeva se Venezia non fosse già stata cancellata. Anche Murano non era più quella di una volta: un'isola piena di maestri che producevano e vendevano i più raffinati e splendidi oggetti di vetro del mondo. Ripensava con profonda nostalgia agli enormi e intricati lampadari che avevano abbellito per secoli molti dei palazzi del Canal Grande. Adesso, nella migliore delle ipotesi, erano esposti nei musei, ma alcuni erano finiti all'estero come curiosità. Il lampadario che Marco aveva originariamente realizzato per Casanova, per esempio, era stato acquistato da un rigattiere per una miseria e ora era appeso in un bizzarro ristorante di Belgrado insieme ad altre cose strane: manichini con paralumi sulla testa, insetti giganteschi, scimmie che dondolavano dalle travi, mongolfiere di cartapesta, insegne al neon. Uno dei figli di Luciana e Raffaele l'aveva fotografato in quel cimitero kitsch. A lui era parso divertente. Orsola si augurava soltanto che non avesse mostrato la foto al nonno.

I turisti non chiedevano lampadari o calici finemente decorati. Volevano statuette di vetro e caramelle di vetro e palloncini di vetro e puzzle di vetro, spesso fatti in modo spiccio, con disegni scadenti e colori mal assortiti. A volte, quando passava davanti ai negozi lungo la fondamenta dei Vetrai, Orsola chiudeva gli occhi per non vedere le brutture spacciate per oggetti artistici che venivano propinate ai turisti.

*Basta,* pensò. «Stanno costruendo una diga mobile oltre il Lido» disse alla nipote. «Quando la finiranno, terrà l'acqua lontana dalla città». Il progetto risaliva a trent'anni prima, ma si era impantanato a causa della politica e della corruzione. E tuttavia rimaneva una speranza.

«Sempre che funzioni» ribatté Aurelia. «E non distrugga le saline e l'ecosistema che mantiene in vita la laguna!»

Il pessimismo della nipote era difficile da mandar giù. E Aurelia non le aveva chiesto nulla dell'alluvione, se si era spaventata o aveva subito danni. Tranquilla e al calduccio in casa sua, chiamava la nonna solo per farle la predica. Laura Rosso non lo avrebbe mai sopportato.

Per fortuna, Orsola fu salvata da un avviso di chiamata.

«Devo lasciarti, mia cara, ho un'altra chiamata. Ci vediamo domenica a cena?»

Orsola toccò lo schermo e fu sorpresa dal nome che apparve. «Domenego, buongiorno! Come stai?» Capitava di rado che la chiamasse.

«Bene, grazie. Avrei piacere di vederti». Domenego era sempre molto formale nei modi.

«Sì, sì. Quando?»

«Ora, se possibile».

Domenego non le chiedeva mai nulla, per cui non riuscì a dirgli di no. «Dove sei?»

Le diede appuntamento a Dorsoduro. La tempesta aveva danneggiato molti dei vaporetti e il servizio era ridotto: avrebbe impiegato più di un'ora per arrivare a Dorsoduro. Ma ci andò lo stesso.

Trovò Domenego ad aspettarla in una fondamenta di fronte allo Squero di San Trovaso, uno dei due cantieri di Venezia dove ancora si costruivano e riparavano le gondole. Orsola sorrise vedendolo: anche a sessant'anni Domenego era magro e in forma, senza la pancia di molti suoi colleghi più anziani. Aveva i capelli brizzolati, ma siccome li teneva corti non si notava troppo, specie quando indossava il cappello di paglia che, insieme ai pantaloni neri e alla camicia a righe blu o rosse, costituiva l'uniforme attuale dei gondolieri. Quel giorno, però, non era vestito da gondoliere, ma indossava pantaloni marroni, una camicia bianca e una giacca a vento grigia che gli andava larga. Ai suoi piedi c'era una piccola valigia di cuoio, di quelle di una volta, senza le rotelle che producevano il fastidioso brontolio ormai onnipresente nelle calli veneziane. A Orsola venne un nodo in gola, quando vide la valigia: Domenego non era solito viaggiare.

Dopo che si furono salutati, il moro si voltò a guardare il cantiere navale.

Lo Squero di San Trovaso era uno spiazzo adiacente al canale e circondato dalle case. C'erano due gondole sui cavalletti, verniciate di nero secondo la tradizione. Agli uomini rimaneva poco spazio per lavorare, perché il piazzale era stipato di gondole accatastate le une sulle altre a formare quella che pareva una pira pronta a essere attizzata per un enorme falò. Erano tutte rotte: una aveva lo scafo incrinato, un'altra la prua spaccata, un'altra ancora i fianchi sfondati. Era stata la tempesta a danneggiarle in modo irreparabile, e il legno ricavato dalle loro carcasse sarebbe servito a costruirne di nuove.

«Mio Dio!» esclamò Orsola e si fece il segno della croce.

«Una di quelle è la mia» disse Domenego. «C'è anche il mio cappello» aggiunse indicando un grappolo di pagliette appese alla parete di un capanno. Orsola si domandò che ci facessero lì, ma ai turisti che transitavano sul lato opposto del canale parve senz'altro il caso di fotografarle.

«Oh, Domenego, mi dispiace» mormorò. Il suo amico aveva passato anni a mettere da parte i soldi per comprarsi una gondola, e ci era riuscito solo l'anno prima. «Hai un'assicurazione?» gli domandò, anche se conosceva già la risposta. Domenego aveva sempre vissuto alla giornata, una polizza assicurativa era un privilegio che apparteneva a un altro mondo. Per costruire una gondola ci volevano dodici mesi. E sessantamila euro. E Domenego non aveva né tempo, né denaro.

«Ho venduto la licenza per pagarmi l'aereo».

Ai tempi in cui Domenego aveva iniziato a vogare per i Klingenberg, in città c'erano diecimila gondolieri, ma l'avvento del motore aveva cambiato tutto. In quel momento a Venezia i gondolieri autorizzati erano solo quattrocento. Le licenze erano a numero chiuso e, di norma, passavano di padre in figlio, ma l'aspirante gondoliere doveva svolgere qualche centinaio di ore di apprendistato. La gondola era principalmente una costosa attrattiva turistica, ma rimaneva uno dei simboli della città: una Venezia senza gondolieri era inimmaginabile, sia per i residenti sia per i villeggianti. Si trattava di un mestiere tradizionale ma ogni gondoliere lo viveva a modo suo e Domenego non era più l'unica stranezza. Qualche anno prima la figlia di un gondoliere aveva preso la licenza e ora c'erano cinque gondoliere autorizzate. Domenego però spiccava ancora tra i colleghi, per lo più bianchi, e Orsola lo vedeva spesso in posa per un selfie con i passeggeri, anche se non sorrideva mai.

«Vuoi tornare in Africa, vero?» disse. «Ecco perché hai appeso il cappello».

Domenego annuì. «Tornerò nel Ghana. È da lì che vengo».

Orsola deglutì. Si era sempre augurata che decidesse un giorno di rivedere il posto dove era nato, ma non credeva che sarebbe mai successo.

«Hai trovato qualcuno... qualcosa... online?»

«Penso di aver individuato il villaggio. Voglio andarci per scoprire che effetto mi farà».

Orsola guardò la sua valigia: tutta la sua vita era racchiusa lì dentro. E nella pira di barche sul piazzale.

«Parti subito?»

Domenego annuì.

*E se non fossi potuta venire qui?* pensò Orsola. *Te ne saresti andato senza salutare?*

«Ma come farai per il... passaporto?» Naturalmente

Domenego non aveva documenti, niente che provasse dove e quando era nato.

«Con i soldi si può comprare qualsiasi cosa».

«E... tornerai?»

«Non c'è più niente che mi leghi a questo posto».

«Ma...» Orsola era così sgomenta che non riusciva a parlare.

Domenego stava fissando il cantiere ma si voltò verso di lei. «Volevo salutarti. Sei stata una buona amica».

«Menego...» Orsola non sapeva se era stata davvero una buona amica. Aveva sempre visto nel gondoliere di colore un legame con Antonio, uno che, come lei, lo conosceva bene. E ora stava perdendo anche quell'ultimo collegamento. Era da più di quarant'anni che non vedeva Antonio. Il livido era scomparso da tempo: solo un vago e leggerissimo peso sul cuore, la traccia spettrale di un desiderio.

Ma a un tratto si rese conto che stava anche perdendo un amico. Si avvicinò a Domenego e lo abbracciò. Avvertì chiaramente la sua esitazione: la loro era sempre stata una relazione formale, senza contatti fisici, se non quello fra le loro mani quando lui la aiutava a salire e scendere dalla gondola. Dopo un momento, però, le avvolse le braccia intorno al corpo e la strinse forte. Orsola scoprì che aveva le lacrime agli occhi quando alla fine si separarono.

«Mi mandi un messaggio quando arrivi?» gli disse.

Lui annuì, ma Orsola sapeva che non l'avrebbe fatto. Poi prese la valigia e si incamminò verso le Zattere e il vaporetto per l'aeroporto.

Orsola rimase a guardarlo, la schiena dritta, le spalle muscolose di chi ha remato per migliaia di ore.

«Domenego!» gridò e gli corse dietro.

Mentre lui si voltava, si frugò nella tasca del vestito – Orsola non aveva mai indossato i pantaloni – e tirò fuori la rosetta di Maria Barovier. «Un pezzetto di Murano da portare con te» disse, porgendogli la perla.

Allora Domenego sorrise, un sorriso che non mostrava mai ai turisti. «Grazie, Orsola». Si infilò la rosetta colorata in tasca e si voltò di nuovo verso la laguna, iniziando il suo lungo viaggio.

«Domenego se n'è andato» disse Orsola a Klara Klingenberg davanti a una tazza di cioccolata fumante. Era da anni che si vedevano regolarmente da Florian. All'inizio gli incontri servivano a Orsola per aggiornare la sua sponsor sull'andamento del negozio, ma una volta che lei e Rosella ebbero finito di ripagare il prestito, continuarono a incontrarsi come amiche e capitava, talvolta, che Klara le consegnasse un piccolo delfino di vetro. Orsola aveva sviluppato una sorta di dipendenza dalla cioccolata di Florian, ma era diventato così costoso sedersi ai tavolini che, al pari della gente del posto, preferivano appollaiarsi al bancone in fondo al locale, dove si pagava di meno.

«Cosa?» esclamò Klara lasciando cadere la tazza sul piattino con un gesto brusco che non era da lei. «E dov'è andato?»

«Nel suo paese. Il Ghana».

«Ma perché? Si era comprato la gondola, se la passava bene!»

«La tempesta gliel'ha distrutta. E lui ha sentito che era il momento di andare».

«E cosa farà nel Ghana?»

«Vuol tornare al suo villaggio, dalla sua famiglia, se riuscirà a trovarla».

Klara agitò la mano carica di anelli d'argento. «Sì, ma dopo? Che lavoro farà? Non ci sono gondole in Africa».

«Be', potrebbe...» Orsola non ci aveva pensato. Klara sapeva essere molto concreta, una dote essenziale per una donna d'affari. Parecchi anni prima, si era finalmente separata dal marito, anche se lui non le aveva concesso il divorzio, e dopo l'esperienza positiva con Rosso e Rosella, aveva iniziato a concedere prestiti alle imprese nascenti. Klara aveva fiuto per i gusti dei turisti, sapeva cosa cercavano a Venezia: gelati artigianali, pelletteria di lusso, quaderni fatti a mano che venivano acquistati per la loro bellezza ma che difficilmente venivano usati, e tante maschere decorate da quando il Carnevale era tornato in auge. Era stata lei a lanciare l'artigiano che aveva ideato i palloncini di vetro variopinti e i puzzle che Orsola detestava; poi tutti li avevano copiati e ora erano in vendita ovunque. Una catena di gelaterie che aveva finanziato con successo le aveva persino dedicato un nuovo gusto, il «Klara K», una crema al caramello con un turbinio di cioccolato e ciliegia, un richiamo alla Foresta Nera, in onore delle sue origini germaniche. Ora Klara portava i capelli corti senza nasconderne l'argento, indossava abiti firmati neri, bianchi, grigi e tortora e aveva molti amanti che descriveva dettagliatamente a Orsola. Insomma, sembrava felice.

«Domenego è in età da pensione» disse Orsola. «Penso che si riposerà e basta».

«Dubito che abbia una pensione o che avesse messo soldi da parte. Gliel'hai chiesto?»

«No. Ma la sua famiglia...»

«I suoi genitori saranno morti da un pezzo. Sai cosa ti dico? Secondo me lo rivedremo presto».

«Perché non gliela dai tu, la pensione?» suggerì Orsola. «In fondo glielo dovresti, dopo tutti gli anni che ha lavorato per voi, senza compenso. Lo sai come si chiama questa cosa, vero?» aggiunse.

Klara si mosse inquieta sullo sgabello. «Era mio padre a sfruttarlo, non io. Ma erano altri tempi. Mio marito lo pagava quando lavorava per noi. Trattavamo con rispetto i nostri dipendenti. Li abbiamo sempre aiutati, se potevamo...» La frase le morì sulle labbra e Orsola capì che stava pensando a Jonas. Aveva chiesto ad Aurelia di cercarlo in rete e la nipote aveva trovato il nome del buon scrivano di Klingenberg fra le vittime di un campo di concentramento.

Klara guardò le proprie dita affusolate che stringevano la tazza. «Hai il numero di Domenego?» disse dopo un momento. «Lo chiamerò e vedrò cosa posso fare per lui».

Orsola trascorreva la maggior parte del tempo china sulla sua lampada a Murano. Non sopportava di lavorare sotto gli occhi della gente, come faceva spesso Rosella in negozio. I turisti amavano vedere gli artigiani all'opera e anche a Murano i vetrai avevano cominciato ad aprire i loro laboratori al pubblico. I turisti venivano portati in barca da Venezia e, nei momenti di pausa, gli assistenti ripetevano a loro beneficio uno degli esercizi previsti dalla prova: modellare in un solo minuto un cavallino rampante in perfetto equilibrio sulle zampe posteriori e la punta della coda. Era una figura difficile da realizzare, in così breve tempo, perché occorreva sagomare il corpo, la criniera, le zampe e la coda senza che si frantumassero, pizzicare e tirare il vetro per modellare la testa e il muso del cavallo. Le proporzioni dovevano essere quelle giuste se si voleva che il cavallo rimanesse in equilibrio. Bisognava essere bravi per ricavare in pochi secondi una figura così complicata da un grumo di vetro, e le persone apprezzavano quella che appariva ai loro occhi come una specie di magia. Ma i vetrai ne avevano plasmati così tanti che avrebbero potuto farlo anche a occhi chiusi. Non avevano bisogno di pensare, perché le loro mani conoscevano i gesti a memoria, e spesso concludevano l'esibizione in modo teatrale, accendendosi la sigaretta con il vetro ancora rovente.

Orsola ne aveva visto fare a iosa di quei cavallini, mentre Marco e Giacomo e Raffaele e Andrea si esercitavano per la prova, e aveva finito per odiarli in quanto simbolo della mancanza di creatività. Quante cose avrebbero potuto fare con un materiale versatile come il vetro! Perché limitarsi a ciò che era più familiare? Forse non avevano più voglia di pensare. Anche Orsola aveva la tendenza a rifare sempre le stesse perle piuttosto che creare qualcosa di nuovo. E, invecchiando, stava diventando sempre più pigra.

Dopo la dimostrazione con i cavalli, i visitatori venivano convogliati in eleganti showroom dove i venditori applicavano tecniche apprese a Milano o New York per convincerli ad acquistare oggetti dal prezzo esorbitante, ma non di rado orribili. Orsola non riusciva a capire perché i produttori sentissero il bisogno di un approccio così aggressivo, e la imbarazzava pensare come dovevano giudicarli i veri conoscitori e gli amanti del vetro.

Anche Marco era disgustato dalle dimostrazioni a pagamento e a un certo punto decise che non si sarebbero più prodotti cavalli rampanti nella bottega dei Rosso, anche se probabilmente gli costò in termini di guadagno. La concorrenza cinese aveva costretto i Rosso ad abbandonare il mercato delle perline, e ormai nel loro laboratorio si producevano solo calici, brocche e piatti di vetro, come ai tempi di Lorenzo. Marco non amava aprire le porte ai visitatori e rispondeva alle loro domande continuando a lavorare, ma non voleva che le figlie di Luciana, commesse del negozio, seguissero i clienti proponendo loro questo o quel pezzo. «Lasciate che guardino da soli» diceva. «Se il lavoro è fatto bene, lo compreranno».

Ma il vetro di Murano non era solo kitsch. Alcuni vetrai avevano iniziato a sfidare l'estetica dozzinale e utilizzavano il materiale in chiave artistica. Raffaele, ora servente di Marco e destinato un giorno a subentrargli come maestro, proponeva uno stile diverso, fatto di linee semplici ed essenziali e colori scelti con cura. Era stato lui a disegnare quello che era da anni il loro oggetto più venduto, una scodellina blu traslucida con una linea gialla attorno al bordo. Perfetta per contenere olive o pistacchi, era piacevole da guardare con un sontuoso blu oltremare e il bordo che splendeva come un'aureola. Stanchi del vetro pacchiano che riempiva l'isola di Murano, i visitatori potevano rifarsi gli occhi con quell'oggettino semplice ma aggraziato.

Gli isolani andavano fieri della loro storia e della loro arte ed era nato un museo dedicato alle botteghe vecchie e nuove. Orsola visitava volentieri il Museo del Vetro e guardava con nostalgia le cose esposte, in particolare le opere dei Barovier, che comprendevano, oltre alla rosetta di Maria, un'elaborata coppa nuziale blu oltremare decorata con figure, risalente all'epoca in cui era nata lei. Erano presenti anche le altre famiglie di vetrai di Murano, inclusi i Rosso, con uno dei candelabri di Marco impreziosito dai delfini di Antonio. Rosella diceva sempre a Orsola che avrebbe dovuto donare al museo i campionari di perle che Jonas le aveva restituito. Un giorno lo avrebbe fatto, ma non se la sentiva ancora di congedarsi dalla propria storia. Al momento erano appesi in negozio; la maggior parte delle persone li ignorava, ma di tanto in tanto Orsola vedeva una donna che si avvicinava alle antiche perle, studiandole con attenzione. *Dev'essere un'artista,* pensava.

Orsola e Rosella cercavano di far sentire i clienti a proprio agio e non stavano loro addosso, né li scrutavano mentre giravano per il loro piccolo negozio di Venezia. Alluvioni a parte, Rosso e Rosella faceva buoni affari, sebbene davanti a loro avesse aperto da poco un negozio di souvenir che vendeva portachiavi, cover per cellulare, magliette, portafogli di plastica e calamite per il frigo raffiguranti gondole, Santa Maria della Salute, la basilica di San Marco, il palazzo Ducale o il leone veneziano. Vendeva anche palle e figurine, che un cartello scritto a mano presentava come VETRO DI MURANO, anche se venivano dalla Cina. Per difendersi dalla concorrenza cinese, i vetrai muranesi apponevano un marchio speciale alle loro creazioni, anche se erano pochi i negozianti e i turisti che ci badavano. Orsola avrebbe voluto dirne quattro ai dirimpettai che spacciavano quella robaccia dinanzi a un negozio dove si vendeva l'autentico vetro di Murano. Rosella aveva provato a parlare al gestore in tono più conciliante, ma senza risultati. Era venuto fuori che il negozio apparteneva a dei cinesi.

Orsola trovava deprimente stare lì a guardare i turisti che sbirciavano gli oggetti belli e costosi nella loro vetrina, per poi ripiegare sulle cose più economiche del negozio di fronte. Lo trovava così deprimente che alla fine aveva smesso di lavorare lì, lasciando che fossero Rosella e Angela a mandarlo avanti.

Ora, però, era in negozio a dare una mano, come avveniva sempre a Carnevale. A tre mesi dall'alluvione, erano quasi riuscite a tornare alla normalità, a parte i segni lasciati dall'acqua sul muro, che peraltro sembravano affascinare i clienti. Solo chi non aveva mai vissuto un'inondazione poteva trovarla affascinante. Per la prima volta dopo l'*acqua granda,* i turisti erano tornati in massa ed era un sollievo riaverli a Venezia per due settimane, anche se questo significava vicoli affollati di gente alticcia con indosso le maschere di Carnevale. La maggior parte di loro andavano a comprarle nel negozio di souvenir, ma alcuni entravano da Rosso e Rosella attirati dalle splendide maschere di perline che Rosella realizzava ogni febbraio, in occasione del Carnevale.

Orsola alzò lo sguardo vedendo entrare una coppia di tedeschi. Grazie all'esperienza, era in grado di riconoscere a prima vista la nazionalità dei clienti. Rivolse loro un cenno e cercò di nascondere la sorpresa, perché quei due non indossavano maschere di Carnevale, bensì mascherine chirurgiche che coprivano loro il naso e la bocca. Gli occhi della donna tradivano un certo imbarazzo, l'uomo invece aveva quasi un'aria sprezzante. Non si trattennero a lungo e se ne andarono senza comprare nulla.

«Che ci facevano con quelle mascherine?» chiese a Rosella, china a lavorare sulla fiamma.

Sua nipote non distolse lo sguardo dal minuscolo polipo rosso che stava modellando per un portachiavi, perché anche loro si erano dovute rassegnare a fare qualche souvenir, oltre alle collane e agli orecchini. E Orsola creava ancora i suoi cavallucci marini, che si vendevano sempre bene.

«Probabilmente sono preoccupati per quel virus che viene dalla Cina» disse Rosella.

Orsola sbuffò. «Ma è assurdo! Come può arrivare fin qui?» esclamò. Però le venne un groppo in gola al pensiero del morbo che tanto tempo prima aveva mandato sua nonna, Maddalena, Paolo e Nicoletta all'altro mondo e il resto dei Rosso in quarantena. *Oggi non può succedere,* pensò. *Abbiamo la medicina moderna, curiamo la nostra igiene, queste cose non possono capitare. A noi... Adesso...*

A noi. Adesso.

Orsola era furibonda, perché non poteva vedere i suoi famigliari. L'appartamento dove viveva con Stefano distava duecento metri dalla casa dei Rosso, ma a causa della quarantena non poteva andarci senza incorrere in una multa di tremila euro (millecinquecento perle). Né poteva passeggiare per campo San Bernardo, o visitare le tombe dei suoi genitori, o sedersi a bere un caffè in uno dei tavolini del bar di ponte Longo. Si poteva uscire solo, brevemente, per comprare generi di prima necessità. Tutte le altre attività erano chiuse.

A volte si dava appuntamento con la cognata fuori dal supermercato e facevano la fila insieme. Monica portava con sé una delle pronipoti di Orsola, perché Luciana era già nonna, e si mettevano a chiacchierare, separate dalla barriera invisibile di un metro. La prima volta che vide la trisavola, la bambinetta corse ad abbracciarla e le persone che avevano intorno rimproverarono Orsola a denti stretti per aver osato abbracciare la bimba invece di respingerla. Orsola capì che era tutta invidia per quell'abbraccio rubato e contro le regole.

Il supermercato era ancora aperto, sia pur a orario ridotto, ma nessuno si tratteneva più del dovuto fra gli scaffali. I clienti scambiavano qualche parola e ognuno raccontava sintomi che in precedenza non venivano degnati di attenzione: un prurito alla gola, una tosse improvvisa, gli arti doloranti, il mal di testa. Tutto sembrava un possibile annuncio della malattia.

Orsola aveva sentito dire che forse il Covid era arrivato in Italia tramite un cinese in visita a una fabbrica automobilistica tedesca: portatore del virus sarebbe stato un pezzo di ricambio inviato poi nel Nord Italia. Una storia inverosimile. Eppure il mondo era interconnesso da secoli, qualunque veneziano lo sapeva bene. I mercantili da cui erano scesi i ratti con addosso le pulci che trasmettevano la peste venivano dall'Anatolia o forse da più lontano ancora. E quelle pulci magari erano appartenute alle marmotte del Kirghizistan. Ma il nuovo virus si era diffuso molto più rapidamente e a più ampio raggio, perché il mondo era diventato più veloce e interconnesso che mai.

Orsola era fortunata: avrebbe potuto continuare a lavorare nel suo studio al piano di sotto, almeno finché avesse avuto il vetro e il gas per farlo. Ma il suo lavoro ne risentiva, perché non riusciva a concentrarsi. Bruciava il vetro, che formava delle bolle. Oppure gliene cadeva di mano un pezzo. Non lasciava raffreddare le perle abbastanza a lungo. Era imprecisa nelle decorazioni, perché le sue mani, abitualmente così ferme, a volte si mettevano a tremare trasformando i punti in macchie, e i fiori in scarabocchi. Sembrava aver perso il senso della simmetria, e le perle le uscivano spesso sproporzionate o bitorzolute, quasi come le prime che aveva fatto, da ragazza, sotto la guida di Elena Barovier. Orsola si sentiva di nuovo l'apprendista, che rigirava il miele tra i bastoncini. Le mancava l'ispirazione e non riusciva più a inventare nuovi modelli. Inoltre anche il vetro cominciava a scarseggiare. Sognava l'arcobaleno che avrebbe ordinato se avesse potuto: venti sfumature di azzurro, trenta di verde. Ma le leggi a tutela dell'ambiente avevano disciplinato le emissioni delle fornaci, rendendo più difficile la produzione del vetro grezzo. In quel momento a Murano c'era una sola fabbrica in grado di produrlo, ed era chiusa a causa dell'epidemia.

Ma poi, che senso aveva lavorare? Anche il negozio era chiuso e nessuno sapeva quando sarebbero tornati i turisti, mentre gli ordini dall'estero erano diminuiti drasticamente. Orsola scendeva sempre più di rado nello studio e rimaneva in casa con Stefano, leggendo ossessivamente le notizie o guardando la televisione o i video di persone che facevano cose strambe per cercare di strappare un sorriso al mondo.

La vita era diventata noiosa e ripetitiva senza nuovi posti da vedere, nuove persone da conoscere. Orsola era stufa di stare da sola. Vedere i famigliari e gli amici sullo schermo del telefono non era come essere nella stessa stanza con loro. Luciana l'avrebbe derisa se l'avesse saputo, ma Venezia le mancava. Le mancava la presenza degli sconosciuti, dei turisti che giravano per il negozio di San Marco, prendendo e posando gli oggetti di vetro, osservando Rosella che faceva una perla. Le mancavano anche quelli fastidiosi, che maneggiavano il vetro con troppa disinvoltura o si lamentavano dei prezzi o facevano commenti sgarbati sulle cose esposte senza pensare che forse stavano parlando con la persona che le aveva fatte.

Per fortuna poteva contare su Stefano. Lui non parlava molto, ma stavano bene insieme anche in silenzio, guardando la televisione o leggendo. Orsola aveva acquisito da adulta il gusto della lettura, ma Stefano divorava un libro dopo l'altro. Al momento stava leggendo una biografia di Napoleone «per capire cosa ci ha fatto e perché». Poi aveva in animo di leggere le memorie di Casanova, anche se avrebbe avuto il tatto di non raccontarle i dettagli più scabrosi. Orsola si domandava se Casanova avesse menzionato anche il suo incontro con una *perlera*, in gondola, sulla laguna.

A volte si appoggiava a Stefano mentre lui leggeva e il suo respiro tranquillo la aiutava a ritrovare la calma.

Orsola era in coda al supermercato quando venne a sapere di Giacomo.

«Se n'è andato» mormorò Monica.

«Come se n'è andato? E dove?»

Monica si guardò intorno. Non era facile confidare un segreto di famiglia, a un metro di distanza da gente sconosciuta.

«Era andato a Mestre prima del lockdown e non è più tornato».

Orsola si allarmò subito. «È rimasto bloccato sulla terraferma?»

«Non è rimasto bloccato» disse Monica così piano che Orsola non riuscì a sentire. E quando la cognata provò a spiegarle tutto, non riuscì a capire. Nelle chat di famiglia Giacomo aveva messo come sfondo delle palme ondeggianti, scherzandoci sopra, ma Orsola era convinta che fosse nel suo appartamento di Murano.

«Insomma, dov'è?» domandò.

Monica si guardò di nuovo intorno, ma gli sguardi assetati di pettegolezzi della gente in coda insieme a loro la indussero a tacere. Allora tirò fuori il telefono e le mandò un messaggio.

*Da un amico.*

*Un'amica, vorrai dire, finalmente si è trovato una donna!*

*Non è una donna.*

Orsola sollevò lo sguardo dallo schermo e gettò un'occhiata a Monica, che si strinse nelle spalle.

«Da quant'è che lo sai?» le domandò.

Monica ricominciò a scrivere.

*Da un po'. Per certe cose che mi aveva detto Isabella.*
*Non ho mai detto niente perché pensavo di sbagliarmi.*
*Alla fine gliel'ho chiesto e lui ha confermato.*

Orsola ricapitolò mentalmente la vita di suo fratello, e solo allora comprese una verità che le era sempre sfuggita. Il dolore di Giacomo per la morte di Paolo, che lei aveva attribuito al turbamento per la perdita di un insegnante piuttosto che di un amante. La sua tiepida passione nei confronti di Isabella, e il rifiuto di cercarsi un'altra moglie, dopo averla persa. Il disagio che mostrava sempre quando gli altri uomini ostentavano la loro virilità. Il fatto che non andasse mai a bere con i compagni all'Omo Salvadego e che non parlasse mai di donne. Orsola non si era chiesta perché rivolgesse sguardi fugaci a certi uomini, ma aveva sempre avuto l'impressione che suo fratello non si sentisse del tutto a suo agio nella propria pelle, che le stesse nascondendo qualcosa di importante...

*Marco che dice?*

*Non lo sa. Pensa che G sia rimasto bloccato a Mestre. E che tornerà. Forse è meglio così.*

*Forse sì.*

Orsola aveva una gran voglia di chiamare Giacomo, ma dovette aspettare di essere sola nel suo studio. Quando lui accettò la videochiamata, gli disse semplicemente: «Perché non me l'hai mai detto?»

La paura e il sollievo che attraversarono il suo viso la riempirono di tenerezza per quel fratello dai modi gentili, che si era sempre preso cura di lei, con cui aveva condiviso gioie e tribolazioni. Orsola si rese conto di non averlo mai conosciuto veramente. Adesso Giacomo era ostaggio della terraferma. Sarebbe mai tornato? Era questo che voleva?

Iniziò tutto con un mal di testa. Poi un colpo di tosse. Un sapore metallico in bocca, e poi la perdita del gusto. Spossatezza. Febbre. Un senso di oppressione al torace. Una certa difficoltà a respirare, che peggiorava sempre più. La fame d'aria. L'ambulanza. L'ospedale. Il respiratore.

Quando arrivò l'idroambulanza da Venezia, i medici, con le tute bianche da astronauti, gli misero subito la maschera a ossigeno e Stefano non poté più parlare. Orsola li seguì giù per le scale e nella calle, dove lo misero sulla barella. I vicini si sporgevano dalle finestre, davano un'occhiata e tornavano subito dentro.

Orsola rimase a guardarli mentre trascinavano la barella verso il canale. Non poteva accompagnarlo, né sarebbe potuta andare a trovarlo in ospedale. «Aspettate!» esclamò e li rincorse stringendo nel pugno il cellulare di Stefano. «Chiamami» disse, premendoglielo sul palmo della mano. Lui la guardò, uno sguardo intenso come la prima volta che lo aveva visto, un garzone dei Barovier aspramente rimproverato da Maria. Orsola non era mai stata innamorata di Stefano, ma gli voleva bene. Le era sempre stato accanto durante il loro lungo matrimonio, pur sapendo che lei avrebbe preferito sposare Antonio. Doveva essere stato mortificante per lui, ma non se n'era mai lamentato. Orsola non aveva parole per esprimere la propria gratitudine nei suoi confronti.

Stefano tese la mano verso di lei. Orsola si ritrasse. Poi lo portarono via.

Il giorno dopo una chiamata, la sua immagine sullo schermo. Ma non era lui. Un'infermiera aveva usato il suo telefono per dirle con voce stanca che Stefano era morto.

I funerali erano vietati, quindi non avrebbero detto messa per Stefano ai Santi Maria e Donato. E alla sepoltura potevano assistere solo i parenti stretti, ma i genitori di Stefano erano morti da tempo e i suoi fratelli vivevano molto lontano. Inoltre era proibito attraversare la laguna, per cui Angela non avrebbe potuto accompagnare il padre nell'ultimo viaggio. Singhiozzava così forte al telefono, che Orsola, in cuor suo, si sentì sollevata di non poterla vedere di persona.

La notte prima della sepoltura la famiglia si incontrò online per ricordare Stefano, ma Orsola lo trovò avvilente, perché si poteva parlare solo uno per volta e mancava del tutto la spontaneità degli incontri fra persone. Scuri in volto gli uomini – Marco, Giacomo, Raffaele, Marcolin, Andrea – mostrarono di sentire acutamente la perdita del compagno taciturno con cui avevano lavorato per tanti anni. Le donne – Monica, Angela, Rosella, Francesca e anche Luciana – parevano più in ansia per Orsola.

Per il momento non mostrava alcun sintomo, ma temevano che si ammalasse anche lei.

«Non puoi andare a seppellirlo da sola» disse Monica.

«No, non puoi» le fece eco Rosella.

Angela, che aveva appena smesso di piangere, scoppiò nuovamente in lacrime.

Orsola cercò di mostrarsi più determinata di quanto non fosse. «Non abbiamo scelta. Altrimenti sarebbe illegale. E se avessi il virus potrei attaccarvelo. Oltretutto non credo che la cosa durerà a lungo. Non ci sarà il prete e nemmeno i fiori...» Già mentre lo diceva fu presa dallo sgomento all'idea di quella cerimonia, così squallida.

La mattina dopo andò al cimitero a piedi, anche se c'era da fare un bel pezzo di strada, perché finalmente aveva un motivo legittimo per allontanarsi da casa. Era inquietante non vedere in giro nessuno, se non qualche figura in lontananza con la mascherina sul viso e le borse della spesa. C'era gente alle finestre, uomini e donne che chiacchieravano con i dirimpettai, ma si zittivano al passaggio di Orsola, perché sapevano dove stava andando: tutta Murano sapeva che c'era stata una vittima del virus, come si chiamava e chi era lei. Non c'erano segreti sull'isola. «Mi dispiace, Orsola» diceva qualcuno. «Dio accolga Stefano» mormorava qualcun altro.

Il cancello del cimitero era chiuso e dovette suonare il campanello e aspettare che il custode venisse ad aprirle. L'uomo le rivolse un cenno di saluto e la condusse lungo un viale di cipressi, poi svoltarono a destra e si avviarono tra file di lapidi. A un certo punto, il custode si fermò e le indicò una direzione facendole segno di proseguire da sola.

Orsola vide in lontananza il carro funebre con sopra la bara, ma il feretro aveva viaggiato in barca sul canale adiacente al cimitero. Ad aspettarla c'erano quattro becchini, non vestiti di nero come al solito, ma con le strane tute spaziali che aveva visto addosso ai medici. Insieme a loro c'era una figura esile con un abito nero di buon taglio. Orsola non poté fare a meno di sorridere.

*Si è messo il suo completo di Armani,* pensò.

Marco era orgoglioso di quel vestito, che aveva comprato per il suo sessantesimo compleanno. E in effetti contribuiva a dargli un bell'aspetto, insieme al fisico prestante e ai capelli d'argento. Aveva rischiato una multa salata recandosi al cimitero, perché Stefano non era un suo parente stretto. Vedendo arrivare Orsola, si tolse la mascherina e iniziò a criticare la bara. «Le maniglie non sono lucidate. E il legno è troppo nodoso... guarda!»

«Marco» gemette Orsola, togliendosi la mascherina, e per la prima volta in vita sua si lasciò abbracciare da lui, poggiandogli la testa sulla spalla. E, finalmente, si abbandonò al pianto.

Dopo la breve cerimonia, Orsola e Marco si recarono sulla tomba dei genitori. Fu lei a fare strada, perché andava a trovarli regolarmente. Su molte delle lapidi era presente la foto del defunto, fissata sul marmo o appesa a una croce, ma non c'era e non ci sarebbe mai stata l'immagine del loro padre sulla tomba dei Rosso. C'era solo la loro madre, la faccia seria di una Laura Rosso già anziana che fissava l'obiettivo. Orsola provò il dolore di sempre, guardandola. «Madre» sussurrò toccando la foto. «Mi mancate così tanto!»

Era passato molto tempo dall'ultima volta che vedeva suo fratello. Non andavano d'accordo. Lo sapevano e lo accettavano. Ora, erano uno di fianco all'altra sulla tomba dei genitori. Marco le domandò come andava il negozio a San Marco, prima della pandemia e dell'alluvione. Non glielo aveva mai chiesto, ma non c'era sarcasmo, né condiscendenza nella sua voce, per cui Orsola rispose con sincerità. «Andava bene. Facevamo buoni affari. Non come i negozi di souvenir, ma ce la passavamo abbastanza bene».

«Nostro padre ne sarebbe contento».

«Dici?»

«*De certo.* Ti ha sempre preferita a me».

«Non è vero».

«E invece sì».

Orsola fissò il nome del genitore inciso sulla tomba: *Lorenzo Rosso, Maestro del Vetro.* Poi annuì allo sguardo fisso di Laura Rosso. «Be', nostra madre mi ha sempre considerata un'incapace. Per cui siamo pari. Anche quando avevo quarant'anni mi criticava per come facevo il bucato. E non ha mai apprezzato le mie perle. Lei preferiva te».

«Sì, lo so». Quella di Marco sembrava una semplice presa d'atto, senza un'ombra di compiacimento.

Orsola spazzò via le foglie morte dalla tomba. «Avrei dovuto portare dei fiori» disse.

«Ah, dimenticavo». Marco si frugò in tasca e tirò fuori una piccola ghirlanda di perline variopinte, magnificamente composte a formare fiori e tralci. Orsola non ne vedeva una simile da quando le faceva Luciana ed erano in gran voga. Avrebbe voluto odiarla, ma non poteva fare a meno di ammirarne la squisita fattura. Luciana ormai le creava assai di rado; aveva smesso di fare perline da quando i cinesi le producevano a prezzi stracciati. Ora affittava case ai villeggianti sia a Murano che a Venezia. «Luciana voleva che la mettessi sulla bara di Stefano» spiegò Marco, «ma l'impresario di pompe funebri ha rifiutato a causa del virus. Bastardo! Potremmo lasciarla qui, che ne dici?» Marco diede una pacca sulla tomba dei loro genitori.

Orsola era tentata di dire di no, ma le sembrava scortese rifiutare. «Come sta Luciana?» chiese, posando la ghirlanda sulla lapide, come una lucida corona su una testa di granito.

«Bene. Sei sempre stata dura con lei».

«Perché vuol comandare!»

«Questo è come la vedi tu. Luciana fa parte della famiglia. Lei e Raffaele sono ancora pazzi l'uno dell'altra, sai? Li sento tutte le notti».

«Basta!» Orsola accarezzò la pietra. «Devo tornare a casa».

«A fare che? A guardare cose orrende alla tv e parlare al telefono con gente che non ha niente da dire, perché nessuno fa niente di nuovo? Io sono ben contento di starmene fuori casa!» disse Marco.

Orsola lo guardò, le rughe sottili intorno agli occhi, le mani che tremavano leggermente a causa dell'età, anche se riusciva ancora a maneggiare il vetro con la sicurezza del mestiere, e disse una cosa che non aveva mai detto a suo fratello. «Grazie, Marco».

«Perché?»

«Per essere venuto anche se potevi beccarti una multa».

Marco fece una specie di grugnito. «Nessuno può impedirmi di andare al funerale di mio cognato. Stefano era un gran lavoratore. I suoi specchi, le incisioni... E fu lui che ci insegnò a tirare la canna di vetro».

«Ma potresti ammalarti. Io potrei essere infetta, senza saperlo».

Un altro grugnito. «Fanculo il Covid. Tu sei mia sorella».

Se le avesse detto che era la migliore *perlera* di Murano, Orsola non sarebbe stata così contenta.

Si sorrisero a vicenda.

«Cretino» disse lei.

«*Bauca!*» rispose Marco ridendo.

Mentre tornavano verso il cancello dove il custode li aspettava per chiudere, Marco si schiarì la voce. «Ecco... Vuoi tornare a vivere con noi? Monica ne sarebbe felice».

Orsola era quasi tentata di accettare: avrebbe avuto qualcuno che cucinava per lei, Monica con cui spettegolare e il conforto dei giovani che l'avrebbero aiutata a vivere alla giornata. Avrebbero parlato di Giacomo, domandandosi se era felice, se sarebbe tornato a Murano appena possibile, o avrebbe cercato di rifarsi una vita sulla terraferma.

«Grazie, Marco» rispose dopo averci pensato su. Un secondo «grazie» in una sola conversazione, dopo una vita di silenzio. «Ma ormai sono abituata alla tranquillità. Da voi c'è troppo caos, troppa biancheria da lavare...»

Lui annuì. «Lo so. Anch'io darei qualunque cosa per scappare a bere qualcosa all'Omo Salvadego. Ma se cambi idea, l'offerta rimane valida».

Orsola annuì, poi allungò la mano e gli strinse il braccio, ancora vigoroso. L'indomani avrebbero sicuramente litigato, ma almeno per una volta non l'avevano fatto. Era un giorno da ricordare.

Fece il giro lungo per tornare a casa, costeggiando il canale. Con le barche fermate dal divieto, l'acqua era trasparente e immobile al punto che si vedevano il fondo e i pesci, che erano sempre stati lì, ma velati dal fango smosso dalle eliche. Orsola vide addirittura un corallo arancione di cui aveva sempre ignorato l'esistenza. La natura continuava la sua marcia, indifferente alla sofferenza umana. Checché ne fosse dell'umanità, il mondo avrebbe continuato a esistere, con le maree che andavano e venivano, i fiori che sbocciavano, gli uccelli che cantavano. Non era un'idea originale, lo sapeva, ma la trovava confortante. Perché, in fondo, anche le persone continuavano ad andare avanti, mangiando, dormendo, creando e amando, malgrado tutto.

Non se la sentiva di tornare nell'appartamento vuoto e s'inoltrò fra le calli deserte fino a campo San Donato. Oltrepassò la basilica e attraversò il ponte, dirigendosi verso la riva di San Matteo. Era a più di duecento metri da casa sua, ma si disse che forse, date le circostanze, nessuno l'avrebbe denunciata.

Passò davanti all'Omo Salvadego che era chiuso come tutti i bar, e a ciò che rimaneva dell'antica chiesa di San Matteo. In quei pressi c'era una fabbrica dismessa che ospitava al suo interno gli atelier di nuovi artisti del vetro. Il vecchio stabilimento era lì a rammentare che l'età dell'oro delle botteghe artigiane, dove si produceva il vetro più bello del mondo, era passata da un pezzo, ma invece di languire nell'abbandono e cadere a pezzi, come tante fabbriche dell'isola, era pieno di creativi. Orsola temeva che prima o poi il valore immobiliare di quegli edifici sarebbe stato riconosciuto e al loro posto sarebbero sorti hotel o residence di lusso per turisti, sempre che Venezia si fosse ripresa dalla duplice batosta della pandemia e dell'*acqua granda*.

Orsola sapeva che la città si sarebbe risollevata, in barba alle previsioni pessimistiche che sentiva alla radio o mentre faceva la fila al supermercato. Orsola era stata testimone della sua rinascita dopo ogni sventura: la scoperta delle rotte di navigazione verso l'Asia e il Nuovo Mondo che l'avevano spodestata dal cuore dei commerci trasformandola in un parco giochi per nobili viaggiatori. Le epidemie ricorrenti. L'invasione di Napoleone e la rovina che gli austriaci si erano lasciati alle spalle. Le grandi alluvioni. Le navi da crociera e le orde di turisti che inghiottivano la popolazione locale. Il mare che continuava a salire. Ma Venezia era sempre stata agile, aveva saputo adattarsi, puntando sulla propria unicità, su una bellezza senza tempo, per attirare nuovi ammiratori.

Ed era rimasta una città viva, *reale*, a differenza di molte mete turistiche più moderne e ordinate. Raffaele e Luciana erano andati a Las Vegas per il loro quindicesimo anniversario di matrimonio, su richiesta di lei, sospettava Orsola, e in seguito il nipote le aveva raccontato che ogni casinò era ispirato a un tema o un luogo: Parigi, Roma, l'Egitto e, ovviamente, Venezia. Le aveva mostrato le foto di un finto campanile di San Marco, di un palazzo Ducale, di un ponte di Rialto, con i canali pieni di acqua clorata, limpida e blu come una piscina. C'erano perfino le gondole, anche se i gondolieri remavano nella direzione sbagliata, perfino quelli autentici reclutati a Venezia! Quando Raffaele glielo aveva fatto notare, uno di loro si era messo a imprecare come un autentico gondoliere. «E la gente ne va pazza» le aveva detto Raffaele. «Ho sentito un americano che diceva: "Che senso ha andare fino in Italia quando c'è tutta Venezia a Las Vegas, e in più puoi giocare al casinò!"».

I veneziani si lamentavano del fatto che la loro città fosse diventata un parco a tema, ma Orsola sapeva che finché i canali sarebbero rimasti maleodoranti, le stanze buie e umide e i veneziani malinconici e beffardi, Venezia avrebbe mantenuto la sua vera natura, e ciò che la rendeva seducente. Perché una perla ha bisogno della sabbia per diventare bella. La bellezza nasce da una cicatrice sul labbro, da una fessura tra i denti, da un sopracciglio storto.

Giunse alla riva di San Matteo, dove la sua vita era cambiata per sempre. Tornava lì da quarantacinque anni, anche se a volte sembravano secoli, e ripensava alla perdita che aveva subito, al sentiero che non aveva seguito, rimanendo a guardare Antonio che si allontanava da lei. C'era stato il dolore, e poi il ricordo del dolore, e infine il ricordo del ricordo, ed era rimasta bloccata lì per anni, guardando a ritroso quel momento con Antonio come attraverso un telescopio, esaminando i propri sentimenti con la curiosità spassionata di chi non li sentiva più. Ogni tanto, quando riceveva un delfino di vetro, provava una nuova fitta, come un dente irritato da un dolore di lunga data.

Guardò l'acqua. Non c'erano barche in vista perché era vietato uscire, anche ai pescatori. La laguna era una lastra di vetro che si estendeva fino alle montagne, interrotta solo dal profilo lontano dell'aeroporto, silenzioso ora senza gli aerei che portavano i turisti a e da Venezia. Quel giorno le montagne erano così limpide che la neve sulle cime sembrava finta, come se l'avesse dipinta un bambino. Orsola aveva smesso da un pezzo di pensare a ciò che c'era al di là di quei monti.

Subito dopo l'inizio della quarantena, con la scomparsa delle imbarcazioni, si era sparsa la voce che fossero stati avvistati delfini nella laguna. Erano passati molti anni dall'ultimo avvistamento, e la storia aveva fatto il giro del mondo. La gente la ripeteva con meraviglia: i delfini sono tornati a Venezia! Guarda cosa fa la natura quando non ci sono umani nei dintorni! Poi era venuto fuori che si trattava di una bufala: il video dei delfini era stato girato al largo della Sardegna. Orsola e i veneziani avevano riso del sentimentalismo e della credulità cui si abbandonava il resto del mondo se c'era di mezzo Venezia. Volevano crederci a ogni costo.

Tuttavia quel giorno, guardando il mare aperto, cercò anche lei un'increspatura, una pinna, una scia che fendesse la laguna a indicare il ritorno dei delfini. Perché anche Orsola voleva crederci: avrebbe dato uno straccio di senso all'epidemia! C'era persino chi diceva che Dio avesse inviato il virus per costringere la gente a cambiare, un gigantesco pulsante di ripristino per l'umanità. Anche se fosse stato così, Orsola dubitava che le persone sarebbero cambiate davvero. Appena avrebbero potuto, tutti sarebbero tornati a consumare, viaggiare e usare il mondo come un parco giochi, come Venezia era già da secoli. E lei non era diversa, quando creava perle che uno poteva benissimo fare a meno di comprare, richiamando a Murano turisti che potevano tranquillamente fare a meno di venirci. Avrebbe dovuto riflettere, ora che ne aveva il tempo. Ma era un pensiero così elusivo che non riusciva a trattenerlo, e continuava a pensare alla balbuzie di un nipote, o alla farina che stava per finire o al cappotto nuovo di cui forse aveva bisogno. Tutto, tranne le domande importanti.

E però, nessuno poteva negare che le perle avessero donato colore e bellezza a mezzo mondo, dalle Indie Occidentali alle Americhe, dall'Africa a New York e alla stessa Venezia. Avevano un valore inestimabile quelle piccole cose variopinte: duravano nel tempo, custodendo la storia di chi le aveva possedute e di chi le aveva create.

Ci volle tempo per tornare alla normalità. Ma alla fine fu scoperto un vaccino contro il Covid, le vittime calarono, le restrizioni furono allentate e Orsola e Rosella poterono riaprire il loro negozio a San Marco. Nonostante le sue lamentele sui turisti, Orsola fu sollevata nel vederli tornare. Sapeva che Venezia e Murano ne avevano bisogno per sopravvivere. Era così da secoli.

Pian piano si abituò a vivere da sola nel suo appartamento e a lavorare nello studio al piano di sotto. Tutti, la sua famiglia, ma anche la comunità muranese, la trattavano gentilmente, non trovando parole per consolarla della perdita di Stefano. Una volta, al supermercato, un uomo si mise a inveire, dicendo che la gente aveva reagito in modo eccessivo al virus, che in fondo non era peggio di una comune influenza. Poi la persona che era con lui gli fece notare che c'era Orsola e subito quell'uomo le chiese scusa. Orsola era perfino stufa di essere trattata con i guanti.

Tuttavia vi furono due belle notizie. La prima: in occasione di un temporale che rischiava di allagare nuovamente la città vennero alzate le dighe mobili, e funzionarono! Il livello del mare sarebbe continuato a salire, ma almeno per il momento esisteva una difesa contro l'acqua alta che affliggeva da sempre i veneziani.

La seconda buona notizia: i delfini tornarono davvero. Un anno dopo il falso avvistamento, durante il secondo lockdown, due stenelle striate furono immortalate mentre nuotavano nel Canale della Giudecca vicino all'imbocco del Canal Grande. Questa volta il video era autentico: sullo sfondo si vedeva chiaramente Santa Maria della Salute. I delfini erano disorientati e una squadra di salvataggio li aveva riportati in mare aperto.

E così, ogni volta che si recava a San Matteo per la sua passeggiata serale, Orsola non mancava mai di scrutare l'acqua, in cerca dei delfini.

## 8.

Il sasso ha attraversato gran parte della laguna, perché l'hai lanciato davvero forte, ed è rimbalzato più volte, nel corso di cinquecento anni. Ora compie un ultimo piccolo salto, e sprofonda nelle acque di Murano, nel presente. Orsola Rosso è sulla settantina. Sta ancora una volta girando sulla fiamma una perla rossa satinata con pagliuzze di foglia d'oro sospese al suo interno. La sua perla di Antonio. Alza lo sguardo e vede un uomo...

Si è fermato all'incrocio di due calli, davanti allo studio di Orsola, e si guarda intorno. Un turista, pensa Orsola. Ma c'è qualcosa in lui... I piedi divaricati di un pescatore che cavalca le onde della laguna, i riccioli grigi che un tempo erano dorati, e la forma del viso, con le guance larghe e gli occhi infossati. Orsola sente un tuffo al cuore, di nuovo. Le torna in mente all'improvviso il cagnolino di Mazzorbo di un tempo ormai remoto: giaceva tra lei e Antonio nel sandolo, come se fosse annegato ma poi era rinato, sputacchiando.

*Se i delfini di vetro mi sono giunti in tutti questi anni*, pensa Orsola, *se i delfini veri sono tornati a Venezia, perché non potrebbe tornare anche lui?* È ciò che vuole pensare, la speranza cui è rimasta aggrappata in tutti questi anni, anche se sa che è irrazionale. Vuole che lui sia quel cagnolino, tornato in vita.

Assorta a guardare l'uomo, smette di girare la perla rossa che cade dall'asta di ferro. Lui ha appena scorto l'insegna sulla porta, e gli si illuminano gli occhi. Orsola non fa in tempo a prepararsi, perché la porta si apre e l'uomo è già nello studio con lei. È uno spazio ristretto, dove sono stipati il tavolo da lavoro, le bombole di gas e le canne di vetro colorato, oltre a una vetrina con oggetti da vendere a un visitatore inaspettato. Come quell'uomo.

Orsola spegne la fiamma e si alza. Vince la tentazione di lisciarsi i capelli e tirare in dentro la pancia. Lui dovrà prenderla così com'è.

«Buongiorno, signora» dice l'uomo con l'accento di uno straniero che parla correntemente l'italiano. Un po' come Klingenberg. Europa centrale, forse.

«Antonio?» dice sottovoce, perché vuole crederci. L'uomo sorride ma non risponde a quel nome. E chiaramente non la riconosce.

Orsola è presa dallo sconforto. «Tu sei...»

«Alessandro. Alessandro Scaramal».

«Ah». *È il figlio di Antonio,* pensa Orsola. *Oppure...* L'uomo che ha davanti deve avere più o meno la sua età. Non può essere il figlio di Antonio: è troppo vecchio. Orsola deglutisce.

«Lei è Orsola Rosso?» dice l'uomo.

Orsola annuisce. Alla fine è costretta a guardare in faccia una realtà che ha cercato di ignorare per tutta la vita. Antonio è arrivato sulla terraferma molto tempo fa, e sulla terraferma il tempo scorre diversamente. Ciò significa che questo Alessandro deve essere un suo bisnipote. No, molti più bis. Chissà quante generazioni. E questo significa che... Antonio è morto da un sacco di tempo. Secoli fa. Orsola ha vissuto la sua vita senza di lui.

È qualcosa che non ha mai accettato fino in fondo. Un'amara verità.

Le sfugge un sospiro. «Ma i delfini... Lui mi manda i delfini».

Alessandro Scaramal sembra sorpreso. «Ah, sono per lei. Non ne ero sicuro». Si infila la mano in tasca e tira fuori un minuscolo delfino grigio-verde simile a quelli che Orsola ha ricevuto nel corso degli anni. Ha esattamente lo stesso colore dei delfini veri apparsi a Venezia durante la pandemia. «È una tradizione di famiglia, di tanto in tanto ne facciamo uno e lo mandiamo a Venezia. È una cosa che va avanti da centinaia di anni».

Orsola fissa il delfino. «Perché?»

Alessandro si stringe nelle spalle. «Nessuno lo sa. È un compito che ci è stato affidato dai nostri padri, che a loro volta l'avevano ricevuto dai loro padri, e così via. Sono in vacanza a Venezia e volevo cercare di capire dove vanno a finire i delfini Scaramal. Ho trovato una certa signora Klingenberg collegata all'indirizzo di Venezia e mi ha mandato qui. Quindi lei ne ha altri?»

«Una bella collezione» dice Orsola, ma non dice che sono in un cassetto vicino al suo ginocchio. Ora capisce perché non sono del tutto uniformi: diverse mani li hanno plasmati nel corso degli anni. «Quello lo ha fatto lei?» domanda indicando il delfino che l'uomo ha ancora in mano.

Alessandro sembra in imbarazzo. «No. A mio padre è sempre dispiaciuto che non abbia seguito le sue orme».

Orsola sospira. «Nemmeno mia figlia l'ha fatto. E nemmeno i miei nipoti».

«Ma mia sorella sì» aggiunge Alessandro. «Questo l'ha fatto lei. È molto brava, una vetraia molto migliore di quanto sarei stato io». Alessandro fa una pausa. «Che strano, fa Orsola di secondo nome. Come lei. Un'altra tradizione di famiglia. Alle figlie Scaramal viene sempre dato quel secondo nome».

Per un momento Orsola teme di non riuscire a trattenere le lacrime.

Alessandro agita il piccolo delfino. «Lo prenda, è suo».

Orsola tende la mano e lui glielo lascia cadere nel palmo. Lo stringe forte, sentendo le pinne che le pungono la pelle. E il cuore.

«Ecco... vorrei vedere gli altri delfini, se non le dispiace» dice Alessandro. Si guarda intorno. «E le altre cose che fa... Per favore». Sembra davvero interessato.

Orsola tace per un momento. È da tanto che non apre quel cassetto. Ma poi: «Sì» dice. «Si sieda».

Per lui, lo aprirà.

# Ringraziamenti

La famiglia Rosso, i loro amici e conoscenti sono frutto della mia immaginazione. Ma alcune di quelle persone sono esistite davvero. Maria Barovier ha inventato la celebre rosetta e i suoi discendenti lavorano ancora oggi il vetro a Murano. Casanova è esistito, ovviamente, e Giuseppina Bonaparte visitò Venezia nel 1797 ma non riuscì a salvarla dalle devastazioni del marito. La marchesa Luisa Casati visse per alcuni anni nel palazzo Venier dei Leoni, che oggi ospita la collezione Peggy Guggenheim, e non fu meno scandalosa di come la descrivo. I ghepardi, le nudità, le centinaia di lanterne di Murano: è tutto vero.

Il personaggio di Domenego mi è stato suggerito dall'elegante gondoliere raffigurato nel *Miracolo della reliquia della Croce al ponte di Rialto* di Carpaccio. Non sapevo che esistessero schiavi a Venezia finché non ho visto questo straordinario dipinto. È esposto all'Accademia e dice molto sulla vita a Venezia nel XV secolo.

Perché il vetro? Molti anni fa, dopo una presentazione a Milano, un lettore mi avvicinò, suggerendomi di scrivere un libro sulle conterie veneziane, poiché erano tra i pochi oggetti di vetro che le donne contribuivano a fabbricare da secoli. Poi mi consegnò alcuni opuscoli sulle perle, che archiviai debitamente su uno scaffale a coprirsi di polvere. Sembra che Giorgio Teruzzi avesse capito i miei interessi meglio di me, perché non mi sono mai dimenticata delle perle; anni dopo rispolverai gli opuscoli e cominciai le ricerche. In seguito, ho nuovamente incontrato Giorgio a Venezia, a una conferenza sul vetro, e ho potuto così riferirgli i miei progressi, oltre a tempestarlo di domande. Vorrei ringraziarlo per avermi spinta a compiere questo percorso esoterico.

I libri, gli articoli e le fonti online su ogni aspetto di Venezia sono così numerosi che il ricercatore non può che avere l'imbarazzo della scelta. Per una semplice infarinatura, suggerisco due titoli di carattere generale: *Venice* di Jan Morris e *A Brief History of Venice* di Elizabeth Horodowich. A chi invece desidera approfondire la materia, consiglio l'impareggiabile *A History of Venice* di John Julius Norwich*.

Non sono molti i libri su Murano, ma per quanto riguarda la storia antica dell'isola vorrei segnalare *The Revolt of Snowballs* di Claire Judde de Larivière. Peraltro, Claire mi ha aiutato a reperire le fonti, offrendo risposte esaurienti alle mie domande.

Dei tanti libri sulle perle di vetro, muranesi e non, i più utili per me sono stati *Trade Beads: From Venice to the Gold Coast*, a cura di Giorgio Teruzzi e Anna Alessandrello**, *Perle d'Africa, da Venezia al Mondo* di Giorgio Teruzzi***, *Glass Beads from Europe* di Sibylle Jargstorf, *Beads of the World* di Peter Francis Jr, *The Worldwide History of Beads* di Lois Sherr Dubin, *Glass Beads: Selections from the Corning Museum of Glass* di Adrienne V. Gennett e *The Glory of Beads* di Nicole Anderson.

Ma più che i libri sono state le persone ad aiutarmi a capire e ad apprezzare il vetro, in special modo i vetrai di Murano di cui ho potuto frequentare le botteghe. Ringrazio soprattutto il maestro Davide Fuin e i suoi serven-

* Nel 1981 è uscito per i tipi di Mursia il primo volume dell'opera di Norwich, *Storia di Venezia dalle origini al 1400*, traduzione di A. Sparagni (*N.d.T.*).

** Centro Studi Archeologia Africana, 2007 (*N.d.T.*).

*** Centro Studi Archeologia Africana, 2009 (*N.d.T.*).

ti, che mi hanno permesso di osservarli e rivolgere loro domande mentre creavano un pezzo dopo l'altro. Ho avuto la fortuna di imparare a realizzare perle da Alessia Fuga e, a Londra, da Samantha Sweet e Phil Vallentin. Grazie a Laura Sparling con cui ho avuto un'illuminante conversazione sul vetro traslucido. Ho trascorso un pomeriggio felice, ma con qualche spavento, soffiando il vetro alla London Glassblowing: sono dei veri maestri. A dimostrare il mio cimento sono un vaso sbilenco e una ciotola un po' troppo massiccia (errori miei, ovviamente!). Un grande ringraziamento al mastro vetraio Cesare Toffolo, che possiede un tavolo per lavorare a lume originale, completo di soffietto, e mi ha mostrato come funziona. Grazie anche a Marisa Convento, esperta veneziana di perle. E a Mauro Stocco che mi ha aperto l'archivio del Museo del Vetro di Murano. È un posto meraviglioso da visitare, pieno di vetro da cima a fondo. Un altro santuario del vetro è il Corning Museum of Glass nello Stato di New York che ho scoperto grazie a Kit Wright.

I miei più sentiti ringraziamenti all'artista del vetro Amy West, che mi ha aperto il suo studio di Murano, la sua casa e il suo cuore. Oltre a farmi conoscere molte persone che altrimenti non avrei mai incontrato, mi ha spiegato sia le lavorazioni del vetro che i segreti del vivere a Murano. Ci sono cose che non avrei potuto cogliere fino in fondo senza di lei e le sono davvero grata per la pazienza e la generosità che ha mostrato verso di me. Non sempre faccio amicizia durante i miei viaggi di ricerca, ma in Amy ho trovato un'amica per la vita, sotto il segno del vetro.

Voglio ringraziare Michelle Lovric e Catherine Kovesi per aver condiviso con me la loro profonda e variegata conoscenza di Venezia. E Nan McElroy di «Row Venice», che mi ha fatto vogare nei canali, senza ridere della mia goffaggine.

Ogni narrazione vive in precario equilibrio tra chiarezza e mistero. Quando si scherza con il tempo come ho fatto io in questo caso, le cose possono farsi traballanti. È in simili frangenti che gli editor diventano preziosi: Suzie Dooré e Andrea Schulz hanno ottenuto il disco di platino per questo libro, facendo domande, blandendomi e spingendomi gentilmente a riscriverlo ancora e ancora fino a farlo funzionare. Andrea e Suzie, questo romanzo sarebbe stato un disastro senza di voi: grazie per la vostra insistenza. E grazie ai loro assistenti, Nidhi Pugalia, Elizabeth Pham Janowski e Jabin Ali, per il loro aiuto.

Un enorme ringraziamento a Sabine Schultz e Stella Boschetti della casa editrice Neri Pozza, che hanno letto e corretto i miei numerosi errori in italiano. E al N.H. Pieralvise Zorzi, storico veneziano, che ha rivisto le espressioni in veneziano, e già che c'era mi ha insegnato alcune colorite imprecazioni dialettali! Grazie alle redattrici Sarah Bance e Hilary Roberts, a Kate Griggs che ha letto le bozze e alle mie traduttrici dal tedesco e dal francese, Claudia Feldmann e Anouk Neuhoff, per avermi garbatamente segnalato gli errori. Se ne sono rimasti vanno imputati solo a me.

Grazie ai miei agenti, Jonny Geller e Deborah Schneider: mi inchino davanti al vostro miglior giudizio. Siete sempre dalla mia parte ed è bello saperlo.

Grazie anche a Jonathan Drori e Susan Elderkin per aver letto e commentato il manoscritto quando non sapevo più che pesci pigliare ed ero convinta che lo stratagemma del tempo non avrebbe funzionato. Mi avete dimostrato che mi sbagliavo, suggerendomi come fare. E Susan mi ha ricordato che una revisione attenta e puntuale è sempre una buona cosa.

Infine, grazie di cuore alla mia amica Ronna Bloom, alla quale è dedicato questo libro. Ronna è stata la mia compagna nell'esplorazione di Venezia, insieme abbiamo scoperto la sua poesia e la sua prosa.

Questo libro è stampato col sole

Fabbricato da Grafica Veneta S.p.A. con un processo di stampa e rilegatura certificato 100% carbon neutral in accordo con PAS 2060 BSI

Stampato per conto di
Neri Pozza Editore, Vicenza
da Grafica Veneta S.p.A., Trebaseleghe (PD)
nel mese di dicembre 2024
Printed in Italy